名家谈诗词

叶嘉莹
主编
陈斐
执行主编

一代宗师、方家泰斗
讲给大家的诗词课

词体与声情

夏承焘 著
陈水云 编选 导读

生活·讀書·新知 三联书店 生活書店 出版有限公司

图书在版编目（CIP）数据

词体与声情 / 夏承焘著 ; 陈水云编选、导读 .—
北京 : 生活书店出版有限公司 , 2021.1
（名家谈诗词 . 夏承焘卷）
ISBN 978-7-80768-340-7

Ⅰ . ①词… Ⅱ . ①夏… ②陈… Ⅲ . ①词学—诗词研究—中国 Ⅳ . ① I207.23

中国版本图书馆 CIP 数据核字 (2020) 第 259479 号

责任编辑 廉 勇
装帧设计 罗 洪
责任印制 常宁强

出版发行 生活書店出版有限公司
（北京市东城区美术馆东街 22 号）
邮 编 100010
印 刷 北京隆昌伟业印刷有限公司
版 次 2021 年 1 月北京第 1 版
2021 年 1 月北京第 1 次印刷
开 本 880 毫米 ×1230 毫米 1/32 印张 16.625
字 数 350 千字
印 数 0,001-5,000 册
定 价 68.00 元
（印装查询：010-64052612； 邮购查询：010-84010542）

总序

叶嘉莹

我从小喜欢读诗、背诗，1945年大学毕业后就开始登上讲台教授古典诗词。我所以一生以诗词为伴，不是出于对学问的追求，而是古典诗词生发的精神力量对我的感动和召唤，这一生命感发蓄积着古代伟大诗人的心灵、智慧、品格、襟抱和修养。我一生经历很多苦难和挫折，在外人看来，我一直保持乐观、平静的态度，这与我热爱古典诗词实在有很大关系。

诗歌价值在于滋养精神和文化。中国古代伟大诗人往往是用生命谱写诗篇、用生活实践诗篇，他们把自己内心的感动写了出来，千百年后的我们依然能够体会到同样的感动，这就是中国古典诗词的生命力。古典诗词凝聚了中华文化的理念、志趣、气度、神韵，是我们民族的血脉、中华儿女的精神家园。

读诗、讲诗有三个层次。第一个层次是直觉的、感性的。比如李商隐"无题诗"到底说些什么，你可能不懂，可是你一读，觉得它意象很美，声音也很美，这就是你对一首诗的直觉感受。第二个层次是知性的、理性的，即考察一首诗的历史、背景、思想。第三个层次则完全从读者接受角度来读，我们对一首诗的诠释不一定是作者原来的意思。意大利学者墨尔加利就曾经提出来一个术语“创造性背离”，即我们对一个作品的阐释有自己的创造，这个创造很可能不同于作者原意。像王国维在《人间词话》中以古人写爱情的小词说明“成大事业大学问”的三种境界，就是这样一个例子。也就是说，当你在读诗或词时，不仅探讨作者原意，更读出一种真正属于你自己的、从你内心兴发出来的东西。

其实这就是中国古老的、孔子说诗的方法。孔子说诗可以“兴”，是说诗可以给读者兴发感动，引起读者更多感发和联想——这样的感发正是诗歌强大的生命力所在，这样讲诗词才是真正的诗教传承。

我一向认为，“兴”是中国诗歌精华所在，使你内心涌动生生不已的活泼的生命。几千年来，中国有这么多伟大诗人留下这么多诗篇，让千古之下的我们读过之后内心震动，从而豁然兴起，这是一件多么美好的事情！

今天我们诵读诗词，如果只为能背会写，无异于买椟还珠。诵诗读诗，重要的是体会一颗颗诗心，与古人生命情感发生碰撞，进而提升自己当下修为。我的老师顾随先生也曾经讲过“中国说‘诗教’，不是教作诗，是使做好人”。今天我们提倡中华诗教，就是要透过诗词，用今人的生命体悟和古人交流，用诗人的生命品格滋养今人的生命质地，这个过程本身将产生强大的感发作用，使作者、讲者与听者都得到生生不已的力量。在这种以生命相融会、相感发的活动中，自有极大的乐趣。

这些年有关部门和机构推进《中国诗词大会》、“中华经典诵读工程”，2019年开始举办“迦陵杯·诗教中国”诗词讲解大赛。比赛以我的别号命名，专门面向全国中小学语文教师，鼓励古典诗词的读诵与讲解。去年暑期，虽然我还在病中，但仍然和决赛选手们在南开大学见面，与大家一同齐声高诵我的小诗：“中华诗教播瀛寰，李杜高峰许再攀。喜见旧邦新气象，要挥彩笔写江山。”我衷心希望这个大赛能选拔出一批优秀语文教师，大家一起把古典诗词薪火传续下去。如闻一多先生指出的：“诗人对诗的贡献是次要问题，重要的是使人精神有所寄托”，我们这些诗教传薪者的使命，就在于发掘古典诗词中的感发力量，让中国古典诗词成为更多人生命中的指路明灯。每一代人有每一代人的责任，学人文科学的人更应该担当起传承民族精神命脉的责任。

此时此刻全球抗疫，不知道有多少人可以从中华诗词中获得慰藉和勇气。作为一位96岁的老人，我一生经历过很多苦难。记得2007年冬季我因肺炎住院，病愈后曾写过一首和友人的小诗：“雪冷不妨春意到，病痊欣见好诗来。但使生机斫未尽，红蕖还向月中开。”数千年来，中华优秀传统文化代有承传，千百年来传诵的古典诗词也必将滋养一代代中华儿女的精神世界。

（本文由南开大学文学院教授张静整理，原题为《红蕖还向月中开》，初刊于2020年3月20日《人民日报》。经叶老授意，作为本丛书总序。）

附记：

余初学诗，读叶嘉莹先生以兴发感动解说诗词的论著，甚为心契。后来读顾随、俞陛云等先生的说诗文字，读《唐诗解》

《山满楼笺注唐诗七言律》等明清诗解、诗说，才慢慢明白，由叶嘉莹先生发扬光大并注入新质的说诗理路，在我国由来已久。当我自己也走上诗词研究之路、对学界状况有所了解后，又恍然觉得：这种真正能够接续中华诗词命脉的说诗理路，在当下面临着严峻的传承危机。盖说诗和引诗不同，引诗可以断章取义、各取所求，说诗则必须符合诗词自身的表意规则及互文语境。诗词表意具有含蓄性、暗示性和跳跃性，“语码”系统更为独特，不像散文语言那样直白、连贯、易解，更与日常生活中使用的社会话语相去甚远。《文心雕龙·知音》云：“夫缀文者情动而辞发，观文者披文以入情。”作诗是抒志摛文、将情志外化为文字的“编码”过程，而说诗则是沿波讨源、通过文字探求情志的“解码”过程。现代学术将“研究”与“创作”断为二事，部分学者的国学功底相对比较浅狭，且缺乏创作体验，对诗词这套独特的“语码”系统不甚了解，难以还原互文语境，故其说诗，难免隔靴搔痒、支离破碎。而一切研究，不管选题、理论、方法如何，都应该奠基于对文本的准确解读之上，否则无异于空中楼阁。欲提高对诗词文本的感悟力和解读力，除了学习写诗丰富创作体验外，揣摩擅于说诗的名家的理路、方法，亦必不可少。

我把自己的这个“杞忧”说给叶嘉莹先生和三联书店的郑勇先生，并提议编选一套“名家谈诗词”丛书，对近代以来国学功底深厚且研究与创作兼擅的名家的诗词研究成果进行梳理、总结，得到了他们的鼎力支持。具体来说，“名家谈诗词”丛书拟分辑陆续推出，每辑十家，每家一本。每一名家，均邀请对其治学比较熟悉的门生弟子或与其研究领域相近的领军学者进行编选：从该名家的所有说诗文字中撷取精华篇章都为一集，以普及性为主，兼顾学术性和代表性。每本卷首，由编选者撰写一篇“导读”，介绍该名家的生平和说诗理念、方法、特点、成就、影响等。整体而言，“名家谈诗词”丛书既由点成线，串联起了近代以来诗词研究的学术史，同时也撷英采华，凝聚了近代以来诗词研究的成果精华，非但普通读者可藉此走近、了解中华诗词的“正脉”，专家学者也能由此揣摩路数，提高感悟力和解读力。

“名家谈诗词”丛书从动议到编选都受到叶嘉莹先生的关心、指导。王兆鹏、刘跃进、陈水云、蒋寅四位先生欣然出任丛书编委并进行把关。葛晓音、罗时进、张伯伟、彭玉平、戴伟华、曹辛华、缪元朗等先生愉快地接受编选邀请，他们不仅在选目上精心斟酌，而且撰写了精彩的“导读”。这些“导读”，既通俗扼要，亦不乏学术洞见，有些已先期在《文学遗产》《清华大学学报》等重要学术期刊上发表，颇受好评。丛书策划动议与三联·生活书店一拍即合，郑勇、廉勇等先生为丛书的出版费心费力，他们不放过任何细节、精益求精的精神令人感动。对于以上诸位先生的支持与付出，谨致以诚挚的谢意！

好诗凝聚了人生最美好的心志和情感，读诗可以变化气质、涵养灵魂。中华诗教也就在这“好峰随处改”的快意阅读中传承、光大，社会风气也就在这“润物细无声”的陶冶煦育中好转、净化。希望大家喜欢这套多方殊胜因缘共同襄赞而成的“名家谈诗词”丛书，一起欣赏好诗，共同创造美好的人生和世界！

陈 斐

2020年8月

夏承焘先生（1900—1986）

先生晚年游承德

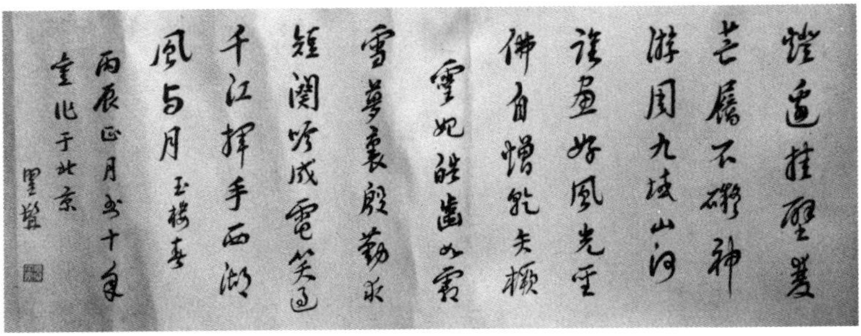

先生手迹

（灯边挂壁双芒屩，不碍神游周九域。山河谁画好风光，圣佛自憎千矢橛。　　灵妃皓齿如霜雪，梦里殷勤求短阕。吟成电笑过千江，挥手西湖风与月。玉楼春　丙辰正月书十年旧作于北京　瞿髯）

目　　录

谈　诗

说词体

论词史与词人

月轮楼说词

西溪词话

说词论

导读

陈水云

一、生平与经历

夏承焘（1900—1986），字瞿禅，晚号瞿髯，别号梦栩生，浙江永嘉（今温州）人。1918年从温州师范学校毕业后，任教于任桥小学、温州布业国民小学，1921年夏赴北京任《民意报》副刊编辑，是年冬转任西安中学教员和西北大学讲师。1925年夏返温州，先后任教于瓯海公学、温州第十中学、宁波第四中学、严州第九中学。1930年秋开始在之江大学执教，1938年秋至1942年夏随校迁居上海，同时兼任无锡国学专修学校和太炎文学院教席。1942年上海沦陷后，偕家入雁荡山，先后在雁荡山乐清师范、温州中学任教，是年冬转任浙江大学龙泉校区教授，抗战胜利后随校返杭，继任浙江大学中文系教授。1949年以后，先后任浙江大学、浙江师范大学、杭州大学教授。1952年曾任调整后的浙江师范学院中文系主任，1963年在北京大学、北京师范大学短期讲学，1972年到1975年在杭州大学病休，1975年7月末转至北京疗养，1979年以后为中国社会科学院文学研究所特约研究员，1986年逝世于北京。

夏承焘一生跨越晚清、民国、中华人民共和国三个历史时期，历经辛亥革命、五四运动、抗日战争、新中国成立、“文化大革命”、改革开放等重大事件。他的主要活动在教育界，从事的是教书育人与著述治学的工作，对于他行谊事迹的考察也应该以治学活动为主。从温州师范毕业后，为了开拓自己的视野，他积极参与温州当地诗社活动——慎社与瓯社，广交诗友，还游历到北京与西安，实地考察过古代长安诗人的行踪。在西安期间，他曾对阳明心学和颜李实学有过钻研，也涉猎过小学、诸子学及“宋儒思想”。从陕西返回浙江后，他更是利用在温州和严州等地任教的机会，遍读温州图书馆和严州中学藏书，为后来治学打下了坚实的基础。他把这一时期称作在治学道路上“多方面探索的阶段”。从1927年开始，夏承焘初步确立了以词学为志业的人生规划，“走上全力治词的道路”，从1928年到1937年的整整十年，是他从事词学研究的第一个黄金十年。这一时期，他广泛联络词友，或是以书信的方式向朱祖谋、吴梅求教，或是亲自拜访夏敬观、陈匪石、马一浮等文坛先辈，更与龙榆生、任二北、唐圭璋等同辈词人保持密切联系，基本形成了自己的学术网络。他几乎是把全部精力投入唐宋词籍考证、唐宋词人年谱及白石道人歌曲研究中，先后撰写了范成大、朱敦儒、温庭筠、韦庄、王衍、孟昶、李璟、李煜、冯延巳、和凝、孙洙、张元幹、刘辰翁等词人的年谱，并发表有《白石歌曲旁谱辨校法》《白石道人歌曲考证》《白石道人歌曲斠律》《姜白石议大乐辨》《与龙榆生论陈东塾译白石暗香谱书》《与龙榆生论白石词谱非琴曲》等关于姜夔词乐考证的系列论文。从1938年到1949年则因为战乱的原因，他的活动主要是读词、交友、填词，从事古典文学教学，同时亦有《词四声平亭》《词韵约例》《白石词乐说笺证》等已刊之论著，及《词律三义》《四声绎说》《唐宋词字声之演变》等未刊之论文。从1949年到1965年为其专力治词的第二个黄金时期，这一时期，他的学术实力得到全面展示，一方面继续发扬其考据之学的专长，出版有《唐宋词人年谱》《姜白石词编年笺校》《词源注》等重要著述；另一方面，开始关注理论研究，以新的思想与方法分析唐宋词，有《唐宋词论丛》《月轮山词论集》《瞿髯论词绝句》等作品问世。他还特别注意词学研究的普及工作，在《大公报》《浙江日报》《文汇报》上发表《唐宋词欣赏》《湖畔词谈》《西溪词话》《月轮楼说词》等一系列关于唐宋词的鉴赏文章。不仅如此，他还非常重视词学人才的培养，先后指导了任铭善、吴熊和、牟家宽、刘金城、陆坚等多名研究生，并与这些青年学者合作编著《龙川词校笺》（与牟家宽合作）、《放翁词编年笺注》（与吴熊和合作）、《韦庄词校注》（与刘金城合作）、《读词常识》（与吴熊和合作）等。从1966年到1976年的“文革”十年，夏承焘的学术研究基本处于停滞状态。从1977年到1986年则是他学术人生最后的十年辉煌，他在助手和学生的帮助下，先后编选有《唐宋词选》《金元明清词选》和《域外词选》等重要的传世选本，并将《唐宋词欣赏》《月轮山词论集》《天风阁学词日记》等旧时书稿和日记整理出版，为引领新时期词学研究事业的繁荣和发展起到了推动和促进的作用。

夏承焘一生治学勤奋，著述宏富，1997年吴战垒先生曾整理有《夏承焘集》八册，凡十三种，由浙江古籍出版社出版，但还有大量的手稿未能收录。2010年以来，受浙江古籍出版社委托，浙江省社会科学研究院文学研究所吴蓓研究员在其父整理本的基础上重编《夏承焘全集》，增收了《词例》《词林系年》《永嘉词征》《唐宋词人年谱续编》《姜白石诗编年笺校》《白石丛稿》《域外词选》等重要著作，"完善了夏承焘先生词学体系的呈现"[1]。

二、词学成就与学术贡献

作为现代词学三大家之一，夏承焘为中国词学由传统向现代转型作出了突出的贡献。他不但开创了词人谱牒之学，笺校韦庄、姜夔、陆游、陈亮诸家词集，而且对词的声律和表现形式的深入研究，关于唐宋词史的理论研究和传统词论的现代批评等等，向来是被作为中国现代词学的"典范"为人所称道的。程千帆先生说："此老之于词学有不可及者三：用力专且久，自少至老，数十年如一日。平生旁搜博考，悉资以治词，比之陈兰甫之偶考声律，王观堂之少作词话而毕生精力初不在此者大相径庭，一也。以清儒治群经子史之法治词，举凡校勘、目录、版本、笺注、考证之术，无不采用，以视半塘、大鹤、彊村所为，远为精确。前修未密，后出转精，当世学林，殆无与抗手者，二也。精于词学者，或不工于作词；工词者又往往不以词学之研究为意，故考订词章，每难兼擅，而翁独能兼之，三也。"[2]

[1] 吴蓓:《夏承焘全集》"前言"，浙江古籍出版社，2017年，第19页。

[2] 程千帆:《论瞿翁词学》,《词学》第6辑，华东师范大学出版社，1988年。

在夏承焘之前，词坛之巨擘为朱祖谋、郑文焯、况周颐。朱氏侧重词籍考证，郑文焯热衷于词源斠律，况周颐以词学批评见长，他们的治学对于晚清民初的东南词坛影响甚巨。在上述三人中，夏承焘与朱祖谋有过较多接触，《天风阁学词日记》多处记载了他与朱祖谋交往的情况，在晚年撰写的《我的治学道路》中也提到："我们通了八九回信，见了三四次面，每次求教，老人都十分诚恳给予开导。"由王鹏运到朱祖谋，词籍校勘之学渐趋完善，他们辑校有《四印斋所刻词》《彊村丛书》，而且还创建了"五例""七法"的校词规范，这对于治词初期的夏承焘来说是有影响的。在《月轮山词论集》一书的"前言"，他特地提到在二十岁左右把朱祖谋《彊村丛书》和王鹏运、吴昌绶诸家的唐宋词丛刻翻阅多次。"三十多岁，札录的材料逐渐多了，就逐步走上校勘、考订的道路。"从夏氏早年发表在《之江学报》的几篇论文看，如《四库全书词曲类提要校议》《吴仲方虚斋乐府辨伪》《白石歌曲旁谱辨校法》《白石道人歌曲考证》《词旨作者考》等，便都是有关词籍校勘考辨的成果。但他并不满足于此，而是把朱祖谋的校勘之学向前推进了一大步，从词籍校勘转向作者生平考证与作品系年，难度更大，要求更高，这方面的代表成果就是《唐宋词人年谱》了。这部年谱的最大特点就是将史学的谱牒之学引入词学，以史证词，以词证史，为不见经传的词人制谱作传，开创了词人谱牒之学。"遂使谱主交游经历，朗若列眉，为后之论次词史者辟其疆理，俾得恣采伐渔猎其中，岂徒备博闻之资而已！”[1]它的意义不只是为一人一家作传，而是为一朝一代词人作传，故而有论者称“十谱并行可代一部词史”。[2]的确如此，夏承焘还有一个编制《词林系年》的长远规划，这是一部“以年代为经，词人事迹为纬”“涵盖面更广”的唐宋金元词人系年总谱。他是想通过编年纪事的方式来展现历代词史之演进，遗憾的是这部规划中的著作断断续续编了几十年，最终未能成书。据悉，该书稿本将由浙江古籍出版社影印出版。

正如前文所说，夏承焘对词籍校勘是下过很深功夫的，实际上他在词集笺注上也花费了很多时间和心血。据《天风阁学词日记》记载，在写作唐宋词人年谱的同时，他曾拟仿江宾谷注《山中白云词》《蘋洲渔笛谱》之例，为姜夔、张炎、辛弃疾、黄庭坚、秦观、周邦彦、柳永、刘过、苏轼、欧阳修诸大家词作疏证，名曰《十种宋人词疏证》。这一计划也未能全部得到落实，已成书的只有《姜白石词编年笺校》和《龙川词校笺》两种。在他之前，已有朱祖谋四校《梦窗词》和编年笺注《东坡乐府》等成果，他继承和发展了朱氏校勘笺注词籍的优良传统，全方位运用校勘、辑佚、编年、笺注等方法，把传统的词籍校勘之学向前推进了一步。相对于一般笺校著作而言，《姜白石词编年笺校》的主要贡献是体例的创新。它不但作笺注，出校记，而且还有辑传、编年目、辑评、版本考、各本序跋、白石道人歌曲校勘表、行实考、集事、酬赠、承教录等，既有对词人的研究，又有对词

[1] 程千帆：《唐宋词人年谱·序》，《夏承焘集》第1册，浙江古籍出版社、浙江教育出版社，1997年，第1页。

[2] 夏承焘：《天风阁学词日记》1935年2月4日记赵百辛语。

作及其相关问题的探讨，“大凡一首词之典故、评语、交游、版本等都有详细记载”[1]。因为过去关于姜夔事迹的记载并不多见，《姜白石词编年笺校》以其搜罗史料的宏富，讨论内容的全面，“成了对姜白石的综合研究著作”[2]，获得学界的一致赞誉，被有的学者称之为研治姜夔的“小百科全书”[3]。另外，夏承焘关于词籍笺校成果还有《梦窗词集后笺》《龙川词校笺》和《放翁词编年笺注》等，前一种乃“踵彊村翁小笺而作”，“汰其习见，增所新获”，凡五十条，确有弥补朱笺之阙的效果；后二种则是他与吴熊和合作之成果，既继承了《姜白石词编年笺校》的特点，又在体例和内容上做了适当的调整，比如《放翁词编年笺注》不再按词作年代先后编排顺序，而是遵从原刻本顺序，只是在每一首之下注明作年，辑评也不再另行列出而是附录于词作之后等。

夏承焘对现代词学的另一重要贡献是关于《白石道人歌曲》研究，在40年代撰有《白石歌曲旁谱说》《白石歌曲旁谱辨》《白石歌曲旁谱考》《白石歌曲旁谱浅说》等，到60年代更在前稿基础上推出《姜白石词谱与校理》《白石道人歌曲斠律》《姜夔词谱学考绩》《白石十七谱译稿》等重要成果。《白石道人歌曲》在南宋有嘉泰二年（1202）钱希武刊本，元至正十年（1350）有陶宗仪据此本过录的手抄本，而后此本沉寂近四百年，直至乾隆

[1] 唐圭璋：《瞿禅对词学之贡献》，《夏承焘教授纪念集》，中国文联出版公司，1988年，第16页。

[2] 这一点参考了曹辛华教授的《中国词学研究》，福建人民出版社，2006年，第174页。

[3] 施议对：《建国以来新刊词籍汇评》，《文学遗产》1984年第3期。

八年（1743）始有陆钟辉据陶抄本刊刻之诗词合集本。这本《白石道人歌曲》与常见刻本最大的不同是，其中有十七首词作缀有旁谱。“这些旁谱是研究宋词音乐的珍贵资料，故引起历代词学家和音乐史家的高度重视，不少学者对此倾注了极大的学术热情和精力。”[1]这些学者包括清代之方成培、凌廷堪、戈载、戴长庚、陈澧、张文虎，近代之郑文焯、曹元忠、吴梅、唐兰。夏承焘对于其中几位重要学者研究之得失一一平议，然后提出了自己的看法，并将之全部转译为工尺谱。“虽然，这项破译是吸引了古代、近代和同代中外学人的成果，引用了近代的考古新发现和传于国外的古籍文献，但先生的考证发明，折冲论断，则是大成之集。”[2]在研究词乐的基础上，夏承焘对词的声调也展开了深入的研讨，着重探究了词的字声与声情的关系。如《唐宋词声调浅说》一文，讨论了词与音乐、声调与文情、字声与词调的关系，谈到创作过程中择调和字声的运用等问题；《“阳上作去”“入派三声”说》是一篇关于唐宋词字声论述的专题论文，指出“阳上作去”“入派三声”之说，并不始于元曲，宋词实已有之。“大抵四声之分清浊，不由时代古今之殊，实由地域南北之异，非古疏而今密，实南密而北疏。”这一字声规律的揭示，“打破了前人由元曲探讨四声分化的做法”[3]，对于重新认识“阳上作去”“入派

---

[1] 刘崇德、龙建国：《姜夔与宋代词乐》，江西高校出版社，2006年，第2页。

[2] 王延龄：《天籁人声，尽在抑扬吟咏中——夏承焘先生的词乐研究》，《夏承焘教授纪念集》，中国文联出版公司，1988年，第58页。

[3] 曹辛华：《20世纪中国古代文学研究史·词学卷》，东方出版中心，2006年，第292页。

三声”说的起源有重要意义。又《唐宋词字声之演变》一文指出，自万树《词律》强调严守四声之论出，后之词家，或奉为准绳，不敢违越；或病其拘泥，欲一律摧毁之。其实，填词对于四声的要求有一个过程，在晚唐温庭筠已分平仄，北宋晏殊“渐辨去声，严于结构”，柳永“始分上去，尤谨于入声”，周邦彦用四声富于变化，南宋时方千里、杨泽民则过于拘泥，到宋末诸词家不但辨五音而且分阴阳，“守之者愈难，知之者亦鲜矣”，这是一条“由疏趋密，由辨平仄而四声、而五声阴阳”的演进历程。基于这样的认识，他提出了今人论词作词的两条原则：“一曰不破体，一曰不诬体。”因其论述的精到及主张的务实，使得这篇“专明词之四声嬗迁之迹”的论文成为20世纪词学研究之经典。

夏承焘关于词体研究的重要成果，除了以上有关词的声律论之外，还有大量的论述词之形态的成果，如《填词四说》《词调约例》《词韵约例》等，其集大成者为《词例》一书。《夏承焘集》整理者吴战垒说：“先生对于词的四声、用韵、字法、句法、换头等艺术形式规律也进行细心研究，仿俞樾《古书疑义举例》，拟成《词例》一书，包括字例、句例、片例、辞例、体例、调例、声例、韵例诸门，规模宏阔，洵为巨制。”[1]日前浙江古籍出版社已将《词例》稿本影印出版，凡七册，分别为第一册字例、句例，第二册片例，第三册换头例，第四册调例、体例，第五册辞例，第六册声例，第七册韵例。“手稿只注明了该条词例所在的书名页码，需要对照原参考书寻索抄录得来。而如今当初的参

[1] 吴战垒：《夏承焘集》“前言”，第3页。

考数据即已散失不存，有些书可寻，而版本却未必合符契。”[1]这样的影印本只是一种半成品，还需要读者根据线索查验原词例。

对于唐宋词的批评和唐宋词史的研究，也是夏承焘词学体系的重要组成部分，这方面成果有《唐宋词论丛》《月轮山词论集》和《瞿髯论词绝句》。《瞿髯论词绝句》以韵文的形式开展文学批评，是夏承焘对中国文学批评传统继承与发扬的重要方式之一。“用韵文形式表达文学思想或进行文学批评是唐宋以来文学批评史上的常见样式”，“论词诗在元明并不多见，至明末清初逐渐兴起，清代乾嘉以后蔚为大观，沿至民国，依旧兴盛”[2]。夏承焘《瞿髯论词绝句》写作之最初动因，是因为朱祖谋对他论辛词“青兕词坛一老兵”所作的鼓励，而后断断续续写了100首，至1983年2月由中华书局出版了修订本。该书由论历代词（人）93首与域外词人7首组成，其中论唐代5首，五代4首，北宋17首，南宋金元42首，明清及民国22首，论及历代词人凡54家，每首之下有注释有题解，论其人亦论其词，有的还谈到其人在词史上的地位，从历史发展角度看它实际上就是一部以韵文形式写作的历代词史。其实，夏承焘在30年代就曾有编写词史的计划，“在30至40年代，陆续札写《词史》，并且已写成初稿，至少是一个篇幅巨大的资料长编”[3]。50年代他曾思考用苏联文学史体例撰写的构想，甚至打算用八年时间完成唐宋词史四部稿：“分年代

[1] 吴蓓：《词例》“出版说明”，浙江古籍出版社，2018年，第5页。

[2] 孙克强等：《论词绝句二千首》“前言”，南开大学出版社，2015年，第1页。

[3] 钱志熙：《夏承焘词史观与词史建构评述》，《文艺理论研究》2016年第3期。

学之部、声律学之部、目录学之部、作家论之部。”[1] 据吴战垒先生回忆，夏承焘在1949年后，尝拟撰写述一部《词史》。“已完成唐五代、温韦数篇，并于两宋词的发展脉络，自具独识。”[2] 这些计划或构想，或已经启动的《词史》，大多未能落实下来或成为正式书稿，但是他也通过撰写一系列专题论文讨论词史现象和评论有关词人，这方面成果就是《月轮山词论集》和《唐宋词欣赏》了。

50年代发表的《唐宋词叙说》《唐宋词发展的几个阶段及其风格》二文，是夏承焘对自己词史观第一次比较集中的表述，他先是讨论了词的起源，而后按时代先后顺序、不同社会状况，谈到晚唐五代文人词与民间歌曲的差异、慢词在两宋的兴盛和发展、两宋词在创作风格上的差异及其社会原因，并把唐宋词史发展的规律总结为四个时段：兴起于初盛唐；中晚唐以后由民间转入文人手中，到北宋范仲淹、苏轼走上诗词合一的道路；南宋初年是豪放派声光大振的时代；到宋季因时代的原因，词风则摧刚为柔、敛豪放为婉约。这一时期，他还做了三件事，第一是在《文汇报》《浙江日报》《大公报》上发表了一系列以《湖畔词谈》《西溪词话》《唐宋词欣赏》为题的鉴赏文章，对一些重要词史现象和代表词人词作做了绍介与普及的工作，这些文章后来被结集为《唐宋词欣赏》，由百花文艺出版社出版；第二是他先后指导盛静霞和张璋编选了《唐宋词选》和《金元明清词选》两部选

[1] 夏承焘：《天风阁学词日记》1956年12月28日，《夏承焘集》第7册，第578页。
[2] 吴战垒：《夏承焘集》“前言”，第5页。

本，前者由中国青年出版社1959年12月出版，后者由人民文学出版社1983年1月出版，虽然注释及鉴赏文字为盛静霞和张璋所撰，但是选目应该是经过夏承焘的指导和审定的，这两部词选便以选本的方式集中地展示了夏承焘的词史观；第三是他与研究生一起为两宋重要词人词集作笺注，并在此基础上撰写了一系列论文，包括对韦庄、李清照、辛弃疾、陆游、姜夔、陈亮等人作品的评论，后来大多被收录到《月轮山词论集》（中华书局1979年版），这些词集笺注与词人评论一起成为夏承焘词史研究之“作者论”的重要部分。上述这些成果都是在50年代后产生的，它表明夏承焘词学研究的内容与方法有了较大的变化，这一点与时势变迁和工作需要有关。他说：“解放以后，由于朋友的鼓励和教学的需要，我开始试写几篇作家作品论。我的文艺理论知识很浅薄，所以这几篇词论大都只是以资料作底子，以旧时诗话、词话镶边。论李清照、陆游、辛弃疾、陈亮诸家词往往只肯定他们的作品在历史上的地位和意义。”[1]

夏承焘上述成就的取得，与他早年治学的目标明确与中年治学的精神专一密不可分。从温州师范毕业后，他花了十年时间探索人生发展方向，最后得出的看法是：“自惟事功非所望，他种学问亦无能为役，惟小学及词，稍可自勉。”自1927年7月至8月间，已决定集中精力专治词学：“拟以四五年功夫，专精学词，尽集古今各家词评，汇为一编。再尽阅古今名家词集，进退引申之。”（《日记》1927年10月4日）接着，他拟定的研究计划

[1] 夏承焘：《月轮山词论集》，《夏承焘集》第2册，第240页。

有:《中国词学史》《历代名家词评》《名家论词书牍》(《日记》1927年11月11日),而后又有《词学史》《词学考》《词林续事》《词林年表》《学词问话》的撰写计划。(《日记》1927年12月1日)十年后,他再次提到拟以十年时间撰成《词学史》《词学志》《词学考》三书,"志分人物、典籍等目"(《日记》1937年1月15日),"《词学考》分作家考、典籍考、乐律考(宫调音谱等等)、名物考(人地方言甲子等附)、年表等各考"(《日记》1939年2月4日)。而在上文提及《词史》编纂的过程中,夏承焘也在不断地思考怎样由词史的研究拓展到对词学的研究。"拟扩大词史范围为词学六书,一词史,二词史表,三词人行实及年谱,四词例,五词籍考,六词乐考。"(《日记》1939年12月22日)这表明经过十多年的探索与思考,在夏承焘的心目中已建构起他独特的词学体系,即以考证之学为其词学治学之本,内容涉及词史、词人、词籍、词乐、词谱、词例、词论等领域,这就是夏承焘在传统学术的根基上建立起的现代词学体系。过去,人们常以龙榆生《研究词学之商榷》一文之发表作为现代词学走向成熟的标志,其实夏承焘关于词学体系的思考及其实践,对于推动中国词学由传统走向现代更具有示范意义,他的《唐宋词人年谱》开启了词人谱牒系列研究的先河,他的《白石道人歌曲》研究成为唐宋词乐研究的集大成,他的《词例》则代表着现代唐宋词体学研究的最高水平,他的《词林系年》又对传统纪事体批评方式作了新的发展和推进。诚如吴蓓研究员所言:"现代词学系统的建立,正以夏承焘先生以经史之术别立词学为代表,它是在西学分科的背景影响下,以传统学术为手段,体系腾挪、别立新科而形成的。”[1]

三、本书编选说明

夏承焘作为现代词学学科的开创者，成就卓越，贡献巨大。但他更是一位诗人、词人和教师，因此，在传统诗词的知识普及与创作实践上亦花费大量心血，撰写了一系列关于词体知识和词史演变的介绍性文字，《天风阁学词日记》中还记录了他备课、教学、指导学生等生活内容，让我们看到了一位传统的“授业解惑”“呕心沥血”的师者形象。我们编选本书，是在夏氏各类论著和专题论文中，选取既能反映其学术成就又能兼顾知识普及的文章，按照“谈诗”“说词体”“论词史与词人”“月轮楼说词”“西溪词话”“说词论”六类编排。相对于谈词的内容而言，夏氏论诗的文字并不多，但他对于诗史也有全局把握，对于陶渊明、杜甫、白居易、李商隐的诗歌有深入的研究[2]，“谈诗”部分所选文字着重突现他在这一方面的学术成就。“说词体”和“论词史与词人”两部分，比较集中地选录了他关于词体、词史、词人方面的论述，一方面是为了展示其词学观，另一方面也是为了向读者普及相关知识，而没有选取内容专深最能代表其词学成就的专题论文，如《唐宋词字声之演变》《姜夔词谱学考绩》等，即是出于这样的考虑。“月轮楼说词”和“西溪词话”两部分，是关于作品鉴赏的内容，大多出自《唐宋词欣赏》一书，它最初

[1] 吴蓓：《夏承焘全集》“前言”，第14页。

[2] 刘青海：《夏承焘诗史研究初探》，《中文学术前沿》第5辑，浙江大学出版社，2012年。

是面向广大群众普及唐宋词而撰写的，但是《唐宋词欣赏》一书并没有把这些文字都收录进来，现在我们按照文章发表的时间顺序以原题的方式收录，带有“存真”的意味。最后一部分“说词论”，是夏承焘关于传统词论的论述，包括李清照《词论》、范开《稼轩长短句序》、张炎《词源》及部分清代词话，从这些论述可看出他对传统观念的总结与反思，而他自己的词学观念正是在传统观念基础上推陈出新的，对于我们今天研究传统词学仍然有着重要的启示意义。

目前，精选夏承焘论词文字具有普及性的著作有《大家国学·夏承焘卷》（天津人民出版社2008年版）和《唐宋词品鉴》（中国青年出版社2011年版），前者是从夏氏几部著作中直接选录一些文字，后者是对《唐宋词欣赏》一书的再编排，各有特色，我们这部选本则兼顾学术性和普及性，既向读者介绍唐宋词学知识，也向学者展现夏氏词学成就，更重要的一点，我们从体例的编排上力图突出夏承焘对于现代词学学科建设所作的重要贡献。

2019年11月

谈诗

“采诗”和“赋诗”

一、采诗

《诗》三百篇，春秋时采自各国。汉人论“采诗”之制，有班固、何休不同的两说：

班固《汉书·食货志》说：“男女有不得其所者，因相与歌咏，各言其伤。……孟春之月，群居者将散，行人振木铎徇于路以采诗，献之太师，比其音律，以闻于天子。”同书《艺文志》说：“古有采诗之官，王者所以观风俗，知得失，自考正也。”这说是王官下至各国采诗的。

何休注《公羊传》宣公十五年：“男女有所怨恨，相从而歌，饥者歌其食，劳者歌其事。男年六十、女年五十无子者，官衣食之，使之民间求诗。乡移于邑，邑移于国，国以闻于天子。”这是说采诗并无专责的王官，是由各国自采以献于天子的。

何休之说，有一旁证：《国语·鲁语》闵马父说：“正考父校商之名颂十二篇于周太师，以《那》为首。”王国维《观堂集林》卷二《说商颂》：“考汉以前，初无校书之说，余疑鲁语‘校’字当读为‘效’，‘效’者献也，谓正考父献此十二篇于周太师。”《商颂》非商代作品，乃周中叶宋人所作，故《商颂》实即宋颂（王国维有考）。依王氏之说，正考父尝献其本国之颂于周太师。使此说而确，则可证成何休各国献诗之说。

班固之说有不可信者三点：

（一）先秦之书，并没有说春秋时有采诗之官。“遒人以木铎徇于路”见《左传》襄公十四年师旷引《夏书》；这个行动，或为警戒人民，或为宣布政令，不必是为采诗（遒人为宣令之官，见古文《尚书·胤征》篇孔安国注）。

（二）周代天子与诸侯的关系，不尽同于后世朝廷之于郡县，刑政教令未必能直达。况当春秋分崩离析之时，以王官遍行各国采诗，亦势所难能。

（三）春秋二百四十二年之中，凡王官至鲁，如隐公七年“凡伯来聘”，桓公八年“家父来聘”，等等，皆明书于《春秋》，而从无王官来鲁采诗的记载。

何休各国献诗之说，是否可以确信呢？我对这也有疑问：

列国若各献诗于周天子，何以十五国风中没有楚风？为什么宋、鲁只有颂而没有风？

关于这点，前人赞成何休各国献诗之说者，是这样代他解释的：

（一）楚人熟习三百篇，虽明见于《左传》（如楚子赋《吉日》以享郑伯，楚武王引《周颂》以论筑京观等），但楚自称王，曾经观兵洛郊，问鼎轻重，他们本来是蔑视周室、不奉王朝礼制的，所以不曾献诗。

（二）宋是王者之后，鲁是周公的儿子伯禽所封，两国都可用天子礼乐，异于他国，所以荀偃说："诸侯宋、鲁，于是观礼。"（《左传》襄公十年）颂是天子之乐，诸侯中唯宋、鲁配用，所以二国只献颂而不献风，以自表异。若王臣采诗，不应遗此二国。因为是各国自献，所以二国不献风。

这样解释何休之说，好像也可以说得通，其实还是有疑问的，举三点如下：

（一）十五国风中，《周南》《召南》《唐》《豳》都不是国名；（二）春秋时还没有魏国；（三）以《王风》与各国之风并列，不合情理。《论语》只称"诗三百"，《周南》《召南》《雅》《颂》，从无《国风》之名。"国风"一辞始见于《荀子·大略》篇（《大略》篇云："《国风》之好色也。传曰：'盈其欲而不愆其止。'"杨注："'好色'谓《关雎》乐得淑女。"）和《礼记·表记》（《表记》引"《国风》曰：'我今不阅，皇恤我后。'终身之仁也"。），二文都可能是汉人作。前人因无法说通这个问题，便存而不论。今人考定"国风"的"国"，义同方域，犹之称"邦"称"方"（张角称"三十六方"）。十五国风其实只是十五个地方的土调，犹之今言粤讴、吴歌、弋阳腔、绍兴调；"王风"犹今言京调、京腔（《大雅·崧高》"其诗孔硕，其风肆好"，"诗"指辞，"风"指调）。据此，"国风"之"国"既有问题，则各国献诗的说法，自然也很可怀疑了。

或者也许要问：《左传》襄公二十九年，记吴公子季札聘鲁，请观于周乐，为之歌齐，曰："国未可量也。"为之歌陈，曰："国无主，其能久乎？"为之歌郑，曰："民弗堪也，是其先亡乎！"岂非分明以"国风"为春秋国名？其实《左传》此文也有问题：季札观乐于鲁，"有舞韶箾者"。韶乐因周太师挚而入齐，惟齐有之。所以孔子在齐闻韶，三月不知肉味。若鲁国也有韶乐，孔子不至于没有听过。韩愈说"左氏浮夸"，这就是一例。

以上是说班固、何休两家"采诗"之说都难成立。

那么，《诗经》究竟是怎样辑成的？这问题在现在还无法作确定的答案。但我们可以肯定地说：现在的《诗经》的国风部分已经不是当时民间的原始的东西，是后人加工整理过的。我们看：风诗以地域论：西起秦，东至齐，北起唐（山西），南至二南（江汉流域），东西南北各千多里。以时间论：二《南》旧说作于周初，《株林》旧说是咏陈灵公事，灵公被弑于鲁宣公十年（在孔子生前四十七年），时间先后相去五六百年。何以形式音韵几乎划一？并且《郑风》《唐风》都有"岂无他人"之句，《王风》《郑风》都有"如三月兮"之句，《召南》《豳风》都有"之子于归"之句，我们认为它是经过一番整理加工的读本，大概是可以说得通的。

这整理加工的人，可能是王朝统治者，也可能就是孔子。

《史记·孔子世家》的孔子删诗之说，孔颖达、郑樵、朱熹、叶适、朱彝尊、江永、赵翼、崔述、魏源诸人都不相信，以为《论语》一则曰"诗三百"，再则曰"诵诗三百"，当指古人已定之本，不应是指他自己的删定本。或又据《论语》"吾自卫反鲁，然后乐正，雅颂各得其所"，说孔子对三百篇只有正乐之功。其实孔门诗教，除了"兴、观、群、怨"的文学内容之外，还有：（一）诗声之教。《史记·孔子世家》所谓"三百五篇孔子皆弦歌之”，这是音乐方面的。（二）诗义之教。《论语》所谓“迩之事父，远之事君”，“诵诗三百，授之以政……使于四方”，这是伦理、政治方面的。（三）诗言之教。《论语》所谓“不学《诗》，无以言”，“子所雅言，《诗》《书》、执礼皆雅言也”，“多识于鸟兽草木之名”，这是文字语言方面的。孔子是整理古代文化的重要人物，他对三百篇很可能于正乐之外，曾经做过多方面的整理工作。所谓“《雅》《颂》各得其所”，或不仅仅是正乐一方面的工作。

《论语》《墨子》皆称“诗三百”。三百之数，也许是当时流行之本，不辑自孔子，孔子原不曾删诗。但是不能因此怀疑孔子对三百篇做过其他各方面的整理工作。

总之：

一、汉人所谓“采诗”，班固说王官到各国去采，何休说列国自己献，两说都有可疑，恐非事实。

二、孔子删诗之说，原不可信。然三百篇来自各方，必有人为它做过一番整理工作。孔子于正乐之外，可能有其他各方面整理之功。其目的是利用此大半来自民间、家弦户诵的文学作品，来贯注儒家思想内容，作为普及教育、巩固封建礼教之用。

这是我对三百篇是怎样辑成的一种猜测。

二、赋诗

春秋时代《诗》三百篇在政治上的作用，详见于《左传》。《左传》引《诗》共一百三四十处，其中关于卿大夫赋《诗》的共三十一处。他们有的拿《诗》来作为办国际交涉的辞令，有的拿它作为官僚士大夫间互相赞美或互相讽刺和规劝的工具，也有拿它揭发统治阶级的昏庸丑恶，为人民作呼吁、控诉的武器。他们只求对政治上生活上有其实际的效果，往往不大理睬作品的原意是怎样的。

赋《诗》既成为当时外交官员所必须具备的一种政治才能，所以在国际交际场所中，不懂得《诗》，便会丢脸：

齐国的庆封往鲁国行聘，鲁国叔孙和他共食，庆封没有礼貌，叔孙赋《相鼠》“人而无礼，胡不遄死”。庆封不懂。（襄公二十七年）

第二年，庆封从齐奔鲁，叔孙穆子和他共食，又无礼，穆子使乐工为他诵《茅鸱》（逸诗，刺不敬），他也不懂。（襄公二十八年）

赋错了《诗》，也会受人奚落：

郑伯宴晋赵孟于垂陇，赵孟要郑大夫们赋《诗》。郑国的伯有赋《鹑之奔奔》。赵孟说：“床笫之言不逾阈，况在野乎，非使人之所得知也！”散会的时候，赵孟告晋国的叔向说：“伯有将为戮矣！”叔向说：“所谓不及五稔者，夫子之谓矣！”（襄公二十七年）

宁武子聘鲁，鲁侯为他赋《湛露》及《彤弓》，武子以为他赋错了，不答赋（因为这两诗只有天子才配用，诸侯是不应该赋的）。（文公四年）

尤其是小国周旋于大国之间，《诗》的用途更加多。他们用它来趋奉权贵：

郑伯宴晋赵孟，穆叔赋《鹊巢》（“鹊巢鸠居”比喻晋有

国而赵孟治之)。赵孟曰:“武不堪也。”又赋《采蘩》,曰:“小国为蘩,大国省穑而用之,其何实非命?”(昭公元年)

用它来请救兵:

齐国屡次压迫鲁国,鲁使穆叔求救于晋,晋人不听。穆叔说:“敝邑之急,朝不及夕!”往见晋国的中行献子,赋《祈父》;见范宣子,赋《鸿雁》的末章。(襄公十六年)

用它来诉苦:

鲁侯从晋国求盟归,同郑伯会于棐地,郑伯请和于晋,鲁侯为他全成。郑伯宴鲁侯,郑子家赋《鸿雁》(自喻寡弱,求大国相助)。鲁季文子说:“寡君未免于此。”文子赋《四月》(喻自己行役之苦),子家赋《载驰》的第四章(更告急也),文子赋《采薇》的第四章(言不敢安居)。(文公十三年)

用它来排难解纷:

晋人执卫侯,齐侯、郑伯为救卫侯往晋,齐国子相齐侯,赋《蓼萧》;郑子展相郑伯,赋《缁衣》。国子使晏婴向晋叔向私下求情,国子赋《辔之柔矣》(逸诗),子展赋《将仲子》(说人言可畏,大家将不满晋国)。晋侯乃放卫侯归。(襄公二十六年)

他们靠赋《诗》以折冲于俎豆之间,应对得好,有时也可以纾国难于一时,也可以稍杀大国强敌的气焰:

晋侯使韩穿使鲁,要鲁国拿出新取于齐国的汶阳之田,重归于齐。鲁季文子在送韩穿的时候说:“汶阳之田,敝邑之旧也,而用师于齐,使归诸敝邑。今有二命,曰:‘归诸齐！’诗曰：‘女也不爽，士贰其行。士也罔极，二三其德。’七年之中，一予一夺，二三孰甚焉。士之二三，犹丧其偶，而况霸主。霸主将德是以，而二三之，其何以长有诸侯乎！诗曰：‘犹之未远，是用大简。’行父惧晋之不远犹而失诸侯也，是以敢私言之。”（成公八年）

晋败齐师于鞍地，必要以齐君的母亲萧同叔子为质，又要齐之封内，尽东其亩。齐国的宾媚人为使，引诗“孝子不匮，永锡尔类”，“我疆我理，南东其亩”，“布政优优，百禄是遒”，以折晋人。（成公二年）

虽然他们办成这些交涉，未必完全依靠赋《诗》，但赋《诗》对办交涉有一定的帮助，也是事实。孔子说：“不学《诗》，无以言。”“诵《诗》三百，使于四方，不能专对，虽多，亦奚以为！”就是为这些情况而说的。

他们在国际庄严的坛坫上所诵的诗，民歌多于雅、颂，并且男女的恋歌多于一般民歌。这在我们现在看来是不免要惊异的。春秋时有两次赋《诗》较大的场面，也就是赋恋歌最多的场面；第一次是《左传》所记昭公十六年晋郑之会：

郑国的六卿为晋宣子饯行。宣子说：“二三子请皆赋，起亦以知郑志。”郑子议赋《野有蔓草》。宣子说：“孺子善哉，起有望矣。”子大叔赋《褰裳》。宣子说：“起在此，敢勤子至于他人乎？”子游赋《风雨》。子旗赋《有女同车》。子柳赋《萚兮》。宣子说：“郑其庶乎！三二三子以君命贶起，赋不出郑志，皆昵燕好也。”

另一次是在这次以前的二十一年（襄公二十七年），郑伯享赵孟于垂陇，赵孟也请郑七子赋诗，子展赋《草虫》，赵孟曰："善哉，民之主也。抑武不足以当之。"子大叔赋《野有蔓草》，赵孟曰："吾子之惠也。"在这两次会场上，赋《诗》的人和所赋的诗都特别多，而所赋《野有蔓草》的"邂逅相遇，适我愿兮"，《褰裳》的"子不我思，岂无他人"，《风雨》的"既见君子，云何不喜"，《有女同车》的"彼美孟姜，洵美且都"，《萚兮》的"叔兮伯兮，倡予要汝"，都是郑风里的恋歌，是被后人指为"淫诗"的。当时郑国对晋国是以弱小对强大，赵孟又是晋国炙手可热的权贵，而郑国的卿大夫却在这种场面上唱起乡土的恋爱小调来。但当时赋的人不以为讳，听的人也不以为嫌，赵孟还不断地赞成："善哉善哉。"并且说："赋不出郑志，皆昵燕好也。"这在后人看来，岂非怪事！（前文所举垂陇之会，赵孟不满郑国伯有赋《鹑之奔奔》，说"床笫之言不逾阈"，好像他是反对赋"淫诗"的。其实这是赵孟不满伯有在他自己国君郑伯面前肆无忌惮地赋"人之无良，我以为君"两句，而不是怪他赋"淫诗"。若作为他反对郑大夫赋"淫诗"来看，那就无法解释他为什么又赞美子大叔、子游诸人赋《褰裳》《风雨》了。）

还有一个突出的例子：《召南》的《野有死麕》是民间很热烈的恋歌。（前人为这首诗作"小序"的也说是"天下大乱……遂成淫风"。）末句"无使尨也吠"是秽亵的情话。而《左传》记昭公元年郑伯享赵孟的故事说：

> 郑伯请赵孟、叔孙豹、曹大夫会宴，郑国的子皮赋《野有死麕》的末章（就是"无使尨也吠"的一章），赵孟赋《常棣》，并且说："吾兄弟比，以安尨也，可使无吠。"郑国

> 的穆叔、子皮和曹大夫都起来拜，并且举酒说：“小国赖子，知免于戾矣。”

他们用尨不吠比喻敌人慑服。（赵孟三句话的意思是说：我们兄弟国家团结起来，可以镇服敌人，使他们不敢放肆。）这个解释和这首情歌的原意是距离很远的，但他们居然以这样附会的说法把这场交涉办好了。

那时的卿大夫为什么在国际庄严场面上赋民间恋歌？依我的推测：这些民歌在当时是家喻户晓的，它的普及性远超过于《雅》《颂》和圣经贤传。(《左传》里引《雅》《颂》和《易》《书》的不及引这些恋歌之多。）这是其一。恋爱是人类的共同情感，拿它来暗示要表达的意思，大家容易体会，并且比直说宛转、深刻些。这是其二。后来儒家和诸子时常拿它作为说教的工具（如《论语》引“巧笑倩兮，美目盼兮”），也许就是利用它这两点功能。

了解这个原因，也就可以解释前人对《诗经》的两点疑问：

（一）后代封建文人把《国风》中的民间恋歌叫作“淫诗”，他们怀疑这些“淫诗”何以会在《三百篇》里和《雅》《颂》并列，怀疑孔子删《诗》何以不删掉它，因之在元代闹出王柏删《诗》的笑话。（他删了三十二首诗，都是热烈的恋歌。）我们看前文所举：郑大夫子大叔敢于拿《郑风·褰裳》的“子不我思，岂无他人”对着晋国权贵赵宣子诵，居然使赵宣子降意受听，不以为亵渎。可以知道，在很久以来，这些民间恋歌已不被作为“淫诗”看待了。它因为政治上实际的功用，已换上了政治外衣，和《雅》《颂》有其同等的身份了。把这些作品看作“淫诗”，那是在这些作品失了政治上实际功用以后的事。(有人说孔子《论语》里不讳说“好色”，所以会看重这些情歌。这还是不完全合于事实的推测。)

(二)后代文人很不满汉儒注《诗》，怪他们硬把民间情歌附会到政治上去了，如《毛传》说《褰裳》“子不我思，岂无他人”为“思见正也，狂童恣行，国人思大国之正己也”。说《山有扶苏》和《狡童》都是“刺忽”之辞等等。这些原都是极可笑的附会。但是我们看了《左传》所记春秋诵《诗》的故事，知道这些附会并不始于汉儒。“断章取义”，原是春秋卿大夫赋《诗》的老办法。如前面所举的郑伯享赵孟解《野有死麇》的故事，就是歪曲诗意比汉儒注《诗》更厉害的一个例子。我们因此知道，汉儒注《诗》的种种牵强附会的说法，原来是有其相当久远的渊源和传统的。汉代经师和春秋卿大夫们对《三百篇》有一个相同的要求，就是不惜歪曲原诗的本意来为当时的政治服务。尽管他们政治的对象和作用不尽相同，他们的目的却是一致的。

也许有人怀疑《左传》这些故事的真实性，像吴季子札观乐那些故事，拿年代和事实来考核，原是有问题的。但《左传》无疑是秦汉以前的一部古书，记下这些故事的，原是秦汉以前之人。那么，依据这些记载，我们说在秦汉以前，《三百篇》的原意已经被许多人作了许多次的改装，这总是不能否认的事实了。

后　记

先秦古书像《论语》《荀子》，引《诗》已有“断章取义”的例子(《礼记》的《表记》《坊记》《缁衣》里也有)，孟子说

《诗》，主张“不以文害辞，不以辞害意，以意逆志”。“文”指字义，“辞”指章句之义。“意”指读者的意思，“志”是诗的本意。到了汉代董仲舒，进一步说“《诗》无达诂”，是说《诗》可以随自己的意思作解释，以合当时的用途。这些说法都开汉儒解《诗》的门径，可和《左传》所记卿大夫引《诗》的故事相参证。

（原载《中华文史论丛》第1辑，1962年8月初版）

东风世界话梅花

大地东风，西湖孤山又有梅花消息了。我从前在西湖罗苑住过好多年，时常绕孤山散步，在梅林里吟玩前人咏梅的诗句。千把年来，诗人们写了许多赞颂梅花的作品，由于时代不同，作品的思想内容也不相同，这里面可以看出这些作品内容的发展过程。现在把它划分作几个阶段来谈谈。

一

我们说，文人咏梅花的诗歌大都是赞颂的，这是就绝大多数作品来说；但在它的开头，却不尽如此。我们知道，《诗经》《楚辞》里，并没有说到梅花[1]，清代龚自珍的诗说："三代以来春数点，二《南》卷里有桃花。"这被后代文人所贱视的"轻薄桃

[1]《诗经》中，《召南·摽有梅》"其实七兮""其实三兮"是说梅子，《曹风·鸤鸠》"鸤鸠在桑，其子在梅"和《小雅·谷风·四月》的"山有嘉卉，侯栗侯梅"，是说梅树，都不是咏梅花。

花”，却抢先于梅花在古代文学上出现。

六朝文人始多描写梅花的作品。说来却也奇怪，这种被后代诗人所称道为水边篱落的清高花品，那时却是在贵族“宫体”诗人的手中抬捧向文苑里来的。梁代的萧纲（简文帝）是最努力于写“宫体”文学的作家，他作一篇《梅花赋》，是这样写梅花的：

……于是重闺佳丽，貌婉心娴，怜早花之惊节，讶春光之遣寒，……或插鬓而问人，或残枝而相授。恨鬟前之太空，嫌金钿之转旧……

他的《雪里梅花》诗和萧绎（梁元帝）、王筠、庾肩吾、徐陵诸人的诗篇，也都是满纸罗幌、梳台、插鬓、对镜、玉手、春腰一类香艳字面。就是庾信名句“枝高出手寒”，也是描貌女性的。这类作家由于他们的阶级感情，只能写出这类作品。在唐宋以后诗人看来，都是亵渎梅花的。

不仅如此，六朝诗人并且有直率地侮辱梅花的。吴均的《吴朝请集》里有一首梅花诗说：

梅性本轻荡，世人相陵（即“欺凌”的“凌”字）贱。故作负霜花，欲令罗绮见。……

又有一首乐府《梅花落》：

终冬十二月，寒风西北吹。独有梅花落，飘荡不依枝。流连逐霜彩，散漫下冰澌。何当与春日，共映芙蓉池。

这和唐以后文人对梅花的看法完全不同：后人称赞它“贞心不改”“岁寒特妍”（唐代宋璟《梅花赋》），而吴均说它本性“轻荡”，所以被世人所“陵贱”；后人称它“正是花中巢许辈，人间富贵不关渠（它）”（宋代陆游《梅花》诗），而吴均说它开出“负霜花”是故意要给穿着罗绮的富贵人看的；后人说它“原没春风情性，如何共，海棠说”（宋代萧泰来《霜天晓角·梅》词），而吴均却把它和春花等同欣赏：这在后人看来也是要替梅花叫屈的。

六朝诗人看不起梅花的，不仅吴均一人；名诗人鲍照也有一首名作《梅花落》：

> 中庭杂树多，偏为梅咨嗟。问君何独然？念其霜中能作花，霜中能作实，摇荡春风媚春日。念尔零落逐寒风，徒有霜花无霜质。

诗里“咨嗟”梅花“徒有霜花无霜质”，不满之辞，也同吴均。[1]

六朝诗人并不是完全没有替梅花说好话，但是这些梁陈“脂粉”作家都不是表扬梅花。到了唐代名臣宋璟，以“铁肠石心”的人作一篇《梅花赋》，称赞它“谅不移于本性，方可俪（并比）乎君子之节”，“相彼百花，孰敢争先”，“独步早春，自全其天”（见《全唐文》二〇七卷），梅花才真正开始得高名于世。同时张九龄作《咏庭梅》：“芳意何能（这样）早，孤荣上自危。更

---

[1] 前人对鲍照这首乐府的解释说，作者是称赞梅花“霜中能作花，霜中能作实，摇荡春风媚春日”的，末了两句“零落逐寒风，徒有霜花无霜质”，乃是指“杂树”说的。我不同意这样解。我认为他们这样解是由于用唐宋以后人对梅花的看法。若读了吴均二首诗，鲍照这样不满梅花便无足怪了。鲍诗开头说“偏为梅咨嗟”，显然是不满之辞。况且题目是“梅花落”，则末了“零落逐寒风”两句，分明不是指杂树而是指梅花。

怜花蒂弱，不受岁寒移。”这里面可能寄托作者自己政治遭遇的感慨，也可和宋璟赋并称。但是唐代人局限于当时风气，对宋璟的赋还有误会的评语。[1]那时人咏梅篇什，数量也远不及宋人。宋代有陈从古者，辑录古梅花诗八百篇，在自序里作出一个约略的统计：

> ……在汉晋未之或闻，自宋鲍照以下，仅得十七人，共二十首。唐诗人最盛，杜少陵二首，白乐天四首，元微之、韩退之、柳子厚、刘梦得、杜牧之各一首，自余不过一二：如李翰林、韦苏州、孟东野、皮日休诸人则寂无一篇。至本朝方盛行。而予日积月累酬和千篇云。（见宋代周必大《二老堂诗话》）

再从作品的思想感情来看，大家如杜甫咏梅诗：“……绝知春意早，最奈客愁何！……故园不可见，巫岫郁嵯峨”（《江梅》），“……幸不折来伤岁暮，若为看去乱乡愁”（《和裴迪……逢早梅相忆见寄》），也只是写节候思乡的心情，还没有像宋人那样的大感慨。南宋杨万里为陈从古作《和梅诗序》，说：“及唐之李、杜，本朝之苏、黄，……遂主风月花草之夏盟。……盖梅之有遭，未有盛于此时者也。”这里于苏、黄之上而连及李、杜，是不合

[1] 晚唐人皮日休说宋璟以“铁肠石心”的人而作“清便富艳《梅花赋》”。这“清便富艳”四字，是对宋赋的误会。因为宋赋前半篇有一段说：“俨如傅粉，是谓何郎。”“又如窃香，是谓韩寿。”“又如通德，掩袖拥髻。”“又如绿珠，轻身坠楼。”这几句是说梅花被后人“口吻雌黄，拟仪殆遍”，是“王孙之见幻”，正是斥责六朝“宫体”诗人的话。皮日休大概未看清楚它的上下；也可能是对梅花的看法还有时代的局限，因而对宋赋有“清便富艳”这个不甚正确的评语。

事实的话。

二

宋代梅花诗盛极一时，这和林逋几首孤山梅诗大有关系。孤山有梅，在唐代已见于白居易诗，白居易离开杭州之后，作《忆杭州梅花，因叙旧游，寄萧协律》诗，有“三年闷闷在余杭，曾与梅花醉几场。伍相庙边繁似雪，孤山园里丽如妆”之句。后来林诗之名掩过了白诗，这原由于林诗多好句，也另有其政治背景。

林逋隐居孤山，在他生前，杭州守臣还只是“以文学保荐，赐粟帛而已”（见《西湖游览志余》）；到他死后，宋仁宗特赐谥“和靖先生”，他的高士的名气便更大了。我认为这里面是有政治原因的。他死于仁宗天圣六年（1028），在他死前的十年左右，正当宋真宗听王钦若的鬼话，迷信天书封禅（王钦若假造帛书放在宫门上、泰山上，说是从天而降。“封、禅”是皇帝祭天祭地的大典礼），闹了十多年，弄得“上自朝廷，下及闾里，莫不痛心疾首”（当时孙奭上疏语）。名臣如王旦，因为受了真宗一瓶美珠的贿赂，便不敢有异议；被王钦若所谮而罢相的寇准，后来也以奏上朱能的天书而得复召。林逋自作寿堂（生圹）诗却说：“茂陵他日求遗草，犹喜曾无封禅书。”[1]（“茂陵”句用汉武帝求司马相如遗稿得封禅书的故事，林逋是说自己不曾作过这类可耻的文字。）这两句诗不应只作一般的典故来解释。宋人王偁《东

[1] 这两句诗，前人一向认为是林逋作于临终之时，其实是错的。这首诗题作“自作寿堂，因书一绝以志之”，盖是自营生圹时作。

都事略》记载这两句诗入《林逋传》，后来史书、诗话传诵不绝，我以为林逋因为不满“天书封禅”而作的。当时王旦侍从真宗封禅车驾回来过陕州，魏野（是和林逋同时齐名的隐士）寄他一首诗说：“西祀东封俱已了，好来相伴赤松游。”王旦即袖着这诗向真宗求退（见司马光《温公诗话》）。王旦临死对儿子说：“我别无过，惟不谏天书一节，为过莫赎；我死之后，当削发披缁以敛！”（见《宋史纪事本末》）这可见“天书封禅”在当时人心目中是怎样的一个社会问题，也可见林逋不是完全遗世绝俗的人，他曾对朝廷这件劳民伤财的乱政表示不满，还是能关心社会现实的，是站在人民一边的。他身后所以为仁宗所敬重，为人民和士大夫所钦佩，不是没有由来的。(《四库提要》说他身后名大，只是由于他的诗句可以妆点湖山。那是不了解林逋的话。）因此，诗以人重，花以诗重，他的“疏影横斜水清浅，暗香浮动月黄昏”便成为传诵最盛的名句。（后人说这两句是他改窜前人成句的，那是不可信的话。[1]）

他又有一首《霜天晓角·梅花》词，见宋人陈景沂的《全芳备祖》：

冰清霜洁。昨前梅花发。正处玉龙（笛）三弄，声摇动、枝头月。　　梦绝。金兽（香炉）爇。晓寒兰烬（灯）灭。更卷珠帘清赏，且莫扫、阶前雪。

---

[1]“疏影横斜水清浅”二句，明人李日华说是林逋改窜五代人江为的诗句，说江为原句是“竹影横斜水清浅，桂香浮动月黄昏”，只开头二字不同（见李日华《紫桃轩杂缀》。李调元《全五代诗》卷三十九引）。今查江为这首诗的全篇，不见于《全唐诗》和《全五代诗》，李日华这两句不知何从而来，疑不可信。

前人称赏林逋词的，只指咏春草一首，这首梅词也值得在这里提起。

杭州在北宋，已是一座很繁盛的都市，会集了许多文人雅士。苏轼、秦观诸人对林逋作了许多表扬的诗歌，于是文人仿效作梅花诗的日益多了。到了南宋，应试服官的大都来过京城，他们的诗集里大都有“孤山看梅”一类题目。宋人黄大舆辑录唐宋咏梅的词数百阕作《梅苑》一书；若合唐宋诗编入，那数目就更丰富。宋末方回撰《瀛奎律髓》别出“梅花”为一类，可见宋人梅诗之多，也可见宋诗人对梅花的看重。

梅花之见重于宋代，文学之外，也和画艺有关。梅树的枝干姿态，横斜屈曲，很好配合画的格局。北宋画家始创作“墨梅”一格，《画梅谱》说：

> 华光道人方丈植梅数本，……偶月夜未寝，见窗间疏影横斜，萧然可爱，遂以笔规其状，凌晨视之，殊有月下之思。因此好事得其三昧，标名于世。黄鲁直（庭坚）观之曰：如嫩寒春晚行孤山水边篱落间，但欠香耳。

由于这种绘艺创作，也就为后人添了许多诗料词料。

三

北宋“承平”的时代过去了，到了社会矛盾尖锐化的时候，人们对于这些作家作品的看法便不同了，连对林逋的看法也逐渐变了。南宋末年，四川人文及翁来游西湖，有人问他四川有这样风景否，他便作一首《贺新郎》词，末段说：

> 国事如今谁倚仗，衣带一江而已。便都道、江神堪恃！借问

孤山林处士，但掉头、笑指梅花蕊。天下事，可知矣！

这是在国势危急时候，对那批逃避现实、不问政治者的斥责。他却用林逋作为这些人的代表。

在宋代的梅花诗人里，明显地可划分为现实主义和反现实的两派。爱国志士像陆游、陈亮等人，他们借梅花写自己的立身人格和政治理想；如陆游《射的山观梅》诗："凌厉冰霜节逾坚，人间乃有此癯仙。望收国士无双价，独立东皇太乙前。"他的《卜算子·梅》词下片："无意苦争春，一任群芳妒。零落成泥辗作尘，只有香如故。"这类作品，名为咏物，实是咏怀。陈亮的《梅花》诗说："疏枝横玉瘦，小萼点珠光。一朵忽先变，百花皆后香。欲传春信息，不怕雪埋藏。玉笛休三弄，东风正主张。"这种胸襟气象，确和北宋人描写香影之作大不相同了。

南宋亡国之后，许多民族节士也借梅花写自己的遭遇。如谢枋得《武夷山中》："十年无梦得还家，独立青峰野水涯。天地寂寥山雨歇，几生修得到梅花。"这是乱世忧生之感，是《诗经·桧风》"乐子之无家""乐子之无知"的慨叹。元吉《夜坐》诗："森森夜气落寒檐，闲把《离骚》酒正酣。忽忆梅花不成语，梦中风雪在江南。"这诗见《谷音》集，作者也是宋遗民。"江南风雪"象征亡国境遇，"不成语"三字包括无限。又宋末赵文有《咏梅》诗，中四句说："当于香色外观韵，可怪冰霜中有春。天下无花堪伯仲，江南惟尔不风尘！"结句云："老向山中作素臣。"这些作品中都有作者的精神节概。他们以梅花比喻自己的品格，也就大大提高了梅花的品格。固然大不同于六朝宫体，也不同唐人和北宋人之作。千把年来的梅花诗，在时代的演变中逐步发展，提高其思想内容，到了南宋末年尤为明显。这些都是时代的产物，都表现其时代精神。

四

今天的时代，更大不同于从前了。记得从前有人主张用梅花当作我们的国花。这个说法，在现在看来，会有更确切的意义。梅花枝干倔强刚劲，在冰霜风雪中含苞吐花，这可以象征我们中华民族历尽艰难困苦，锻炼出坚强不屈的民族性格。它开在百花之前，作群芳的领导。二三月的西湖，正是"东风世界"，我们今天来看孤山梅花，和旧时代文人孤高遗世的心境是完全不同了。因此，古代诗人许多咏梅的作品，求其能切合我们今天的心情的，该是很少很少。就我记忆所及，古代梅花诗词，对今天我们仍有其振奋鼓舞作用的，还只有上文引过的陈亮那首诗，尤其是其中四句：

一朵忽先变，百花皆后香。欲传春信息，不怕雪埋藏。

陈亮这诗用梅花比喻自己突出、进步的政治主张和学术思想，为了表达、坚持这种主张、思想，他不怕一切恶势力的压迫和打击——他曾经好几次因被诬为"造反""杀人"而下狱；他不向恶势力投降，只是盼望有正义力量来支持他。("玉笛休三弄，东风正主张"，是他这首诗的结句。)这种勇于斗争的精神，不正是我们现代人应有的坚持正义、不屈不挠的风格吗？

元末人杨维桢诗："万花敢向雪中出，一树独先天下春。"有陈亮那般口气，但没有他的实际斗争精神；至于北宋王曾的"从今莫问调羹事，且向百花头上开"，那只是封建官僚希望爬上去做宰相的庸俗思想，是决不能和陈亮诗并比的。我近来正在读《龙川文集》，好谈陈亮，这里就拿他这首诗来作为我今天对梅花的最崇高的礼赞。

（原载1961年3月21日和3月25日《光明日报》
副刊《东风》，分上下两次刊登）

杜甫与高适

在杜甫的朋辈中，高适是与他交谊比较深久的一人。杜甫二十多岁已经和他在山东汶上相识（《寄高常侍》诗，有“汶上相逢年颇多”之句）。那时高适三十多岁，与杜甫、李白共游河南宋州。大历年间，杜甫在夔州作《遣怀》诗，回忆客游宋州情事，有“忆与高李辈，论交入酒垆”之句。作《昔游》诗，也说：“昔者与高李，晚登单父台。”上元元年（760），杜四十九岁，二人在蜀州重逢，作《奉简高三十五使君》诗，有“交情老更亲”句。高这时正从彭州转官蜀州，杜《寄高彭州一绝》云：“为问彭州牧，何时救急难？”时有所求乞于高。代宗宝应元年（762，杜五十一岁），高代严武作成都尹，杜《寄高适》有“诗名惟我共，世事与谁论”句。广德二年（764），高被召还京，杜寄诗誉其诗为“方驾曹刘不啻过”。永泰元年（765），高适卒，杜作《闻高常侍亡》结句云：“独步诗名在，只令故旧伤。”两人缔交先后盖二十多年。后人以高适与岑参并称为“高岑”，这称呼也起于杜甫，杜《寄彭州高三十五使君适虢州岑二十七长史参三十韵》云:“高岑殊缓步,沈(约)鲍(照)得同行。”这可见高的诗才杜是相当钦佩的。

但是,杜甫对高适的钦佩,好像也只是限于他的诗才。我们若拿高杜两家诗来比较他们的思想内容,那距离是很大的。今举二事作例如后:

天宝年间,杜甫、高适和岑参、储光羲、薛璩同在长安,同作《登慈恩寺塔》诗,他们在诗中都表示一些感慨。高适的下半篇说:

……秋风昨夜至,秦塞多清旷。千里何苍苍,五陵郁相望。盛时惭阮步,末宦知周防。输效独无因,斯焉可游放。

末四句只是他个人仕途得失的牢骚。杜甫的下半篇说:

回首叫虞舜,苍梧云正愁。惜哉瑶池宴,日晏昆仑丘。黄鹄去不息,哀鸣何所投?君看随阳雁,各有稻粱谋!

慈恩寺塔俯瞩芙蓉园和曲江池,都近在咫尺。那几年间,唐玄宗和杨妃正在曲江荒游无度。“瑶池日晏”指此,(旧注说“瑶池”指骊山温泉,未是。)“黄鹄哀鸣”是他自比。“随阳雁”是讥刺那批高官厚禄的小人。那时社会表面上还是歌舞升平,而有政治敏感的人却已觉得有飘摇崩析之惧。这比之高适矜矜于“末宦周防”,胸襟见识原大不侔。岑参诗结句:“净理了可悟,胜因夙所宗;誓将挂冠去,觉道资无穷。”储光羲的结句:“俯仰宇宙空,庶几了义归;崱屴非大厦,久居亦以危。”都作颓废出世想,也都不能和杜诗相比。

高适又有一首《李云南征蛮诗》,内容思想,比他的《登慈恩寺塔》诗更低下。诗序云:

天宝十一载，有诏伐西南夷，右相杨公兼节制之寄，乃奏前云南太守李宓涉海自交趾击之。

道路险艰，往复数万里，盖百王所未通也。十二载四月，至于长安。君子是以知庙堂使能而李公效节；适忝斯人之旧，因赋是诗。

诗云：

圣人赫斯怒，诏伐西南戎。肃穆庙堂上，深沉节制雄。遂令感激士，得建非常功。料死不料敌，顾恩宁顾终。鼓行天海外，转战蛮夷中。梯巘近高鸟，穿林经毒虫。鬼门无归客，北户多南风。蜂虿隔万里，云雷随九攻。长驱大浪破，急击群山空。饷道忽已远，悬军垂欲穷。精诚动白日，愤薄连苍穹。野食掘田鼠，晡餐兼僰僮。收兵列亭堠，拓地弥西东。临事耻苟免，履危能饬躬。将星独照耀，边色何溟濛。泸水夜可涉，交州今始通。归来长安道，召见甘泉宫。廉蔺若未死，孙吴知暗同。相逢论意气，慷慨谢深衷。（见《全唐诗》卷二百十二）

高适这首诗作于天宝十一载，与杜甫的《兵车行》同年作，并且是同一内容的作品。那是鲜于仲通伐南诏失败之后一年，政府大募兵丁，杨国忠遣御史分道捕人，连枷送诣军前。杜甫《兵车行》写人民被驱遣奴役的惨状，从兵丁口中述出玄宗开边黩武，使农业生产日趋衰败，而农家租税仍不得减轻；写往年远征吐蕃之役，在青海头战死的兵士不得归骨。这和他的《三吏》《三别》，同是为人民向统治者发出的控诉。同年他又作《前出塞》九首，所云“君已富土境，开边一何多”，“杀人亦有限，立国自有疆”，也同此用意。同时的诗人在诗里反映这惨酷的现实的还有李白的《古风》“羽檄如流星”一首云：“渡泸及五月，将赴云南征，怯卒非战士，炎方难远行。”刘湾的《云南曲》云：“白门太和城，来往一万里，去者无全生，十人九人死。……哀哀云南行，十万同已矣！”后来又有白居易新乐府《折臂翁》，等等。这些诗歌可见这场战争在民间造成苦难的深重。而高适并为了应酬一个官场老朋友而作这首《征蛮诗》，（原序云“忝因斯人之旧，因赋是诗”。）只是一味赞扬这场战争，这实际是给权奸杨国忠捧场，诗里把兵士忍饥荒山，吃老鼠，甚至残酷到吃人的惨状（“梯巘近高鸟，穿林经毒虫。……饷道忽已远，悬军垂欲穷。……野食掘田鼠，晡餐兼僰僮……）说成是他们“精诚动白日，愤薄连苍穹”。我们拿它和《兵车行》以及李白、刘湾、白居易诸人的诗歌相对比，这《李云南征蛮诗》无疑是一首反人民的作品。

《通鉴》卷二百十七，天宝十三载，记李宓征云南云：“侍御史剑南留后李宓，将兵七万击南诏。阁罗凤诱之深入，至太和城，闭壁不战；宓粮尽，士卒瘴疫及饥死十七八，乃引还。蛮追击之，宓被擒，全军皆没。国忠隐其败，更以捷闻，益发兵讨之。前后死者几二十万人，无敢言者。”《旧唐书》云：“李宓率兵击蛮于西洱河，粮尽军旋，马足陷桥，为阁罗凤所擒。”《新唐书》也说：“宓败死于西洱河。”可见史书上所载李宓这场战事，实和高适这诗所说完全不同。洪迈《容斋随笔》卷四《李宓伐南诏》条，引高适这诗说：“虽诗人之言未必皆实，然当时之人所赋，其事不应虚言，则宓盖归至长安，未尝败死，其年又非十三载也。味诗中‘掘鼠’‘餐僮’之语，则知粮尽危急，师非胜归甚明。”我想：李宓大概是从云南逃归而又掩败为胜的，当时杨国忠当权，别人不敢说破，高适这诗很可能就是为他圆谎而作。若真如此，更可见高适的人品了。

高适又有《同李员外贺哥舒大夫破九曲之作》，是祝贺哥舒翰破西蕃的，又有《信安王幕府诗》，记开元二十年“有事林胡”（都见《全唐诗》卷二百十四），也是歌颂政府开边黩武的作品，都可见他对当时这种侵略战争的看法。在《李云南征蛮诗》里，这种思想更为突出。

高适的诗篇最为后人传诵的，有《封丘作》《燕歌行》二首。这是他“晚达”以前的作品（《封丘作》是初释褐为尉时作，《燕歌行》开元二十六年作，《文苑英华》定后者为开元十六年作）。他那时的生活还接近人民，所以还能反映一些社会现实；到了作《李云南征蛮诗》时，他已宦成名遂，挤上统治集团的高位了，所以会有这些反人民的作品！有些人过高估计他的边塞诗，以为有爱国主义精神；其实唐代一般文人的从军出塞，大都是为了猎取个人功名。我们看高适的《塞下曲》：“万里不惜死，一朝得成功；画图麒麟阁，入朝明光宫。大笑向文士，一经何足穷。”岑参的《送李副使赴碛西官军》：“功名只应马上取，真正英雄一丈夫！”其动机可见。他们平时在实际生活里不能不看见征人戍卒的苦痛，所以也偶有同情他们的作品；但一接触到他们个人或同阶级同集团人们的利害时，就把人民忘掉了。后人读高适诗，只记得他《封丘作》的“拜迎官长心欲碎，鞭挞黎庶令人悲”和《燕歌行》的“战士军前半死生，美人帐下犹歌舞”，便肯定他是一位热爱人民的作家，这种看法是很不全面的。

杜甫和高适有二十多年的交谊，他们在唐代诗坛上都是负重名的作家，但是他们作品的思想内容却是距离那样远！这决定于他们的生活环境和政治遭遇，决定于他们对生活的态度和对人民的态度。

统观杜甫酬赠高适各诗，二人的友谊似只是建筑在文学的基础上的。杜甫对高适的称誉不出于“佳句”“美名”以及“晚达”的遭遇。一则曰：“美名人不及，佳句法如何？”（《寄高三十五书记》）“诗名惟我共，世事与谁论？”（《寄高适》）再则曰：“当代论才子，如公复几人？”（《奉简高三十五使君》）“独步诗名在，只令故旧伤。”（《闻高常侍亡》）又曰：“似尔官仍贵，前贤命可伤！”（《寄彭州高三十五使君适，虢州岑二十七长史参三十韵》）这些话都没有说到高适的人品和他的作品的思想意义，不同于他对元结、郑虔、李白诸人的称誉。于此可见杜甫对当代人物的评赞并不是漫无分寸的。这位大诗人的看法，却正可作为高适在文学史上很确当的评价：他只是一位能作“佳句”兼有“美名”的“贵官”“才子”。

（1962年8月改定于杭州）

杜诗札丛

一、读书破万卷

杜甫三十七岁在长安，作《赠韦左丞丈（济）二十二韵》，自述诗学云：

读书破万卷，下笔如有神。

王安石以为这是杜诗所以能"妙绝古今"的原因（魏庆之《诗人玉屑》卷十四引《东皋杂录》）。杜在赠答交游各篇中，也时时提到读书；如《郑典设自施州归》云："群书一万卷，博涉供务隙。"《可叹》云："丈夫正色动引经，酆城客子王季友。群书万卷常暗诵，《孝经》一通看在手。"这是奖誉友人的。《柏学士茅屋》云："古人已用三冬足，年少今开万卷余。……富贵必从勤苦得，男儿须读五车书。"这是勉励后辈的。

唐代文人都以博涉典籍相高，这风气盛于武后时。《通典·选举典》（三）引沈既济的话：

武后君临天下二十余年，公卿百辟无不以文章进，因循日久，浸以成风；至于开元、天宝之中，父教其子，兄教其弟，无以易业；大者登台阁，小者任郡县，五尺之童，耻不言文墨焉。

这说明“利禄之途”对文人的影响。《通典》这段话可为杜甫“富贵必从勤苦得”两句作注解。

由于宋人说杜诗“无一字无来历”，后来如仇兆鳌作《杜诗详注》引三部书注“无食无儿一妇人”一句白话诗，这原很可笑（“无食”引《贾谊新书》。“无儿”引《晋书》。“一妇人”引宋玉《神女赋》）。但杜甫作诗，也确曾费心力于此。《刘贡父诗话》尝疑心他的“功曹无复汉萧何”是误用典故，王定国和杜修可引《高祖纪》注及《吴志》证其不误。罗大经《鹤林玉露》不解“色难臭腐食风香”句的“食风香”三字，后观佛书“凡诸所齅，风与香等”，意少陵用此。我们看他作《谒文公上方》《金华山观》《牛头寺》《兜率寺》诸诗，皆多用佛典，赠僧各诗亦然（如《赠赞公四首》《别赞上人》等），知其不但寝馈经史，也熟于佛典。那时书籍还少刻本，杜甫又终身转徙江湖，不可能多携卷帙；其早年绩学之功，于此可见。《旧唐书》称柳仲郢：

厩无名马，衣不熏香，退公布卷，不舍昼夜。九经三史一钞，魏晋以来南北史再钞，手钞分门三十卷，号《柳氏自备》。又精释典，《瑜伽》《智度》大论皆再钞，自余佛书，多手记要义，小楷精谨，无一字肆笔。

此足见唐人记诵之功及好读佛书的风气。

六朝文人读书不多，《颜氏家训·勉学篇》讥笑当时学人不知先儒中有王粲。而那时的博学家如颜之推、顾野王、刘孝标等，则不以其学入诗。今传诸人诗篇，只是拟乐府、艳体之类。

何承天号称博通古今，今亦只传《鼓吹铙歌》十五首。唯庾信《咏怀二十七首》《和张侍中咏怀》等，多用书卷，在六朝诗人中算最为突出了。若论酝酿之功，还不能望老杜。

不过老杜的文学成就，却不尽由于书卷学力，更主要的是由于他的生活阅历和他有“穷年忧黎元”的精神。明代王嗣奭评杜诗有云：

如《三吏》《三别》诸作，非亲见者不能为；然在他人，即亲见亦不能为。

这三句话很有见地。“非亲见者不能为”是说他深于生活阅历，“然在他人，即亲见亦不能为”，是指他的思想情感，也关合他的学力修养。寝馈书卷、深于学力的人，往往浅于实际生活的体验，而老杜《三吏》《三别》这类大作品，实是生活和学力的统一。

我以为，若把《自京赴奉先县咏怀》和《赠韦左丞丈》里的两句话写在一起，作为杜诗的赞辞是：“穷年忧黎元，下笔如有神。”这样割裂原文，原不很妥当，若就杜诗思想内容说，这比老杜自己说的“读书破万卷，下笔如有神”，也许会是更真实一些吧？

二、儒学与文学

子美是杜恕、杜预的后裔，自谓世代奉儒，《进雕赋表》云：

自先君恕、预以降，奉儒守官，未坠素业矣。

其诗篇中屡屡称“儒”，不下三四十处，盖与其家学有关。

但杜诗中所谓“儒”，不尽指孔孟之道，如《送韦十六》“伤哉文儒士”,《送蔡希鲁》“壮士耻为儒”,《江汉》“乾坤一腐儒”,《赠韦左丞丈》“儒冠多误身”等,是泛指书生文士;如《赠特进汝阳王》“学业醇儒富”,《八哀诗》称苏源明“学蔚醇儒姿”,《寄刘峡州四十韵》“家声同令闻,时论以儒称”等,若今所谓专家、学者(《寄刘峡州四十韵》下文有云“学并卢王敏,书偕褚薛能”可见);如《将还江陵》的“卧疾淹为客,蒙恩早厕儒”,《送杨六判官使西蕃》的“儒衣山鸟怪,汉节使臣看”等则泛指士大夫;其明指孔孟之道的,只有《醉时歌》的“儒术于我何有哉?孔丘盗跖俱尘埃”及《题衡山县文宣王庙呈陆宰》的“呜呼已十年,儒服弊于地”等数处而已。(《敬寄族弟唐十八使君》云:“鸾凤有铩翮,先儒有抱麟。”此不过用儒家故事,与《醉时歌》等又不同。)

老杜常把儒术与文章并提,如《又示宗武》“应须饱经术,已似爱文章”,犹是二事对举;至若《偶题》一首云“文章千古事,得失寸心知”,本是论诗之作,而下文接云“法自儒家有,心从弱岁疲”,则合二者为一(这“儒家”也许只是如今所说“读书人”而已,但在宋儒却必不肯如杜这么说),此盖唐人见解。因为治经是两晋北朝以来北方士族的家学,而词章则是唐代高宗、武后以来的科举之业;利禄之途既开,两者从唐代起就交相为用(文人必须读经书,经生亦必须习辞章,才可以应科举)。并且当时明经、进士二科并重,经生、文士遂合为一体。我们看《旧唐书》卷一百八十八《儒学传》中所列诸人:陆德明、贾公彦等是经生,而欧阳询、李善却是文士。善附《曹宪传》,宪虽是音义家,而与善并称《文选》专家。这足见唐人对儒学与文学的看法，并可为前举杜诗合儒、文为一的解释。(《儒林传》中人为文学者，前史固多有，宋后分别乃严；以李善入儒林，宋人必不首肯。)

总之，唐人所谓“儒学”和杜诗所称的“儒”，不尽是指孔、孟之道，不能与宋代理学家所云相提并论。虽然杜诗中有浓厚的仁民爱物思想，近于儒家，但不可援据上面所引这些文句字面来作证。杜诗云云，足见当时学风文风，当时的学风文风也足以说明杜诗，但是若援据上引各句以之说杜甫儒家思想，那就不合实际了。

杜甫四十一岁作《奉赠鲜于京兆二十韵》结云：

有儒愁饿死，早晚报平津。

旧注说“鲜于京兆”是鲜于仲通。仲通是由杨国忠引拔作京兆尹的。这年杨国忠作右相兼文部尚书，知杜所仰望汲引的平津侯，就是杨国忠。这里所说“愁饿死”之“儒”，亦只是书生文士的代称；如果说是自命学孔孟之道者，宋儒看见，恐怕要“笑绝冠缨”了。

三、用方言

杜诗多用民间方言，举“能”“残”二字为例：

今浙江方言：“能”字读阴平声，作“如此”“这样”解，如“能好”“能大”，或即后来的“恁”字。杜诗中也常见，如“稻米炊能白”“群小谤能深”“衣马不复能轻肥”“多才依旧能潦倒”，就是说这样白，这样深，这样轻肥，这样潦倒。若作“能够”解，便说不通。他本改“改席台能迥”句的“能”字作

“为”字，就由于不了解这个“能”字的意思。

唐人变文《持世菩萨》卷有云：

朱唇旖旎，能红能赤；雪齿齐平，能白能净。

四个“能”字也作“这样”解。唐诗中如韩愈“杏花两株能白红”，皮日休“桧身浑个矮；石面得能頳”，白居易“食檗不易食梅难，檗能苦兮梅能酸”，宋词中如吴文英“春梦人间须断，但怪得当年梦缘能短”，李之仪“舞柳经春只瘦，游丝到地能长”，文天祥“乾坤能大”，等等，不胜屈指；元曲里也许更多；可知它是民间习用语。近人张相撰《诗词曲语辞汇释》，引杜“多才依旧能潦倒”、白居易“檗能苦兮梅能酸”、李之仪“游丝到地能长”诸句，说这几个“能”字都是“只”字的意思。我以为作“这样”解较妥。惟杜诗《义鹘行》的“折尾能一掉，饱肠皆已穿”句的“能”字，则确当作“只”解。

用“残”字者，如：

二十二家同入蜀，唯残一人出骆谷。(《三绝句》)

只残邺城不日得，独任朔方无限功。(《洗兵马》)

至今残破胆，应有未招魂。(《……自金光门出道归凤翔……》)

犹残数行泪，忍对百花丛。(《登牛头山亭子》)

千里犹残旧冰雪，百壶且试开怀抱。(《苏端薛复筵简薛华醉歌》)

闻说真龙种，仍残旧骕骦。(《秦州杂诗》之五)

未有开笼日，犹残旧宿枝。(《鹦鹉》)

南海残铜柱，东风避月支。(《偶题》)

以上诸“残”字若作“凋伤”“破敝”说，皆不可通。赵次公注解《秦州杂诗》云：“‘残’者‘余’也，唐人语以‘余’为‘残’。”又解《偶题》“铜柱”句云：“‘残’者，常余此物耳。”甚是。

他如《宿花石戍》云“山东残逆气，吴楚守王度”，《暂往白帝复还东屯》云“复作归田去，仍残获稻功”。连前后文玩之，二“残”字亦应训“余”。惟《赠王二十四侍御契四十韵》“锦里残丹灶，花溪得钓纶”，《老病》“药残他日裹，花发去年丛”，则“余”“凋”两义皆通。

赵注说以“残”为“余”是“唐人语”，却未尽然。按庾信《舞媚娘》歌：

> 少年惟有欢乐，饮酒那得留残！

“留残”即是留余（黄庭坚《西江月》词“杯行到手莫留残”，用此），是六朝已如此。

又按敦煌变文《燕子赋》有云：

> 若实夺燕子宅舍，即愿一代贫寒，朝逢鹰夺，暮逢鹞算，行即着网，坐即被弹，经营不进，居处不安。日埋一口，浑家不残。

“浑家不残”，是说全家不留余一人也。《降魔变文》：

> 舍利弗道力不思议，神通变现甚希奇。辞佛故来降外道，次第总遣大风吹。神王叫声如电吼，长蛇拡树不残枝。

“不残枝”是说不留余枝也。《舜子变》：

> 不得使我银钱；若用我银钱者，出来报官，浑家不残性命！

“浑家不残性命”是说全家不余留性命也。（以上蒋礼鸿君告我，见其所著《敦煌变文字义通释》。）据此，可见以“余”为“残”，实是民间方言。

白居易去杭州诗有云：“渭北庄犹在，钱塘俸尚残。如能便归去，亦不至饥寒。”“俸尚残”谓俸尚有余也，“三年请禄俸，颇有余衣食”句可证。

又按曾慥《类说》卷四十七引《遁斋闲览·朱虎残》条有云：

> 武康民朱泰，事母甚孝，为虎所搏而去，泰大呼云：“虎暴杀我，母将无所依。”虎遽舍之。泰后安健如故，乡里号“朱虎残”。

“虎残”犹云“虎口余生”。此又可见以“余”为“残”不但六朝唐代，宋时民间方言还是如此。

四、“吴体”

杜诗有用民间歌谣音调的，后人仿效或解释，往往失实。“吴体”即其一例。

杜甫大历年间在夔州作一首拗体律诗，题目是《愁》，诗云：

> 江草日日唤愁生，巫峡泠泠非世情。盘涡鹭浴底心性，独树花发自分明。十年戎马暗南国，异域宾客老孤城。渭水秦山得见否，人今罢病虎纵横。

诗题下有一句作者原注：“强戏为吴体。”“吴体”二字，从来解说纷纭。元代方回的《瀛奎律髓》卷二十五“拗字”类云：“拗字诗在老杜七言律诗中，谓之‘吴体’；老杜七言律一百五十九首，而此体凡十九出，不止句中拗一字，往往神出鬼没，虽拗字甚多而骨格愈峻。今江湖学诗者喜许浑诗，如‘水声东去市朝变，山势北来宫殿高’‘湘潭云尽暮山出，巴蜀雪消春水来’，以为丁卯（许浑）句法，殊不知始于老杜；如‘负盐出井此溪女，打鼓发船何郡郎’‘宠光蕙叶与多碧，点注桃花舒小红’之类是也。……”方氏说“不止句中拗一字，往往神出鬼没”。这是说“吴体”的声调是没有一定规律的。

依方氏所说，老杜“吴体”与一般拗体似乎没有什么分别。但纪昀评《瀛奎律髓》在老杜《题省中院壁》一首说：“‘吴体’与拗法不同，其（拗法）诀在每对句第五字以平声救转，故虽拗而音节仍谐。”又评后四首说：“此四首皆‘吴体’，全不入律，与前用拗法者不同。”这是说“全不入律”的是“吴体”。“每对句第五字以平声救转”的是“拗法”，二者并不相同。

友人郭绍虞说唐人拗律有二种：一是律体未定前之拗，即所谓“古调”，如老杜“城尖径仄旌旆愁，独立缥缈之飞楼”诸篇是。一是律体既定以后之拗，即所谓“拗调”，所以单句拗第几字则偶句上必拗第几字以救之，有时偶句不救，则更易本句中平仄以自救之，如许浑之“溪云初起日沉阁，山雨欲来风满楼”“湘潭云尽暮山出，巴蜀雪消春水来”是。至所谓“吴体”，则大抵运用“古调”，不但换一二字平仄，所以救而不必救，后人读之，遂觉其纵横变化不可端倪（见郭氏《语文通论续编·论中国文学中的音节问题》第八节：《“吴体”的音节》）。这是说“古调”“拗调”与“吴体”是有分别的。“吴体”大体是运用“古调”的，“救而不必救”，它与“拗调”用救者不同。这和纪昀所说大致相近。

唐人作“吴体”诗的，老杜之后，皮日休、陆龟蒙二家最多。二人同居吴中，以“吴体”更唱迭和，举二首如下：

陆龟蒙《早春雪中作吴体寄袭美（日休）》：“迎春避腊不肯下，欺花冻草还飘然。光填马窟盖塞外，势压鹤巢偏殿巅。山炉瘿节万状火，墨突乾衰孤穗烟。君披鹤氅独自立，何人解道真神仙。”（《全唐诗》二十三：陆诗八）

皮日休《奉和鲁望（龟蒙）早春雪中作吴体见寄》：“威仰噤死不敢语，琼花雪魄清珊珊。溪光冷射触鸂鶒，柳带冻脆攒栏干。竹根乍烧玉节快，酒面新泼金膏寒。全吴缥瓦十万户，惟君与我如袁安。”（《全唐诗》二十三：皮诗六）

这两首是句句拗，句句用相救法的。两首之外，两家“吴体”尚有下列五首：

陆：《独夜有怀因作吴体寄袭美》

皮：《奉和鲁望独夜有怀吴体见寄》

陆：《早秋吴体寄袭美》

皮：《奉和鲁望早秋吴体次韵》

陆：《新秋月夕客有远相寻者作吴体二首以赠》

也无不用相救法。于此知纪氏、郭氏所谓“吴体”上下句不相救之说，仅可论老杜此体，不能下赅皮、陆唱和之篇。我以为杜作“吴体”本是用民间歌谣声调，并没有什么字声上的规律。皮、陆承律体作法大备之后，于打破律体一部分格律之外，又严守拗句相救的格律，而亦以“吴体”命名，实非老杜本体。（律体拗救之法，盛唐人已有，中唐以来更严格。老杜此首如“十年戎马暗南国，异域宾客老孤城”，尚不得目为拗救体。）

明代黄生说杜诗，谓“皮、陆集中亦有‘吴体’诗，乃当时俚俗为此体耳，诗流不屑效之。杜公……曰‘戏’者，明其非正律也”。不知老杜本是效作“俚俗”体，皮、陆却以文士格律诗之法为之。黄生之说，适得其反了。

杜诗《夜宴左氏庄》：“诗罢闻吴咏，扁舟意不忘”，此“吴咏”与“吴体”，当皆指吴中，是今苏浙地区。陆游浙人，其集中也有以皮、陆相救体作“吴体”，殆亦以此故。［近人或据《南史》及《梁史》的《吴均传》说均“文体清拔有古气，好事者敩之，谓之‘吴均体’”之说，疑杜所说的“吴体”是学“吴均体”，殆不可信。又刘禹锡《刘宾客集》有《竹枝词》自序云：“予来建平（四川巫山县），里中儿联歌竹枝……聆其音，中黄钟之羽，卒章激讦如吴声，虽伧佇不可分，而含思宛转，有淇澳之艳音……”此所谓“激讦如吴声”云云，或近杜诗此体的声调，姑记之待考。］

总之，杜甫的“吴体”，是仿效南方民歌声调的，和一般文士所作的变体格律诗、在对句或本句中用平仄相救的实不相同。方回所说“不止句中拗一字，往往神出鬼没”（无一定规律），纪昀所说“全不入律”，数语差得其实。皮日休、陆龟蒙以字声相救的文士格律体当作“吴体”，虽作于吴中，而实不是杜甫出于民间歌谣的“吴体”。（杜诗题下自注云：“强戏为吴体。”可知当时已有此体，非杜自创；因此体为文士所鄙视，所以流传不多。）文士们笔下的作品，文字格律越细，离民间也就越远。后人解释这体的，往往拿这些文士作品以说民歌，无怪纷纭之论，数百年来莫衷一是了。

（1959年春，杭州大学）

五、“妇人在军中”

《新婚别》：“妇人在军中，兵气恐不扬。”这原是用《汉书》李陵事；但妇人从军，在唐代亦实有其事。《通鉴》卷二百二十一：“肃宗乾元元年十一月，许叔冀奏：卫州妇人侯四娘、滑州妇人唐四娘、甘州妇人王二娘，相与歃血，请赴行营讨贼。皆补‘果毅’。”同卷，乾元三年三月：“来瑱至襄州，张维瑾等皆降。时有父母随子在军者。参谋元结说瑱曰：‘孝而仁者可以言忠，信而勇者可以全义；岂有责其忠信义勇而不劝之孝慈邪？将士父母宜给以衣食，则义有所存矣。’瑱纳之。”此可见安史之乱时，军队中实有妇人。故《石壕吏》的老妪愿应河阳役，《新婚别》的新妇有“誓欲随君去”之语。

按《商君书·兵守篇》：“三军：壮男为一军，壮女为一军，男女之老弱者为一军，此之谓三军也。”是先秦军中亦有妇女。《兵守》又说：“慎使三军无相过（来往），壮男过壮女之军，则男贵女而奸民有从谋而国亡，喜与其恐有蚤闻（‘奸民’以下疑有脱误），勇民不战。”据此，知古时所谓“妇人在军，兵气不扬”，似乎是说妇人不应在壮男的军中。杜诗用李陵事，《李陵传》云云，或是传述古语。惟《商君书》所说，未必是当时军中一般情形，它与唐代年代过远，自然更不能引以证杜诗。泛览偶得，聊牵连记之。

六、杜甫无海棠诗

唐人郑谷作《蜀中咏海棠》诗云：“浓淡芳春满蜀乡，半随风雨断莺肠，浣花溪上空惆怅，子美无心为发扬。”贾岛咏海棠亦有“蜀都曾未遇诗人”之句。宋阮阅《诗话总龟》记东坡别齐安（黄州）时赠妓李宜诗云：“恰似西川杜工部，海棠虽好不留诗。”从此老杜无海棠诗，遂成为这花的故事。后人或因此误信《王禹偁诗话》“杜子美避地蜀中，未尝有一诗说着海棠，以其生母名海棠也”的妄说。予按《太真外传》记明皇于沉香亭召杨妃，见其醉颜残妆，鬓乱钗横，谓“岂妃子醉，直海棠睡未足耳”。是唐人固已重此花。[1]然当时人吟咏及此者，郑谷、贾岛之外，有薛能、顾非熊、温庭筠、李绅等，都是中晚唐人。可见盛唐时虽已重此花，以之入诗歌，实盛于中晚唐之后。这情形恰同于诗人之于牡丹。

洪迈《容斋随笔·唐重牡丹》条引欧阳修作《牡丹释名》云：“牡丹初不载文字，唐人如沈、宋、元、白之流皆善咏花，当时有一花之异者，彼必形于篇什，而寂无传焉。唯刘梦得有《咏鱼朝恩宅牡丹》诗，但云‘一丛千朵’而已，亦不云其美且异也。”洪氏历引元、白诸家诗辨之，说“唐人未尝不重此花”。按欧阳偶忘元、白诗，固是疏失，然检盛唐人文字提到牡丹的，似只有王维《红牡丹》五绝一首“绿艳闲且静，红衣浅复深。花心愁欲断，春色岂知心”二十字。相传谢灵运文中已有牡丹，[2]开元时尤见贵重，[3]而时人还少入吟咏，杜诗亦无一字及牡丹。

---

[1] 宋沈立《海棠记序》：“蜀花称美有海棠焉，然记牒多所不录，盖恐近代有之。……因搜前记，惟唐相贾元靖耽著《百花谱》，以海棠为花中神仙。”耽，贞元间宰相。

[2]《酉阳杂俎》说谢康乐始言永嘉水际竹间多牡丹。是六朝时东南海滨已有此花。

[3]《酉阳杂俎》：“开元末，裴士淹为郎官，奉使幽冀，得白牡丹一窠，植于长安私第，天宝中为都下奇赏。”

其不作海棠诗，正同此例。前人说杜诗，喜附会穿凿，《王禹偁诗话》云云，亦其一也。

七、食盐

食盐政策乃唐代政治上一大问题，故杜诗中屡及此物。在云安作《客居》诗云："蜀麻久不来，吴盐拥荆门；西南失大将，商旅自星奔。"（永泰元年，郭英乂为崔旰所杀，蜀中大乱，见仇注卷十四页五十一）在夔州作《柴门》诗云："风烟渺吴蜀，舟楫通盐麻。"又《夔州歌》云："蜀盐吴麻自古通，万斛之舟行若风。"皆言吴蜀盐运。自秦州赴同谷道中作《盐井》一首，结云："自公斗三百，转致斛六千；君子慎知足，小人苦喧阗。我何良嗟叹，物理固自然！"是讽刺官吏剥削盐民，无从宣愤，诿为"物理固自然"。又在蜀作《负薪行》，有"死生射利兼盐井"句，《滟滪》诗有"休翻盐井掷黄金"句，则悯蜀民冒生命的危险运贩"私"盐。

唐人称"扬一益（蜀）二"，由于扬州产海盐，四川多盐井，所以称富全国。第五琦作盐铁使，始变盐法，榷盐成为中唐政府大项收入。穷民产盐甚苦，却要负担盐税的大部分，因此盐民反抗政府，前后不绝。《新唐书》卷五十四《食货志》："至大历末，（盐利）六百余万缗，天下之赋，盐利居半；宫闱服御、军饷、百官禄俸，皆仰给焉。"上举杜甫各诗，作于往来川蜀道中的，皆大历年间事，正可与史书作印证。

杜诗反映唐代食盐问题，可见三事：一、盐民困于割据政权的剥削（当时盐池盐井，皆在地方节度使管辖区，形成割据）；

二、穷民冒险运贩“私”盐的情况（《负薪行》记“四十五十无夫家”的负薪处女亦“射利”为此，则冒险为此业者之多可知）；三、长江盐运为兵事所阻而影响民生。丘濬作《大学衍义补》，议复海运，引杜诗“云帆转辽海，粳稻来东吴”句为证；顾炎武《日知录》论盐法，亦引杜诗。若论关系人民生计，后者自重于前者。前人说治唐史不可不兼治杜诗，此亦其一事。

杜甫以后，诗人注意此事的，白居易《新乐府》有《盐商妇》云：“婿作盐商十五年，不属州县属天子；每年盐利入官时，少入官家多入私。官家利薄私家厚，盐铁尚书远不知。”这是说江淮盐商与天子争利。与老杜所咏，内容不尽同。白居易诗只为天子打算，与他的《长庆集》卷四十六《策林》之《议盐法之弊论盐商之幸》一篇同旨。杜诗则悯穷民疾苦，意义大得多了。

八、地图

读杜诗有时需要检地图，才会知道他著语的缘故，才会知道旧注的错误或不足，今举“夹城”“乐游园”“大云寺”三事作例如下：

《玄宗本纪》说：“开元二十年，广花萼楼，筑夹城至芙蓉园、曲江，并出京城东延兴门。”按：延兴门是长安东门，在春明门南，芙蓉园和曲江在长安城东南角，夹城就是沿着长安东城经过通化门、春明门、延兴门连亘至芙蓉园、曲江的。玄宗从南内游芙蓉园，本来要经过道政、常乐、靖恭、新昌、升道、立政、敦化七坊，后来筑了夹城作为通道，车辇行夹城中，外人不得望见。长安外郭城南北十五里、一百七十五步，从南内到芙蓉园约十里左右，所以杜牧诗有“六龙南幸芙蓉苑，十里飘香入夹城”之句。杜甫《乐游园歌》也说：“青春波浪芙蓉园，白日雷霆夹城仗。”“白日雷霆”是说车辇过夹城，外人只听见仪仗的声音。《秋兴八首》：“花萼夹城通御气，芙蓉小苑入边愁。”亦指此（花萼楼在南内，可由夹城而通曲江的芙蓉园）。而赵注《秋兴》乃说“夹城在修德坊”。按修德坊虽也有夹城，然在长安城的西北角，宫城之西，安能通东南隅的芙蓉园？赵氏未检长安图，故有此误。此其一。

《乐游园歌》：“阊阖晴开詄荡荡，曲江翠幕排银牓。拂水低徊舞袖翻，缘云清切歌声上。”仇氏“详注”说此段是“记园中景事。……仗过门开，翠幕银牓，舞袖歌声，皆园前所闻见者”。按乐游原在升平坊，是长安最高处，《乐游园歌》“公子华筵势最高，秦川对酒平如掌”句可见。其地四边无水，安得说“拂水舞袖”？这数句盖是写从乐游原俯瞰曲江的景物。曲江实占修政、青龙二坊（予另有考），与乐游原的升平坊只隔一修行坊。据吕大临《长安图》，皇城之南三十六坊，纵各三百五十步，所以在乐游园上可俯瞰曲江的“翠幕排银牓”，可见其“拂水舞袖”，并可闻其“缘云歌声”。仇氏所注，不够准确。此其二。

《大云寺赞公房四首》，黄鹤编在至德二年长安陷贼时。这年杜甫从长安西出金光门，奔向凤翔投肃宗，有诗题云：“至德二年，甫自金光门出，间道归凤翔。乾元初，从左拾遗移华州掾，与亲故别，因出此门，有悲往事。”诗云：“此道昔归顺，西郊胡正繁。至今犹破胆，应有未招魂……”按：大云寺在怀远坊，是西市之南一坊。金光门是长安西门，与怀远坊距离很近。从怀远坊穿过西市西北行，大约不过数百步。疑其时杜甫打算从金光门西奔，所以先住在大云寺。吾友吴君良认为大云寺四诗作于乾元初年杜甫出官华州时，不是陷贼时作。按：出官华州，亦从金光门行，明见前面所举诗题；但长安往华州，应出东门，而杜甫却出西门，大概也由于那时他住在大云寺的缘故。这也非看图不易了解。此其三。

前人说“杜陵诗句是图经”，是说杜诗可作地图看。其实，读杜诗也需要有地图。希望有人为它画出全部仔细翔实的地图。

读《长恨歌》
——兼评陈寅恪教授之《笺证》

《长恨歌》乃自来传诵最广之长篇纪事诗，亦乐天平生文事之极作，虽其自述尚有歉同，然百世公评有时反胜于作者寸心也。推其致盛之由，约有二事：其一，关于故事者。明皇、杨妃之一生，极人世荣华旖旎之享乐，复有一哀怨动人之结局，相形益彰，为我国最酣恣浪漫之情场故事。(《孔雀东南飞》但具其阴暗之一面，以此点言，美善犹憾。）其一，关于文术者。白氏以其轻扬流利之笔，写此缠绵哀怨之情，风华蕃艳之中，无一艰难奥涩之词，既能文情相生，又恰与一般绮年儿女之心口相应。集此二因，故流照艺林，光景常新。评家高论，即间有致不满之词者，如赵次公注杜诗，引苏子由语，以诗法繁简不同，谓此歌不如杜之《哀江头》。然一二学人老宿之偏见，不能夺千百载文家之深嗜也。

近见《清华学报》十四卷一期载陈寅恪教授《长恨歌笺证》，为其《元白诗笺证》之一。陈君著书，精于用思。巨著如《隋唐制度渊源略论稿》，小品如《读莺莺传》，皆以多所创见，腾声学苑。兹篇以其隋唐制度专家之学绩，考此妇孺皆知之名歌，尤为生新可喜。如其考“春寒赐浴华清池”句云：

> 温泉之浴，其旨在治疗疾病，除寒祛风，非若今世习俗，以为消夏逭暑之用者也。……中唐以后以至宋代之文人，似已不尽了解斯义。

文引北周惠远《温室经义记》《魏书·源贺传》《北齐书·杨愔传》《魏书·常爽传》及《水经注·漯水》条，证明“温泉疗疾之风气，本盛行于北朝贵族间”。（承焘按：《全唐诗》卷一载玄宗《咏温泉诗序》云：“惟此温泉，是称愈疾。岂独予受其福，思与兆人共之。乘暇巡游，乃言其志。”诗有云：“绩为蠲邪著，功因养正宣。”又《幸凰泉汤》诗云：“益龄仙井合，愈疾醴源通。”又敦煌千佛洞所出唐太宗《温泉铭序》有曰：“朕以忧劳积虑，风疾屡婴，每濯惠于斯源，不移时而获损。”“永济民之沉疾，长决施于无穷。”铭有曰：“蠲疴荡瘵，疗俗医民。”此皆陈君所未引，可为补证。后者陆微昭君告予。）因是连牵考定“七月七日长生殿，夜半无人私语时”二语为不合事实，谓“玄宗临幸华清池，必在冬季或春初寒冷之时节，而长生殿七夕私誓之为后来增饰之物语，并非当时真确事实之一点，亦易证明矣”。此证之唐史确凿无疑，尤为发前人所未发者。

唯陈君考证之文，往往亦不免过深过琐之失，如此文引岑建功《旧唐书校勘记》玄宗、杨妃传“既而四军不散”之语，谓“至德以前，有四军而无六军”，指白诗“六军不发无奈何”之句为失实。夫天子六军，沿用已久，文人习语，何必过事吹求，此失之过深。又如考霓裳舞一章，文繁不杀，可裁篇别出，则失之过琐。然此在全文，犹为枝节，不关大旨。详绎陈君此文，盖专欲证成其“唐代小说与古文运动之关系”之一创说，为其旧作《韩愈与唐代小说》一文作例证，杨妃故事之考据，余义旁及而已，可勿深论也。

陈君《韩愈与唐代小说》一文，旧载《哈佛亚细亚学报》，近由程君会昌译载《国文月刊》第五十七期。文引张籍致韩愈书，诮愈“多尚驳杂无实之说”，又引赵彦卫《云麓漫钞》，记唐代举子以所业投献主司，谓之“温卷”，如《幽怪录》、传奇等皆“文备众体，可见史才、诗笔、议论”，因定愈所好“驳杂无实之说”，即是此等小说；其后来为《毛颖传》，即是其以古文为小说之尝试。其全文结论，谓“贞元、元和为古文之黄金时代，亦为小说之黄金时代”；“韩愈实与唐代小说之传播具有密切关系”。兹文考《长恨歌》，开首亦曰：

> 唐代小说亦起于贞元、元和之世，与古文运动同时。其时最佳小说之作者，实亦即古文运动之中坚人物。

后文亦举《云麓漫钞》记唐代学子温卷“文备众体，可以见史才、诗笔、议论”一条，因决定白氏《长恨歌》与陈鸿之《长恨歌传》（以下简称《歌》《传》）“非通常序文与本诗之关系，而为一不可分离之共同机构”。以白氏之《歌》为“见诗笔”，陈鸿之《传》为“见史才、议论”。结论云：

> 总括论之：《长恨歌》为具备众体体裁之唐代小说中之歌诗部分，与《长恨歌传》为不可分离独立之作品，故必须合并读之、赏之、评之。明皇与杨妃之关系，虽为唐世文人公开共同习作诗文之题目，而增入汉武帝、李夫人故事，乃

> 白、陈之所特创，诗句、传文之佳胜，实职是之故。此论《长恨歌》者不可不知也。

此结论约举二事：一论此《歌》不能离《传》独立，乃关系文体者。二论此《歌》后半写杨妃死后，乃白、陈特创，乃关系故事者。予于前者不无怀疑，后者亦略有补充，兹陈謏见，求教通学。

陈君于论文体一事，尚有详细之说明：

> 就文章体裁演进之点言之，则《长恨歌》者，虽从一完整机构之小说即《长恨歌》及《传》中分出别行，为世人所习诵，久已忘其与《传》文本属一体，然其本身无真正收结，无作诗缘起，实不能脱离《传》文而独立也。至若元微之之《连昌宫词》，则虽深受《长恨歌》之影响，然已更进一步，脱离备具众体诗文合并之当日小说体裁，而成一新体，俾史才、诗笔、议论诸体皆汇集融贯于一诗之中，使之自成一独立完整之机构矣。此固微之天才学力之所致，然实亦受乐天《新乐府》体裁之暗示而有所模仿。……世之治文学史者，可无疑矣。

《唐诗别裁》尝评白氏此诗云："迷离恍忽，不用收结，此正作法之妙。"《唐宋诗醇》亦云："结处点清长恨，为一诗结穴，戛然而止，全势已足，不必另作收束。"陈君所谓"其本身无真正收结，无作诗缘起"者，似为此两评而发，两评见解本甚平稳，陈君不以为然，谓"白氏此《歌》乃与《传》文为一体者，其真正收结与夫作诗之缘起乃见于陈氏《传》文中"。案陈鸿《传》云：

> 乐天因为《长恨歌》，意者不但感其事，亦欲惩尤物、窒乱阶，垂于将来也。《歌》既成，使鸿传焉。

陈君必欲合《歌》《传》为一，以符《云麓漫钞》举子温卷“文备史才、诗笔、议论”之说，予以为实有不可强通者，试举数疑如下：

一、鸿《传》明云：“歌既成，使鸿传焉。”是陈《传》成于白《歌》之后，即陈不作《传》，白《歌》亦已成为独立之体。

二、白《歌》作于宪宗元和元年，在其第进士之后，非欲以此为温卷之用者，似不应绳以温卷体裁。（此点陈君亦曾提及，而仍不能自守其说。）

三、即使白《歌》、陈《传》乃效当时小说体裁而作，然唐人小说亦有不备具“诗笔”“议论”而为，但有“见史才”之故事而已者，赵彦卫偶尔涉笔，非以为小说法程，为作家所必须依准，似不应执赵氏一家之聊尔之言以绳唐代一切小说。

夫所谓《歌》《传》不能分离独立者，必读此《歌》者非兼读《传》不可。今人能诵白《歌》者众矣，有从来未见陈《传》者，何尝不能了解此《歌》之好处？即吾人已见陈《传》矣，似亦未尝有所增益于对此《歌》之了解。《歌》与《传》之可以分离独立，此即为最自然、最了当之解答。元和间人虽好为小说，然白氏此《歌》，只是一篇故事诗而已。陈君必牵率以入小说之林，又强绳以赵彦卫温卷之体，求之过深，反成失实，是亦不可以已乎？

我国诗歌，夙重含蓄，以不下议论为尚。唐人咏杨妃名篇，白《歌》之外，如杜甫《哀江头》、郑嵎《津阳门诗》，抒情叙事之外，皆不著长语。白氏平生为诗好议论，其《新乐府》即以此减低其文学价值。《长恨歌》“无真正收束（即议论），无作诗缘起”，而对玄宗不满之情，若陈《传》所云“惩尤物、窒乱阶”者，固已隐藏于故事之背后，不必抛头露面而出，此正其涵浑高妙处。元稹诗才本不能望白氏，其《连昌宫词》篇末大段议论，正蹈白氏《新乐府》之失，因此远逊《长恨歌》，此自来评家之公论。陈君乃反以此疑《长恨歌》为不完整，而称《连昌宫词》“俾史才、诗笔、议论诸体皆汇集融贯于一诗之中”为“微之天才学力之所致”。虽云新论，得非偏见耶？

且不尚议论，不但诗歌为然，唐人上乘小说亦无不如此。陈鸿《传》著“惩尤物、窒乱阶”数语，在小说中已为碍眼，安可以入诗歌？今若如陈君之意，取《连昌宫词》末段“姚崇宋璟作相公”诸语羼入此诗，不知读者将作何感想。陈君尝为《读莺莺传》一文（载《中央研究院历史语言研究所集刊》第十卷，《莺莺传》即元稹之《会真记》），谓传中“张生忍情之说一节，今人视之最为可厌，亦不能解其真意所在。夫微之善于为文者，何为著此一段迂激议论耶”云云，既知“迂激议论”入文尚为“可厌”，顾欣赏此以议论入诗之《连昌宫词》，是亦自相矛盾矣。

总之，陈君著述，长处在多创见，其流弊亦复在是。元和古文与小说有关系之说，诚治文史者未有之妙谛。而必以元、白风人之诗，附合赵彦卫温卷之体，求之象外，反失圜中。此陈君论白《歌》文体之一事，予所期期以为不可者也。

次论《长恨歌》故事。陈文有云：

在白《歌》、陈《传》之前，故事大抵尚局于人世，而不及于灵界。其畅述人天生死形魂离合之关系，似以《长恨歌》及《传》为创始。此故事既不限于现实之人世，遂更延

> 长而优美，然则，增加太真死后天上一段故事之作者，即是白、陈诸人，洵为富于天才之文士矣。虽然，此节物语之增加，亦极自然容易，即从汉武帝、李夫人故事附益之耳。陈《传》所云“如汉武、李夫人”者，是其明证也。故人世上半段开宗明义之“汉皇重色思倾国”一句，已暗启天上下半段之全部情事，文思贯彻钩结如是精妙，特为标出以供读者之参考。

陈文此段，予最所叹赏。吾人曩读白《歌》，于开首“汉皇重色”云云，虽知为讳唐言汉，然终嫌“汉”字无着落，得陈君疏通证明，乃圆满无碍。细读陈鸿《传》前文既云高力士潜搜外宫，得杨妃“举止闲冶如汉武李夫人”，后文又云“适有道士自蜀来，知上心念杨妃如是，自言有李少君之术”云云，其叠言李夫人、李少君，盖有意点明白氏《歌》中所不欲显言者也。（以情理论，力士安得知杨妃举止似汉武李夫人，其必著此不合理之一语，纯为解说白《歌》作法设耳。）

后人之艳称杨妃故事者，皆最欣赏白氏所虚构延长之后半篇。元人、清人为杨妃剧曲，推演白氏此意，尤淋漓尽致。（如洪昇《长生殿》传奇于白诗、陈《传》外又添上《冥追》《情悔》《哭像》《仙忆》《觅魂》《补恨》《重圆》等十余折，冥界故事愈演愈繁矣。）南宋吴文英有《宴清都·连理海棠》一词，其下半首云：

> 人间万感幽单，华清惯浴，春盎风露。连鬟并暖，同心共结，向承恩处。凭谁为歌长恨，暗殿锁、秋灯夜语。叙旧期、不负春盟，红朝翠暮。

咏花小题，而亦全用白氏创构之故事，可见其沾溉词林之广。白氏赠元九、李十二诗云“一篇《长恨》有风情”，以“风情”二字自赞此诗，最为确当。盖杨妃故事，若无白《歌》虚构之身后灵界一大段，即无余韵远神，只是历史故事而非诗，白氏始提高此故事而诗化之。故吾人即谓后世之艳称杨妃故事，实只是欣赏白氏虚构之故事，而非欣赏此真实故事之本身，亦非过辞也。

唯陈君于此，但限于说此故事之延展，未尝详申其在文艺上之价值。予谓以文事论，此后半虚事之延长，实是此歌所以不朽之由来，是不可不稍稍详述之：

宋人诗云：“野水多于地，春山半是云。”此语可移赞白《歌》之布局。“半是云”者，谓半非真山也。可喻白《歌》文事之妙，全在其下半段之全非实事。盖此歌自开首至“东望都门信马归”，叙杨妃自入宫而得宠，而惨死，皆是实叙。间有警语，尚非全诗精彩处。自“归来池馆皆依旧”至“孤灯挑尽未成眠”，描写明皇还京后之孤单生活，虽纯出作者想象，而尚在情理之中，此可谓虚实参半，其目的在为后文“临邛道士鸿都客”以下完全虚构之一大段作过渡。前纯实，后全虚，而以此半虚实者联系其中，此虽见其布局搭配之巧，犹能手所易到者。

其最妙者，在下半篇纯虚之中，复有虚实之别，如钿盒金钗之事，出于道士伪造，此读者所能意会者，而白氏不肯道破，但于前文著“花钿委地无人收，翠翘金雀玉搔头”二语，使明眼者自能觑破此钗盒之由来。此其意匠，已费经营。（此点前人已说。）后文又于钗盒之外，添出七夕私誓一事。夫私誓非道士所得知，似乎实有其事。此为虚中之实，前文钗盒则成虚中之虚。（两事大抵皆流俗相传，或纯出白氏虚构，故叙秋幸华清之事，致乖史实。此犹前人说“峨眉山下少人行”句不合玄宗入蜀行程，文人虚词，不必深诘也。）盖纯实固不活，而全虚亦是死法。如此虚实相生，烟波蹙叠，乃令人迷离惝恍，神情不匮。昔魏禧论文，尝设喻云：“譬如作屋，左砂高耸，右砂低卸，以须培高右砂方称。拙者举土填石，人一见知其补右砂之阙。巧者只栽竹树，令高与土齐，人一见只叹赏林木幽茂之妙，而不知其意实补右砂之低卸也。”此论虚实，诚具妙理。然持说白《歌》，犹仅得半。即予前文所引宋人“野水”“春山”之诗，亦未为确喻。白氏他诗，理胜于词，多近质实。唯此《歌》灵心妙绪，直可谓自来纪事诗中所罕睹。吴梅村仿此为《圆圆曲》，虽藻饰纷披，几乎骖靳，实止能做到白《歌》之前半篇而已。至若《连昌宫词》以直率迂滞之史论作结，高下之别，更不待细论矣。

最后，此诗在文学史之价值地位，亦有可得而言者：

汉魏六朝以来之古诗，可分二派：其一沉郁顿挫，至杜甫集大成，《北征》为其代表作。其一宛转轻扬，流为初唐四杰，如卢照邻《长安古意》、骆宾王《帝京篇》、刘希夷《代悲白头翁》等皆是。白氏可谓集此派之大成，《长恨歌》殆可为代表作。后人且有以此派为得风人之正，杜甫沉郁顿挫之作反为变调者，此明代何景明《明月篇》之说，虽近偏词，亦见深解也。

语云：“好诗如弹丸。”王士禛谓：“白诗好处，在转折处省力。”翁方纲亦称其七古：“钩心斗角，接榫合缝处，殆于无法不备。”皆谓其能圆。白《歌》全篇无一艰难幽涩语，真所谓“到口即消”。此为句圆。以布局论，自开首至“不重生男重生女”，极写杨妃恩爱荣华。此后转至死别，若径接“渔阳鼙鼓动地来”，未免突兀。故于其间插入“骊宫高处入青云，仙乐风飘处处闻”四句为过渡，以音乐歌舞拍到“渔阳鼙鼓”，接榫合缝乃无痕迹。此为章圆。此与杜甫《哀江头》之写哀乐过变，可谓异曲同工。(《哀江头》写杨妃由乐至哀，“昭阳殿里第一人，同辇随君侍君侧”与“明眸皓齿今何在，血污游魂归不得”之间，插入“辇前才人带弓箭，白马嚼啮黄金勒。翻身向天仰射云，一笑正坠双飞翼”四句，象征两人命运，亦过渡好例。)

虚实相生，乃造灵活。章句俱圆，方臻流转。如云幻峰，如水纳馆，兼斯二美，此歌乃极轻扬旖旎之致，为脍炙百代之名作。陈君谓“欲解此诗，第一须知当时文体之关系”。鄙见则以为知此诗为集六朝、初唐一派之大成，乃知其在文学史之真价。观点不同，义无轩轾。以陈君侧重考核，未遑细论文事，爰略为补阙，以便初学。逞臆而谈，定多谬误。非云品藻渊流，庶亦无乖商榷耳。

（写于西湖罗苑）

后　记

客夏，在永嘉专科以上学校联合会讲《长恨歌》与《琵琶行》。兹增删说《长恨歌》者写为此文。脱稿后，陈君雁迅过谈，谓陈鸿作《传》，出于乐天之嘱。乐天《歌》成，而必嘱鸿为补《传》，似乎《歌》与《传》实有不可相离之故，此与清人陆次云作《圆圆传》不同。予谓乐天中年，好以政治意见为诗，其《新乐府》及《与元九书》可见。此《歌》作于乐天三十五岁，顾独不著政见一语，此在乐天或有所未惬意者。其嘱鸿作《传》，著“惩尤物、窒乱阶”诸语，似即欲以弥此欠缺。如谓《歌》《传》必不可离，亦只能引申至此为止。窃以为陈氏此文，如但留其考证部分，则与其《韩愈与唐代小说》，离之双美，各成茂制。惜其过求幽眇，欲证甚深，反成未谛矣。书似雁迅，何以起予。

跋

夏师此文，辩证陈寅恪教授论《长恨歌》与陈《传》不可分离之说，并阐发《长恨歌》在文艺上及文学史上之价值，其推论歌中虚实相生之妙，尤为精微。唯《歌》《传》分离之说，鄙见仍有疑而未判者。盖乐天为《秦中吟》《新乐府》诸诗，往往直陈其事。独此歌恍惚迷离，不着议论，在白诗中实为别具风格。苟绳以乐天生平“为事而作，为时而著”之诗文义例，则《长恨歌》容有为乐天作意所未尽者。故《歌》成后，复使陈鸿《传》之。今按《歌》《传》记事，互有详略，《歌》多隐讳，《传》则真书。如《歌》称“汉皇”，《传》著“玄宗”；《歌》云“养在深闺”，《传》则明言“得于寿邸”；此《歌》《传》隐显详略之殊，或即诗文体制之别也。师谓今人能诵白《歌》者众矣，有从来未见陈《传》者，何尝不能了解此《歌》之妙处。即吾人已见陈《传》矣，似亦未尝有所增益于对此《歌》之了解。然《传》中汉武李夫人云云，师固谓白诗不欲自言者，陈《传》代为点明矣。是亦《歌》《传》不分离有助读者了解之一事也。昔陶渊明为《桃花源记》及诗，后人读其《记》者，往往涉想仙界。若一诵其诗，则“嬴氏乱天纪，贤者避其世。愿言蹑轻风，高举寻吾契”云云，渊明固已自道其心事矣。《长恨歌》与陈《传》之不可分离，亦视此矣。夏师《后记》文中，谬承齿及，爰陈鄙陋，以伫裁成。

陈光汉谨记。

（原载《国文月刊》第78期，1949年4月）

读《琵琶行》

《全唐诗》卷一有唐宣宗《吊白居易》诗云："缀玉联珠六十年，谁教冥路作诗仙。浮云不系名居易，造化无为字乐天。童子解吟《长恨》曲，胡儿能唱《琵琶》篇。文章已满行人耳，一度思卿一怆然。"观"童子""胡儿"之句，足知《长恨歌》《琵琶行》二诗在当时传诵之盛。

陈寅恪教授尝为《长恨歌》作笺证，日本斋藤实夫亦有《长恨歌研究》一巨册。《琵琶行》则未闻有专文讨论者。寅恪教授尝在华西大学讲元、白诗，曾涉及《琵琶行》，而未睹笔述。兹为钩稽杂书，略抒所见如后。其有未备，俟教通学。

戎涓之女士尝从寅恪教授于华西大学，受元、白诗。顷以听讲笔记示予。兹文凡资陈君为先路之导者，皆注明不敢掠美。

"琵"字唐人读入声。乐天诗如"四弦不似琵琶声""金屑琵琶槽"皆然。宣宗诗"胡儿能唱《琵琶》篇"的"琵"字亦作仄读。袁枚诗话尝有一条考此字声。

一

《琵琶行》故事，前人有疑为非实者。宋洪迈《容斋五笔》卷七《琵琶行》《海棠诗》条云：

白乐天《琵琶行》一篇，读者但羡其风情，敬其词章，至形于乐府咏歌之不足，遂以谓真为长安故娼所作，予窃疑之。唐世法网，虽于此为宽。然乐天尝居禁密，且谪官未久，必不肯乘夜入独处妇人船中，相从饮酒，至于极丝弹之乐，中夕方去，岂不虞商人者他日议其后乎？乐天之意，直欲摅写天涯沦落之恨尔。东坡谪黄州，赋定惠院海棠诗，有“陋邦何处得此花，无乃好事移西蜀。天涯流落俱可念，为饮一尊歌此曲”之句，其意亦犹是也。或谓殊无一话一言与之相似。是不然。此真能用乐天之意者，何必效常人章摹句写而后已哉？

容斋以宋时礼法疑此诗，陈寅恪教授尝辨正之，谓诗中“移船”云云，乃乐天送客之船。“千呼万唤始出来”，乃出茶商之船，并非乐天尝入彼船。此说甚确。后人谐笑文字，有代茶商作书诘乐天者，正与容斋同误，由未细读原诗也。

按元氏《长庆集》卷十一《酬翰林白学士代书一百韵》中记在京嬉游有云：“山岫当街翠，墙花拂面枝。”注云：“昔予赋诗云：‘为见墙头拂面花。’时惟乐天知此。”又云：“辔为逢车缓，鞭缘趁伴施。密携长上乐（‘长上’未解），偷宿静坊姬。……翰墨题名尽，光阴听话移。”注云：“又尝于新昌宅说一枝花，自寅至巳，犹未毕词也。”两人少年佻佻情状，略可想见。商船看妓，即如容斋所说，在唐时当不以为怪。容斋误以宋代士夫礼法绳唐人耳。

容斋引东坡海棠诗以喻乐天此作为“摅写天涯沦落之恨”，自是确论。但若不详究乐天谪宦之故及其在江州贬所之心情，亦不能真切了解此诗。兹检白集考其梗概如次：

乐天以贞元十六年及第，时年二十八。授秘书省校书郎，盩厔尉，集贤校理，以“文辞富艳，尤精于诗笔”，为宪宗所闻，召入翰林为学士，此年拜左拾遗。此在仕途，可谓“非次拔擢”。故拜命献疏有“唯思粉身，以答殊宠”之语。此后三四年间，“奏凡十余上”，直言谠论，致为宪宗所不悦。其谏中使吐突承璀不得为招讨使，宪宗且有“无礼于朕，朕实难奈”之语。其贬谪近因，则以抗疏论武元衡被刺。

《旧唐书》本传记其事云：

元和十年七月，盗杀宰相武元衡。居易首上书论其冤，急请捕贼，以雪国耻。宰相以宫官非谏职，不当先谏官言事。（乐天时为赞善大夫，故云宫官。乐天自述此事，见文集五《与杨虞卿书》。）会有素恶居易者，掎摭居易，言浮华无行，其母因看花堕井而死，而居易作赏花及新井诗，甚伤名教，不宜置彼周行。执政方恶其言事，奏贬为江表刺史。诏出，中书舍人王涯上书论之，言居易所犯状迹，不宜治郡。追诏授江州司马。

考其时宰相乃韦贯之、张弘靖（见《容斋五笔》卷八《白居易出位》条），不闻与乐天有仇隙。本传云“会有素恶居易者”，其人当是中官。乐天往年论承璀事，必甚为此辈所侧目。诗集卷十三《代书一百韵寄微之》中述贬官事有云：“未为明主识，已被幸臣疑。”又卷一有《虾蟆》诗云：“蠢蠢水族中，无用者虾蟆。形秽肌肉腥，出没于泥沙。……地既蓄其生，使之族类多。天又与其声，得以相喧哗。岂唯玉池上，污君清泠波。何独瑶瑟前，乱君鹿鸣歌。常恐飞上天，跳跃随姮娥。往往蚀明月，遣君无奈何。”此诗即编在贬江州之前，详其语意，必影射中官。元和五年，元稹为监察御史，以与中使刘士元争厅，谪为江陵府士曹掾。居易上书救稹，亦指斥中官纵暴。事详《唐书》元传、白传，在此前四五年事也。

新井、赏花之事，世莫知其实。陈振孙为《白文公年谱》，尝引高彦休《阙史》，记此甚详。文云：

> 公母有心疾，因悍妒得之。及嫠，家苦贫，公与弟不获安居，常索米丐衣于邻郡邑。母昼夜念之，病益甚。公随计宣州，母因贫愤发狂，以苇刀自刭，人救之得免。后遍访医药，或发或瘳。常恃二壮婢，厚给衣食，俾扶卫之。一旦稍怠，毙于坎井。……凡曰坠井，必恚恨也，陨获也。凡曰看花，必怡畅也，闲适也。安有怡畅闲适之际，遽致颠沛废坠之事？乐天长于情，无一春无咏花之什，因欲黻藻其罪。又验新井篇是尉盩厔时作，隔官三政，不同时矣。彦休所记，大略如此。……今考集中，亦无所谓新井诗者，意其删去。然则，公母死以心疾，固人伦之大不幸。而传致诗篇，以成谗谤，则憸壬娼嫉者为之也。

后来有贾长卿者，亦尝为文续辨此事。张耒《张右史集》卷四十八有题贾长卿读高彦休续白乐天事，谓此事不足置辨（张文陈讲曾提及）。彦休五代时人，此事闻之东都圣善寺老僧，故老流传，当甚可信。惜贾长卿文今不可见矣。

按：今本高氏《唐阙史》二卷无此条，盖已非完书。赖陈氏《白谱》引此得幸存。《四库全书总目提要》尝据张耒集定《阙史》非完书。

陈寅恪教授近据白氏《长庆集》卷二十五《陈夫人白氏墓志》及卷四十二《白氏家状》，考得乐天之外祖母，即其父季庚之嫡亲姊。乐天母陈氏实其父之外甥女。婚时母年十五，父已四十一。以家状无一字提及其父有前妻，陈振孙因疑其母之心疾"因悍妒得之"。实则其母心疾，或与此失伦之婚姻有关。然则新井看花之事，虽出谰诋，而当时憸壬摭其家庭隐情以为攻击之资，则极可能。史书不言，盖为乐天讳耳。（乐天家庭隐情，首考其事者，为近人罗振玉，见其《贞松老人集·跋白氏长庆集》。）

予尝怪乐天三十余岁为拾遗时，勇于为人，不避权势。《代书一百韵寄微之》诗有云："正色摧强御，刚肠嫉喔咿。常憎持禄位，不拟保妻儿。"观其《与元九书》，陈为诗兴谤之状云："凡闻仆《贺雨》诗，众口籍籍以为非宜矣。闻仆《哭孔勘》诗，众面脉脉，尽不悦矣。闻《秦中吟》，则权豪贵近者，相目而变色矣。闻登乐游园寄足下诗，则执政柄扼腕矣。闻《宿紫阁村》诗，则握军要者切齿矣。"今检颂各诗，诚皆凛凛有生气。乃一贬江州，比之韩、柳之潮阳、柳州，未为荒远，而遽尔忧愁沦落，自侪于商妇故娼，得非过自贬损？又检《年谱》，《与元九书》即作于元和十年腊月，正初贬江州之时，豪语未改，壮志已消，尤可怪诧。原其心迹，仕途蹉跌，固其主因。脆弱之意志，彷徨之态度，乃封建时代多数士夫之通病，不独乐天为然。而乐天以兼有家庭浃髓沦肌之隐痛，故幽忧颓唐，甚于常人。乐天此时尝有诗自嘲云："昔为意气郎，今为寂寞翁。"非知此隐情，安能谅其苦心哉？

史传谓："居易儒学之外，尤通释典，常以忘怀处顺为事，都不以迁谪介意。"《与元九书》自谓常师"穷则独善，达则兼济"之义，"所守者道，所待者时"，"进退出处，何往而不自得哉"。集中江州各诗，亦多闲适之作，如卷十一《委顺》云："山城虽荒芜，竹树有嘉色。郡俸诚不多，亦足充衣食。外累由心起，心宁累自息。尚欲忘家乡，谁能算官职。宜怀齐远近，委顺随南北。归去诚可怜，天涯住亦得。"卷十七《九江春望》结云："此地何妨便终老，譬如元是九江人。"卷七《舟行·江州路上作》结云："平生沧浪意，一旦来游此。何况不失家，舟中载妻子。"同卷又有《闻早莺》《答故人》《咏怀》诸首，皆有齐远近、忘宠辱之意。文集卷二十八《与元微之书》，自述到九江三载以来，有"三泰"足以自安，叙此情尤详。然检其律诗什中，哀怨幽忧之作，又与此判若两人，如卷十五《初贬官过望秦岭》（原注：自此后诗，江州路上作）云："草草辞家忧后事，迟迟去国问前途。望秦岭上回头立，无限秋风吹白须。"《发商州》云："商州馆里停三日，待得妻孥相逐行。若比李三犹自胜，儿啼妇哭不闻声。"自注："时李固言新殁。"又卷十六《东南行一百韵……》有云："险阻尝之矣，栖迟命也夫。沉冥消意气，穷饿耗肌肤。……贫室如悬磬，端忧剧守株。时遭人指点，数被鬼揶揄。兀兀都疑梦，昏昏半似愚。女惊朝不起，妻怪夜长吁。"此记初到江州情事，牢落悲摧，乃至于此。《全唐诗》卷十五元微之《闻乐天授江州司马》诗有“垂死病中惊坐起，暗风吹雨入寒窗”句。元集同卷又有《得乐天书》诗云：“远信入门先有泪，妻惊女哭问何如。寻常不省曾如此，应是江州司马书。”良友相关，亦足见二人心境同然之感。颇疑忧愤抑郁，是乐天此时本怀。其闲适达观之辞，则强为排遣者。盖元、白皆壮岁得意，中路蹭顿，宜其有甚不堪者。

总之，九江之谪，为乐天仕途初次蹉跌，其牢落之情，实深于旷达之怀。家庭伦常难言之隐，尤加深其江湖迁谪之悲。“女惊朝不起，妻怪夜长吁”二语，最可觇其实状。《容斋三笔》卷六载当时蜀士郭明复《题琵琶亭》诗，谓乐天此诗“放怀适意，视忧患死生祸福得丧为何物”。此真瞽论。夫《唐书》本传“忘怀处顺”云云，盖指其晚年怵于牛、李党争，亟亟引身事外而言，不得据以揣其早岁九江贬所之心情。郭诗云云，由未详读白集也。

二

李肇《国史补》谓元、白诗当时以浅俗蒙讥，微之《上令狐楚书》，亦尝自述其事。今按乐天长篇如“达哉达哉白乐天”，短章如《思台有感》“但使武皇心似烛，江充不敢作江充”等，诚不免率易之诮。《墨客挥犀》《冷斋夜话》所记老妪解诗之事，殆由此等率作而来。然若《长恨歌》《琵琶行》《新乐府》等，则良工心苦，不得与率作同语。胡仔《苕溪渔隐诗话》载张耒云：“世以乐天诗为得于容易而来，尝于洛中一士人家见白公诗稿数纸，点窜涂抹。及其成篇，殆与初作不侔。”（魏庆之《诗人玉屑》卷八引）惟得之于惨淡经营，而又能出之流利浅显，乃为乐天独擅之胜。微之虽与乐天齐名，不能到也。

《琵琶行》开首一段，欲出琵琶，先以枫荻有声、管弦无声引逗，继出“江月”数语，两三折叠，递到琵琶。而又“寻声”“声停”，文情曲折，有“千呼万唤”之妙。次段接用七喻写琵琶：急雨、私语、大珠小珠、莺语、泉流、银瓶、铁骑，又先以三叠写曲中之“情”“思”“志”“事”，轻圆之语，出以转折之笔。“间关莺语”“幽咽泉流”二句，可以移赞其诗。

前人文字，如《左传》记石言于晋，《庄子》记庖丁解牛，前后文用许多“石”字、“刀”字，以错落照拂生姿。《琵琶行》三用“江月”：“别时茫茫江浸月”，在闻琵琶之前；“唯见江心秋月白”，则在闻琵琶之后，以色写声，与李颀《琴歌》“一声已动物皆静，四座无言星欲稀”同工；“绕船月明江水寒”，则又无涉琵琶，字同而意别，有移步换形之妙。沈归愚《唐诗别裁》尝赏其三用江月为“文澜”。一经拈出，亦见匠心。

说苏轼的西湖诗

苏轼平生行迹很广，而对杭州和西湖却有特别深厚的感情。他的诗说："前生我已到杭州，到处长如到旧游。"又说："居杭积五岁，自忆本杭人。故山归无家，欲买西湖邻。"他离开杭州以后，还常常怀念西湖："至今清夜梦，耳目余芳鲜。""寄谢西湖旧风月，故应时许梦中游。"他就以这样的心情，写出不少传诵后世的咏西湖的诗篇。

苏轼曾经两次服官杭州。第一次是三十六岁到三十九岁，那时由于上书论新法，与王安石政见不合，为御史谢景温所劾，并且诬他贩私盐；他为了避开政治旋涡，要求补外；熙宁四年通判杭州；熙宁七年九月移知密州。第二次是五十四岁到五十六岁，那是司马光执政时期，洛、蜀党争相当激烈；那时新法已废，而苏轼认为新法有一部分如"免役法"等不应全废。屡次论事和当轴不合，恐不见容，又上书乞调作外官；元祐四年三月出知杭州，至元祐六年二月调还京师。他两次来杭中间相隔十五年，所以他的西湖赏雨诗有"不见跳珠十五年"（《与莫同年雨中饮湖上》）之句。

苏轼在杭州曾经做了许多有益于人民的事情，同时还以他的丰富的文学创作增添了湖山之美。在他的全部风景诗中，歌咏西湖的占了大部分；他的西湖诗是历代西湖文学中一串光彩夺目的明珠。

说词体

词的形式

词是配合音乐的一种文学。它的原名叫“曲子词”，后来简称为“词”。“曲子”是指音乐而言，从前也有叫词为“曲”、叫词为“子”的。现在词调里有“更漏子”“南乡子”，这就是“夜曲”“南方曲”。

因为词是配合音乐的，所以它是“乐府”诗的一种，扩大地说，是诗歌的一种。但是词与诗不同，词是配合音乐的，诗却不一定都配合音乐。说词是“乐府”的一种是正确的。从汉代就开始有“乐府”，当时的“乐府”本来是政府设立的一个音乐机构的名称，它是为了采集民歌、配合音乐而设立的。后来“乐府”这个名称从音乐机构变成为一种诗体的名称。在汉时有“汉乐府”，魏晋南北朝也各有“乐府”。词，就是唐宋时代的“乐府”。如苏轼词集叫《东坡乐府》，贺铸词集叫《东山寓声乐府》等。

唐宋词的形式大致有下列几个特点：

第一，诗有题目，而词有调名。有的词，调名就是它的题目，譬如五代时欧阳炯的《南乡子》。有的词，调名下面另有题目，像苏东坡的《念奴娇》，题目是“赤壁怀古”。词调是用来规定这首词的音律的，所以每个词调的字数、字声、用韵的位置都有一定，不能随意改变。像《念奴娇》的第一句只许有四个字，下面各句的字数也有一定的规定，不能增加或减少。每一句、每一字的平仄声也都有规定，譬如苏东坡的《念奴娇》的第一句“大江东去”是“仄平平仄”，不能填作“仄仄平平”。所以作词叫作“填词”，依调子的声律填入平仄声的字。作品的感情要和调子的声律密切配合。填词之前，先要选调。所谓“选调”，首先应该了解哪个调子是适合于表达哪样的感情的。应该选取与自己所要表达的感情一致的词调，不可以单看调名。譬如：不能拿《贺新郎》这个调子作为祝贺结婚的词，因为《贺新郎》这个调子是慷慨激昂的，与“燕尔新婚”的感情不相干。再如：也不能用《千秋岁》这个调子来作祝贺生日的词，因为这个调子是适宜于表达悲哀、忧郁的情感的；宋代的秦观曾经填过这个调子，有“落红万点愁如海”的名句，后来秦观被贬官，死于路途之中，他的朋友们就用这个悲哀的调子来哀悼他。再如《寿楼春》，也不能因为它调名里有个“寿”字，就以为可以作为祝寿的词，实际上它的声调也是悲哀的，史达祖就有悼亡的《寿楼春》词。由此可见，选调主要是选择调子的声调感情，不应该单凭调名的字面去选择。正确地选择词调，才能恰当地表达作品的思想感情。

第二，每首词分作数段，一段叫作一片。一片就是唱一遍。一般情况是每首词分上下两片；单片的很少，分三四片的也不常见。片也叫作“阕”。所以一首词可以说分为两阕、三阕、四阕。后人也有把一首词叫作一阕的。词分上下两片，上下片的关系要做到不脱不黏，似断非断，似承非承，既有联系而又不混同。因此，最难做的是第二片的开头，它有个专门的名字叫作“过变”。这意思就是说，它是上下片音律的过渡起变化的地方。在这里唱起来特别好听，因此，要用精彩的句子，表达丰富的感情。譬如柳永的《定风波》过变的几句是：“早知恁么，悔当初，不把雕鞍锁。”这是用自言自语的语气来表达惜别、伤离的感情的。再如姜夔的《一萼红》的过变：“南去北来何事？荡湘云楚水，目极伤心。”是用动荡的语气写的，吟诵起来特别富于感情。此外还有许多其他手法，这里不能多举。

诗无论多么长，百句、千句，总是一首。词分两片或多片，因此一首词又好像是两首或数首，但是不可脱节了成为两首或多首。作词的人原要注意这点，读词的人也不可不注意这点。

词的形式的另一个特点，是长短句。关于这个特点，下文另作介绍。

长短句

长短句，是词的形式的特点之一，词句十之八九是长短不齐的。诗中虽然也有长短句，但是没有词那样普遍，那样多变化。宋代人就有把词称作“长短句”的。像秦观的词集叫《淮海居士长短句》，辛弃疾的词集叫《稼轩长短句》。词的长短句之所以特别多，是因为它是配合音乐的。词所配合的音乐主要的是当时的“燕乐”（“燕”字就是“宴会”的“宴”字，因为它最初流行于宴会），这是隋唐时代最流行的音乐。它是由“胡夷”“里巷”两种乐曲组成的。“里巷之曲”，是两晋南北朝以来民间流行的乐曲。“胡夷之曲”，是当时从新疆、甘肃、中亚细亚、印度等边疆地区和其他国度传进来的。由于这些外来音乐的旋律复杂、声调变化多端，我国原有的字数固定的五、七言诗就不容易和它密切配合，所以词就变成为长短句。

词用长短句，一方面是为了适应音乐；另一方面，也为了更容易表达复杂的感情——既可以是慷慨激昂的，也可以是委婉细腻的。

长短句在《诗经》里就已经出现，最突出的是那首《伐檀》，它的句式，有四言、五言、六言、七言、八言，用参差不齐的句子，表达阶级矛盾中的反抗情绪。“不稼不穑，胡取禾三百廛兮？不狩不猎，胡瞻尔庭有县貆兮？彼君子兮，不素餐兮！”这几句，充分表达了劳动人民对于不劳而获的统治阶级的愤怒和谴责。

汉魏六朝的乐府诗，用长短句的逐渐多了，但总不及唐宋词那样用得广泛。像辛弃疾的《水龙吟·登建康赏心亭》，这是他初到江南时写的，他想发挥自己的才力来改变当时的现实，但是愿望不能实现。它的上片的结尾说：“落日楼头，断鸿声里，江南游子。把吴钩看了，阑干拍遍，无人会，登临意。”“落日楼头”暗喻国事的危急，“断鸿声里”两句，暗喻自己是潦倒、飘零在南方的一个爱国志士。看“吴钩”（吴钩就是刀），表示雄心壮志。拍“阑干”高歌，表示忧愤。“无人会，登临意”两句引起下片的全部内容。这首词用错落不齐的句子，低昂应节的音调，表达他壮志不酬的感慨。

再如：陈亮有一首《水调歌头·送章德茂大卿使虏》。陈亮是辛弃疾的好友，是宋朝一位坚决主张抗战的爱国志士，抗战是他到老不变的政治主张。当时的统治集团却向敌人称臣求和，他这首词下片的开头是：“尧之都，舜之壤，禹之封。于中应有一个半个耻臣戎！”作者把三个三字的短句和一个十一字的长句连接在一起，表达他突兀不平的愤慨。它的大意是说：我们是一个有高度文化的民族，却不能抵抗外来侵略，反而向落后残暴的异族屈膝投降，这多让人气愤。他这首《水调歌头》过变的几句，在所有宋代人作的这个调子过变的例子中，可以说是最能充分表达文字力量的句子。

以上所举这些用长短句的词，都是抒写国家、民族的大感慨的，长短句不但适宜表达这种豪放的感情，同时也适宜抒发婉约细腻的情感，也可以用来描写男女爱情。

汉乐府中有一首用长短句描写爱情的民歌，名叫《上邪》："上邪！我欲与君相知，长命无绝衰！山无陵，江水为竭，冬雷震震夏雨雪，天地合——乃敢与君绝！"它运用变化多端的句子来表达热烈、急切的情感，这是大家都知道的不多见的名篇。在唐宋词里，可举的例子就更多了。像李清照的《如梦令》，用日常生活中的一件小事情，通过简单的对话，反映出女性的敏感。这首词的大意是说：昨夜醉卧中听到了窗外的风雨声，早晨醒来问卷帘人："花园里的景象如何？"卷帘人说道："海棠花照旧开着。"而没看到海棠花的作者却知道：经过一夜风雨，海棠花是不会依旧的，该是叶多花少了。这里充分表现这位女作家的敏感，同时还寄托了她个人的生活情绪。虽然只是一首二三十字的小令，而表达手法却很曲折、灵活。它的最后几句是："试问卷帘人，却道：'海棠依旧。''知否？知否？应是绿肥红瘦。'"其中有对话，有反问，若用五、七言诗句是不容易这样表达的。

词的分片

词的体制和诗有很不相同的一点，就是它的分片。

绝大部分的词调都是一首分为几段。最普通的是分二段，也有分三段四段的。不分段的单片词像《竹枝词》《十六字令》《闲中好》《纥那曲》等，在全部词调里只占很小的一部分。这是词体的特点。在诗里，律诗、绝句都不分段；长篇古诗虽然字句多，叶韵往往变换，前后文义也常有许多变化，但总是自成一首。所以词的作法和读法是和诗不同的。

词为什么要分段？这只要看它分段的种种名称就可知道。词的一段叫一“片”，一片就是一遍，就是说，音乐奏过了一遍。乐奏一遍又叫一“阕”（乐终叫阕。从门。《说文解字》：“事已闭门也。”），所以片又叫阕。上片、下片又叫上阕、下阕。这和《诗经》的分“章”，古乐府的分“解”，都是音乐上的关系。（“片”又叫“叠”，叫“撷”但比较少用。）现代的歌曲也有叠两次或多次而合为一曲的，词的分片也和这情形一样。

词虽分数片，但仍是一首。它的上、下片的关系是同首，却又好像不是同首。以作法说，上片的末句要似合而又似起，下片的起句要似承而又似转。宋张炎《词源》“制曲”条说：“过片不可断了曲意，须要承上接下。”过片就是指下片的开头。宋沈义父《乐府指迷》也说：“过处多是自叙。若才高者方能发起别意，然不可太野，走了原意。”看姜夔的《齐天乐·蟋蟀》词：

> 庾郎先自吟愁赋，凄凄更闻私语。露湿铜铺，苔侵石井，都是曾听伊处。哀音似诉。正思妇无眠，起寻机杼。曲曲屏山，夜凉独自甚情绪！　　西窗又吹暗雨。为谁频断续，相和砧杵？候馆迎秋，离宫吊月，别有伤心无数。豳诗漫与。笑篱落呼灯，世间儿女。写入琴丝，一声声更苦。

这是姜夔的名作。张炎举这首词作为过片的典范，说它过片“西窗又吹暗雨”一句能“承上接下”，“曲之意脉不断矣”。我们看它上下片用六种声音——吟声、私语声、机杼声、雨声、砧杵声、琴曲声来作蟋蟀声的衬托。在这些声音里写出诗人的秋思。但上下片的作法不同：上片是人物交绾，用人的吟诗、私语、纺织来比蟋蟀声；下片是哀乐相形，候馆、离宫是伤心之地，篱间寻蟋蟀则是儿女乐趣。两片所写都是实际的人事，而中间用“西窗又吹暗雨”一句空灵之笔作为过渡，把它联系起来；着一“又吹”的“又”字，和“为谁频断续”一问句，更摇曳生姿，又不“走了原意”，确是高手名作。作者未必这样有意经营，是高手笔下的自然而然的产物。

宋词中过片名作，可以和这首比美的，还有以下各例：

苏轼《水龙吟》咏杨花的过片：“不恨此花飞尽，恨西园落红难缀。”

姜夔的《一萼红·登定王台》的过片："南去北来何事？荡湘云楚水，极目伤心。"

吴文英《高阳台·丰乐楼分韵》的过片："伤春不在高楼上，在灯前欹枕，雨外熏炉。"《三姝媚·过都城旧居》的过片："春梦人间须断。但怪得当时，梦缘能短。"

这些过片作法，也都要结合它的上下文来体会。

词过片的作法也有些比较特殊的，现在把它分作几类，举例如下：

一、下片另咏它事它物的。

如辛弃疾《感皇恩·读庄子，闻朱晦庵即世》：

案上数编书，非庄即老。会说忘言始知道。万言千句，不自能忘堪笑。今朝梅雨霁，青天好。　　一壑一丘，轻衫短帽，白发多时故人少。子云何在？应有玄经遗草。江河流日夜，何时了？

上片"读庄子"，下片"闻朱晦庵即世"，题与词皆分作两橛，似不相关。

二、上片结句引起下片的。如冯延巳《长命女》：

春日宴，绿酒一杯歌一遍，再拜陈三愿：　　一愿郎君千岁；二愿妾身长健；三愿如同梁上燕，岁岁长相见！

苏轼《卜算子·黄州定慧院寓居作》：

缺月挂疏桐，漏断人初静。谁见幽人独往来？缥缈孤鸿影。　　惊起却回头，有恨无人省。拣尽寒枝不肯栖，寂寞沙洲冷。

此词上片结句逗"孤鸿"，下片专写鸿。

苏轼《念奴娇·赤壁怀古》上片结句："江山如画，一时多少豪杰。"引起下片"遥想公瑾当年……"一段。

《钦定词谱》引《古今词话》无名氏《御街行·咏雁》：上片结句"雁儿略住，听我些儿事"。下片接写："塔儿南畔城儿里，第三个桥儿外，濒河西岸小红桥，门外梧桐雕砌。请教且与，低声飞过，那里有人人无寐。"

下片叮咛吩咐的话，即紧接上片结句，作法更明显。

三、下片申说上片的。如辛弃疾《玉楼春·乐令谓卫玠，人未尝梦捣齑、餐铁杵、乘车入鼠穴，以谓世无是事故也。余谓世无是事，而有是理；乐所谓无，犹云有也。戏作数语以明之》：

有无一理谁差别，乐令区区浑未达。事言无处未尝无，试把所无凭理说： 伯夷饥采西山蕨，何异捣齑餐杵铁；仲尼去卫又之陈，此是乘车穿鼠穴。

下片伯夷、仲尼二事，就是申说上片"事言无处未尝无"的道理。

程垓《宴清都》上片："凭画阑，那更春好花好，酒好人好。"下片说："春好尚恐阑珊；花好又怕飘零难保；直饶酒好，酒好未抵意中人好。相逢尽拚醉倒，况人与才情未老。又岂关春去春来，花愁花恼。"

下片申说春好、花好、酒好不及人好。这和前一类上片结句引起下片的作法相近，但不完全相同。

四、上下片文义并列的。如朱淑真《生查子·元夕》：

去年元夜时，花市灯如昼；月上柳梢头，人约黄昏后。 今年元夜时，花市灯如旧；不见去年人，泪湿青衫袖。

“去年”“今年”，两片并列。

又如吕本中《采桑子》：

恨君不似江楼月，南北东西；南北东西，只有相随无别离。　　恨君却似江楼月，暂满还亏；暂满还亏，待得团圆是几时？

作法与朱淑真词相同。

五、上片问、下片答的。如刘敏中《沁园春·号太初石为苍然》：

石汝来前！号汝苍然，名之太初。问太初而上，还能记否？苍然于此，为复何如？偃蹇难亲，昂藏不语，无乃于予太简乎？须臾便、唤一庭风雨，万窍号呼。　　依稀似道：狂夫！在一气何分我与渠？但君才见我，奇形怪状；我先知子，冷淡清虚。撑住黄垆，庄严绣水，攘斥红尘力有余。今何夕，倚长风三叫，对此魁梧。

上片问石，下片石答。

李孝光《满江红》上片：“舟人道，官侬缘底，驱驰奔走？”下片起句：“官有语，侬听取。”也和上例刘敏中词作法相同。

六、打破分片定格的。这是把上下片的界限完全混淆了。如辛弃疾《贺新郎·别茂嘉十二弟》：

绿树听鹈鴂。更那堪、鹧鸪声住，杜鹃声切。啼到春归无寻处，苦恨芳菲都歇。算未抵人间离别。马上琵琶关塞黑，更长门、翠辇辞金阙。看燕燕，送归妾。　　将军百战身名裂，向河梁回头万里，故人长绝。易水萧萧西风冷，满座衣冠似雪，正壮士悲歌未彻。啼鸟还知如许恨，料不啼清泪长啼血。谁共我，醉明月？

“马上琵琶”至“悲歌未彻”十句，平列四件离别故事，过片不变，完全打破过片成法。他的《永遇乐·京口北固亭怀古》，从开头“千古江山”至下片“赢得仓皇北顾”十四句，迭叙孙权及刘裕、刘义隆故事，过片处也文义不变。

辛弃疾的友人刘过有《沁园春·寄辛承旨（弃疾），时承旨招不赴》词：

> 斗酒彘肩，风雨渡江，岂不快哉！被香山居士，约林和靖，与坡仙老，驾勒吾回。坡谓“西湖正如西子，浓抹淡妆临镜台”。二公者，皆掉头不顾，只管传杯。　　白云“天竺去来！图画里峥嵘楼阁开。爱纵横二涧，东西水绕；两峰南北，高下云堆”。逋曰“不然，暗香浮动，不若孤山先访梅。须晴去，访稼轩未晚，且此徘徊”。

上下片铺叙三人言语，过片处亦文义不变，作法与上引两首辛弃疾词相同。

打破分片定格最奇变的例子是辛弃疾的《破阵子·为陈同甫赋壮词以寄》词。从“醉里挑灯看剑”到“赢得生前身后名”九句，写军中生活心情，写雄壮的军容，写投入战斗，写对功业的热望。九句虽分属上下两片，文义却是一整段，应题目所谓“壮词”。“沙场秋点兵”处以下文义应断不断，已是越出规律。更奇的是，依题目说，前九句是“壮词”的正面文字；但是依作者的身世情感说，却全是虚构的文字；他的正面文字只有末了“可怜白发生”一句，这一句说出他自己年华虚度、壮志落空的沉痛心情。文情到末了，变雄壮为悲壮，这末了一句否定了上面九句五十七字。若以文义分片，前九句应作一片，末五字一句应独为一片。宋词分片格式，以这首为最突出的了。这是由于作者有强烈的身世之感，所以能冲决词的形式，我们不应以寻常格律来衡量它。

以上六种例子虽然不多见，但是我们若要研究词的分片，拿它同唐诗、元曲的结构作比较，那么，这些不多见的例子也是不可忽视的。

词的转韵

一首词里用平仄韵同押的，其作法和古诗不尽相同。古诗转韵无定格，词则某句应平、某句应仄，不能随意改变，所以词韵转换处较难安排。现在举习见的两首小令《减字木兰花》《菩萨蛮》作例子，谈谈作词的转韵法。

《减字木兰花》上下片各四句，句句押韵，每二句转一韵，八句共押四部韵（两部仄韵，两部平韵）。平仄字读来声调不同，所以平仄韵变改处，文义也应跟着有所不同。前人填《减字木兰花》，平仄韵转换处，大都意随韵转，如黄庭坚《次韵赵文仪》一首的上片：

诗翁才刃（仄韵），曾陷文场貔虎阵（叶仄）。谁敢当哉（转平韵）？况是焚舟决胜来（叶平）！

第三句用问句，第四句用"况是"，都是表示文义进了一层。又如苏轼作《二月十五日夜与赵德麟小酌聚星堂》的下片：

轻烟薄雾，总是少年行乐处。不似秋光，只与离人照断肠。

《己卯儋耳春词》下片云：

春幡春胜，一阵春风吹酒醒。不似天涯，卷起杨花似雪花。

第三句都用“不似”明点意转。他也有用“却”字来表达的，如：

晓来风细，不会鹊声来报喜。却羡寒梅，先觉春风一夜来。

辛弃疾作此调，并且有上下片都用“却”字的，如《宿僧房有作》：

僧窗夜雨，茶鼎熏炉宜小住。却恨春风，勾引诗来恼杀翁。　　狂歌未可，且把一尊料理我。我到亡何，却听农家陌上歌。

这种用虚字“况”“却”“不似”明点韵转的，前人词中并不很多；最多是暗中转意的，如苏轼《送东武令赵昶失官归海州》：

贤哉令尹，三仕已之无喜愠！我独何人？犹把虚名玷搢绅。　　不如归去，二顷良田无觅处！归去来兮，待有良田是几时！

全首两句一转，四韵四转，不必虚字明点，更觉流转自然。

前人填《菩萨蛮》词，也多用此法，如苏轼《七夕》下片云：

相逢虽草草，长共天难老。终不羡人间，人间日似年！

末二句写牛女情事，可与秦观《鹊桥仙》的“金风玉露”之句并称；两句一转意，尤为轻便灵活。《菩萨蛮》这个调子，温庭筠各首最早最有名，他的第二首的上片，转意最奇特：

水精帘里玻璃枕（精一作晶，玻璃一作颇黎。——编者注），暖香惹梦鸳鸯锦。江上柳如烟，雁飞残月天。

这是写恋情的词，上片四句平列两种环境：前两句闺房陈饰，是写十分温暖舒适的生活。后两句是写客途光景，极其荒凉寂寞。中间转换处不着一字，而依恋不舍之情自见。柳永的《雨霖铃》“今宵酒醒何处？杨柳岸晓风残月”，也许即从此脱化。

温庭筠此词调，又有全首不转、至末了才大转的。如：

小山重叠金明灭，鬓云欲度香腮雪。懒起画蛾眉，弄妆梳洗迟。　　照花前后镜，花面交相映。新帖绣罗襦，双双金鹧鸪。

这首词写一个女子孤独的哀愁。全词用美丽的字句，写她的晓妆：开首写额黄褪色，头发散乱，是未妆之前。三、四句是懒妆意绪。五、六句是妆成以后对影自怜的心情。最后七、八两句表面还是写装扮，她在试衣时忽然看见衣上的“双双金鹧鸪”，于是枨触自己的孤独的生活。全词寓意，于是最后豁出。“双双”二字是全首的词眼，七、八两句是全文的高峰。但表面还是平叙晓妆过程，好像不转，实是一个大转折。这手法比明转更高。

古乐府里也有用转韵暗示转意的，如《饮马长城窟》的末段：

客从远方来，遗我双鲤鱼。呼童（一作儿。——编者注）烹鲤鱼，中有尺素书。长跪读素书，书中竟何如？上言加餐食，下言长相忆。

末了两句，也好像是承上文的平叙语，其实是突起高峰。全首数十句，叙两地相思，到末了写接来信，信里只有“长相忆”“加餐食”的话，而没有一字提到归期。这使她十分失望。只在上文六句平韵之后突转“忆”“食”两个仄韵字，就是暗示读者这是全首情感的大转变，比明说更强烈。

还有一首是乐府诗《艳歌行》：

> 翩翩堂前燕，冬藏夏来见。兄弟两三人，流宕在他县。故衣谁当补？新衣谁当绽？赖得贤主人，览取为我组。夫婿从门来，斜柯西北眄。“语卿且勿眄，水清石自见。”石见何累累，远行不如归！

上文一路叙事，连用八句仄韵，最后改用“累”“归”两平韵，才转出全篇本意，原是久客思归之感。读到这里才知道上文的小故事可能是为这个结句的意思而虚构的。

诗歌以韵转表意转的，这两首乐府可说是代表作。温庭筠这首《菩萨蛮》，文学体制和乐府不同，不能说是有意仿效的。但就词的转韵说，却有异曲同工之妙。

唐宋词声调浅说

词是一种抒情诗体，是一种可以配合音乐歌唱的乐府诗。我们一般地读读词，固然不必深究它的音律，但是音律既然是它的一个重要的特点，我们如果能了解一点词的声调，对于读词是有帮助的。本文试图就这方面作些浅显的说明。

一、词和音乐的关系

从词和音乐的关系上产生了词的格律和它的形式上的种种特点。

词配合的音乐是隋、唐时的燕乐。它的主要成分是西域音乐。远在北魏、北周时期，西域音乐已陆续由印度、中亚细亚经新疆、甘肃而传入中原一带。到了隋、唐时代，由于国际交通和商业都市的空前发达，这种“胡乐”更大量传入而普遍流行起来。燕乐就是以这种“胡乐”为主体的新乐（其中自然也吸收了一部分民间音乐）。燕乐的主要乐器是琵琶。它有二十八调，繁复多变化，可以用它创制无数动人美听的新鲜乐曲。当时燕乐弥漫风行，对文人诗歌和民间乐曲发生了很大的影响。词的产生和创作大部分就是为了配合这种燕乐的曲调。

词在形式上和唐代近体诗有显著的不同。这因为它是叶乐文学，是由音乐的要求而规定的。词在形式上和近体诗不同的主要有下列五点：

（一）词有表示音乐性的调名，如《菩萨蛮》《水调歌头》《沁园春》等。调有定句，句有定字，字有定声。

（二）词大部分为数片（段），以分两片的为最多。片就是遍或阕，就是说音乐唱完了一遍。

（三）押韵的位置各不相同。韵位大都是音乐上停顿的地方。每个调子的音乐节奏不同，停顿之处不同，它们的韵位也就跟着不同。

（四）长短句的句式。诗也有长短句，但以五言、七言为基本句式。词则句子参差不齐，因为要大量使用长短句才能切合乐调的曲度。

（五）字声配合更严密。词基本上是用唐代近体诗的句调的，但变化很多，而且有些须辨字声的四声阴阳的。作词要审音用字，要以文字的声调配合乐谱的声调，在音乐吃紧处更须严辨字声。所以研究词的声调首先要了解词调的作用。

二、词调

每一支乐曲有一个调名，乐曲宫调是用来规定声律的高下的。宫调以七音、十二律构成。宫、商、角、徵、羽、变宫、变徵叫作七音，是用来代呼唱声音的高低，如同西乐中的1、2、3、

4、5、6、7七音。黄钟、大吕、太簇、夹钟、姑洗、中吕、蕤宾、林钟、夷则、南吕、无射、应钟叫作十二律，是用来定音阶的高下，如同西乐风琴有C、^{b}D、D、^{b}E、E、F、^{b}G、G、^{b}A、A、^{b}B、B十二级。十二律各有七音，合成八十四宫调。隋、唐燕乐以琵琶为主要乐器，而琵琶只有四弦，徵弦不备。每弦七调，共二十八调。唐和北宋时实际应用的只有这二十八调。二十八调如下：

	[原名]	[俗呼]
宫七调	黄钟宫	正宫或正黄钟宫
	大吕宫	高宫调
	夹钟宫	中吕宫
	中吕宫	道宫
	林钟宫	南吕宫
	夷则宫	仙吕宫
	无射宫	黄钟宫
商七调	无射商	越调
	黄钟商	大石调
	大吕商	高大石调
	夹钟商	双调
	中吕商	小石调
	林钟商	歇指调
	夷则商	林钟商或商调
角七调	无射闰	越角调
	黄钟闰	大石角
	大吕闰	高大石角

	夹钟闰	双角
	中吕闰	小石角
	林钟闰	歇指角
	夷则闰	林钟角或商角
羽七调	夹钟羽	中吕调
	中吕羽	正平调
	林钟羽	高平调或南吕调
	夷则羽	仙吕调
	无射羽	羽调
	黄钟羽	般涉调
	大吕羽	高般涉调

到南宋，仅用七宫十二调。张炎《词源》列当时所用的七宫是：

黄钟宫　仙吕宫　正宫　高宫　南吕宫　中吕宫　道宫

十二调是：

大石调　小石调　般涉调　歇指调　越调　仙吕调　中吕调　正平调　高平调　双调　黄钟羽　商调

七角调已完全不用了。

每个词调都属于一定的宫调。如《黄莺儿》《斗百花》《玉女摇仙佩》《早梅芳》等腔调都属黄钟宫，《兰陵王》《遐方怨》《思帝乡》《琐窗寒》《水龙吟》等都属无射商。但有些词调也分属数宫调，如柳永词集里，同一《定风波》，既入双调，又入林钟商；同一《望远行》，既入中吕调，又入仙吕调（柳永《乐章集》各词是依宫调分列的）。宫调是用来限定腔调用音的高低，同一词调而入数宫调，它的腔调必有一定的改变。

三、词调的来源

词调的来源大约可分下列五类：

（一）从外域来的。唐时西域音乐大量传入，它的某些曲调也随着到处流行，采作词调。如《苏幕遮》，本是龟兹国的曲子；《六幺》，是从西域传来的大曲。

（二）从民间来的。词初起时，它的曲调很多来自民间。如《竹枝》，是四川民歌。刘禹锡《竹枝词》序说："余来建平（今四川巫山县），里中儿联歌《竹枝》，吹短笛，击鼓以赴节。歌者扬袂睢舞，以曲多为贤。聆其音，协黄钟之羽，其卒章激讦如吴声。"如《麦秀两歧》本是农村歌曲。后来倡优演唱时"作褴褛数妇人，抱男女筐筥，歌《麦秀两歧》之曲，叙其拾麦勤苦之由"[1]。

（三）依大曲、法曲制成的。大曲、法曲都是套曲，用许多乐曲组成，结构复杂，不容易全部演奏[2]。中有"摘遍"一类，就是从大曲、法曲里摘取美听而可独立的一遍来歌唱的。如赵以夫的《薄媚摘遍》，是摘取《薄媚》大曲中"入破第一"的一遍。此外如《六州歌头》《霓裳中序第一》《齐天乐》《望瀛》《献仙音》《钿带长中腔》等，也都是从大曲、法曲摘取出来的。

（四）乐工、歌妓创制的。由乐工制调的，如《雨霖铃》，

---

[1] 见王灼《碧鸡漫志》引《文酒清话》。

[2] 大曲结构见《碧鸡漫志》。

是唐明皇“驾回至骆谷，闻雨淋銮铃，因命张野狐撰为曲名”[1]。又如《春莺啭》，是高宗“晨坐闻莺声，令乐工白明达写之”[2]。由妓女制调的，如《喝驮子》，是“单州营妓教头葛大姊所撰新声”[3]。

（五）官立音乐机关和文人们创制的。如宋代立大晟乐府，专门整理、制作乐曲。张炎《词源》记大晟乐府的工作是“讨论古音，审定古调。又复增演慢曲引近，或移宫换羽，为三犯、四犯之曲，按月律为之，其曲遂繁”。宋代词人懂音律的多自能制调，如柳永、周邦彦、姜夔诸人的词集里都有自创的新调。

四、择调

作词首先要择调。择调本来是说选择宫调。元人论曲，重辨别宫调声情。周德清《中原音韵》曾就当时北曲所用的六宫十一调作分析：

仙吕宫清新绵邈　　南吕宫感叹伤悲
中吕宫高下闪赚　　黄钟宫富贵缠绵
正宫惆怅雄壮　　道宫飘逸清幽
大石风流蕴藉　　小石旖旎妩媚
高平条畅晃漾　　般涉拾掇坑堑
歇指急并虚歇　　商角悲伤宛转
双调捷健激袅　　商调凄怆怨慕

[1]《乐府杂录》。
[2]《教坊记》。
[3]《碧鸡漫志》。

角调呜咽悠扬　　　宫调典雅沉重

越调陶写冷笑

这里是说元曲。元曲声情一部分或许和宋词相去不远，我们可以借来说明宋词的宫调声情。拿柳永的《乐章集》作例：它的中卷有小石调词数首，如《法曲献仙音》“追想秦楼（妓馆）心事，当年便约，于飞比翼”、《西平乐》的“尽日凭高，目脉脉，春情绪”、《凤栖梧》的“帘下清歌帘外宴，虽爱新声，不见如花面”，等等，都是旖旎妩媚的风流调子，正可证《中原音韵》的说法。

词调各属于一定的宫调，每一个宫调各有一定的声情，所以宋人作词要择宫调以配合自己所要表达的声情。不过自从词逐渐脱离了音乐之后，文人填词有时也不完全顾到宫调的声情。仍以小石调为例。柳永另有一首《一寸金》，上片起头说：“井络天开，剑岭云横控西夏。”下片起头说：“梦应三刀，桥名万里，中和政多暇。”揣词意是送人宦蜀的作品，便并不是旖旎妩媚的声调。又吴文英有一首赠笔工刘衎的词，也用这调，自然也绝不是具有旖旎妩媚的风情的。所以后人作词重视文字的声情过于宫调声情。

文字的声情是指每个词调的字句、韵位的安排结构所表达的情感，下文须作些说明。

五、声调和文情

宋人作词已不大顾宫调声情，现在词的歌法失传已久，无从详细推究，但是还能从文字上领会某些词调的声情。我们可以根据当时记载和现存作品作精密研究，约略考见某一词调所表达的情绪是悲是喜，是宛转缠绵还是激昂慷慨（最好根据当时知音识曲的词人的作品和某一词调的最初作品），例如句度的长短、语调的疾徐轻重、叶韵的疏密和匀称与否等等，从中推求它的内容和形式的复杂关系，应不难得出一个大致的结论。例如《六州歌头》，宋程大昌《演繁露》说：

《六州歌头》，本鼓吹曲也。近世好事者倚其声为吊古词，音调悲壮。又以古兴亡事实文之，闻其歌，使人慷慨，良不与艳词同科。

《六州歌头》现存的最早作品是贺铸的：

少年侠气，交结五都雄。肝胆洞。毛发耸，立谈中。死生同。一诺千金重。推翘勇。矜豪纵。轻盖拥。联飞鞚。斗城东。轰饮酒垆，春色浮寒瓮。吸海垂虹。闲呼鹰嗾犬，白羽摘雕弓。狡穴俄空。乐匆匆。　似黄粱梦。辞丹凤。明月共。漾孤篷。官冗从。怀倥偬。落尘笼。簿书丛。鹖弁如云众。供粗用。忽奇功。笳鼓动。渔阳弄。思悲翁。不请长缨，系取天骄种。剑吼西风。恨登山临水，手寄七弦桐。目送归鸿。

全首三十九句，其中二十三句为三言，最长也不过五言。三十四句押韵，又以东、董、冻三声同叶。字句短，韵位密，字声洪亮。作者就是以这种繁音促节、亢爽激昂之声写自己豪纵奔放的少年侠气，文情与声情完全一致。我们从歌辞的内容、句度、语调、叶韵等方面完全可以肯定它是一个音调悲壮的曲调。后来张孝祥、刘过、汪元量等填作此调，或吊古代兴亡之迹，或抒自己忠愤之情，声情音调也都是慷慨悲凉的。和《六州歌头》相同的如《满江红》《念奴娇》《贺新郎》等调也都适宜于写豪放的情感。当然，这只是一般的讲法，我们不必把它看成一种固定的规律。一个真正善于灵活地运用文字来表达思想情感的作者，选择词调是不大会受那种限制的。

六、词谱简介

词是按乐谱填成的。在宋代，虽然有些词人本身就是作曲家，能自己作谱，自己填词，但究属少数。一般都是根据现成的曲谱来填词的。

南宋周密《齐东野语》记当时有修内司所编的《乐府混成集》，“钜帙百余，古今歌词之谱靡不具备”。但那部书早已失传，内容无从考见（只明代王骥德的《曲律》里传录它的“娋声谱”数行工尺谱）。现传最早的词谱是明张綖的《诗余图谱》，那不是宫调的曲谱，而只是文字的声韵谱。这部书分列词调，旁注平仄。用白圈表平，黑圈表仄，半白半黑的表可平可仄。书中疏漏很多，黑白圈钞刻时更容易讹混。后来谢天瑞给它增广，徐师曾去图而著谱，到程明善合辑为一部《啸余谱》。《啸余谱》的错误仍然很多。它把词调分作许多类，有二字题、三字题、通用题、歌行、思忆、人事、声色、珍宝等。这种分类是随意分合，漫无标准的。又每调分列第一、第二等体，也不根据作品的年代先后。所以万树批评它是“触目瑕瘢，通身罅漏”。清初赖以邠作《填词图谱》，图仿《诗余图谱》，谱依《啸余谱》，参稽颇疏，谬误仍多。至宜兴万树的《词律》出，才算是一部较完善的词谱。《词律》共收词调六百六十，一千一百八十余体。订正前讹，发明新旨，有很多精到的见解。《四库全书总目提要》称它“剪除榛楛之功不可没”。后来徐本立作《词律补遗》，补调、补体四百九十五。杜文澜作《词律拾遗》，又补调五十，对原书皆有订正。康熙时王奕清等合编《钦定词谱》，共收调八百二十六，二千三百零六体，并仿《诗余图谱》的方法，以黑白圈旁注平仄。在每调下又注明调名的来源、句法的异同，较《词律》更赅备了。但不论《词律》或《词谱》，现在都还应该增补修订。例如敦煌曲子的发现，其中好些词调就是这些书中所没有的。

七、字声与词调的关系

六朝时沈约等发明了四声（平上去入），后来就把它的规律运用在诗歌创作上，创造了唐代的近体诗。近体诗还只是分平仄（上去入三声统称仄声），作词则除分平仄以外，有时还须分四声。《词律》指出：“平止一途，仄兼上去入三种，不可遇仄而以三声概填。盖一调中可概者十之六七，不可概者十之三四，须斟酌而后下字，方得无疵。”词是合乐的歌辞，要按谱填作。作词须守平仄四声就是以文字的声调相应地配合乐曲的声调，以文字本身的音乐性加强乐曲的音乐性。如果一首词的字声不能和乐谱密切配合，唱起来必然拗口。宋代一般词人对审音用字都很注意，紧要处往往一字一声不敢轻下（见下文“五音及阴阳”条引张炎说）。

现在词的乐谱失传已久，不可歌唱。但因它的字声组合谐和调协，有音乐性，读起来还是声调铿锵的。

八、字声的运用

甲、平仄

词中寻常通行的调子大抵只分平仄。唐、五代的一些小令，不但三仄不拘上去，单字也多可平可仄。它的平仄组合和近体诗的格律也差不多，大都是两平两仄相间。可以说，在平仄的运用上，初期的词和近体诗并没有多大差别。它的句法也很多是从五言、七言的近体诗变化而成的。例如《忆江南》《生查子》等就是。那时有些词调，即便是同一人作了几首，每首的平仄也并不全同。如张志和的《渔父》五首、王建的《宫中调笑》四首、韦庄的《清平乐》七首等是。可见当时词运用字声还是并不严格的。在唐、五代，温庭筠是很懂乐律的作家。《旧唐书》本传说他“能逐弦吹之音，为侧艳之词”。他的词就严于字声，往往同调数首，字声一一相同。凡在诗律中可平可仄的，他都一律严守。举他的《南歌子》七首之二为例：

手里金鹦鹉，胸前绣凤凰。偷眼暗形相。不如从嫁与，作鸳鸯。

似带如丝柳，团酥握雪花。帘卷玉钩斜。九衢尘欲暮，逐香车。

“手”“似”必仄，余五首作“倭”（乌果切）、“脸”“扑”“转”“懒”。“胸”“团”必平，余五首作“连”“眉”“呵”“娉”“休”。“偷”“帘”必平，余五首作“终”“歌”“鸳”“花”“罗”。“不”“九”必仄，余五首作“为”“隔”“月”

“忆”“近”。七首每首五句二十三字，共一百六十一字，无一字平仄不合。

温词又多拗句。如他的《定西番》三首，每首八句，而拗句即占其四句：

汉使昔年离别，攀弱柳，折寒梅。上高台。　千里玉关春雪，雁来人不来。羌笛一声愁绝，月徘徊。

海燕欲飞调羽，萱草绿，杏花红。隔帘栊。　双鬓翠霞金缕，一枝春艳浓。楼上月明三五，琐窗中。

细雨晓莺春晚；人似玉，柳如眉。正相思。　罗幕翠帘初卷，镜中花一枝。肠断塞门消息，雁来稀。

凡拗处都一一相对。三首共一百零五字，亦无一字平仄不合。

乙、四声

唐、五代的词大都只分平仄，不问四声。温庭筠那样对平仄不苟，已算是守律谨严的了。词中四声的运用是有相当长的发展历程的。大抵词自民间转入士大夫手中之后，到五代温庭筠严分平仄；到北宋晏殊渐辨去声，还只严于结句；柳永分上去，更谨于入声；周邦彦用四声，变化最多，四声的用法更趋精密，但也只限于警句及结句。到了南宋，方千里、杨泽民、陈允平诸人和周邦彦词，对于他用四声的，亦步亦趋，不敢稍有逾越。于是过于拘泥，反滋流弊。南宋末年，张枢、杨缵等更提倡辨五音，分阴阳。这样过严格的声律束缚，能遵守的作家实在很少。

宋词须守四声的只是一部分词调，一般通行的如《金缕曲》《沁园春》《水龙吟》之类并不是这样。至如《摸鱼儿》《齐天乐》《木兰花慢》之类也只有数处仄声须分上去，不必全首分四声。

词中须严守四声的地方，大抵就是这一调音律最美听的地方。这和元曲中所谓“务头”相同。周德清《中原音韵》论“务头”说：“要知某调某句某字是务头，可施俊语于其上。”并附定格四十首，备注四声阴阳。如《朝天子》第六句“人来茶罢”，务头在“人”字。《红绣鞋》结句“功名不挂口”，妙在“‘口’字上声，务头在其上”。这些说法，我疑心它和宋词有关系。一调中音律最紧要的部分，要求字声的配合更严密。它的位置在一词中没有一定，以在结尾处的比较多。《词律》指出：“尾句尤为吃紧，如《永遇乐》之‘尚能饭否’、《瑞鹤仙》之‘又成瘦损’，‘尚’‘又’必仄，‘能’‘成’必平，‘饭’‘瘦’必去，‘否’‘损’必上。如此然后发调。末二句若用平上，或平去，或去去、上上、上去，皆为不合。元人周德清论曲有‘煞句定格’，梦窗论词亦云某调用何音煞，虽其言未详，而其理可悟。”《中原音韵》论作曲，也特别着重末句，有平煞、上煞、去煞等分别。晏殊、周邦彦、吴文英诸家的词都在结句严辨四声。可见结句是全词音律最吃紧处，规定的字声必须严守。

除结句外，词中的拗句有时也必须谨守四声，不能随意改拗为顺。因为这些拗句也是音律吃紧处。这在周邦彦、姜夔、吴文英三家词中更多。周词如《红林檎近》的“高柳春才软，冻梅寒更香。暮雪助清峭，玉尘散林塘”，姜词如《平韵满江红》的“正一望千顷翠澜”、《暗香》的“江国。正寂寂。叹寄与路遥，夜雪初积”，吴词如《西子妆》的“一箭流光，又趁寒食去”、《霜花腴》的“病怀强宽”“更移画船”，等等。想歌时当必须这样才能合律。

丙、五音及阴阳

词中辨五音，分阴阳，北宋就有了。李清照论词，说：“诗分平侧，而歌词分五音，又分六律，又分清浊轻重。”［有的版本作：盖诗文分平侧（一作仄），而歌词分五音，又分五声，又分六律，又分清浊轻重。为保留原貌，全书未统一。——编者注］五音是指发声部位，即唇、齿、喉、舌、鼻五音。清浊就是阴阳，阴声字清，阳声字浊。发声部位相同的就是双声字。李清照有《声声慢》一首，就最多双声字。全词九十七字，其中用舌音十六字，用齿音四十一字，舌齿两音字共占半数以上，当非偶合。在宋词中大量用双声字的，此为仅见。五音和阴阳之辨也要到宋末诸家才剖析详尽。

张炎《词源》记他父亲张枢“晓畅音律，有《寄闲集》，旁缀音谱，刊行于世。每作一词，必使歌者按之。稍有不协，随即改过。曾赋《瑞鹤仙》一词，有云‘粉蝶儿扑定花心不去’，按之歌谱，声字皆协，唯‘扑’字稍不协，遂改为‘守’字乃协。始知雅词协音，虽一字亦不放过，信乎协音之不易也。又作《惜花春起早》云‘琐窗深’，‘深’字音不协，改为‘幽’字，又不协，再改为‘明’字，歌之始协。此三字皆平声，胡为如是？盖五音有唇、齿、喉、舌、鼻，所以有轻清重浊之分，故平声字可为上入者此也”。按张枢《瑞鹤仙》改“扑”字为“守”字，可能是因“扑”字唇音，“守”字是齿音。《惜花春起早》改“深”字为“幽”字，不叶，又改为“明”字，可能是因“深”“幽”二字都是阴声，“明”字是阳声。作词叶音要细到这种地步，实在太严，所以连专家张炎也叹为“信乎协音之不易也”。

总之，词是合乐的文学，所以必须择调、择腔，以配合音乐的律度。文人的作品严分字声的平仄、四声、五音、阴阳，目的是要用文字的声调来加强音乐的声调。这本来是宋词发展的一面。但是，词固然是合乐文学，更重要的，它是抒情文学。南宋人如方千里、杨泽民诸家因为要严守周邦彦的字声，结果妨碍了文学的内容情感，这就走上错误的道路了。我们研究词的声调，这是不可不注意的一点。

（原载《语文学习》1958年6月号）

词调与声情

在上篇里，我曾谈到各个词调都有它特定的声情，现在略举数例，稍作说明。（旁谱说明："—"表平声，"|"表仄声，"┬"表平声可以作仄，"┴"表仄声可以作平。）

例一：《西江月·遣兴》（辛弃疾）

醉里且贪欢笑（句），要愁那得工夫（平韵）。近来

┴ | ┴ — ┬ |　　　┴ — ┴ | — —　　　┴ —

始觉古人书（叶平），信著全无是处（仄韵）。　昨夜松边

┴ | | — —　　　┴ | ┬ — ┴ |　　　┴ | ┬ —

醉倒（句），问松我醉何如（叶平）。只疑松动要来扶

┴ |　　　┴ — ┴ | — —　　　┴ — ┬ | | — —

（叶平），以手推松曰去（仄韵）！

┴ | ┬ — ┴ |

此双调五十字。《词谱》说它"始于南唐欧阳炯。前后段两起句俱叶仄韵。自宋苏轼、辛弃疾外，填者绝少"。案此调已见于唐代《教坊记曲名表》，非始于五代欧阳炯。现存作品，时代

最早的是《敦煌曲子词》中写月夜弄舟的三首。

李白《苏台览古》诗："只今惟有西江月，曾照吴王宫里人。"《西江月》调名或本此。

此调上下片各四句，除第三句七字外，都是六字句。每片二、三两句用平声韵，两结则用与平韵同部的仄声韵。词中小令，平仄通叶的很少，此调这点要注意。仄声字音重，又放在两片的末了，最好用沉重的语气来振动全首。唐五代人填此调的多作儿女情词，声调婉弱，很少用重语，因此不能发挥这两个仄声韵的作用；如柳永的两结作"春睡厌厌难觉""又是韶光过了"等等便是。至苏轼作"今日凄凉南浦""俯仰人间今古"，比较沉重。运用此调声情最好的，是辛弃疾"醉里且贪欢笑"一首。它的上结："近来始觉古人书，信著全无是处。"十三字分量很重，可以镇纸。下片结语："只疑松动要来扶，以手推松曰去！"写大醉的神态，实是表达身世牢骚之感。并且用散文句法，更觉有拗劲。

例二：《菩萨蛮·书江西造口壁》（辛弃疾）

郁孤台下清江水（仄韵），中间多少行人泪（叶仄）。
┴—┬|——|　　┬—┬|——|
西北望长安（平韵），可怜无数山（叶平）。 青山遮不住
┬||——　　┴——|—　　┬——||
（换仄韵），毕竟东流去（叶仄）。江晚正愁余（换平韵），
┴|——|　　┬||——
山深闻鹧鸪（叶平）。
┬——|—

此双调四十四字，唐教坊曲名。苏鹗《杜阳杂编》说，大中初，女蛮国入贡。其国人危髻金冠，璎珞被体，故谓之“菩萨蛮”。当时倡优遂制《菩萨蛮》曲，文士亦往往声其词。《宋史·乐志》说是“女弟子舞队名”。（近人杨宪益说“菩萨蛮”三字乃“骠苴蛮”或“符诏蛮”之异译，其调乃古缅甸乐，确否待考。）

此调上下片各四句，由两个七言句、六个五言句组成。每两句一换韵：首二句用仄韵，三、四句换用平韵。

此调全以五、七言句组成，近于唐代的近体诗。句调匀整、声情谐婉。但它在一首里四次换韵，在小令中算是用韵最密也是换韵最多的一个调。换韵有时是暗示转意的，这个调子两句一换韵，忌一意直下。

温庭筠填此调十四首，最著名的一首是：

小山重叠金明灭，鬓云欲度香腮雪。懒起画蛾眉，弄妆梳洗迟。　照花前后镜，花面交相映。新帖绣罗襦，双双金鹧鸪。

全词是写一个贵族妇女梳妆时的心情。八句分四层。上片四句写梳妆以前：两句写形态，两句写情态。“懒”字、“迟”字，暗伏全诗结句的意思。下片写妆成以后：两句写明靓的妆面，两句由衣着而带出其人孤独的心情，有《诗经》“谁适为容”的感慨。全词结构严密，语意深婉有层次。他另一首的上片：

水精帘里玻璃枕，暖香惹梦鸳鸯锦。江上柳如烟，雁飞残月天。

也是四句两意，用暗转的笔法，写出两种截然不同的境界。这是写离情的词，前二句描绘留者环境的舒适，下二句写行者客路的凄凉。用对比法烘托离情。

温庭筠填此调，皆严守平仄字声，尤其是末了两结句，如“弄妆梳洗迟”“驿桥春雨时”“此情谁得知”“杏花零落香”等等，都作“仄平平仄平”拗句。他的十四首中只“双双金鹧鸪”“无聊独倚门”两句是例外。词原是配合音乐的文学，注意字声的配搭，会更有助于音节的铿锵，上下片的结句尤为音节关键。在不妨碍内容表达的时候，也应该照顾这方面。

五代北宋人填此调的，多写闺房儿女之情，这和当时的词风和作者的生活、思想均有关系。像辛弃疾“郁孤台下清江水”这样的作品，以《菩萨蛮》来写忧生念乱的大感慨，那是不多见的。但是我们看这调子，虽然用韵甚密且多转换，毕竟全首用五、七言整齐字句，所以它的声情还是偏于和平的。像辛弃疾“郁孤台下清江水”这一首，也还是近于沉郁而不是纵横奔放的。

词调约例

——说“犯调”

词中犯调有二义：一为宫调相犯，一为句法相犯。

一 宫调相犯

所谓宫调相犯者，即一词中兼用两个或两个以上宫均不同之调也。宋陈旸《乐书》谓则天末年始有“剑气”犯“浑脱”之“犯声”。“犯声”者，离原宫调改入他宫调之声也。案此差同于今西乐所谓“转调”，如本调为黄钟均宫音，并无大吕、蕤宾二律在内，今忽奏大、夹、仲、蕤、夷、无、应七律，则转入大吕调均宫调矣。如此由甲而乙、又由乙而甲，所以增乐律之变化，可助美听。

宫调相犯有一定的规则。古乐有八十四调，宫均各异，并非其中任何两调皆可相犯。姜夔《白石道人歌曲·凄凉犯》序云：“凡曲言犯者，谓以宫犯商、商犯宫之类。如道调宫‘上’字住，双调亦‘上’字住，所住字同，故道调曲中犯双调，或于双调曲中犯道调，其他准此。”又云：“十二宫所住字各不同，不容相犯。”据此可知：宫均不同之调必须住字相同，方可相犯。“住字”即所谓“杀声”，宋人又谓之“毕曲”。是一调之基音。姜夔所举道调宫、双调之外，如黄钟宫“合”字住。中吕调、越调亦“合”字住（见张炎《词源》卷上）。故黄钟宫可与中吕调、越调相犯。余以此类推。

据《词源·律吕四犯》条，宫调相犯盖有四例，即“宫犯商”“商犯羽”“羽犯角”“角归本宫”。因宋代乐腔今已失传，后人刻词多不载宫调，今存宋词，可以考定宫调相犯之例者，惟周邦彦、姜夔、吴文英集中之数调耳。（此数调中，皆属“宫犯商”“商犯羽”两例，其“羽犯角”“角归本宫”者，今无可考。）今依《词源》分类，分列周、吴数调于后：

（一）宫、商相犯者

甲、吴文英自度曲《玉京谣》，自序云是夷则商犯无射宫腔（见《彊村丛书》本《梦窗词集》）。

乙、吴文英自度曲《古香慢》，自注“夷则商犯无射宫”（见《彊村丛书》本《梦窗词集补》）。按《词源》，夷则商、无射宫皆“下凡”字住。故二调可相犯。

丙、《兰陵王》。王灼《碧鸡漫志》卷四：“今越调《兰陵王》凡三段二十四拍。……此曲声犯正宫，管色用‘大凡’字、‘大一’字，‘勾’字，故亦名大犯。”

夏敬观《词调溯源》谓此文：“‘大一字’三字衍。正宫、越调皆用‘大一’字，惟‘大凡’字、‘勾’字是越调所无。北齐时，龟兹乐虽然已入中国，尚未盛行，这曲用越调犯正宫，已是后来的谱法，大约历唐到宋，早非北齐旧声。”按《词源》，越调即“无射商”之俗名，正宫即“正黄钟宫”之俗名，两调均用“合”字杀声，故可相犯。

（二）商、羽相犯者

甲、姜夔《凄凉犯》。陆钟辉刊《白石道人歌曲》及黄昇《中兴以来绝妙词选》，此调下皆注：“仙吕调犯商调。”“商”字是“双”字之误。按《词源》：仙吕调是夷则商之俗名，双调是夹钟商之俗名，两调均“上”字住。

今存宋人词中，宫调相犯而有旁谱可考者，惟姜夔此首。今译出其工尺于后：

一五六工上尺工合　上工工上工上　一上尺五　六凡上工

绿杨巷陌秋风起，边城一片离索。马嘶渐远，人归甚处，

凡六五六　一五六工六　尺工六上

戍楼吹角。情怀正恶，更衰草寒

一上尺　一六尺工尺上工　合一上工上　　工上尺工合

烟淡薄。似当时将军部曲，迤逦度沙漠。　追念西湖上，

工尺上四　一上一上　上工尺

小舫携歌，晚花行乐。旧游在

工　五六凡四工尺上　四上四合　尺工合上一上尺　一六尺

否，想如今翠凋红落。漫写羊裙，等新雁来时系着。怕匆匆

工尺上工　合一上

不肯寄与，误后约。

乙、吴文英《瑞龙吟》。自注：“黄钟商俗名大石调，犯正平调。”（见《彊村丛书》本《梦窗词集》）周邦彦亦有此调，《彊村丛书》本《片玉集》注云“大石调”。黄昇《中兴以来绝妙词选》

注云："此调自'章台路'至'归来旧处'为第一段；自'黯凝伫'至'盈盈笑语'为第二段，谓之'双拽头'，属正平调；自'前度刘郎'以下即犯大石调，系第三段。至'归骑晚'以下四句，再归正平。"按《词源》，正平调是中吕羽之俗名；黄钟商与中吕羽皆以"四"字住。

以上所引，皆两调相犯之例。

（三）宫、商、羽相犯者

吴文英《琐窗寒》。彊村本《梦窗词集》注云："无射商俗名越调，犯中吕宫，又犯正宫。"此为三调相犯。按中吕宫与越调住字不同，不得相犯。按《词源》，越调与正宫皆"合"字住，中吕宫则"下一"住。据《白石歌曲》"十二宫住字不同不容相犯"之例，"中吕宫"当是"中吕调"之误。中吕调即夹钟羽，亦"合"字住，故可与越调、正宫相犯。此调乃无射商犯夹钟羽又犯黄钟宫，所犯者三调也。周邦彦《片玉集》此调但注云"越调"，不云是犯调。

夏敬观《词调溯源》（一一三页）据之以疑吴词此注，不知然否。

二　句法相犯

句法相犯者，乃一词中参用数词调之句法也。宫调相犯必须"住字"相同；句法相犯不问"住字"同否。宫调相犯，所犯数调必属不同宫调；句法相犯，所犯数调必属同一宫调，如姜夔之《暗香》与《疏影》皆属仙吕宫，故吴文英可合二调为《暗香疏影》一调。此为二者之异点。

句法相犯之起来，较晚于宫调相犯，而与慢词之发展有关。张端义《贵耳集》云："自宣、政间周美成、柳耆卿出，自制乐章，有曰《侧犯》《尾犯》《花犯》《玲珑四犯》。"（见陶宗仪《说郛》卷八引）《词源》卷下亦云："崇宁立大晟府，命周邦彦诸人讨论古音，审定古调……美成诸人又复增慢曲、引、近，或移宫换羽，为三犯、四犯之曲，按月令为之，其曲遂繁。今观周邦彦《片玉集》中，慢、引、近、犯甚多……称犯者，有《侧犯》《倒犯》《花犯》《玲珑四犯》等。"其《侧犯》注云"大石"，《倒犯》注云"仙吕"，《花犯》注云"小石"，《玲珑四犯》注云"大石"，不言犯其他何宫调，可知此之所谓"移宫换羽，为三犯、四犯之曲"，似指句法相犯，非是宫调相犯。近人王易《词曲史》第四云："曹勋……一慢词大家也……今观其《松隐乐府》中，慢词极多，如《大椿》《保寿乐》《赏松菊》《松梢月》《隔帘花》《忆吹箫》《秋蕊香》《十六贤》《八音谐》。……而《八音谐》犯八调而成，《十六贤》集十六调而成，尤为后来南曲集由之滥觞。"据此可知：一、句法相犯之犯调，起于北宋末年，随慢词之发展而产生。此种犯调即出于当时制作慢词之诸大家；二、句法相犯之进一步发展，便成为元代"集曲"。元曲中所言"犯调"，与词中句法相犯无异。清人有定句法相犯是元曲之犯调而非词中之"犯调"者（见《钦定词谱》卷十《南乡一剪梅》注），不知此种元曲之犯实沿宋词而来也。

词中句法相犯之例，较宫调相犯更复杂，今分以下各例述之：

（一）犯两调者

甲、以某调之第几句作此调之第几句。

《江月晃重山》，如陆游一首：

芳草洲前道路，夕阳楼上阑干。碧云何处望归鞍。从军客、耽乐不思还。　洞里仙人种玉，江边楚客滋兰。鸳鸯沙暖鹌鸽寒。菱花晚、不奈鬓毛斑。

按《谱》，此调每段前三句犯《西江月》之前三句，后二句犯《小重山》之后二句。

《南乡一剪梅》，如虞集一首：

南皋小亭台，薄有山花取次开。寄语多情熊少府，晴也须来，雨也须来。　随意且衔杯，莫惜春衣坐绿苔。若待明朝风雨过，人在天涯，春在天涯。

按《谱》，此调每段前三句犯《南乡子》之前三句，后二句犯《一剪梅》之后二句。

乙、合两调之上下片为一调者。

《暗香疏影》，如吴文英之一首：

占春压一。卷峭寒万里，平沙飞雪。数点酥钿，凌晓东风已吹裂。独曳横梢瘦影，入广平、裁冰词笔。记五湖、清夜推篷，临水一痕月。　何逊扬州旧事，五更梦半醒，胡调吹彻。若把南枝，图入凌烟，香满玉楼琼阙。相将初试红盐味，到烟雨、黄昏时节。想雁空、北落冬深，淡墨晚天云阔。

此调前段犯姜夔之《暗香》上片，后段犯《疏影》下片。

（二）犯三调者

《锦园春三犯》，如卢祖皋《赋海棠》一首：

醉痕潮玉。爱柔英未吐，露丛如簇。绝艳矜春，分流芳金谷。风梳雨沐。耿空抱、夜阑清淑。杜老情疏，黄州赋冷，谁怜幽独。　玉环睡醒未足。记传榆试火，高照宫烛。锦幄风翻，渺春容难续。迷红怨绿。漫惟有、旧愁相触。一舸东游，何时更约，西飞鸿鹄。

按此调上片第一、二、三句，即《解连环》之第一、二、三句；第四、五句，即《醉蓬莱》之第四、五句；第六、七句，即《雪狮儿》之第六、七句；末三句，即《醉蓬莱》之末三句。后段第一、二、三句，即《解连环》之第一、二、三句；第四、五句，即《醉蓬莱》之第五、六句；第六、七句，即《雪狮儿》之第五、六句；末三句，即《醉蓬莱》之末三句。除后段第五、六、七、八句与《醉蓬莱》《雪狮儿》稍有参差而外，其他各句，皆与所犯之调句法相合。

（三）犯四调八调而与原词句法参差不甚合者

甲、《四犯翦梅花》，如刘过一首：

水殿风凉，赐环归、正是梦熊华旦。叠雪罗轻，称云章题扇。西清侍宴。望黄伞、日华笼辇。金券三王，玉堂四世，帝恩偏眷。　临安记、龙飞凤舞，信神明有后，竹梧阴满。笑折花看，橐荷香红浅。功名岁晚。带河与、砺山长远。麟脯杯行，狨鞯坐稳，内家宣劝。

按《词谱》卷二十三："此调前段第一、二句，即《解连环》之第一、二、三句；第三、四句，即《醉蓬莱》之第四、五句；第五、六句，即《雪狮儿》之第六、七句；第七、八、九句，即《醉蓬莱》之第九、第十、第十一句。后段第一、二、三句，即《解连环》之第一、二、三句；第四、五句，即《醉蓬莱》之第五、六句；第六、七句，即《雪狮儿》之第六、七句；第八、

九、十句，即《醉蓬莱》之第十、十一、十二句。凡集四调，故曰‘四犯’，本属三调，故又曰‘三犯’。”除后段首三句及第六、七句与所犯之调句位相合外，其他各句皆参差不合。

乙、曹勋《八音谐》(《松隐乐府》注：“赏荷花，以八曲合成，故名。”)：

芳景到横塘，官柳阴低覆，新过疏雨（《春草碧》之首三句）。望处藕花密，映烟汀沙渚（《望春回》之四、五句）。波静翠展琉璃（《茅山逢故人》之第六句），似伫立、飘飘川上女（《迎春乐》之第三句）。弄晓色，正鲜妆照影（《飞雪满群山》之第十二句），幽香潜度。　水阁薰风对万姝，共泛泛红绿，闹花深处（《兰陵王》之十四句至十七句）。移棹采初开，嗅金缨留取。趁时凝赏池边，预后约、淡云低护（《孤鸾》之十三句至十六句）。未饮且凭阑，更待满、荷珠露（《眉妩》末二句）。（见《词律拾遗》卷四）

据《词曲史》所引，此调除上片第六句及后片末二句与所犯之调句位相合者外，余皆参差不合。

（四）有删改者

如程垓《江城梅花引》：

娟娟霜月冷侵门。怕黄昏。又黄昏。手撚一枝，独自对芳尊。酒又不禁花又恼，漏声远，一更更、总断魂。　断魂。断魂。不堪闻。被半温。香半熏。睡也睡也，睡不稳、谁与温存。惟有床前银烛照啼痕。一夜为花憔悴损，人瘦也，比梅花、瘦几分。

《词律》卷二：“此词相传为前半用《江城子》，后半用《梅花引》，故合名《江城梅花引》。盖取‘江城五月落梅花’句也。但前半自首至‘花又恼’确然为《江城子》，而后全不似《梅花引》，至过变以下，则并与两调俱不相合。止‘惟有’至‘憔悴损’十六字同耳。”据此，知此调前片末二句，后片首七句、末二句，皆经作者删改。陈允平、吴文英亦有此调，皆依此词填。

（五）所犯调数可考，而调名、犯法无考者

甲、犯三调而无可考者：

如周密《蘋洲渔笛谱》之《三犯渡江云》。

乙、犯四调而无可考者：

如侯寘《四犯令》，万氏《词律》卷六谓：“前后段同。题名‘四犯’，必犯四调者。或每句犯一调，然未注明，不知犯何调也。”

杜文澜校勘记：按《历代诗余》云，犯是歌时假借别调作腔，故有《侧犯》《尾犯》《花犯》《玲珑四犯》等名。此四犯盖合四调而成，惜无调名可考。

丙、犯六调而无可考者：

如周邦彦《六丑》调。周密《浩然斋雅谈》卷下载宣和中举师师歌《六丑》：“上顾教坊使袁裪问，裪曰：‘此起居舍人新知潞州周邦彦作也。’问《六丑》之义。莫能对。急召邦彦问之。对曰：‘此犯六调，皆声之美者，然绝难歌。昔高阳氏有子六人，才而丑，故以比。’”

丁、犯八调而无可考者：

如仇远《八犯玉交枝》。《词律》卷十九：“‘八犯’，想采八曲而集成此调。但不知所犯是何调耳。”

戊、犯十六调而无可考者：

如曹勋《十六贤》。当是集十六调而成。

（六）调数、调名、犯法俱无可考者。如：

甲、柳永《小镇西犯》。《钦定词谱》卷十六："唐教坊曲有《镇西子》，唐乐府亦有《镇西》七言绝句诗。此盖以旧曲名另创新声也。《乐章集》有两调七十一字者名《小镇西犯》，七十九字者名《小镇西》或名《镇西》，俱注仙吕调。"

乙、《侧犯》。《片玉集》《白石道人歌曲》《日湖渔唱》均有此调。《片玉集》注属"大石调"。

丙、《尾犯》。《乐章集》《梦窗词集》《松隐乐府》均有此调。《梦窗词集》注"黄钟宫"。

丁、《花犯》。《片玉集》《梦窗词集》《蘋洲渔笛谱》均有此调。《片玉集》注"小石调"。

戊、《倒犯》。《片玉集》《梦窗词集》《日湖渔唱》均有此调。《片玉集》注"仙吕调"。

以上各调皆止注一宫调名，当皆是句法相犯而非宫调相犯。

（附）一词参用数体例

多人填一调而字数句法不同，词谱列为另一体。其一词而参用数家体者，约有二例。

（一）一词上下片各参用一体者。如：

甲、钱惟演《玉楼春》：

城上风光莺语乱，城下烟波春拍岸。绿杨芳草几时休，泪眼愁肠先已断。　情怀渐变成衰晚。鸾镜朱颜惊暗换。

昔年多病厌芳尊，今日芳尊惟恐浅。

《词谱》卷十二谓此词上片用顾夐“月照玉楼春漏促”体，下片用李煜“晚妆初了明肌雪”体。欧阳修“常忆洛阳”一首、毛滂“压玉为浆”一首，均效钱体。

乙、曹勋《一寸金》：

霜落鸳鸯，绣隐芙蓉小春节。应运看、月魄分辉，坤顺同符，文母徽音芳烈。诞育乾坤主，均慈爱、练裙岂别。经沙塞，涉履烟尘，瑞色怡然更英发。　　上圣中兴，严恭问寝，宫庭正和悦。看寿筵高启，龙香低转，声入《霓裳》，檀槽新拨。翠衮同行乐，钧韶奏、喜盈绛阙。倾心愿、亿载慈宁，醉赏闲风月。

《词谱》卷三十四：谓此调上片用柳永“井络天开”体，下片用周邦彦“州夹苍崖”体。

（二）一词参用两体而字句有增减者。如：

甲、蒋捷《探春令》：

玉窗蝇字记春寒，满茸丝红处。画翠鸳、双展金蜩翅。未抵我、愁红腻。　　芳心一点天涯去。絮濛濛遮住。对花弹阮纤琼指。为粉靥、空弹泪。

此词上片用晏几道“绿杨枝上晓莺啼”体，下片用杨无咎“梅英粉淡”体。下片第三句较杨词减一字。

《鸣鹤余音·一寸金》“堪叹群迷”一首，上片用柳永“井络天开”一首体，而第二句减一字，作三字两句，又第八句减一字，作六字句。下片用周邦彦“自叹劳生”体，而第九句减一字，作六字句。

乙、柳永《法曲献仙音》：

青翼传情，香径偷期，自觉当年草草。未省同衾枕，便轻许相将，平生欢笑。怎生向、人间好事到头少。慢悔懊。　　细追思，恨从前容易，致得恩爱成烦恼。心下事、千种尽凭音耗。以此萦牵，等伊来，自家向道。洎相见、喜欢存问，又还忘了。（见《花草粹编》。《词谱》卷二十二亦选入）

《词谱》卷二十二谓此词“前段第一、二、三句与周、姜词同，第四句以下则与‘追想秦楼’（《乐章集》中卷）词同。惟后段第五句减二字，结句减二字”。

以上二例乃一调中数体相犯者，与宫调相犯固截然无关，与句法相犯亦不相同，兹附于末。

（此文由侯志明同志整理，谨此志谢。）

（原载《文史》第2辑，1963年4月）

填词怎样选调

词，是一种配合音乐的文学，它本为歌唱而作。词调是规定一首词的音乐腔调的。

选一个最适合于表达自己创作感情的词调，是填词的第一步工序。

各个词调都有它特定的声情——音乐所表达的感情，初学填词者要懂得如何选择它，如何掌握运用它。如《满江红》《水调歌头》一类词调，声情都是激越雄壮的，一般不用它写婉约柔情；《小重山》《一剪梅》等是细腻轻扬的，一般不宜写豪放感情。词调声情必须和作品所要表达的感情相配合，这首作品才能够达到它的音乐效果，才能够达到超于五、七言诗的效果。

自从词和音乐逐渐脱离之后，一般词人不复为应歌而填词，以为抒情达意，词同于诗，可以不顾它的音乐性，因之并忽略词调的声情。这种情形早在宋代就已产生，如《千秋岁》这个调子，欧阳修、秦观、李之仪诸人的作品都带着凄凉幽怨的声情（秦观填这个调，有“落红万点愁如海”的名句）。我们看这个调子的声韵组织：它的用韵很密，并且不押韵的各句，句脚都用仄声字，没有一句用平声字来作调剂的，所以读来声情幽咽，黄庭坚就用这个调来吊秦观，后人便多拿它作哀悼吊唁之词。可是宋代的周紫芝、黄公度等人因调名《千秋岁》却用它填写祝寿之词，那就大大不合它的声情了。《寿楼春》调声情凄怨，有人拿它填作寿词也不对。这都是只取调名而不顾调的声情的错误。所谓“填词”必须“选调”，原是选调的声情而不是选调的名字。

怎样认识分辨每个词调的声情呢？在词和音乐还不曾脱离的时候，有些论词的书籍，记载过某些词调的声情；最著名的是宋代王灼的《碧鸡漫志》。它对《雨霖铃》《何满子》《念奴娇》等调，都有详细的著录，这是介绍词调声情最可宝贵的材料；可惜这类材料保存下来的不多。我们现在研究词调，只有拿《词律》《词谱》等书作基础，仔细揣摩它的声情。大概可有几种方法：

1. 从声、韵方面探索，这包括字声平拗和韵脚疏密等等；

2. 从形式结构方面探索，包括分片的比勘和章句的安排等等；

3. 排比前人许多同调的作品，看他们用这个调子写哪种感情的最多，怎样写得最好。

这样琢磨推敲，也许会对于运用某些词调声情的规律十得七八。

但是，一切形式总是为内容服务的，我们掌握词调的声情，是为了更好地表达词的内容，绝不应死守词的格调而妨碍它的思想感情。北宋婉约派词人周邦彦，尽管他精通音律，讲究声调，但是由于作品内容空虚，他的成就便远不及苏、辛豪放派的作家。而苏、辛派作家作品因为有丰实内容，自然要求突破格律的束缚。所以我们揣摩词调的声情，不应为声情而声情，走上周邦彦一派的歧路。我们要能入能出，做到《庄子》所说“得鱼忘筌”的地步。这是我们要注意的第一点。还有，形式格调虽然有定而实无定，能活用形式格调的人，是作家。我们说某个词调宜于写豪放感情，或宜于写婉约感情，这只是一般的说法，并不排斥许许多多例外的作品。譬如我们一般都说《满江红》是声情激越的调子，宜于写豪放感情，但是辛弃疾“敲碎离愁”一首说：“满眼不堪三月暮，举头已是千山绿。但试把一纸写来书，从头读。”“风卷庭梧”一首说：“天远难穷休久望，楼高欲下还重倚。拚一襟寂寞泪弹秋，无人会。”何尝便不如“不念英雄江左老，用之可以尊中国。叹诗书万卷致君人，翻沉陆”？又如《六州歌头》的声韵结构，无疑是沉郁顿挫的，从宋代贺铸、张孝祥、刘过诸家所作可见。而辛弃疾的“晨来问疾”一首，韩元吉的“东风着意”一首却用它来写幽隐、咏桃花，声情又何尝不合？可见大作家能运用一种形式纵横无碍地写多种情感，而不会困于格律之下。我们说选调，原要揣摩声情。但不能以揣摩所得的声情来衡量大作家具体的作品。反之，我们有时却要以大作家具体的作品为标准，来衡量某些词调的声情。一个词调用多种具体作品来衡量，可以有多种声情；如前举《满江红》《六州歌头》。（当然，首先要估定这首具体作品的价值。）古语说：“神而明之，存乎其人。”我们说词调声情，正要体会这句合理的古语。

以后再列举若干词调作为例子，略加解说，以补《词律》《词谱》诸书所未备。

宋词用典举例

古典文学作品善于运用典故的，对作者当时说，也算是“古为今用”。

多用典故，是我国古典文学作品里一个突出的现象。它对作品有利有弊。有些作者用典故来炫博矜奇，用典故来粉饰空无内容的作品，它的流弊就很大。有的运用人人熟知易解的典故，用得很恰当，能以少数文字表达比较丰富的意思，能给人以具体、鲜明的印象，有的并且能起“古为今用”的作用。这种是完全应该肯定的。

一般人鉴于滥用典故的流弊，总以多用典故为诫，这有时也是因噎废食之论。我们应该分别对待这问题，不可粗率地否定一切用典故的作品。这里面有两种粗率的看法。一类认为多用典故的作品就不是好作品，不是上乘作品；这是忽略了有些典故的本身是有其思想性的。一类则拿所用的典故的思想性来连坐这篇作品的思想性；这是混淆作品的题材和主题的区别。这里举两首宋词作例子来讨论这个问题。

一首是辛弃疾的《永遇乐·京口北固亭怀古》：

千古江山，英雄无觅、孙仲谋处。舞榭歌台，风流总被、雨打风吹去。斜阳草树，寻常巷陌，人道寄奴曾住。想当年、金戈铁马，气吞万里如虎。　　元嘉草草，封狼居胥，赢得仓皇北顾。四十三年，望中犹记、烽火扬州路。可堪回首，佛狸祠下，一片神鸦社鼓！凭谁问，廉颇老矣，尚能饭否？

这首词一共用了孙权、刘裕、宋文帝、北魏太武帝（佛狸）、廉颇五件典故，全首词不用典故的只有“四十三年，望中犹记、烽火扬州路”三句。辛弃疾词以多用典故出名，这首在整部辛词里算是最突出的一首了。但是他用这些典故和一般文人的用典故不同，因为这首词里的五件典故，它本身的思想性和作者这首作品的思想性是紧紧地联系的，并且这些典故都是京口（今镇江）这个地方的历史掌故，是这个“京口北固亭怀古”题目里应有的文章。这首词是辛弃疾六十五岁被韩侂胄起用为镇江知府时作的。上片怀念孙权、刘裕。孙权曾经北抗曹操，刘裕也曾北伐，先灭山东的南燕，后灭陕西的后秦。辛弃疾在孝宗乾道己酉进《美芹十论》，也主张先取山东，曾说：“不得山东，则河北不可取；不得河北，则中原不可复。”下片用王玄谟劝宋文帝北伐事，意思是惋惜文帝不曾作好准备，冒险北伐，以致大败，让佛狸深入南方。这原是为韩侂胄而发的，当时侂胄要以伐金自立大功，不肯听辛弃疾先作充分准备的劝告，后来果然一败涂地，不出辛弃疾之所料。中段回忆自己少年时从北方起义南来时事。结句以廉颇自比，表达为国效劳的忠心。这时辛弃疾虽任边防重职，但韩侂胄并不尊重他的意见，次年他便被劾落职了。

这首词用这些典故，一方面原是这个“怀古”题目里应有的历史事实，一方面又是借用历史事实表达自己的思想，并且拿它来对统治集团作规劝和斗争，这也是用历史的经验为当前的政治服务。若论这些典故在这首词里所起的政治性、思想性的作用，可以说是全宋词里用典故的作品的最突出的一首，尽管它用得这么多，但对作品的内容说，完全是有利无弊的，完全是应该肯定的。绝不应拿它和一般文士用典故来装饰的作品相提并论。当时岳珂著《桯史》，却讥这首词“微觉用事多耳”。这还是一般文士的见解，未能深识这首词用典故的特色。

其次，谈谈姜夔过扬州作的《扬州慢》：

淮左名都，竹西佳处，解鞍少驻初程。过春风十里，尽荠麦青青。自胡马窥江去后，废池乔木，犹厌言兵。渐黄昏，清角吹寒，都在空城。　　杜郎俊赏，算而今、重到须惊。纵豆蔻词工，青楼梦好，难赋深情。二十四桥仍在，波心荡、冷月无声。念桥边红药，年年知为谁生！

姜夔二十余岁作这首词，是他集子里的名作。有人说它“纵豆蔻词工，青楼梦好”几句是冶游狎妓的口气，因而判定它是一首思想性很差的作品。我以为不尽然。“青楼梦好”几句，用杜牧扬州诗。杜牧这诗原是“唐人好狎”风气下的产物。一般地说，作品里所用的典故，原和作品本身的思想内容有其一致性。但也不能一概而论，有些作品不能因为它所用典故的思想性而连坐这首作品本身的思想性。这种情形在古典文学里相当多，随便举个例子：杜甫诗：“远愧梁江总，还家尚黑头。”江总是一个没有品格的文人，我们可以因此就贬低杜甫这首作品的思想性吗？辛弃疾《鹧鸪天》：“书咄拙，且休休。”“咄咄书空”用殷浩故事，亦复如此。

姜夔在南渡兵火之后，写这首凭吊扬州的词。凭吊扬州首先令人想到的是它在唐代的繁华，繁华是这个地方的历史特征。杜牧这些诗对这方面说，是有其代表性的，所以历代文人借它作典故用。后来刘克庄作过扬州的《沁园春》“更无人报，书记平安”，亦用杜牧事。经扬州而回忆它的繁华，也犹之经长安、洛阳而回忆它是古代帝都一样。姜夔用“青楼梦好”几句，也正好为“清角吹寒，都在空城”“废池乔木，犹厌言兵”写荒凉景象的句子作反衬，不能因此就说它的思想性差。孔尚任《桃花扇》的《余韵》一出，回忆金陵亡国前的情况，有“眼看他起朱楼，眼看他宴宾客，眼看他楼塌了。这青苔碧瓦堆，俺曾睡风流觉”。这里也有冶游狎妓的句子，我们不能因此就贬低它含有国家民族兴亡大感慨的思想性。

姜夔这首词的主题思想，他已经在小序里用“黍离之悲”一句话点明。那是怀念故国、憎恨敌人残暴的感情。我们读这首词首先被激动的，是“自胡马窥江去后，废池乔木，犹厌言兵”，是“渐黄昏，清角吹寒，都在空城”几句，这是表达主题的文字。它用杜牧“青楼梦好”几句，只是这个主题反衬的材料。同样的材料可以为不同的主题服务。我们不能因为它所用的材料的思想内容是该批判的，便连坐整首作品。因为估定一首作品的思想性，主要的是它的主题思想而不是它的材料。

固然，这首词有它的局限性，张孝祥写的《六州歌头》，在当时有鼓舞人心的作用。而姜夔这首词的感情毕竟与孝祥的《六州歌头》不同。这由于他们的政治地位和生活感情不同。姜夔在南宋，只是一个落拓江湖的高人雅士，不是属于社会反抗势力一面的人物，这首词有其局限，我们原不应过高估计它的思想性。但是若由于它用杜牧的典故，就认为它是思想性很差，我却不同意。从前也有人拿杜甫《哀江头》诗的“细柳新蒲为谁绿”来比姜夔的“念桥边红药，年年知为谁生”几句，并说《扬州慢》是爱国感情很浓厚的作品，我也不同意，这都是不合分寸的说法。

以上是我对有些人粗率地批判古典文学用典故的一点看法。辛弃疾有些词原有好“掉书袋”的弊病，姜夔也有许多情感不健康的作品，但对上举的他们的两首词，却要仔细研究，作出恰如其分的评价。

把运用典故这一古典文学创作方法提高到理论上来接受，当然还要深入研究讨论，本文只作些粗浅的举例说明而已。

填词四说

小　引

词之初起，未成定型，字句长短，本无常制。

有同一人作同一调，而平仄不拘者：

温庭筠《河渎神》三首（字旁加平仄字者，皆与他首平仄不同。）

一

河上望丛祠，庙前春雨来时。楚山无限鸟飞迟，兰(平)棹(仄)空(平)伤(平)别(仄)离(平)。　　何(平)处(仄)杜(仄)鹃(平)啼(平)不(仄)歇(仄)，艳红开尽如血。蝉鬓美人愁绝，百花芳草佳节。

二

孤庙对寒潮，西陵风雨萧萧。谢娘惆怅倚兰桡，泪(仄)流(平)玉(仄)箸(仄)千(平)条(平)。　　莫(仄)天(平)愁(平)听(仄)《思(平)归(平)乐(仄)》，早梅香满山郭。回首两情萧索，离魂何处飘泊。

三

铜鼓赛神来，满庭幡盖裴回。水村江浦过风雷，楚(仄)山(平)

如画烟开。　　离别橹声空萧索，玉容惆怅妆薄。青麦燕飞落落，卷帘愁对珠阁。

词调之上段结句及下段起句，音律最严，而三首于此各异。殆出庭筠深解音律，故能随声变易，不致有碍。

有同一人作同一调，而字句多少不同者：

张泌　《河传》二首（加△者，字句与他首不同。）

一

渺莽云水，惆怅暮帆，去程迢递。夕阳芳草，千里万里，雁声无限起。　　梦魂悄断烟波里，心如醉，相见何处是。锦屏香冷无睡，被头多少泪。

二

红杏交枝相映，密密濛濛。一庭浓艳倚东风，香融透帘栊。　　斜阳似共春光语，蝶争舞，更引流莺妒。魂消千片玉樽前，神仙，瑶池醉暮天。

有同一调而平仄韵脚不同者：韦庄《天仙子》，孙光宪《望梅花》，晏殊《两同心》，秦观《忆秦娥》《雨中花慢》，康与之《汉宫春》。以上数调，多叶入韵，而此五家叶平韵。顾敻、孙光宪《渔歌子》，黄庭坚《江城子》，秦观《雨中花慢》《促拍满路花》，贺铸《柳梢青》。以上数调，多叶平韵，而此五家叶入韵。

后世词乐既亡，词非复伶人歌女口中之音乐，但为文人学士纸上之文字，但有文字本身之四声平仄，而无管弦之律吕。文人既不谙乐，惮于改易，于是仅取前人成作，依其字数平仄，字字填嵌，故为词不名“作”，而名“填”。异于此体初兴时之情状矣。

第一　说“调”

词调来源，约有下列六种：

（一）出自民间歌谣及祀神曲、军歌等等者，如《竹枝》《渔歌子》《采莲子》（民歌），《河渎神》《二郎神》（祀神曲），《破阵子》《征部乐》（军歌）等。

（二）来自外域边地者，如《甘州曲》《八声甘州》《梁州令》《氐州第一》《胡渭州》《霓裳羽衣曲》等。

（三）宫廷创制者，如《黄河清》《徵招》《角招》等。

（四）文人为妓女制作，或妓院中人自制者，如柳永集中《两同心》《惜春郎》《殢人娇》等。

（五）词人自度曲，如姜白石《惜红衣》《淡黄柳》《扬州慢》《暗香》《疏影》等。

（六）截取隋唐法曲、大曲而成者，如《霓裳中序第一》《钿带长中腔》《六州歌头》《水调歌头》《法曲献仙音》等。

后来作者，于此等调名，可不问其本意，如《河渎神》本是祀神曲，而可取以填作情词；《女冠子》，唐人本咏当时妓女式之女冠，而取以摹写景物，犹之古乐府《饮马长城窟》一曲，其初想必是战歌，而今日流传名作“青青河畔草”一首，却是情词，与调名全不相应。词调情形，亦复如此。

作词之重“选调”，非选调名，乃选调的声情。调名可不与词意相应，而一调之声情却不可与词意相违。词调声情，有高亢沉郁之别，有欢愉愁苦之殊，下笔之前，须先细心揣摩，以蕲声情相合。试举《千秋岁》一调为例：依调名，此词似宜于献寿，但秦少游一首云：

柳边沙外，城郭春寒退。花影乱，莺声碎。飘零疏酒盏，离别宽衣带。人不见，碧云暮合空相对。　忆昔西池会。鹓鹭同倾盖。携手处，今谁在。日边清梦断，镜里朱颜改。春去也，落红万点愁如海。

声情郁伊，盖其南迁以后之作。故黄庭坚、李之仪诸人和章，皆即以为追悼少游之词。前人谓："此调之声情悲抑，在于叶韵甚密，而所叶之韵，又为'厉而举'之上声与'清而远'之去声。其声韵既促，又于不叶韵之句，亦不用一平声字于句尾以调剂之，既失雍相之声，乃宜为悲抑之作。"至南宋周紫芝、辛稼轩、黄公度诸人，屡填此为寿词，虽合调名，失其声情矣。

辨别词调声情，约有如后三术：

（一）据唐宋人记载。故书记载词调声情者，其言若出于唐宋人，最为可据。如《演繁露》记《六州歌头》云：

六州歌头，本鼓吹曲也。近世好事者倚其声为吊古词，音调悲壮。又以古兴亡事实文之。闻其歌，使人慷慨，良不与艳词同科。

又如毛幵《樵隐笔录》云：

绍兴初，都下盛行周清真咏柳《兰陵王慢》，西楼南瓦皆歌之，谓之渭城三叠。以周词凡三换头。至末段声尤激越，惟教坊老笛师能倚之节歌者。

此类记载，唐宋人书中，颇不多见；因为词乐盛时，词调声情人人能知，不烦记录；逮词乐失传，后人无从臆揣矣。

（二）据唐宋人词。这可依历代诗余诸书，于一调百十词中，总括分析其词情，若有十之七八相同，即可断定此调是某类声情。如《贺新郎》《满江红》可断为豪放一类，《千秋岁》可断为悲抑一类。

（三）据调中声韵字句。若前人词情不易分析，或一调而前人作品具多种词情，无从折中；那只好在本调声韵上自行揣度。大抵用韵均匀者声情宽舒；用韵过疏过密者声情非弛慢即促数。多用三五七字句相间者声情较和谐；多用四字句六字句排偶者声情较重坠；字句平仄相间均匀者声情安详；多作拗句者声情雄劲。详加揣量，乃无声情扞格之弊，否则“粉黛饰壮士，笙匏佐鼙鼓”，贻笑方家矣。

用调固须依其字句，每调几句，每句几字，不得随意增减，但有时亦不妨稍稍通融，加衬一二字，以足文义者。试以宋词言之，词至南宋及元初，乐谱既亡，调既固定，不能自由作长短句矣，但当时亦仍有人用加字减字法；惟所加所减以一二字为限，虑过多即破坏词体也。举例如下：（加⊙者皆是衬字）

（一）史浩《鄮峰真隐词·浪淘沙令》上片：“拈起香来玉也如手，拈起盏来金也如酒。”下片：“松椿如此碧森森底茂，乌兔从他汩漉漉底走。”

（二）王质《雪山词·满江红》：“试侧耳山常如黛，水常如玉。”

（三）黎廷瑞《芳洲诗余·大江东去》结句：“寄诗先与逋仙说。”

（四）王奕《玉斗山人词·贺新郎》上下片第五句：“际五老落星烟渚”，“吊锦袍公子魂何处”。又一首：“忆少游回首斜阳树”，“候清光夜半开玄圃”。又《沁园春》结：“又安得，借蒙庄大瓢，酌泗水之源。”

（五）吴镇《梅花道人词·沁园春》下片第九句：“都只到邙山土一丘。”

（六）黄公度《知稼翁词·卜算子》：“又何况春将暮。”

（七）张炎《山中白云词·琐窗寒》：“料应也孤吟山鬼。”

（八）王寂《兰轩词·鹊桥仙》：“待调元受了庙堂宣。”

（九）王沂孙《花外集·露华》：“胜小红临水湔裙。”

（十）周熙《此山先生乐府·贺新郎》：“却说甚官为柱史。”

此皆南宋、元初人作，与元曲衬字同情状。万氏《词律》，于吴梦窗《唐多令》“纵芭蕉不雨也飕飕”句多一字，坚谓词中不致有衬字，由未广参宋元词也。

词中又有“减字”之体，《减字木兰花》即其一例。亦有不名“减字”，而于固定词调中减去一二字者，如：

（一）杨缵《八六子》下段“几许愁随笑解”句，比秦少游体少两字。

（二）吴梦窗词《凄凉犯》，比白石原词少一字。

（三）葛长庚《沁园春》结“稽首终南钟大夫”，“稽”上少一字。

（四）张镃《八声甘州》“唤汝东山归去”，“唤”上少一字。

（五）吴咏《鹤林词·八声甘州》“明公一襟忠愤”，“明”上少一字。

（六）刘后村《汉宫春》下片“譬如河伯，观海盲洋”，“譬”上少一字。

（七）夏元鼎《蓬莱鼓吹·沁园春》上结“一琴一鹤”，“一”

上少一字。

（八）陈德武《白雪遗音·沁园春》结“怎撇下相思两字，万里虚名”，“相”上少一字。

（九）王奕《玉斗山人词·贺新郎》“又谁省此时情绪”句，少一字。《木兰花慢》“尚年年生长儿孙”句、“有清谈还有斯文”句，皆少一字。

（十）李孝光《五峰词·满江红》起句“烟雨孤帆，又过钱塘江口”，结句“而今归去又重来，沙头柳”，皆少一字。

此种衬字减字，大抵多是虚字。又减字比衬字更易破坏词体，故宋元词例，减少于衬。吾人效法，亦复不可孟浪。

字数以外，还有句法。如五字句有“上二下三”“上三下二”之分，七字句有“上四下三”“上三下四”之分。明人作词谱，于此不甚措意，至万树《词律》始严加辨别。

（一）七言必“上四下三”者，如《鹧鸪天》“小窗愁黛、淡秋山”，《玉楼春》“棹沉云去、情千里”。

（二）七言必“上三下四”者，如《唐多令》“燕辞归、客尚淹留”，《爪茉莉》“金风动、冷清清地”。

（三）五言必“上二下三”者，如《一络索》“暑气、昏池馆”，《锦堂春》“肠断、欲栖鸦”。

（四）五言必“上一下四”者，如《桂华明》“遇、广寒宫女”，《燕归梁》“记、千金一笑”。

（五）四言二字中连者，如《水龙吟》“在青山外”，《百宜娇》“访吹箫侣”。

上举五例，（四）（五）尤须留意，如（五）例所举《水龙吟》，此四言句为其结句，凡一词音律，最重结句，不可差失。此句柳永作“有和羹美”，苏轼作“约相将去”“作霜天晓”“也参差是”，晁补之作“遗离魂断”，李之仪作“倩何人卸”，周邦彦作“与何人比”，无不二字中连。若孔平仲“又成春梦”，周紫芝“又随风去”，皆违律偭规矣。

第二　说“声”

作词于平仄之外，有时须辨四声，兼及阴阳。但非每词如此，亦非词中字字如此，其法差同元曲之“务头”，予别有《词声绎例》一文详此，兹不复赘。大抵词中上去两声，分别最严；入声上声有时可作平声用：只去声自成一种，不可通融。宋人作《乐府指迷》谓“去声字紧要”，万红友至云：“论声虽以一平对三仄，论歌则当去对平上入。”兹举数例如下：

（一）去声字不可改作上入者。陆游《恋绣衾》云：

> 不惜貂裘换钓篷，嗟时人谁识放翁。归棹借风轻稳，数声闻林外暮钟。　　幽栖莫笑蜗庐小，有云山烟水万重。半世向丹青看，喜如今身在画中。

加“⊙”处皆是去声，其地位皆在韵脚之上，断非偶合。又《太常引》两结，辛弃疾作“被白发欺人奈何”“人道是清光更多”，又一首作“却弹作清商恨多”“且痛饮公无渡河”；杨果作“直推上淮阴将坛”“道蜀道如今更难”；许有壬作“笑画里凌波未真”“也做得江湖散人”；与此同体。

姜白石改入声韵《满江红》为平韵，其原序云：“《满江红》旧调用仄韵，多不叶律，如周清真此调末句云‘无心扑’，歌者将心字融入去声，方谐音律，予欲以平韵为之"，云云。以一平声"心"字必须唱去声，不惜尽改全首韵脚，此是见去声字在词律之重要矣。

（二）必"去上"连用者：如《三姝媚》结尾两字，史达祖作"归来暗写"，吴文英作"斜阳泪满"，王沂孙作"蘋花弄晚"，又一首作"花阴梦好"，张炎作"园林未暑"，又一首作"巴山夜雨"，薛梦桂作"相思寸缕"，皆"平平去上"。《花犯》上下段结句皆须作"平平平去上"。周邦彦上结作"香篝薰素被"，下结作"黄昏斜照水"；王沂孙作"孤舟寒浪里""余香空翠被"，谭宣子作"云酣春帐暖""年年寻醉伴"。其在中间者，如《摸鱼儿》"无人自舞""功名浪语"，《凤来朝》的"酒香未断"，《永遇乐》的"尚能饭否"。皆如此。又如周邦彦《花犯》一首，共十二处去上连用，如"照眼""净洗""胜赏""燕喜""更可""素被""望久""荐酒""正在""浪里""梦想""照水"皆是。梦窗、碧山作此调，亦无不如是。此最为显例，余不殚举。亦有必作"上去"连用者，万氏《词律》曾举吴文英之尾犯"晚树细蝉""偷赋锦雁留别"诸句为例，但在词中"上去"连用比"去上"连用为少，万树举吴文英词，按之周邦彦作，亦不尽然也。

（三）必上去隔用者。周邦彦的《蕙兰芳引》，第一句"寒莹晚空点青镜"末三字必作"上平去"，证之方千里和作"庭院雨晴倚斜照"，陈允平和作"虹雨初收楚天霁"，皆合。《夜游宫》一调，前段第三句，周邦彦作"桥上酸风射眸子"，下段第三句"不恋单衾再三起"末三字皆是"去平上"。陆游一首亦作"欲写新词泪溅纸"，可见去上隔用，亦是一种句法，此等皆词中"发调处”，不可随便填作“仄平仄”。去声所以须特别注意者，以其声最为“激厉劲远”。万红友曰：“当用去者，非去则激不起，用入且不可，断断勿用平上也。”

次论入声：

元曲以入声派入三声，即入声可读作平声，亦可读作上声或去声。唐宋词，入作去者，尚往往见之，如《词律》谓《酒泉子》“隐映艳红修碧”之“碧”字，与“鬓云腻”句之“腻”字叶，“碧”字北音作去声“闭”字读。晏小山《梁州令》首句“莫唱阳关曲”，“曲”字与“缕”字叶，《惜香乐府·柳梢青》的“嘱”字与“付”字叶，《卜算子》的“腹”“曲”与“许”“否”叶，皆是其例。若入作上读，宋时以为禁忌。《乐府指迷》有“上声字不可用入声字替”一语。故在词中较为少见。《乐府指迷》云：“平声却用得入声字替。”《四库全书·中原音韵提要》，引《檀弓注》“文子名‘木’，缓读为‘弥牟’”为例。可见入作平读，由来已久。在唐五代词中，温飞卿《菩萨蛮》云“翠钗金作股，钗上双蝶舞”，“蝶”字应作平声。又和凝的《山花子》云“莺锦蝉縠馥麝脐”，“縠”字也应作平。宋人词中，此例尤不胜枚举，今但取姜白石《暗香》一首入声各句，分注赵以夫、吴文英、陈允平、张炎诸作于下，聊以见一斑：

旧时月色

吴作“县花谁葺”　陈作“霁天秋色”　张作“无边香色”　同上“猗兰声歇”

唤起玉人

赵作“独抱寒香”　陈作“涨绿浮空”　张作“翦翦红

衣” 同上“洗耳无人” 同上“水叶吹寒”

正寂寂

吴作“送帆叶” 陈作“信音寂” 张作“翠屏侧” 同上“更离别” 同上“更情恶”

夜雪初积

吴作“卧虹平帖” 陈作“鹭汀沙积” 张作“背酣叙日” 同上“赋归心切” 同上“是君还错”

入声固可读去读平，但宋词用入声处，亦有必须用入，不可轻改他声者。如周美成《红林檎近》词，下段起句“冷落词赋客，萧索水云乡”之“落”“索”二字，他首作“步屐晴正好，宴席晚方欢”，“屐”“席”二字仍是入声。又结句“夜长莫惜空酒觞”，他首作“放杯同觅高处看”，“惜”“觅”亦同是入声。此必不可改他仄者。

次述平声读去、上声读平之例：

张炎《词源》谓：“平声可作上入。”此例词中不多。只刘邠《中山诗话》谓“断”字五代人读入声，引陶穀诗为证。最奇者，惟吴文英《探芳信》云“藻池不通宵沟水”，“通”字下注“去声”。平作去读，此为仅见。

上声作平读，万氏《词律》已见及，谓：“上之为音轻柔而退逊，故近于平。”并引元曲为证。其实宋词中，此例本有明证，即姜白石的《莺声绕红楼》，有“近前舞丝丝”句，“近”字下注“平声”；又其《解连环》“又见在曲屏近底”句，“近”字他本亦注“平声”。前者出作家自注，最可依据。《词律》引《宴清都》“庾信愁多，江淹恨极须赋”，何籀一首则作“那更天远，山远水远人远”。以两“远”字填“多”“淹”两平声，程垓则以四“好”字填，此调皆是上声作平。今更引数例如下：欧阳修《越溪春》“时有三点两点雨霁”，秦观《金明池》“过三点两点细雨”，张元幹《夏云峰》“新堂深处捧杯”，苏轼《醉蓬莱》“好饮无事”，朱敦儒“红杏开也未到”，杨万里《好事近》“看十五十六”，辛弃疾《念奴娇》“玉斧重倩修月”，同上“似邹鲁儒家还有奇节”，陆文圭《减字木兰花》“谁上贺表南衙”，高观国《东风第一枝》“香暗度，照影波渺”。加“⊙”各字，皆上声。依谱皆当用平声者。

辛弃疾《水龙吟》“长安却早”，“早”字自注“去声”，又其《鹧鸪天》词“诗未成时雨早催”，“早”字亦注“去声”。上声作去声读，在唐宋元词中，仅此两见。“早”字文义又无读上去之别，不可解也。

词中拗句有时为全调音节所关；其平仄不可任意更改。明人作词谱，常妄改拗句为顺句，大为万树所呵，今不可蹈其覆辙。

拗句有必作“平仄仄平”者，如吕渭老《苏武慢》“谁念少年”，下片作“闻道近来”，不可改作“仄仄平平”。有必作“平平平平平仄”者，如周邦彦《瑞龙吟》“纤纤池塘飞雨”句，方千里和作“班班多于春雨”，杨泽民和作“春风梧桐秋雨”，吴文英作“楼前行云知后”，不可改作“仄仄平平仄仄”。有必作“仄仄平平平平仄”者，如柳永《归去来》“灯月阑珊嬉游处”，苏轼《少年游》“对酒卷帘邀明月”“恰似嫦娥怜双燕”，不可改作“仄仄平平平仄仄”。举此数例，余可类推。

词有一句用四声者，如姜夔《暗香》结作“几时见得”，后人和者，吴文英作“两堤翠匝”，陈允平作“小舟泛得”，张炎作“此时共折”“几曾忘却”，四字而用四声，皆为“上平去入”。赵以夫作“再调玉鼎”，张炎作“卧横紫笛”，虽排列次序不同，亦同用四声。

上举各例，多在换头或结句，皆全词最关音节各处，原非一首中句句字字皆须如此。然亦有一词上下片字字四声符合者，如万俟咏《春草碧》词。亦有用前人调依其四声者，如南宋诸家和周邦彦词。惟初学不宜好奇为此，致妨碍文义；词在今日，既不可歌，文义究重于声律也。

又有填旧谱四声并细辨阴阳五音者，李易安《论词》有云：“盖诗文分平侧，而歌词分五音，又分六律，又分清浊轻重。”清浊轻重即后来所谓阴阳。张炎《词源》记其父作《惜花春·起早》词，有“琐窗深”句，不合律，改作“幽”仍不合，最后作“明”乃合。或谓“深”“幽”“明”同是平声，必再三更改者，即由清浊轻重之故。（“深”“幽”阴平，“明”阳平。）又易安《声声慢》词，用齿声、舌声特多是阴阳外又有五音之分，惟此究嫌拘束，初学者尤不必求之过深也。

最后述“双声”“叠韵”。

凡两字同发声者为“双声”，同收声者为“叠韵”。双声、叠韵，《诗经》《楚辞》以来沿用已久，杜诗尤多。约有两种：其（一）出于自然，如“伊戚”“蟏蛸”之为叠韵兼双声，“仿佛”之为双声，“新陈”之为叠韵等是。其（二）出于造作，如“樽酒”“高冈”之为双声，“所遇无故物”四字为叠韵等是。宋人亦用之，如姜夔“一叶夷犹”句，四字双声，史达祖“因风飞絮，照花斜阳”两句，“风飞”双声，“花斜”叠韵。若吴文英《探芳新》词“叹年端连环转烂缦”八字皆叠韵，更为奇特。刘熙载论词，主张不用双声、叠韵字；王国维则主张：“荡漾处多用叠韵，促节处多用双声。”王说较可遵从。双声、叠韵固能助音节之美，但用之逾量，如吴文英之《探芳新》，又反成“文家之吃”，亦不必学也。

第三　说“韵”

词之初起，取叶方音，南宋以前，实无一部人人共守之词韵。《四库全书提要》谓宋词有用古韵之例，此不可信。五代北宋词大都是应歌之作，妓女以娱狎客，何取事古韵？词中虽有“奏”字与“表”字叶，“酒”字与“晓”字叶，合于“筱”“有”古韵通用之例，**盖方音偶合于古韵**，**非有意用古韵**。唐宋词用韵有大戾韵书分部者，如：

“余”叶“弦”“天”——《云谣集·破阵子》

“绿”叶“盼”“软”——《绿窗新话》引山谷《蓦山溪》

“红”叶“纷”“辰”“精”——洪希文《去华山人词·沁园春》

“者”“也”叶“小”“杳”——方岳《秋崖词·一落索》

“朵”“火”叶“岛”“帽”“小”——赵必瑑《覆瓿词·念奴娇》

“肯”叶“见”“晚”——《翰墨大全》引赵文《莺啼序》

“远”叶“冷”——邓肃《栟榈词·菩萨蛮》

“住”“许”叶“首”“手”——段克己《遁庵乐府·满

江红》

“儿”叶“家”“些”——《山谷词·丑奴儿》

“言”叶“孤”——刘因《樵庵词·菩萨蛮》

“草”叶“暮”——葛长庚《贺新郎》

“咏”叶“梦”“动”——王恽《水龙吟》

此类当纯是方音，故泛滥无归名尔，不尽由刊刻讹误也。

词体叶韵，约有数种：

（一）一首一韵。此与近体诗同，不烦举例。

（二）一首多韵。

荷叶杯　　韦庄

记得那年花下，深夜，叶“下”初识谢娘时，水堂西面画帘垂，叶“时”携手暗相期。叶“时”“垂”　惆怅晓莺残月，相别，叶“月”从此隔音尘，如今俱是异乡人，叶“尘”相见更无因。叶“尘”“人”

此用二仄韵二平韵，在此体中尤为习见。五代人薛昭蕴有《离别难》一首云：

宝马晓鞴雕鞍，罗帏乍别情难，那堪春景媚，送君千万里。半妆珠翠落，露华寒。红蜡烛，青丝曲，偏能勾引泪阑干。　良夜促，香尘绿，魂欲迷，檀眉半敛愁低。未别，心先咽，欲语情难说出，芳草路东西。摇袖立，春风急，樱花杨柳雨凄凄。

此词“鞍”“难”“寒”“干”为一韵，“媚”“里”为一韵，“烛”“曲”“促”“绿”为一韵，“低”“西”“凄”为一韵，“别”“咽”“出”“立”“急”为一韵，共用五部韵，交互错杂，殊为罕见。

（三）以一韵为主，间叶他韵。《诗经》已有此例，在孔广森《诗声分例》中名为“间韵例”。在词如：韦庄《定西番》：（双线表“主韵”，单线表“宾韵”。）

挑尽金镫红烬，人灼灼，漏迟迟，
未眠时。（以上首片）
斜倚银屏无语，
闲愁上翠眉，
闷杀梧桐残雨，
滴相思。

此以一平韵“迟”“时”“眉”“思”四字为主，间入一仄韵“语”“雨”二字为宾。

亦有一平韵中，间入数仄韵；或数仄韵中间入数平韵者。兹举二韶者为例，其间用三四韵者不复赘举。

韦庄《酒泉子》（双线表主韵，单线表宾韵。）

月落星沉，
楼上美人春睡，
绿云倾，金枕腻。
画屏深。
子规啼破相思梦。
曙色东方才动。
柳烟轻，花露重。
思难任。

此以平韵“沉”“深”“任”三字为主，间入“睡”“腻”二仄韵，

“梦”“动”“重”三仄韵为宾。

（四）数部韵交叶。史达祖《撷芳词》：

春愁远⊙，
春梦乱⊙，
凤钗一股轻尘满⊙。
江烟白△，
江波碧△，
柳户清明，燕帘寒食△；
忆忆△。
莺声晚⊙，
箫声短⊙，
落花不许春拘管⊙。
新相识△，
休相失△，
翠陌吹衣，画楼横笛△；
得得△。

此以上片之“远”“乱”“满”与下片“晚”“短”“管”相叶；又以上片之“白”“碧”“食”“忆”与下片“识”“失”“笛”“得”相叶。孔氏《诗声分例》之“两韵隔协例”，与此差同，如《国风·柏舟》：

我心匪石⊙，
不可转△也；
我心匪席⊙，
不可卷△也。
威仪棣棣，不可选△也。

词中尚有三四部韵交互相叶者，兹不复屡举。

（五）叠韵。前引《撷芳词》上下段两结之“忆忆”“得得”，是为叠韵。及王衍《醉妆词》“者边走，那边走”叶两“走”字，顾夐《荷叶杯》“知么知，知么知”叶两“知”字，王建《调笑令》“团扇团扇”“弦管弦管”二“扇”二“管”字，皆是。兹复举《东坡引》一首如下：

东坡引　　赵师侠

相看情未足，离觞已催促。停歌欲语眉先蹙。何期归太速，何期归太速。　　如今归也，无计追逐，怎忍听阳关曲。扁舟后夜滩头宿，愁随烟树簇，愁随烟树簇。

亦有本不叠韵而改为叠韵者，如杨无咎《相见欢》：

不禁枕簟新凉，夜初长。又是惊回好梦叶敲窗。　　江南望，江北望，水茫茫。赢得一襟清泪伴余香。

此调五代薛昭蕴一首，后段首三句，本作“卷罗幕，凭妆阁，思无穷”，“幕”与“阁”叶，杨无咎改叶为叠。他如葛长庚《贺新郎》“一个飞从东际，一个飞从西际”，二“际”字本亦叶而非叠。张炎《青玉案》“尘留不住，云留不住”，下片“园中成趣，琴中成趣”，两“住”字两“趣”字本皆不叠。其改叶为叠最多者，有鲜于枢《鹊桥仙》一首，词云：

青天无数，白云无数，绿水绕湾无数。灞陵桥上望西州，动不动八千里路。　　来时春暮，去时秋暮，归去又还春暮。人生七十古来稀，好相看能成几度。

上段三“数”字，下片三“暮”字，本皆不叠。

亦有本叠韵而改不叠者，如《忆秦娥》一调，今传李白一首上片本作“秦娥梦断秦楼月，秦楼月”，叶两“月”字；下片“咸阳古道音尘绝，音尘绝”，叶两“绝”字。晁补之一首云：

牵人意，高堂照碧临烟水。清秋至，东山时伴，谢公携妓。　黄菊虽残堪泛蚁，乍寒犹有重阳味。应相记，坐中少个，孟嘉狂醉。

“至”“记”二字当叠不叠。

（六）句中韵。句中叶韵，《诗经》如《柏舟》之“日居月诸”，《宾之初筵》之“有壬有林”，《甫田》之“婉兮娈兮”等是。汉人常作一句韵文，如“不欲为论念张文”“关西孔子杨伯起”“解经不穷戴侍中”等是。唐宋诗中不多见，词则时时用之。如：

越江吟　苏易简

非烟非雾瑶池宴，片片碧桃，冷落黄金殿。虾须半卷天香散。　奏云和孤竹清婉，入霄汉。红颜醉态，烂漫金舆转。霓旌影断箫声远。

此词上下段结句中之“卷”字、“断”字，是句中韵。又下段起句若读作五字句两句，则“清婉入霄汉”为一句，“婉”字亦是。惜此词只苏氏一首，没有他作可校。

句中韵以《木兰花慢》最为显例，其上下段第六七句，柳永云：

云衢见新雁过，奈佳人自别阻音书。

归途纵凝望处，但斜阳暮霭满平芜。

又过变（下段起句）“陪都暗想欢游”，其第二字亦句中韵。前人无不如此。如吴文英上下片六七句云：

青丝傍桥浅系，问笛中谁见鹤南飞。

依稀数声禁漏，又东华尘染帽檐缁。

过变云：

清奇好借秋光

周端臣上下片六七句云：

梅梢尚留顾藉，滞东风未肯雪轻飘。

河桥柳愁未醒，赠行人又恐越魂销。

过变云：

清标会上丛霄

李莱老上下片六七句云：

双岑倚天翠湿，看浮云收尽雨边晴。

分明晋人旧隐，掩岩扉日午籁沉沉。

过变云：

闲情玉尘风生

李彭老上下片六七句云：

田田满阶榆荚，弄轻阴浅冷似秋天。

吟边梦云飞远，有题红都在薛涛笺。

过变云：

朱弦几换华年

张炎此调一首，作：

山川自今自古，怕依然认得米家船。

居廛闭门隐几，好林泉都在卧游边。

“然”“泉”亦叶，又多两韵矣。他如汪元量《惜分飞》上段结“泪珠成缕眉峰聚”，下段结“断肠解赋江南句”；周邦彦《四园竹》“肠断萧娘，旧日书辞犹在纸”；杨无咎《玉烛新》“判不寐勾牵幽思”；柳永《送衣》“吾皇诞弥月”“鸳行趋上国”“无间要荒华夏”；周邦彦《兰陵王》“谁惜京华倦客”，《大酺》“双泪落笛中哀曲”“况萧索青芜国”；程珌《六州歌头》“会从公曳杖其中”；柳永《佳人醉》“披衣重起临轩砌”“尽凝睇伫依无寐”；苏轼《醉翁操》“琅然清圆谁弹”；辛弃疾“长松之风如公”皆是。此例在换头者为尤。

（七）同部平仄通叶。同部平仄韵，即如“东”叶“董”“送”，“支”叶“纸”“寘”，“麻”叶“马”“祃”等是。此等在词中最皆见者，有《西江月》《水调歌头》《哨遍》等调。（加△的都是仄韵。）

西江月　　晏几道

愁黛颦成月浅，啼妆印得花残。只消惊枕夜来闲，晓镜心情更懒。　醉帽帘头风细，征衫袖口香寒。绿江春水寄书难，携手佳期又晚。

“残”“闲”“寒”“难”四平韵，“懒”“晚”二仄韵，皆同在第七部。

此等平仄通叶之调，以平与上去通叶为多，平与入通叶甚少。以宋词入声韵独押，不通他声。《西江月》调中，惟欧阳炯一首，以“衣”“眉”“期”“枝”叶“力”“色”两入声韵，余人皆不如此。

水调歌头　　贺铸

南国本潇洒，六代浸豪华。台城游冶，襞笺能赋属宫娃。雪观登临清夏，碧月留连长夜，吟醉送年华。回首飞鸳瓦，却羡井中蛙。　访乌衣，成白社，不容车。旧时王谢，堂前双燕过谁家，楼外河横斗挂，淮上潮平霜下，樯影落寒沙。商女篷窗罅，犹唱后庭花。

此调苏轼体，仄韵各字本皆不叶，贺词为其创格矣。（《诗人玉屑》二平仄各押韵一条，记唐末章碣作八句律诗，其第一三五七各句亦押仄韵。亦诗中之平仄通叶也。）

哨遍　苏轼

为米折腰，因酒弃家，口体交相累。归去来，谁不遣君归，觉从前皆非今是。露未晞，征夫指予归路，门前笑语喧童稚。嗟旧菊都荒，新松暗老，吾年今已如此。但小窗容膝闭柴扉，策杖看孤云暮鸿飞，云出无心，鸟倦知还，本非有意。　噫！归去来兮，我今忘我兼忘世，亲戚无浪语，琴书中有真味。步翠麓崎岖，泛溪窈窕，涓涓暗谷流春水。观草木欣荣，幽人自感，吾生行且休矣。念寓形宇内复几时，不自觉皇皇欲何之，委吾心去留谁计。神仙知在何处，富贵非吾愿，但知临水登山啸咏，自引壶觞自醉。此生天命更何疑，且乘流，遇坎还止。

尤奇者有元人杨弘道《小亨诗余·六国朝》一首词云：

繁花烟暖，落叶风高，岁月去如流，身渐老。叹三十年虚度，月堕鸡号。痛离散人何在，云沉雁杳，浮萍断梗，任风水东泛西漂。万事总无成，忧患绕。　虚名何益，薄宦徒劳，得预俊游中，观望好。谩出惊人语，瑞锦秋涛。莫夸有如神句，鸣禽春草。干戈满地，甚处用儒雅风骚。援笔赋归田，宜去早。

全词一仄一平相间叶韵，在平仄通叶体中此为最少见者。（《六国朝》调名不见于《词律》《词谱》诸书，或杨氏自度曲。）

（八）四声通叶。以上所举，皆上去叶平，此外又有入叶上去之例。王国维《人间词话》谓辛弃疾《贺新郎》《定风波》，以“绿”叶“雨”，以“热”叶“夜”，韩玉《东浦词·贺新郎》以“曲”“玉”叶“女”，《卜算子》以“夜”“谢”叶“食”“月”，已开北曲四声通押之例。今案唐人《云谣集杂曲子》中之《渔歌子》《喜秋天》两曲，殆为此例之最早者：

渔歌子

洞房深，空悄悄。虚杷身心生寂寞。待来时，须祈祷，休恋狂花年少。　淡匀妆，周旋妙。只为五陵正渺渺。胸上雪，从君咬，恐把千金买笑。

全首皆上去韵，只第三句“寞”字入声。（此调“寞”字对下片“渺”字，皆是韵脚。同书另一首，起首三句云“睹颜多，思梦误，花枝一见恨无路”。第三句亦叶。）

喜秋天

芳林玉露催，花蕊金风触。永夜严霜万草衰，捣练千声促。　谁家台榭菊，嘹亮宫商足。每恨朝愁不忍闻，早晚离尘土。（杨铁夫校：“菊”疑“曲”之讹。）

前举《渔歌子》，乃以上去声为主，中间押一个入声“寞”字；此首则以“触”“促”“菊”“足”四入声韵为主，末了押一个上声的“土”字。北宋如晏几道《梁州令》云：

莫唱阳关曲，泪湿当年金缕。离歌自古最销魂，于今更有销魂处。　南朝杨柳多情绪，不系行人住。人情却似飞絮，悠扬便逐春风去。

此调第一句必叶，“曲”字以入押上去。金元人词，此例尤多，如：

感皇恩　　王寂《拙轩词》

天地一浮萍，人生如寄，画饼功名竟何益。百年浑醉，三万六千而已，过了一日也，无一日。　　韶颜暗改，良辰易失，丝竹杯盘但如意。酴醾赏罢，更向牡丹丛里。戴花连夜饮，花前睡。

词中“益”“日”“失”入声韵，“寄”“意”“睡”去声韵，“已”“里”上声韵。《道藏》所载的金代诸道人词集，如五峰白云子王先生《草堂集》有《路云行·赠安山李秀才》一首，上段云：“已矣焉哉，之乎者也，悟来好把翻翻舍，童蒙训授费精神，因循莫使头生雪。”“雪”入声；下段用“设”“诀”“月”同叶。他如朱敦儒《樵歌》、辛弃疾《稼轩词》，以及马钰《洞玄金玉集》、刘志渊《启真集》、刘处玄《仙乐集》、丘处机《磻溪词》、李道纯《清庵先生词》、周熙《此山先生乐府》、张埜《古山乐府》、谢应芳《龟巢词》，亦皆有入叶上去之例。黄庭坚且有上入叶平韵之例：

撼庭竹　　黄庭坚

呜咽南楼吹落梅，闻鸦树惊飞，梦中相见不多时，隔城今夜也应知，坐久水空碧，山月影沉西。　　买个宅儿住着伊，刚不肯相随，如今却被天嗔你，永落鸡群被鸡欺。空恁恶怜伊，风日损花枝。

此词上下片相对，句句叶韵，“你”字上声，“碧”则入声，皆与平韵相叶。《鸣鹤余音》载元无名氏《二郎神》，以“破”“堕”“何”“呵”叶“乐”“缚”；又无名氏《玉抱肚》，以“邪”“蛇”“舍”叶“绝”“说”，皆四声相叶，与元曲无别，可谓词曲之介体矣。

（九）平仄韵互改

（甲）平韵改入韵。李易安论词说："近世所谓《声声慢》《雨中花》，既押平声，又押入声。《玉楼春》平声，又押上去声，又押入声。"是平入两韵，本可相通。今案《声声慢》调，晁补之"朱门深掩"一首，贺铸"园林幕翠"一首，曹勋"素商吹景"一首，皆押平韵。李易安"寻寻觅觅"一首，却押入韵。《雨中花》调，苏轼皆押平韵，黄庭坚、秦观则皆用入韵。惟《玉楼春》只有押上去与押入两种，无押平韵者，若押平韵，即是《瑞鹧鸪》矣。不知易安偶误，抑平声《玉楼春》今已失传？改平韵为入韵，今可举皆见之《南歌子》为例：《南歌子》五代温庭筠诸首皆填平韵，毛熙为加作两片，仍叶平韵；北宋末周邦彦把句子加长作五十四字，亦仍叶平。周词云：

> 腻颈凝酥白，轻衫淡粉红。碧油凉气透帘栊。指点庭花低映，云母屏风。　　恨逐瑶琴写，书劳玉指封。等闲赢得瘦仪容。何事不教云雨，略下巫峰。

至南宋石孝友，则改作入韵，词云：

> 春浅梅红小，山寒岚翠薄。斜风吹雨入帘幕。梦觉西楼，呜咽数声角。　　歌酒工夫懒，别离情绪恶。舞衫宽尽不堪著。若比那回，相见更消削。

沈伯时《乐府指迷》谓"平声字可以入声字替"，此本指句中字声；今据孝友词是可推之及韵脚矣。

（乙）入韵改平韵。《忆秦娥》调本叶入韵，秦观、贺铸有叶平韵者。列举于下：

忆秦娥入韵　　李白（？）

箫声咽，秦娥梦断秦楼月。秦楼月，年年柳色，灞陵伤别。　乐游原上清秋节，咸阳古道音尘绝。音尘绝，西风残照，汉家宫阙。

又平韵　　贺铸

晓朦胧，前溪百鸟啼匆匆。啼匆匆，凌波人去，拜月楼空。　去年今日东门东，鲜妆辉映桃花红。桃花红，吹开吹落，一任东风。

此首与李白入韵一首字句平仄无一不同，只改了韵脚而已。

又平韵　　秦观

曲江花，宜春十里锦云遮。锦云遮，水边院落，山下人家。　茸茸细草承香车，金鞍玉勒争年华。争年华，青楼酒旆，歌板红牙。

惟此例有时颇费斟酌，即其词本体究竟是平抑入，不易考定。如《天仙子》一调，皇甫松一首叶入声，词云：

晴野鹭鸶飞一只，水荭花发秋江碧。刘郎此日别天仙，登绮席，泪珠滴，十二晚峰高历历。

和凝一首亦用入韵。而韦庄两首则皆用平韵，其一云：

怅望前回梦里期，看花不语苦寻思。露桃宫里小腰肢，眉眼细，云鬟垂，惟有多情宋玉知。

皇甫、和、韦同是五代时人，无从定此两体孰为本体。若《满江红》本用入声韵，姜夔改用平韵，《三犯渡江云》本叶平韵，陈允平《日湖渔唱》一首题云："旧平声，今改入声。"此等有作者自加之说明，确凿无疑；惜词中此种材料不多见耳。

张炎《词源》附载杨守斋“作词五要”，亦有平入通叶之说，其第四条云：“要随律押韵。如越调《水龙吟》、商调《二郎神》，皆合用平入声韵，古词俱押去声，所以转折怪异，成不祥之音。昧律者反称赏之，真可解颐而启齿也。”守斋名缵，乃南宋一位深于音律之词家，周密尝从之问律，其言当极可据。案今所传一百二字的《水龙吟》，《词谱》谓：“姜夔词注‘无射商’，俗名越调。”当即是杨守斋所指者，但南北宋各家填此者，十之八九用上去韵，即深知词乐，如柳永、周邦彦、姜夔、吴文英、周密、张炎诸家亦复如此。用入韵者，只赵长卿“烟姿玉骨尘埃外”一首，及《高丽史·乐志》“洞天景色常春”一首而已。《二郎神》调今传一百四字体，《乐章集》正注“商调”，而柳永、徐伸、吴文英诸家亦皆用上去韵；用入声韵者，只张安国、吕渭老各一首，绝对无用平韵者。张炎称守斋持律甚严，一字不苟作。而其所论与南北宋各大家词相戾如此，不可解也。

宋人间有改入声韵为上去者；如《霜天晓角》，本叶入声，故黄机、蒋捷、赵长卿可把它改为平韵；而辛弃疾、葛长庚、赵师侠三人却填作上去。姜夔《疏影》本亦入声调，彭元瑞改名《解佩环》，则改用上去韵。《秦楼月》亦入声调，而元人张小山《北曲联乐府》中一首，用“屦”“路”“处”“坞”“去”“雨”叶，此等殆皆前人偶误，不可学也。

（丙）改平声韵为上去。段成式有《闲中好》词，本用平声韵，词云：

闲中好，尘务不萦心。坐对当窗木，看移三面阴。

郑符一首，则用上声韵，词云：

闲中好，尽日松为侣。此趣人不知，轻风度僧语。

二首不知孰为本体。五代毛熙震有《河满子》云：

寂寞芳菲暗度，岁华如箭堪惊。缅想旧欢多少事，转添春思难平。曲槛丝垂金柳，小窗弦断银筝。　深院空闻燕语，满园闲落花轻。一片相思休不得，忍教长日愁生。谁见夕阳孤梦，觉来无限伤情。

北宋毛滂改之云：

急雨初收珠点，云峰巉绝天半。辘轳金井卷甘洌，帘外翠阴遮遍。波翻水晶重箔，秋在琉璃双簟。　漏永流花缓缓，未放崦嵫畹晚。红荷绿芰暮天好，小宴水亭风馆。云乱香喷宝鸭，月冷钗横玉燕。

此则确是改平为上去。他如辛弃疾《醉太平》，赵彦端《沙塞子》，杨无咎《人月圆》，晁补之《少年游》，宋祁、杜安世《浪淘沙》，曹勋《金盏倒垂莲》，陈允平《书锦堂》等，皆同此例。

（丁）改上去韵为平韵。宋词有读上声为平之例，见姜白石《莺声绕红楼》词注。其改上声韵为平韵，则有陈允平《日湖渔唱》中《永遇乐》调自注云："旧上声韵，今移入平声。"《绛都春》调自注云："旧上声韵，今改平声。"今录其叶上叶平各词，对勘于后：

永遇乐　　苏轼

明月如霜，好风如水，清景无限。曲港跳鱼，圆荷泻露，寂寞无人见。紞如五鼓，铮然一叶，黯黯梦云惊断。夜茫茫重寻无处，觉来小园行遍。　天涯倦客，山中归路，望断故园心眼。燕子楼空，佳人何在，空锁楼中燕。古今如梦，何曾梦觉，但有旧欢新怨。异时对南楼夜景，为余浩叹。

永遇乐　陈允平

玉腕笼寒，翠栏凭晓，莺调新簧。暗水穿苔，游丝度柳，人静芳昼长。云南归雁，楼西飞燕，去来惯认炎凉。王孙远，青青草色，几回望断柔肠。　蔷薇旧约，尊前一笑，等闲辜负年光。门草庭空，抛梭架冷，帘外风絮香。伤春情绪，惜花时候，日斜尚未成妆。闲嬉笑，谁家女伴，又还采桑。

绛都春　赵彦端

平生相遇，算未有笑语关山佳处。旧日文章，如今风味浑如许。眼前都是蓬莱路，但莫道有人会住。异时天上，种种风流，待君如故。　此是君家旧物，看九万清风，为君掀举。举上青云，却忆梅花如旧否。古人衰病今无似，只种得梅花盈圃。待君一过山家，共斟露醑。

绛都春　陈允平

秋千倦倚，正海棠半坼，不耐春寒。殢雨弄晴，飞梭庭院绣帘闲。梅妆欲试芳情懒，翠颦愁入眉弯。雾蝉香冷，霞绡泪揾，恨袭湘兰。　悄悄池台步晚，任红薰杏靥，碧沁苔痕。燕子未来，东风无语又黄昏。琴心不度春云远，断肠难托啼鹃。夜深犹倚，垂杨二十四阑。

据苏、赵二词，知陈允平所谓“移上作平”实即“移上去作平”。苏词中之“见”“遍”“燕”“怨”“叹”，赵词中之“处”“住”“故”皆去声。苏词全首只三字用上声，去多于上；赵词则上片去声，下片上声，皆非纯用上声。又陈允平平声《绛都春》，上下片“懒”字“远”字仍用同部上声押，不全改平声，亦与《永遇乐》全改者不同。他如吴文英有平韵《如梦令》、平韵《惜黄花慢》，石孝友有平韵《蝶恋花》，陈允平有平韵《祝英台近》，晁补之有平韵《尉迟杯》，王诜有平韵《花发沁园春》，赵彦端有平韵《五彩结同心》，亦皆本叶上去者也。

今传绍兴二年所刊《菉斐轩词韵》，上去入三声有作平者。清人秦恩复疑其书是元明间人伪造，专为北曲而设。今人已得显据，知其书实出于宋人。秦氏不知唐宋词确有上去入作平之例，故有此疑耳。

（十）平仄韵不得通融。以上述上入互押、入平互押等例，词韵似漫无限制矣；但亦有必不可通融者，分述如下：

（甲）仄声调有必押入声者。戈载《词林正韵》谓有下列各词：

丹凤吟　三部乐　大酺　霓裳中序第一

兰陵王　应天长慢　凤凰阁　西湖月

解连环　侍香金童　曲江秋　琵琶仙

雨霖铃　好事近　蕙兰芳引　六幺令

暗香　疏影　凄凉犯　淡黄柳

惜红衣　尾犯　白苎　玉京秋

一寸金　浪淘沙慢

其他仄韵而可改作平韵者，其仄韵亦必须叶入，不可漫用上去，如：

霜天晓角　庆宫春　忆秦娥　庆佳节

江城子　柳梢青　望梅花　声声慢

看花回　两同心　南歌子　满江红

虽宋人于此数调，亦有不尽叶入韵者，要是懈于守律，不可依据。金道人所作词，最不拘律矣，而《鸣鹤余音》载郝太古、丘长春诸人所作《无俗念》六首，无一首不用入声韵，可见此中消息矣。

（乙）仄声调有必押上去者。词中上去韵本可通押，而有时亦须分别。戈载云：

> 黄钟商之《秋宵吟》，林钟商之《清商怨》，无射商之《鱼游春水》，宜单押上声；仙吕调之《玉楼春》，中吕调之《菊花新》，双调之《翠楼吟》，宜单押去声。复有一调之中必须押上、必须押去之处；有起韵结韵宜皆押上、宜皆押去之处，不能一一胪列。

今案词中上去韵之分，不如入声韵之严。戈氏所举各词，除《秋宵吟》一首、姜白石词全首用上声韵外，其余亦不尽然，如《清商怨》调，周邦彦一首，于“小”“了”“杳”“早”之中，杂“照”“到”二韵，又一首于“暝”“冷”“影”“静”“永”之中，杂一“映”韵。沈会宗一首亦于“转”“满”“苑”“卷”“远”之中，杂一“怨”韵。《鱼游春水》词，唐无名氏一首，全用上声韵；而马庄父一首，上声中杂“到”“耗”“噪”“操”四韵；卢祖皋一首，用“去”“处”二韵；赵闻礼一首，用“翠”“醉”“泪”“翅”“试”“未”六韵，去声韵且多于上声韵。至戈氏所举必叶去声之调，仙吕调《玉楼春》词，柳永一首，末句作“只恐被伊牵惹断”，犹可云阳上作去。若柳永《菊花新》词，“绻”“短”“暖”“线”“限”“面”四上二去；杜安世一首“老”“小”“沼”“闹”“好”“了”“恼”亦上多于去，戈氏皆未详验也。

宋词亦有半首叶上，半首叶去者，如陆游《钗头凤》，前片首三句“红酥手，黄縢酒，满城春色宫墙柳”，皆上声韵，下片首三句“春如旧，人空瘦，泪痕红浥鲛绡透”，皆去声韵。曾觌填此调亦上片用“闹”“照”“透”三去声，下片用“悄”“小”“袅”三上声，当非偶合。特在词中，此例不常见耳。

（十一）叶韵变例

（甲）长尾韵。辛弃疾有《水龙吟·用些语再题瓢泉》一首，每句韵脚之下用“些”字，词云：

听兮清佩琼瑶些！明兮镜秋毫些！君无去此，流昏涨腻，生蓬蒿些！虎豹甘人，渴而饮汝，宁猿猱些！大而流江海，覆舟如芥，君无助，狂涛些。　路险兮山高些，予块独处无聊些。冬槽春盎，归来为我，制松醪些。其外芬芳，龙团凤片，煮云膏些。古人兮既往，嗟予之乐，乐陶陶些。

蒋捷《竹山词》亦有《水龙吟·效稼轩体招落梅之魂》一首，叶法与辛词同。此谓“长尾韵”，西洋诗谓之“雌韵”，弃疾以前未尝覯也。

（乙）“福唐独木桥体”。黄庭坚集中《阮郎归》一首，题云：“效福唐独木桥体作茶词。”词共八韵，而中有四韵皆用“山”字。其体不知始于何人，“福唐”之名未得解。福建福清县，唐时叫福唐。不知与此有关否。

词云：

烹茶留客驻雕鞍，有人愁远山。别郎容易见郎难，月斜窗外山。　归去后，忆前欢，画屏金博山。一杯春露莫留残，与郎扶玉山。

元好问《遗山乐府》，亦有《阮郎归·独木桥体》云："别郎容易见郎难，千山复万山。杨花帘幕晚风闲，愁眉澹澹山。　光禄塞，雁门关，望夫原有山。当时只合锁雕鞍，山头不放山。"与黄词同。亦有稍变其体者，如元人张翥《蜕岩词》《清平乐·酒后》二首，其一云：

> 先生醉矣，是事忘之矣。欲友古贤谁可矣，严子真其人矣。　问渠辛苦征鞍，何如自在渔竿。终办一丘隐计，西湖鸥鹭平安。

其二云：

> 先生醉也，甚矣吾衰也。万物不如归去也，陶令真吾师也。　篱边菊蕊初黄，为花准备壶觞。只恐不如人意，风风雨雨重阳。

此亦半首押同字韵，而韵位与黄词异。

（丙）通首用同字为韵。《草堂诗余》载黄庭坚《瑞鹤仙》一首，檃栝欧阳修《醉翁亭记》，韵脚皆用"也"字；此又"独木桥体"之变格。词云：

> 环滁皆山也，望蔚然深秀，琅琊山也。山行六七里，有翼然泉上，醉翁亭也。翁之乐也，得之心、寓之酒也。更野芳佳木，风高日出，景无穷也。游也，山肴野蔌，酒洌泉香，沸觥筹也。太守醉也，喧哗众宾欢也。况宴欢之乐，非丝非竹，太守乐其乐也。问当时太守为谁，醉翁是也。

南宋方岳《秋崖词》有《瑞鹤仙》"一年寒尽也，问秦沙，梅放未也"一首，赵长卿《惜香乐府》有同调"无言屈指，算年年底事，长为旅也"一首，皆全押"也"字，正学山谷体。石孝友

《金谷遗音》有《惜奴娇》，则全押“你”字。蒋捷《竹山词》有《声声慢》，全押“声”字。辛弃疾《稼轩词》有《柳梢青》“赋八难之辞”，全首押“难”字。刘克庄《后村别调》有《转调二郎神》六首，全首押“省”字，亦同此体。通首以同字为叶，即等于无韵，在词体叶韵变例中，此为最奇者也。

（丁）闭口韵。古人读“侵”“覃”“谈”“盐”“沾”“严”“咸”“衔”“凡”诸部，皆闭口收韵，与今人不同（今惟广东犹如此）。宋词用闭口韵，不与他部杂用者，如：丘峦《水调歌头·为赵漕德庄寿》，张镃《满庭芳·促织儿》，汪元量《长相思》，元好问《八声甘州》《鹧鸪天》《朝中措》《浣溪沙》，皆用“侵”韵。又如：仲殊《蓦山溪》用“淡”“占”“黯”“减”，蔡枏《满庭芳》用“酣”“谈”“衫”“堪”“岩”“南”“衔”，苏轼《满庭芳》用“帆”“衫”“凡”“严”“纤”，蔡松年《鹧鸪天》用“檐”“甜”“帘”“厌”“尖”“纤”，元好问《朝中措》用“南”“谈”“男”“衔”“衫”，亦不杂用开口韵。但此等或系遵沿诗韵，或偶尔暗合，必非有意依古韵。《云谣集》中《凤归云》一首，以“深”“心”与“缨”“臣”“贞”相叶，知唐人固已不拘。若宋元各家杂叶开闭口之例，则更不胜屡数矣。

第四　说“片”

诗词章法大不同者，长篇诗字数虽多于词，然总是一诗自为首尾，其间波澜态度即千变万化，亦仍是一首。词则一首分为二段或三四段。前段与后段似是一首又似非一首；前段末句要似合而又似起；后段起句要似承又似转，此诗所无有。张炎谓“换头不可断了曲意”。“换头”即后段首句也。换头名作，兹举数首如次，以须统觏上下文乃见其作法，故并全词录之。姜白石《齐天乐·咏蟋蟀》云（前文无“咏”字。——编者注）：

庾郎先自吟愁赋，凄凄更闻私语。露湿铜铺，苔侵石井，都是曾听伊处。哀音似诉。正思妇无眠，起寻机杼。曲曲屏山，夜凉独自甚情绪！　西窗又吹暗雨。为谁频断续，相和砧杵？候馆迎秋，离宫吊月，别有伤心无数。豳诗漫与。笑篱落呼灯，世间儿女。写入琴丝，一声声更苦。

又《一萼红·人日登定王台》云（前文无“人日”。——编者注）：

古城阴，有官梅几树，红萼未宜簪。池面冰胶，墙腰雪老，云意还又沉沉。翠藤共、闲穿竹径，渐笑语、惊起卧沙禽。野老林泉，故王台榭，呼唤登临。　南去北来何事？荡湘云楚水，极目伤心。朱户黏鸡，金盘簇燕，空叹时序侵寻。记曾共西楼雅集，想垂柳还袅万丝金，待得归鞍到时，只怕春深。

晏几道《木兰花》云：

东风又作无情计，艳粉娇红吹满地。碧楼帘影不遮愁，还似去年今日意。　谁知错管残春事，到处登临曾费泪。此时金盏直须深，看尽落花能几醉。

吴文英《高阳台·丰乐楼分韵得“如”字》云：

修竹凝妆，垂杨驻马，凭阑浅画成图。山色谁题，楼前有雁斜书。东风紧送斜阳下，弄旧寒晚酒醒余。自消凝，能几花前，顿老相如。　伤春不在高楼上，在灯前攲枕，雨外熏炉。怕舣游船，临流可奈清臞。飞红若到西湖底，搅翠涛总是愁鱼。莫重来，吹尽香绵，泪满平芜。

又《三姝媚·过都城旧居有感》云：

湖山经醉惯。渍春衫、啼痕酒痕无限。又客长安，叹断襟零袂，涴尘谁浣？紫曲门荒，沿败井、风摇青蔓。对语东邻，犹是曾巢，谢堂双燕。　　春梦人间须断。但怪得当时，梦缘能短。绣屋秦筝，傍海棠偏爱，夜深开宴。舞歇歌沉，花未减红颜先变。伫久河桥欲去，斜阳泪满。

以上各首换头，或以摇曳取姿，或以拗怒作气，或倒提而不隔，或平承而不率。略举此五首，余可类推矣。

宋人换头，亦多变格，以予所见，约有数种：

（一）下片另咏一物一事者。如苏轼《贺新郎》云：

乳燕飞华屋，悄无人槐阴转午，晚凉新浴。手弄生绡白团扇，扇手一时如玉。渐困倚、孤眠清熟。帘外谁来推绣户，枉教人、梦断瑶台曲。又却是，风敲竹。　　石榴半吐红巾蹙，待浮花、浪蕊都尽，伴君幽独。秾艳一枝细看取，芳心千重如束。又恐被西风惊绿。若待得君来向此，花前对酒不忍触。共粉泪，两簌簌。

下片另咏一物（石榴花）。又其《蝶恋花》云：

花褪残红青杏小，燕子飞时，绿水人家绕。枝上柳绵吹又少，天涯无处无芳草。　　墙里秋千墙外道，墙外行人，墙里佳人笑。笑渐不闻声渐杳，多情却被无情恼。

下片另写一事。然二首寓情要眇，似断非断，犹非截二意。若辛弃疾《感皇恩·读庄子，闻朱晦庵下世》云（下世，前文作即世。——编者注）：

案上数篇（前文作编。——编者注）书，非庄即老。会说忘言始知道。万言千句，不自能忘堪笑。今朝梅雨霁，青天好。　　一壑一丘，轻衫短帽，白发多时故人少。子云何在？应有玄经遗草。江河流日夜，何时了？

上片“读庄子”，下片“闻朱晦庵即世”，题与词皆分作两橛，甚为奇特。

（二）全混上下片界限者。如辛弃疾《贺新郎·别茂嘉十二弟》云：

绿树听鹈鴂。更那堪、鹧鸪声住，杜鹃声切。啼到春归无寻处，苦恨芳菲都歇。算未抵人间离别。马上琵琶关塞黑，更长门、翠辇辞金阙。看燕燕，送归妾。　　将军百战身名裂，向河梁回头万里，故人长绝。易水萧萧西风冷，满座衣冠似雪，正壮士悲歌未彻。啼鸟还知如许恨，料不啼清泪长啼血。谁共我，醉明月？

此词章法甚奇，遇变处平列四件离别故实，完全打破换头成法。同时刘过有《沁园春·寄辛承旨，时承旨招不赴》一首，即效辛作，词云：

斗酒彘肩，风雨渡江，岂不快哉！被香山居士，约林和靖，与坡仙老，驾勒吾回。坡谓“西湖正如西子，浓抹淡妆临镜台”。二公者，皆掉头不顾，只管传杯。　　白云“天竺去来！图画里峥嵘楼阁开。爱纵横二涧，东西水绕；两峰南北，高下云堆”。逋曰“不然，暗香浮动，不若孤山先访梅。须晴去，访稼轩未晚，且此徘徊”。

承旨即弃疾，时弃疾在绍兴，招刘过于杭州。刘词铺叙三人之言，不顾换头章法，亦极横姿。又蒋捷《虞美人·听雨》云：

少年听雨歌楼上，红烛昏罗帐；壮年听雨客舟中，江阔云低，断雁叫西风。　　而今听雨僧楼下，鬓已星星也。悲欢离合总无情，一任阶前，点滴到天明。

亦以“少年”“壮年”“而今”平列。许有壬《圭塘乐府》中《水龙吟·可翁检点形骸，关心六事今犹可》一首，记病余尚可读书、写字、步园、饮酒、食肉、听歌，每片分叙三可。与蒋词差同。

又有换头数法，前人偶一为之，亦有生新之趣，其例如下：

（一）上片结句引起下片者。如冯延巳《长命女》云：

春日宴，绿酒一杯歌一遍，再拜陈三愿：　　一愿郎君千岁；二愿妾身长健；三愿如同梁上燕，岁岁长相见！

又如《词谱》引《古今词话》无名氏《御街行·咏雁》词，上片结云“雁儿略住，听我些儿事”，下片接云：

塔儿南畔城儿里，第三个桥儿外，濒河西岸小红桥，门外梧桐雕砌。请教且与，低声飞过，那里有人人无寐。

下片叮嘱之辞，紧接上片结句。辛弃疾《念奴娇·赋傅岩叟香月堂两梅》，上结云“试将花品，细参古今人物”，下片即引楚两龚、白香山、李太白为比。又苏轼《卜算子》上片结“缥缈孤鸿影”，下片皆咏鸿。《临江仙》“夜饮东坡醒复醉”一首，上片结“倚杖听江声”，下片皆写听江。《阳春白雪》谭宣子《浣溪沙》上结“藕花三十六湖香”，下片皆咏荷花，皆同此例。

（二）以下片申说上片者。程垓《宴清都》上片云：“凭画阑，那更春好花好，酒好人好。”下片云：

> 春好尚恐阑珊；花好又怕飘零难保；直饶酒好，酒好未抵意中人好。相逢尽拚醉倒，况人与才情未老。又岂关春去春来，花愁花恼。

下片申说上结春好、花好、酒好不及人好。辛弃疾有《玉楼春》一首，题云：“乐令谓卫玠，人未尝梦捣齑、餐铁杵、乘车入鼠穴，以谓世无是事故也。余谓世无是事，而有是理；乐所谓无，犹云有也。戏作数语以明之。”词云：

> 有无一理谁差别，乐令区区浑未达。事言无处未尝无，试把所无凭理说：　伯夷饥采西山蕨，何异捣齑餐杵铁；仲尼去卫又之陈，此是乘车穿鼠穴。

下片二事，即申说上片“事言无处未尝无”之理。此与前举冯延巳《长命女》诸例相近，然一为引起下片，一为申说上片，又稍有别异也。

（三）上下片文义并列者。如朱淑真元夕《生查子》词：

> 去年元夜时，花市灯如昼；月上柳梢头，人约黄昏后。今年元夜时，花市灯如旧；不见去年人，泪湿青衫袖。

李纲《江城子》上片起云“去年九日在衡阳”，下片起云“今年佳节幸相将”。李元膺《茶瓶儿》上片起云“去年相逢深院宇”，下片起云“今年重寻携手处”。王迈《南歌子》上起“家里逢重九”，下起“官里逢重九”。皆与朱词同法。

（四）上下片文义相反者。如吕本中《采桑子》云：

> 恨君不似江楼月，南北东西；南北东西，只有相随无别离。　恨君却似江楼月，暂满还亏；暂满还亏，待得团圆是

几时？

本中又有《浣溪沙》上片结云“迩来沉醉是生涯”，下片则云“不是对君犹惜醉，只嫌春病却怜他”，意亦相反。

（五）上片问下片答者。刘敏中《沁园春·号太初石为苍然》一首云：

石汝来前！号汝苍然，名之太初。问太初而上，还能记否？苍然于此，为复何如？偃蹇难亲，昂藏不语，无乃于予太简乎？须臾便、唤一庭风雨，万窍号呼。　依稀似道：狂夫！在一气何分我与渠？但君才见我，奇形怪状；我先知子，冷淡清虚。撑住黄垆，庄严绣水，攘斥红尘力有余。今何夕，倚长风三叫，对此魁梧。

上片问石，下片石答。李孝光《满江红》上片“舟人道，官侬缘底，驱驰奔走”，下片起“官有语，侬听取”，亦同。

凡此五例，皆前人偶尔涉兴，多作便无味也。

附　录

词籍要目

（一）别集

南唐冯延巳《阳春集》

南唐李璟、李煜《二主词》 词至后主感慨始深，《花间》以后第一变境。

宋晏殊《珠玉词》

宋张先《张子野词》

宋欧阳修《醉翁琴趣外篇》

宋柳永《乐章集》

宋晏几道《小山词》 北宋小令之极则。

宋苏轼《东坡乐府》

宋黄庭坚《山谷琴趣外篇》

宋秦观《淮海居士长短句》

宋周邦彦《清真集》 上承温、韦、秦、柳，下开姜、张、吴、史，为南北宋间第一重要作家，词法之精，前人以比杜诗。

宋贺铸《东山乐府》

辛弃疾《稼轩长短句》

宋姜夔《白石道人歌曲》 辛、姜二家，皋牢南宋一代，鲜能出其范围者。

宋刘克庄《后村长短句》

宋吴文英《梦窗词》

宋周密《蘋洲渔笛谱》

宋张炎《山中白云词》

宋王沂孙《花外集》 陈廷焯极推沂孙，确比周密、张炎为胜。

宋李清照《漱玉集》 清照词抗手后主。

金蔡松年《明秀集》

金元好问《遗山乐府》 蔡、元二家皆学东坡，遗山尤金代唯一大家。

明陈子龙《陈忠裕公词》 明词第一家。

清曹贞吉《珂雪词》

清纳兰性德《饮水词》

清朱彝尊《曝书亭词》

清厉鹤《樊榭山房词》

清项鸿祚《忆云词》

清周之琦《金梁梦月词》

清蒋春霖《水云楼词》春霖生太平天国时，工为乱离之语，前人推为“声家老杜”。姜、张一派，殆集大成。

清王鹏运《半塘定稿》

清郑文焯《樵风乐府》

清文廷式《云起轩词钞》

清朱孝臧《彊村语业》朱氏学梦窗，而身世感慨比梦窗尤大，并能融东坡、梦窗为一家。

清况周颐《蕙风词》

清刘毓盘《濯绛宧词》

（二）总集

唐人《云谣集杂曲子》可见词初起时之体式。

五代赵崇祚《花间集》

无名氏《尊前集》

宋曾慥《乐府雅词》

宋黄昇《唐宋诸贤绝妙词选》

宋黄昇《中兴以来绝妙词选》

宋赵文礼《阳春白雪》

宋周密《绝妙好词》周密所为词在白石、梦窗之间，此编所选亦皆近乎二家者。

金元好问《中州乐府》金人词有极佳者，比南宋人感慨尤深。

清朱彝尊、王昶《三朝词综》

清张惠言《词选》

清周济《四家词选》

清周济《词辨》

清冯煦《宋六十一家词选》

清成肇麐《唐五代词选》

清王国维《唐五代二十一家词辑》

清朱孝臧《宋词三百》

清朱孝臧、张尔田《词莂》 清词选本，此为最善。

（三）词话

宋王灼《碧鸡漫志》

宋张炎《词源》

元沈义父《乐府指迷》 宋人工词，而不工论词，不如清代周济、陈廷焯诸书。

清张宗橚《词林记事》

清徐纨《词苑丛谈》

清康熙《历代词话》

清吴衡照《莲子居词话》

清周济《介存斋论词杂著》

清刘熙载《艺概》 清人词话多聊尔之作，周刘二家始多精识。

清陈廷焯《白雨斋词话》

清况周颐《蕙风词话》

清王国维《人间词话》

（四）词律词韵

清万树《词律》

清徐本立《词律拾遗》

清杜文澜《词律补遗》

清《钦定词谱》

清舒梦兰《白香词谱》

清戈载《词林正韵》

释令词

唐人名词曰令，自来不得其义。以予所考，知出于酒令。凡有数证：

酒令盛于唐，《全唐诗》三十二所载“打令”“改令”之辞，多为韵语。有三言两韵者，张祜、令狐绹之“上水船”是。有六言绝句者，方干之“措大吃酒点盐”是。有五七言绝者，沈询之“莫打南来雁”，白敏中卢发之“十姓胡中第六胡”是。若吴越王与陶穀所作“白玉石，碧波亭上迎仙客”，“口耳王，圣明天子要钱塘”，则宛然长短句之体。

“莫打南来雁”之本事曰：“咸通中，为昭义节度使，尝宴府中宾友，改令歌此。”知当时酒令有可歌唱者，故令其辞多为韵语。以此唐范摅《云溪友议》（十），谓裴諴与“举子温歧为友，好作歌曲，迄今饮席多其词焉”。又曰：“二人又为新添声杨柳枝词，饮筵竞唱其词而打令也。”温词新添声《杨柳枝》即此等倚声之词，而可兼为饮筵打令，足见二者之关系。尊前歌舞为词所由起，得此益了然矣。唐时妓女唱曲曰“歌令”，见《北里志》。

如云："初教之歌令"，"能歌令"。

白居易《就花枝》诗云："醉翻衫袖抛小令，笑掷骰盘呼大采。"此小令一名之最早见。译其诗语，似行令时讴歌之外兼有舞态。刘攽《中山诗话》解此云："唐人饮酒以令为罚。……今人以丝管歌讴为令者，即白傅所谓。大都欲以酒劝，故始言送而继承者辞之，摇首挼舞之属，皆却之也。至八遍而穷，斯可受矣。""始言送"与"摇首挼舞"数语，不大可解。《全唐诗》有打令口号云："送摇招由，三方一圆，分成四片，送在摇前。"似送与摇外又有招，殆皆舞会时之动姿耶。行酒令有送有摇，合之白居易"醉翻衫袖"之诗，知行令之时，兼有舞态，不但讴歌已也。《中山诗话》云："俗有谜语曰：'急打急圆，慢打慢圆，分为四段，送在窑前。'初以陶瓦乃为令耳。"此谓摇窑同音。以瓴谐音为令也。

宋周煇《清波杂志》六："宣和间，衣着曰韵缬，果实曰韵梅，词曲曰韵令。乃梁师成为郓邸，倡为此谶。"是以令为词曲之通名。宋朱翌《猗觉寮杂记》下："大曲新水歌，乐昌公主与徐德言破镜复合事。"陈元靓《岁时广记》（十二）作新水令。（陈书见王国维《大曲考》引）是大曲亦名令。

今存令词之逾八九十字者，柳永《乐章集》有《婆罗门令》《采莲令》《六幺令》；赵长卿《惜香乐府》有《有有令》，张翥集有《百字令》；《花草粹编》载郑意娘《胜州令》最长，凡二百十五字。此皆出于宋人。然则后人专以令属小词者，又违其朔矣。

白居易《代书诗一百韵寄微之》云："打嫌调笑易，饮讶卷波迟。”注云：“抛打曲有调笑令。”按抛打乃酒令举动，知调笑之词出于酒令。又元稹《狂醉》诗云：“岘亭今日颠狂醉，舞引红娘乱打人。”又《店卧闻幕中诸公征乐会饮》云：“红娘留醉打。”注云：“舞引红娘，抛打曲名。”白诗见《全唐诗》十六。元诗见《全唐诗》十五。是舞引红娘亦酒令之词，殆即崔令钦《教坊记》之《红娘子》也。此一是足为予说之显证，并时纪之。

（1936年4月4日）

说小令的结句

词里的小令，因为体制短小，造句特别要凝练。

结句要语尽意不尽。一首小令的结句好，会映带全首有光彩；结句不好，前文的好句也会为之减色。所以结句往往是关键所在。这情形正和绝句诗相似。这里举几首《浣溪沙》作例子。

《浣溪沙》全首只有六句，四十二个字，上下片各三句，它的每片末句，颇不易填，不可“掉以轻心”。先谈谈北宋晏殊的一首：

一曲新词酒一杯，去年天气旧亭台。夕阳西下几时回。　无可奈何花落去，似曾相识燕归来。小园香径独徘徊。

这是怀旧之作。上片由眼前景物引起对往事的怀念：现在唱词喝酒，天气、亭台和从前一样，但是从前的一切，已如“夕阳西下”，成为不回的过去了。下片拈出两件小事情“花落”和“燕归”。“无可奈何”和“似曾相识”都是成语，把它联系在“花落去”和“燕归来”的上面，由熟得生，转旧成新，便成为名句。花落是无从挽救的，所以说“无可奈何”。燕子是年年重归旧窠的，所以说“似曾相识”。这首怀旧词主要是感伤过去的往事，但是这里不单单写“去”，却接着写“来”，以“来”烘托“去”，便比单单写“去”更浓挚。以“花落”比人去，是寻常语；以“燕来”反衬人去，便是加倍写。燕子是双双回来的，也更足勾引起人去后的孤零之感。还有，在这首词里，写“去”是本意，是主；写“来”是余文，是宾。一般写论文，主意当然重于余文；在文学作品里，有时余文却比主意写得出色。如柳永的《雨霖铃》：“多情自古伤离别，更那堪冷落清秋节”这句是主意，接着“今宵酒醒何处？杨柳岸晓风残月”是点染主意的余文。这余文却是胜于主意的名句。一般写论文，主意在后面，总结全文，起画龙点睛的作用。但是文学作品里，余文的地位有时重于主意，要放在主意之后。这首词把“燕归来”句安排在“花落去”之后，正和柳永《雨霖铃》的作法相同。这样安排会更增强全词的唱叹声情。

在这“花落”“燕来”一联传诵名句之后，读者要求有一更出色的好句，来结束全篇。可是很失望，晏殊只写出“小园香径独徘徊”这样的七个字。前面“花落”“燕归”一联是强句，对比之下，“小园香径独徘徊”一句显得较弱。这无疑是这位名词家的懈笔。

晏殊对“无可奈何”这两句，很自欣赏。他曾经又把它写入另一首律诗里（诗题是《示张寺丞王校勘》，王校勘即王琪，宋人笔记说下句是王琪代对，不可信）。前人说以这两句的格调论，只宜于入词而不宜于入诗。这个看法是否正确，姑且不论。我们从表达效果和作品章法说，把这两句放进律诗，可成为全首诗的中坚。写入这首《浣溪沙》，却嫌全首不匀称。其实是结句太弱连累了它。

下面举一首《浣溪沙》写得成功的例子，是五代张曙《悼亡》词：

> 枕障薰炉隔绣帏，二年终日苦相思。杏花明月始应知！　天上人间何处去？旧欢新梦觉来时。黄昏微雨画帘垂。

这词的内容、情感和前首近似，开首写闺房陈设，用一"隔"字，便暗点别离。第三句说只有杏花和明月知道我生离死别的苦痛，因为它是我俩当时相爱的见证，是写这苦痛无人共喻的感叹。下片"何处去"指死者；"觉来时"指生者。他只有在梦寐里才得重温旧日的欢爱。"黄昏微雨画帘垂"，是梦醒之后寂寞怅惘的光景。

这词所以动人，由于它的形象性强，"黄昏微雨画帘垂"七个字景语，是集中传神之笔。它通过具体的景物，烘托不易表达的抽象感情，使这种感情形象化地出现于读者想象之中，好像是在耳目之前。

元稹闻白居易贬江州司马，寄白绝句："残灯无焰影幢幢，此夕闻君谪九江。垂死病中惊坐起，暗风吹雨入寒窗。"白居易说，末了一句，他人尚且不忍闻，何况是我！本来第三句是全诗顶恳切沉痛的话，何以第四句读来更动人？这也由于它的形象性强。有了这句，才烘托出第三句的恳切沉痛。

元稹这句"暗风吹雨"和张曙的"黄昏微雨"，可以说是唐人诗词中结句的双璧。

有些小令词的体制，很近似于诗中的绝句，如《生查子》

《菩萨蛮》等是。但是绝句四句，《生查子》《菩萨蛮》等也多是偶数句子结构。而《浣溪沙》上下片都只三句，是奇数。第三句结句并且是拖一个独立无偶的尾巴，它的地位和作用却等于绝句的第三、四两句。这一句还要起两句的作用，一般绝句的作法，第三句要转，第四句是收。《浣溪沙》末句七字要抵得绝句的第三句第四句，那么，这七个字要能做到即转即收，才算称职。我最爱晏殊"一向年光有限身"一首的下片：

满目山河空念远，落花风雨更伤春——不如怜取眼前人！

全首虽然是酒边花间咏妓之作（"眼前人"是指妓女），但是这几句的感慨，好像不限于本题。以章法论，能做到即转即收的，这首可说是最为合格。另外，有陈廷焯《白雨斋词话》里提到的清人赠妓的此调的上片：

一世杨花二世萍，无疑三世是卿卿——不然何事也飘零！

陈廷焯不爱这首词，我以为以内容说，它同情妓女的漂泊生活，不同于一般玩弄之作；语言也清新流利；结句用散文"不然"一辞入词，比之辛弃疾"种梅菊"一首上片所说：

百世孤芳肯自媒？直须诗句与推排。不然唤起酒边来。

也复难分高下。全首是可以肯定的。

就形式方面说，张曙这首悼亡词的成功，固然是由于末句景语有很强的形象性，但这个调末句的作法，决不限于用形象烘托的景语。应该从全首的内容和格调来考虑它的表达方式。宋人如晏几道作这个调的下片：

衣化客尘今古道，柳含春意短长亭——凤楼争见路旁情！

又如：

静选绿阴莺有意，漫随游骑絮多才——去年今日忆同来！

如贺铸的下片：

欹枕有时成雨梦，隔帘无处说春心——一从灯夜到如今！

这三首的末句都是用推挽法的：第一首是推开说（作客旅途的辛苦，家居的女人哪能知道），二、三首都用倒挽法（从现在的所见所感回忆从前）。又如辛弃疾的下片：

引入沧浪鱼得计，展开寥阔鹤能言——几时高处见层轩？

题目是《席上赵景山提干赋溪台和韵》。从眼前的再翻腾一层。是推开，又是用问语振起，写得很好。这类例子可惜不太多。前人写这调的结句，有不少是用问语的。如欧阳炯的下片：

独倚画屏愁不语，斜欹瑶枕髻鬟偏——此时心在阿谁边？

欧阳修的下片：

白发戴花君莫笑，六幺催拍盏频传——人生何处是尊前？

李清照的下片：

玉鸭熏炉闲瑞脑，朱樱斗帐掩流苏——通犀还解辟寒无？

这样以问句作结，更能表达含蓄不尽之情，比作直叙语好。

以上是我所想到的《浣溪沙》结句的几种作法。当然前人写这个调的好作品，决不限于这些作法。他们也有在一片里三句并列，表面上不推挽、不转便结束的，如辛弃疾的两首，其一是《常山道中即事》的下片：

忽有微凉何处雨？更无留影霎时云，卖瓜人过竹边村。

词写乡村夏景。上两句说远处的雨，这里只觉得微微凉气，天空偶有些薄云，忽然没有踪影了，这是写渴热天气，末句七字写行路人求凉的心情，瓜、竹是止渴歇阴之物，望见便生凉意。

用眼前事物，淡淡七字，烘托心情。全片三句都是景语，表面齐头并列，第三句却确是好结束。它和陆游一首写暑雨的结句“忽有野僧来打门”，写出凉意，可说异曲同工。

另一首也是写乡村的，下片也是三句景物并列的：

啼鸟有时能劝客，小桃无赖已撩人，梨花也作白头新。

第一句用梅尧臣《禽言》诗，说“提葫芦”鸟的叫声好像劝人吃酒；第二句说桃花勾人春思；第三句连下说雪白的梨花，好像老人的白头发，“新”字形容白发鲜明，也是古语“白头如新”（说朋友交情），映带上片第一句的“父老”。全片写农家丰岁的欢乐心情，觉得眼前风物无不称心，末句并且带些谐谑风味。虽然三句并列，第三句也确是好收尾，不得和第二句互换地位。因为上片“父老争言雨水匀，眉头不似去年颦，殷勤谢却甑中尘”，都是写父老的，这下片末句也是开这父老的玩笑。三句里实是有意有侧重。这种全片三句并列的作法，表面文字，不转不收，骨子里却是有转有收，即转即收。这比前举各例，好像更难着笔了。不过，一首作品的成败，主要原是由于它的内容，我这里只就形式方面说说它的利弊而已。

关于小令《浣溪沙》的结句作法，已如上述。与它同体制的，还有《梦江南》。

《梦江南》全首五句，最要注意的也是末了一句。这里举皇甫松的两首作比较：

兰烬落，屏上暗红蕉。闲梦江南梅熟日，画船吹笛雨潇潇。人语驿边桥。

开头“兰烬”指灯花。灯残了，屏风上画的红蕉颜色也黯淡了，是说已是夜深时候。下三句写梦境：在梅雨时节听画船的笛声，十四字概括地写出了江南水乡的光景，真像一幅名画。但是不无缺憾的是，这十四字若作为一首七绝的后半首，是韵味无穷的好诗；但作为《梦江南》，后面着一句“人语驿边桥”，便嫌全首情景不集中，难免“蛇足”之讥。这个调子的结构同《浣溪沙》一样，最忌末了拖一个孤零零的尾巴。

皇甫松另一首却写得恰好：

> 楼上寝，残月下帘旌。梦见秣陵惆怅事，桃花柳絮满江城。双髻坐吹笙。

这词开头写夜景，后三句写梦境，和前首作法全同。其所以胜过前首的，是末句紧接上两句，构成一个美好意境。“双髻”以局部见全体，写出整个美人的形象。“桃花柳絮”和笙声似无必然的联系，不同前首的笛声和雨声密切相关，但它的意境是相通的。唐人郎士元有一首《听邻家吹笙》七绝说：

> 风吹声如隔彩霞，不知墙外是谁家。重门深锁无寻处，疑有碧桃无数花。

不见吹笙之人，而想象笙声出于无数碧桃之下，这是以碧桃之艳形容笙声之美，以色写声，是艺术意境之所谓“通感”。这词以“桃花柳絮满江城”作背景，写吹笙的人，也有同样艺术效果。并且它用一个旖旎风光的回忆场景，反点第三句的“惆怅”，手法意象更曲折幽美了。

《梦江南》又名《望江南》，皇甫松这两首是写“梦”，温庭筠有一首是写“望”，也是晚唐词里的名作：

> 梳洗罢，独倚望江楼。过尽千帆皆不是，斜晖脉脉水

悠悠。肠断白蘋洲。

这是写一个女子盼望她的情人而终于失望的心情。她希望眼前过去的船只，必有一只是载她的情人归来的，然而望到黄昏，依然落空。于“过尽千帆”句之下，用“斜晖脉脉”七字作烘托，得情景相生之妙。“过尽千帆”是写眼前事物，也兼写情感，含有古乐府“天下人无限，慊慊独为汝”的意思。清代谭献词“红杏枝头依与汝，千花百草从渠许”也同此意。

“斜晖脉脉水悠悠”不仅仅是景语，也用它来点时间，联系开头的“梳洗罢”句，说明她从早到晚，已是整整望了一天了。也兼用它来表情（王国维《人间词话》说“一切景语皆情语”），“斜晖脉脉”可以比喻她对情人的脉脉含情，依依不舍。“水悠悠”是指无情的他，像悠悠江水，一去不返。“悠悠”在这里是形容无情，如“悠悠行路心”，是说像过路的人对我全不关心。这样两面对比，才逼出下文“肠断白蘋洲”的“肠断”来。若仅作泛泛景语看，“肠断”二字便没有来路，并且使全首结构松懈，显不出这末句“点睛”的作用。我以为，就这一词看，应如此体会，就温庭筠这一作家的全部作品风格看，也应如此体会（温词手法都很精深细密，与韦庄清疏之作不同）。

这词字字精炼，陪衬的字句都有用意：如开头的“梳洗罢”，也不是虚设之辞，含有“女为悦己者容”的意思。古时人采蘋花寄相思，末句的“蘋洲”，也关合全首情意。这好像电影中每一场景每一道具，都起特写的作用。末了五字必不是泛泛填凑。但是若不体会上句“斜晖脉脉水悠悠”七字情景交融之妙，则末句也会成为孤零零的尾巴，这样就辜负作者的匠心了。

前人对这个调的末句，大概有承上、总结、转折、伸明等几种作法。“双髻坐吹笙”是承上，“肠断白蘋洲”是总结，至于作转折的，如杨慎《咏雪》：

晴雪好，万瓦玉鳞浮。照夜不随青女去，羞明应为素娥留——只欠剡溪舟。

末句忽作怅望不满之辞，却有不尽之意。他另有一首《咏月》，也同此作法：

明月好，流影浸楼台。金界三千随望远，雕阑十二逐人来——只是欠传杯。

末句伸明本意的，我最爱王世贞一首：

歌起处，斜日半江红。柔绿篙添梅子雨，淡黄衫耐藕丝风。家在五湖东。

“柔绿”十四字是美句，末着“家在五湖东”五字，意韵更足，是伸明也是补足，在这个调子里，似乎更胜于李煜的“花月正春风”。

论词史与词人

唐宋词叙说

一

词是一种长短句的乐府诗，盛行于唐宋两代。它和唐代近体诗（律诗、绝句）的形式有四点不同：（1）每首有一个表示音乐性的调名（如《菩萨蛮》《满江红》等）；（2）一首分为数片（每片作一段，分两片的最多）；（3）押韵的位置各个调子不尽相同，每个调子有它的一定格式；（4）它把我国旧有诗歌的基本句式——五、七言——变成长短句。大量地使用长短句，这是它和唐代近体诗的形式最显著的异点，所以后来有用长短句做它的别名的（如秦观的词集名《淮海居士长短句》，辛弃疾的词集名《稼轩长短句》）。

这长短句形成的原因，是由于它要配合音乐。配合它的音乐的主要成分是“燕乐”。

什么叫作“燕乐”，须略作解释。唐代把当时的音乐分作三类：

1. 雅乐——是汉、魏以前的古乐。

2. 清乐——是“清商乐”的简称，大部分是汉、魏、六朝以来的“街陌谣讴”。

3. 燕乐——主要成分是周、隋以来西北各民族的音乐。

“燕”字或作“讌”、作“宴”，“燕乐”就是宴会时演奏的音乐。汉、魏以前的雅乐，在唐代已经不中听了。清乐当时盛行于长江上下游（宋代郭茂倩《乐府诗集》里所载的相和歌《江南可采莲》等曲就是）。在生产力长期停滞和由封建生产关系所规定的农村文化生活长久僵化着的时代里，民间的音乐和乐器制作只能有单调和舒缓的节奏旋律，既没有战国以前农民生产力从领主制度之下初获解放时的繁促淫滥的情致，也不能和奔放热烈的新兴游牧民族的音乐相比。这种音乐是不能满足于六朝以来迅速发展的商品都市的要求的，所以在西北各民族的音乐大量输入的时候它就相形见绌，逐渐衰颓。唐代的国际交通和商业都市都比前代发达。统治阶级和市民都要求吸收外来文化以丰富自己的生活，于是衣着、居住、绘画、音乐般般“胡”化，燕乐就是以这大量输入的“胡”乐为主要成分的新乐（它里面自然也包含有许多民间固有的清商乐的成分）。它的乐器以琵琶为主，琵琶有二十八调，音律变化繁多，在当时是进步的音乐，所以它一进中国，便在中国音乐史上划成为一个新时代。我们看白居易、元稹诸人许多咏琵琶的诗篇，便可见这种音乐在艺术上的造就和感染力的巨大。由于市民要求有适合于他们生活需要的文化享受，由于外来乐调的流行影响民间小调和文人诗歌，词就在这社会环境中产生流行了。它是“胡夷”“里巷”乐曲的混合物（“胡夷”“里巷”是《旧唐书·音乐志》中语），它把我国诗歌提高到另一新阶段。

二

词是在什么时候产生的呢？

有人给它溯源到《诗经》、汉乐府的长短句，也有人说它起于中唐诗人“依曲拍为句”作《忆江南》等调。这些说法都是不正确的。根据现有的文献，我们晓得隋、唐之间的确已有合乐的长短句的词。它的产生时代可能犹在唐代近体诗产生之前。前人把它叫作“诗余”，也是不合事实的。

我们要考查词的产生年代，有两部南宋人的著作很可注意：

一部是王灼的《碧鸡漫志》，他说：“盖隋以来，今之所谓曲子者渐兴。”（宋人所谓“曲子”就是词。）

一部是郭茂倩编的《乐府诗集》，他把隋炀帝和王胄作的《纪辽东》列为“近代曲辞”之首。

《碧鸡漫志》说隋代已有词，《杨柳枝》和《河传》两个习见的调子就是最好的证据。《漫志》说《杨柳枝》是“亡隋之曲”，又引《脞说》：“《水调河传》，炀帝将幸江都时所制。”《河传》又名《河转》（唱曲子叫作“转”，如《五更转》，“转”即“啭”字），定是开运河唱的曲子。又《隋书·音乐志》也说炀帝命白明达创《斗百草》《泛龙舟》等曲，现在犹存其辞。这可见隋代已有了词调。

《乐府诗集》里的“近代曲辞”部分，仅载《忆江南》《调笑》《三台》等数曲，郭氏似乎还不承认隋、唐词在“近代曲辞”里的主要地位。但是他把隋炀帝和王胄的几首《纪辽东》登在开头，却极有意义。郭氏也许不承认《纪辽东》就是词，但它的句式、字声、韵位一一和词无异，这是无法否认的。所以我们即使退一步依郭氏的说法，以为《纪辽东》不是词，但必不能否认在隋炀帝的时候，的确已经有和词同形式的诗歌了（任二北《敦煌曲初探》说隋仁寿元年牛弘等所制“上寿歌辞”已逼近后世的词体，其时代犹在炀帝、王胄作《纪辽东》之前）。

根据这两点来看，说词起于隋代，或者说在隋代已有词的萌芽，那是不会大错的。

也许有人要问：“六朝时梁武帝作《江南弄》《上云乐》，沈约作《六忆诗》，等等，句法、韵位也很像词，不就是词的鼻祖么？”我以为考查词的起源，若是仅依据它的形式，那么，把它溯源到《诗经》、汉乐府，亦无不可；但唐宋词和它以前乐府的不同在于它的音乐性的定型，它所配合的音乐主要成分既是燕乐，那么，说词的产生就不应该超过隋唐之前很远的年代——虽然它和前代民间乐府的密切继承关系也是不可忽略的。

沈佺期作《回波乐》，唐玄宗作《好时光》，张志和作《渔父词》，戴叔伦、韦应物作《调笑令》，皆在初、盛唐时代，那时词体已由民间来到文人手中。唐代燕乐承魏、隋而来，盛于贞观、开元、天宝间，据此互推，可肯定词的产生和流行必在隋唐之际。胡适考词的起源，断定是在中唐，说“至早不得过西历第八世纪的晚年”（唐德宗时），那是把词的历史斩短了两百年，并且把它很有现实性的一段历史斩掉了，这是很武断的说法。

三

词在它的历史过程里，现实性很强的一段，是它初盛行于民间的时候，那就是唐代。

有些人以为词的内容大都是空虚单调的，那是由于他们仅能读到文人的词选如《花间集》之类，而没有注意到其他文献，没有看到新近发现的民间词，于是把它很有价值的一部分忽略过去了。我们谈唐代的民间词，特别要注意敦煌曲子词，它里面有很多反映民间现实生活的作品，关于市民、妓女的，关于民族矛盾的尤其多。尽管这些曲子词的形式还很粗糙，但这种反映现实的倾向是很可珍贵的。

唐初统一南北之后，不断向外发展，国际交通因之日益频繁，民族矛盾也就跟着产生。唐与外族的道路和关成走集最重要的地方，共有七处，一处是安西（在今甘肃省西北部），是通西域的大路。敦煌就在安西的西南，是当时国际商业与文化交流的要冲。

敦煌曲子的一部分就是敦煌一带的作品。唐代从太宗以后，吐蕃强盛——几乎和唐室相始终（吐蕃在今西藏，东北通唐，南通印度，与唐屡盟屡叛）。敦煌逼近吐蕃，兵事频仍，河、陇一带，屡次沦陷。敦煌曲子反映民族矛盾，有写沦陷于异族的苦痛的，有写得归祖国的欢悦的，有歌颂“归义军”民族英雄的（当时曹议金一家在甘肃瓜州一带收复失地，见新、旧《五代史》），而写征夫思妇厌战情绪的尤多好作品。

这些反映民间厌战的曲子，和盛唐许多反战诗篇的内容相似，写作的时间也许相差不远。这种流行于民间的曲子，传唱既久，被收入宫廷管辖的教坊，演奏于执政者之前，这较之文人所作的诗、哑诗，流行更广，力量更大，价值自然也就更高。

敦煌曲子之外，我们还可以从崔令钦《教坊记》里的曲名表来窥见唐代民间歌曲对于社会现实更广泛的反映。虽然那些原词已经失传了，但我们依据曲名还可以想见那时的社会生活。其实中唐时代的李绅、元稹、白居易所作的新题乐府，有好些就是这些盛唐民间故事歌曲的加工。近来任二北作《教坊记笺证》，对此考证很详。曲名表里有一支曲名叫《麦秀两歧》的，我们现在还能够寻出它的故事内容。据《碧鸡漫志》卷五引《文酒清话》云：

> 唐封舜臣性轻佻，德宗时使湖南，道经金州，(金州)守张乐燕之，(封)执杯索《麦秀两歧》曲，乐工不能对。封谓乐工曰："汝山民，亦合闻大朝音律。"守为杖乐工。复行酒，封又索此曲。乐工前："乞侍郎举一遍。"封为唱彻，众已尽记，于是终席动此曲。封既行，守密写曲谱，言封燕席事，邮筒中送与潭州牧。封至潭，牧亦张乐燕之。倡优作褴褛数妇人，抱男女筐筥，歌《麦秀两歧》之曲，叙其拾麦勤苦之由。封面如死灰，归过金州，不复言矣。

可见民间这支曲子本是反映穷民拾麦勤苦的生活情态的，而贵族官僚却拿它作为酒席间娱乐之具，日久忘其本源，反以其出于民间为可鄙（封舜臣在知道《麦秀两歧》是民歌而不是"大朝音律"的时候，"面如死灰"）。曲词反映现实的作用和它由民间延展到上层社会的情形，在这支曲的故事里可见一斑了。

文人仿民间歌曲而作新词，盛于晚唐、五代。由于他们大半是拿它作为消遣娱乐的玩意儿的，内容也就千篇一律。由于他们专在文字形式上作功夫，体裁也就逐渐定型化，于是小令的形式便在他们的手里完成。经过温庭筠、冯延巳诸人的加工提高，在文字技巧方面，它对后来文人词的影响原是很大的；但论内容，那就远不及敦煌曲子了。

自然，在这时期的李后主，我们是当作别论的。五代词人讲究怎样作好词，但他们的词大都是为伶工和妓女作而不是为自己作的。李煜是用这种文学揭发自己的灵魂、表现没落贵族的悲哀的第一人（尤其是他亡国之后）。他用凝练朴挚的现实主义的艺术手法，把词从渐渐陷入浮艳深渊的境地里救拔出来。他写自己亡国后被迫害的情况，也恰好反映了统治阶级内部矛盾所产生的残酷的真实。这是李煜词的历史意义，也是它所以高出于当时一般文士作品的原因。

四

北宋词的内容和形式，都比唐、五代更复杂。这是全部词史的发展期。这个时期的词，内容是多方面的，主要的是市民意识和封建礼教的矛盾。形式的特色，则是长调的开始盛行。

隋、唐以来，城市商业经济进入一个新的阶段，到了宋代，又有了进一步的发展，商人成为一种新的社会阶层。他们要求有艺术享受，要求有通俗浅显的文学作品以适应他们的文化水平；另一方面，这时期的官僚士大夫承前代贵族享乐的风气，也受市民意识的感染，很喜欢这种文学，于是话本、小说、大曲、鼓子词、诸宫调等都为适应这个要求而产生、兴盛，它们和词的内容虽不尽相同，但其社会基础是完全一样的。

唐代的刘禹锡、白居易以名诗人而仿作民间歌词，到了宋代，达官贵人作词的更多了，司马光、范仲淹、晏殊的作品都流传一时。这可见当时市民意识沁入上流社会的普遍。但相反的一面，周敦颐、程颐一派的理学在这时也兴起了。理学家反对文学，尤其看不起写艳情的小词，欧阳修为了作几首《望江南》词描写儿女之情，便大受士大夫们的攻击，说他有盗甥的嫌疑，他甚至于写奏章向皇帝申诉。可见这两种意识的冲突在当时是相当激烈的。

与欧阳修同时代的柳三变，他代妓女作词，有“忍把浮名换了浅斟低唱”之句，宋仁宗因此不许他中进士。隔了多年，登第做睦州推官，有人要推荐他，仍然弄得“物议喧然”。他“悔初名为累”，改名永，但也不能挽救，结果落拓而死。他因为生活落拓，沾染了市民意识，封建统治便容他不得。

比欧阳修迟一辈的苏轼，他一方面不满那些不近人情的理学家，一方面也不满柳永有损传统文学尊严的艳词。他开始把封建意识和市民意识调和起来。前人说他“以诗为词”，那只是外表的看法，其实则是拿市民文学的形式来表达封建文人的意识。他的作品对礼教作出了合乎人情的修正，是从人的感情出发的，不是从宗法观念出发的，这一点是对理学家的抗议。当时的封建士大夫和理学家用种种手段压迫词，由于苏轼放宽了词的门路，在词里增添了士大夫阶层的生活内容，于是宋词才有在士大夫阶层作进一步发展的可能。词作为一种文学形式的影响，也从此扩大起来。

从此以后，士大夫填词的逐渐多了，南宋的理学大家朱熹居然也填了一二十首词；士大夫刻集子的，也把词收进去和诗文并列；南宋末年并且有人把这“与异端同科”的“小道”提高到与

《诗》《骚》同体的位置上来了。

五

长调产生于唐代，它一部分是从大曲、法曲里截取出来的（大曲、法曲用很多乐曲组成，结构复杂，全部演奏不容易，于是截取一片段，便成为长调），一部分则来自民间。近年在敦煌发现的唐乐谱，往往在一个调名之内有急曲子又有慢曲子，慢曲子大部分是长调，这是因为声周延长，字句也就跟着加长。当时文人还不大肯接受这些长调，现存唐代文人作的长调，只有杜牧《八六子》、薛昭蕴《别离难》、尹鹗《金浮图》、李珣《中兴乐》数首。（见《尊前集》《花间集》）到了北宋，长调便大量产生，这和当时的商业都市兴起有关。拿杭州一地作例：北宋熙宁十年的杭州税额，不但多于南方的大都会江宁、苏州，并且高过都城开封，一年的酒课税额在三十万贯以上，比之商税多出一倍有余。（见《宋会要·食货志》）我们可以想见其间有多少花间尊前浅斟低唱的场面。这种风气自然也流行于其他都市。宋人叶梦得《避暑录话》上记柳永“为举子时多游狭邪，善为歌辞，教坊乐工每得新腔，必求永为辞，始行于世”。据柳永的《乐章集》看来，那些新腔大半是长调，柳永因此成为长调名家。他就把市民的作品转到文人手中来。我们拿五代《花间集》里咏妓女的词来比《乐章集》，前者只是琪花瑶草的描写，后者是有人物心理曲折尽致的刻画，内容深浅不同，形式自然也就两样了。唱词的是妓女，听词的大部分是市民。他们要求听得懂，要求唱些和他们实际生活有关系的东西，词为适应这些要求，就成为更其近于口语的长短句了，篇幅自然也就加长了。

北宋长调的兴盛和当时一般文学的趋势也是互相关联的。宋代各种文体都是由凝趋散，由深奥藻饰的解放为浅近明白的；散文和诗歌由西昆体变为欧、梅体，小说由唐人传奇变为话本。这都是为了适应新兴的文化和新兴的社会阶层。诗歌、小说如此，词也如此。由此可见在北宋产生大量长调词，不但是词的解放和前进，它和同时代的各种文体的解放和前进也是同一步调的。

六

北宋以来，文人词盛极一时，由于他们生活空虚，长调的词也就和晚唐小令一样，逐渐丧失了内容和生气，逐渐远离了人民。但到了北宋末年，一次民族矛盾大爆发了。它的过程和结局的惨酷，在我国民族史上是空前的。词在这个时期，才重有了新内容，再获得了新生命，并且放出它从来未有的光辉。

由于面临这个大时代，由于接触到这个时代的主要矛盾并反映了这个主要矛盾，在南宋词坛上成就了许多大作家、好作品。它的内容思想也由此突破了士大夫阶层和市民阶层的局限。在这个反抗异族压迫的激烈斗争中，它是有鼓舞人心的作用的。花间尊前浅斟低唱的词，到此一变而和大时代的脉搏一同跳动，这是宋词的最高的成就。我们可以说，建炎、绍兴（宋高宗的年号）年间的宋词实在无愧于开元、天宝年间的唐诗。

当时在民族矛盾之外，又有统治阶级和人民的内部矛盾。赵宋王朝是我国封建史上一个很专制的王朝，唐代杜甫、白居易诸诗家作了许多讥弹政府的诗篇，那些诗篇在宋文学里是见不到的，即使偶然有些像梅圣俞、苏轼诸人讽刺时事的作品，也绝不敢像杜、白那样说得露骨，因为那是赵宋王朝所不能容许的。南渡以后，怯懦偷安的赵构集团恐怕失了他们偏安一隅的皇位和富贵，不敢发动人民抗战，因此和广大人民发生矛盾，与来自北方沦陷区的许多民族志士发生矛盾。岳飞、辛弃疾一班人在国难严重的时候，作了许多慷慨激昂的词，但一接触到这个内部矛盾，便只有微词婉讽，敢怒而不敢言。岳飞只能唱"欲将心事付瑶琴，知音少，弦断有谁听"；辛弃疾只能唱"休去倚危栏，斜阳正在，烟柳断肠处"。本来晚唐、北宋的文人词大都是为妓女歌唱而作的，到了这班有思想有抱负的作家手中，他们也就以美人香草之辞，写其对民族国家的隐忧幽愤和政治生活中的摧抑不得志，于是这些作品也就接上了《离骚》的传统，带有很真挚浓厚的爱国主义的精神。

唐代敦煌曲子词里虽然已经有过反映民族矛盾的作品，但由于历史环境和作者身份的不同，它和南宋这类词的内容是有所区别的。南宋民族志士对外和异族战，对内和权奸战，他们投身于搏斗中，并不是偶然的遭遇；他们于现实生活中积极进取，锻炼其思想和才力，他们主张报仇雪耻，是有其政治抱负，有其对当前现实的认识和理想的。举辛弃疾、陈亮为例，辛弃疾二十二三岁自北方沦陷区起义南下，二十六岁作《美芹十论》上宋孝宗，三十一岁作《九议》上宰相虞允文，都是救亡图存的大计划。陈亮一生反议和，主恢复，而自负其小词"平生经济之怀尽在此矣"。他们的议论都是从国家和民族着眼的，所以发之于词，也不仅是个人遭遇之感。由于所见、所感和从前的词人不同，所以内容也就不一样。

南北宋之间的词还有一个异点：北宋苏轼诸人的作品虽然已经逐渐脱离音乐的束缚，但大晟乐府里一班作家像万俟咏、周邦彦等还讲究音律，讲究每个字的四声，这种作风在当时还有相当大的影响。南渡的时候，文人们身经流离之苦，生活变了，思想感情变了，慷慨激昂反映现实的作品，自然不复顾及字声是否合乐，直率的语言喷薄而出，所用的语汇自然也不复相同于周邦彦一班人的作品。词到这时，不但诗化，并且散文化了。这由于内容的提高扩大而突破形式的拘束，词的解放在这时算到了极点了。

南宋词因为反映这社会主要矛盾和封建统治之内部矛盾，才得到扩大、加深、提高和解放，才成就其历史上未有之业绩。前人说“词至南宋集大成”，虽然和我们的观点不相同，但这评价还是很确当的。

这民族矛盾尖锐化的时候是高宗一朝，到了孝宗隆兴元年（1163）符离一役大败之后，南方的宋王朝无力北伐，北方的金国也无力南侵，中间有几十年“太平”时代。南方本是富庶之区，南宋王朝依靠苏、杭、成都几个繁盛的大都市和明州（宁波）、泉州、广州几个贸易港，年年有大量的商税收入，足以支持这偏安的小朝廷，官僚士大夫宴安放浪于杭州西湖销金窝的生活，和北宋末年汴京的环境又仿佛相同了，南宋词所赖以充实内容的民族矛盾，到这个时候逐渐在词里消失了。虽然这时有姜夔一派作家，上承周邦彦作风，对词乐的研究、语言的洗练有相当好的成绩，对社会现实也有一定程度的反映，但末流弊生，不久，结社咏物的词出来了，祝寿纳宠以至咏美人手美人足的词也出来了，用美丽的字面和声调来遮掩内容的贫乏，建炎、绍兴年间宋词的灿烂光辉，到此又黯淡无色了。

直到蒙古铁骑南下的时候，才又出了几位民族志士像文天祥、刘辰翁诸人，写出许多有血有泪的作品，虽然这只是一种回光返照，但总算为词坛留下了它最后的光辉。由于那时候民间已经有了新的要求，因而酝酿就新的文学——元曲，这新的文学不久登上文坛，接替唐宋词的历史岗位，唐宋词也就在这光辉中结束了它的生命。

宋以后历代的词，也各有其不同程度的发展，并在不同程度上反映了现实，不过它已不是时代文学的主流，所以也不可能再有唐宋词那样辉煌灿烂的历史了。

七

词渊源于周、隋以来的“胡”乐，魏、晋、六朝以来的民间歌曲（清商乐），又结合六朝永明学者所发明的文字声调（四声），它融合古今中外的音乐组织以配合语言文字的声调组织，成为一种新文体。它在文学史上是一个新创造，在音乐史上也是一个新体系。

它一到以文字声调（四声）表现音律的阶段，就成为文人们的专业，使其发展受到局限；但一方面也因此突破其乐曲的音阶支配的局限性，使词乐失传之后，它的文字本身仍有其音乐美。永明学者在文字本身上找出音乐的节奏，后来成就为唐代近体诗，而唐、宋词则更提高一步发挥它的功用。

汉代乐府把民间的音乐移到统治阶级的庙堂上去，唐代燕乐则把当时统治阶级所享受的音乐普及到民间来（唐代“胡”乐流行于中国，是“始自王公，稍及闾里”的，见《旧唐书·武平一传》），词依托于燕乐而流行，也反过来推广燕乐的流行，这是它在音乐史上的一件大功绩。

长短句的产生，本是五、七言诗的进一步的发展，是文学本身的解放要求。但它所以会在词里大量出现，其主要原因是由于配合音乐。词因为合乐而用长短句，长短句更适宜于配合乐律，也更适宜于运用语言，于是意外地却丰富了词的语汇。它一方面大量吸收民间语汇（柳永、黄庭坚诸人词多用方言俗语），使文学语言更加活泼；一方面又大量镕铸历史语汇（贺铸、周邦彦诸人词多檃栝古诗句），使文学语言更加精炼。南宋辛弃疾更扩大其吸收量，由诗、文、辞赋推及史传、诸子、散文、小说，古今雅俗，兼收并蓄，从此宋词丰富多彩的语汇便超过了唐诗而下开元曲，这虽然是由于内容扩大和加深的成果，但和长短句形式的关系也是分不开的。

词由于吸收民间血液而壮大，由于反映人民生活和愿望而提高，它表现人民性最鲜明最丰富的几个阶段，也就是它成绩最辉煌的几个阶段。到了末期，作家们的生活感情都远远地脱离了人民，这种文学也就不得不让位它的历史岗位于新生的元曲。有人以为词的没落是由于它的形式太短小、太定型化，因此不能和元曲争雄。这样说是不大正确的。脱离人民便丧失了生命，这是一切文学没落的原因，也就是词的没落的主要原因。

词的发展虽然是过去了，但它遗留下来的两万多首作品，还是一个大可发掘的宝藏。我们祖先累积了艺术劳动的业绩，为这种文学创造了八百七十余调，一千六百七十余体，这在世界各民族格律诗的形式创造上可说是空前的。那些有伟大成就的作家，他们都是面对现实，或投身于现实斗争，都是用这种文学来表达他们爱祖国爱人民的情感，或拿它作为现实斗争的武器。这是继承《诗》《骚》以来的优良传统，在整部文学史上应该有其崇高的地位。他们的精神和业绩是值得我们永远尊敬永远珍视的。

（1955年3月13日）

唐宋词发展的几个阶段及其风格

词和诗不同的地方在形式上，如句子长短、韵位参差等等，是容易分别的，至于两者风格有何异同，前人所说却莫衷一是。现在我想从它的发展过程，来看它在各阶段中所形成的各种不同的风格。

明代曲家李渔（笠翁）说，作词要“上不类诗，下不类曲”，后来也有人指出晏几道的《鹧鸪天》“今宵剩把银钉照，犹恐相逢是梦中”和杜甫的《羌村》诗“夜阑更秉烛，相对如梦寐”，二者意思相同，而前者确是词而后者确是诗。又说晏殊的“无可奈何花落去，似曾相识燕归来”毕竟是词不是诗，汤显祖的“良辰美景奈何天，赏心乐事谁家院”毕竟是曲而不是词。他们都认为诗、词、曲三者应该严分界限。

又，宋代诗人陈师道说：“子瞻（苏轼）以诗为词，如教坊雷大使之舞，虽极天下之工，要非本色。”（见《后山诗话》）清人作《四库全书总目提要》也说苏轼一派的豪放词，只是词的“别格”。这也是认为苏词不合于词的标准风格——婉约。

以上种种说法，在我们现在看来，统是不很正确的。词和诗不同，首先决定于它的体裁，离开体裁而言风格，有时是很难说明白的。譬如说“今宵剩把银釭照……”二句必定是词，但我们翻开李贺、李商隐、温庭筠的诗集，这类句子就不可胜数。说“无可奈何花落去……”二句不得入诗，但作者晏殊分明已经把这二句写入《浣溪沙》词中，而又把它写入一首七律中。说“良辰美景奈何天……”二句定是曲，尤其不然，这是明人南曲，正近宋词，在元人北曲中，却很少见到这样句子。

白居易集里《望江南》诸词，和诗混合编年，除了它是协乐入调的一点特征之外，则和他的长短句诗如“花非花，雾非雾……”等，又怎能分别出它风格的异同？

以体裁的成见，硬分风格，便会是丹非素，漫无标准：这是以上各说错误的第一点。

其次，《后山诗话》和《四库提要》说苏轼豪放词不合“婉约”标准，只是“别调”“别格”而非“正宗”，那是硬立标准，也不正确。我们从词的发展史看，词初起时，本和诗无别，本无“婉约”“豪放”、“正宗”“别格”之分。《乐府诗集》所载唐人大曲，都用绝句，这且不说；我们试看敦煌曲子词（大都是唐代民间作品），论内容，反映民间疾苦、民族矛盾、妇女生活等，和元白新乐府几无分别（任二北先生有说），论语言作风，直率奔放的如《菩萨蛮》“枕上发尽千般愿”等等，简直是汉乐府《上邪》的姊妹篇。你能拿“婉约”的标准不承认它是词，不承认它是词的祖宗吗？

所以以婉约为“正宗”，以豪放为“别格”，那是他们不曾看到词的源头。

我们从词的发展史上看，知道词的源头，虽不是汪洋大海，却本是许多支流汇合的河道。到了中、晚唐，从民间转入士大夫手里之后，便缩小了走向港湾，于是开始形成婉约的风格。

晚唐、五代的文人工于词的，温庭筠即使不是最早的一人，也总是早期最著名的一人。那时四川人编的《花间集》，大半是模仿温庭筠一派词的，婉约是它的特征（只有很少数如韦庄一班人是例外）。敦煌曲子词里虽然也有近于这类婉约作风的，那不过十之二三（也许就是文人作品）。温庭筠一班人由于他们自己的生活遭遇和文学创作的倾向，大大发展这类作品。从此，文人词就与民间词分歧。本来为反映现实抒写情感的朴素质直的文学，到了他们手里，字面更加工丽了，内容却渐渐晦涩空虚了。从前人认为婉约工丽是词的标准风格，我们现在看来，温庭筠一班人把本来和诗不分的民间词变了方向，走向婉约工丽的一路，却是词的变格。这是词的发展史上第一个变局。

温庭筠一班文人所以会走上这条创作道路，我以为有下列几点原因：

一、词本是协乐文学，它的音乐是当时民间小调和从西北传来的“胡”乐的混合物；后来这种文学传入宫廷和贵族家里，他们拿它的音乐作为娱乐调笑之用，而阉割掉它的民间健康丰富的内容；如《调笑令》一曲，别名《宫中调笑》，这个别名就是这过程的具体的说明。唐中宗时，优人在韦庶人前唱《回波乐》，嘲笑中宗和裴谈怕妇，也是这类作品。这种音乐在那时名叫燕乐，是在宴会时唱的（“燕”即“讌”“宴”字），所以唐宋人词集有名《尊前集》《酒边词》的。温庭筠的一部分词就是为皇帝贵族官僚们的享乐宴饮而作的（据传说，他的《菩萨蛮》词就是令狐绹托他代唐宣宗作的）。当时唱词的是妓女，听词的是玩赏妓女的人，作词者为配合这种场面，作品也就走向婉约工丽这条路上去。

二、温庭筠的诗，在当时与李商隐齐名，号称“温李”，他的文与段成式、李商隐称“三十六体”，都以组织工丽见长；加之他的词为宫廷贵族宴乐而作，又很近齐、梁的宫体，这自然会和他的诗文凑向一条路上去。

三、这种风格的形成，也和作者的身世有关。温庭筠一生在政治上找不到出路，到处被排挤、压迫，有其不能明说、不敢明说的隐衷。他词里写妇女的孤独愁闷，有些就是他自己身世遭遇的感慨。李商隐有咏曹植诗云：“君王不得为天子，只为当时赋《洛神》。”这诗本和历史事实不合（曹植作《洛神赋》时，曹丕早已即帝位，植“不得为天子”断不是为“赋《洛神》”），但我们知道李商隐因为娶了王茂元的女儿，致为牛、李两党所共弃，因此无路仕进，可见这二句诗是他悔恨自己错娶了妻子而发的。像这类不能明说、不敢明说的失意心情，在晚唐文人里不止温、李二人，晚唐诗词所以多婉约隐曲，有一部分是由于这种政治背景。

在汉代，民间五言诗到了文人手里时，那时的文人，一般地说，正是在政治上有地位的一个阶层，所以建安曹、刘的五言诗显得慷慨有风骨。民间的词起于盛唐，当它在中、晚唐时通过妓女到达文人手里时，却正值那时文人失意的时候，所以温庭筠一班人的词是那么低沉婉约，这是它一部分的社会因素。

五代末年，出了李煜，他开始把词当作独立艺术看，开始认真地拿它作为抒情工具，他超越了花间派，而直接继承唐代民间抒情词和盛唐绝句的传统，来写他哀怨惨酷的生活经历：这在词的发展史上，本来可以扭转颓风而另开一个大局面的；但可惜到了北宋欧阳修、晏殊诸家，都是诗文名手，以词为游戏小品，于是词又回到娱宾遣兴的老路。柳永变花间小令为长调，继承一部分民间词（敦煌曲子）的传统，但他为妓女作教坊新声，其情形正同温庭筠“逐弦吹之音，为侧艳之词”；所以它的意境与形式虽然对花间派是有提高和扩大的，而婉约工丽的风格，还是与花间同其倾向的，因为他们为娱宾遣兴而作的创作动机原是相同的。

北宋出了一位不以文学著名的范仲淹，他偶然填了几首词（现在只存六首，其中还有一首未必是他作的），却都是第一流作品，尤其是《渔家傲》“塞下秋来风景异”一首，以高骞风骨，写他边塞军中的真实生活，又能站在人民一边，为被驱役的兵士作呼吁，他真正能继承民间词的传统（敦煌作品写民族矛盾中兵士苦楚的很多）。在北宋初期词中，它是词中一异彩，是苏辛一派豪放词的开端，在词的发展史上，这五六首词却大可注意。

宋代有人讥笑苏轼“以诗为词，如教坊雷大使之舞”，也有人恭维他“是曲子中缚不住者”，把这两句话合看，恰见出他在词史上的作用和价值。在他以前的宋词，所以脱不了花间派的牢笼，大半由于它是为应歌而作，是为燕乐作乐章，而不是为自己抒情而作。韦庄、李煜是作抒情词的先驱，到苏轼乃大开局面。苏词十之八九是抒情诗，词到他的手里复与诗合，凡可以入诗的感情和题材，他都可以拿来作词。在他的词里，有他的人生哲学，有社会现实，有谈禅说理和嬉笑谐谑，大多数词各有它的独有的主题，凡此都是从前词里所少有的。它的内容虽和唐代民间词不完全相同，但他确已把这种文学回复到唐代民间词的旧道路。《四库全书总目提要》说他是“别格”，其实词的“别格”是温庭筠而不是苏轼。

苏轼词所以会超越花间派、扫荡婉约派的轨辙，回复到诗词合一的创作道路，其原因是：

一、宋代文人所受的教育与唐代文人不同。唐以诗赋取士，文人在政治上的地位不高。宋代统治者因鉴于晚唐军阀跋扈的覆辙，要利用文人来控制武人，要求文人有政治抱负和政治才能，帮助他巩固统治政权。因此，宋代文人大都更富有政治责任感。由于他们自少所受的就是这种教育，所以像王安石、苏轼等都自有其一套政治思想和人生哲学。因此，他们的文学创作自然不肯限于作婉转低沉的儿女腔调。在他们的词里也有措写女性的，但它的内容情感和花间派就不相同；如苏轼的《贺新郎》“乳燕飞华屋”一首，所写的女子是有其“幽独”的品格的，《江城子》“十年生死两茫茫”一首，写他自己夫妇之爱是那么真挚动人；在晚唐、五代文人拿词作为玩弄女性的工具的时候，是绝不会有这等作品的。

二、关系于作家的生活。苏轼少时想学范滂，有志“揽辔澄清”，中年以后饱经忧患，想学陶潜。他在政界上受过许多打击，但能以旷达处之。谪广东时的诗句：“为报先生春睡美，道人轻打五更钟”“日啖荔枝三百颗，不辞长作岭南人”，以闲适谐笑的口吻表示他倔强的反抗。晚年从儋州放还，过岭作诗：“梦里似闻迁海外，醉中不觉到江南。”忧患如山，他却把它看作“醉中”“梦里”，有这般广阔的胸襟，有这样丰富的生活内容，要他向花间派乞残脂剩粉，那自然是不情愿的。

三、关系文学趋势。唐、五代的散文和诗，到了北宋，都跟着社会对文学的要求和作家的思想意识的转变而转变，在欧阳修手里成就了韩愈以后又一次的古文运动，苏舜钦、梅尧臣则成就西昆体诗的改革工作，那么，在他们后一辈的苏轼出来改变了花间派的词，不是很自然的趋势么！苏轼是宋代一位天才作家，诗文书画无不到家，有人说他最大的成就是词；我们要从宋代文学发展的趋势来看，才会更了解这个判断的正确。

苏轼“以诗为词”，把从前人视为“酒边”“尊前”的游戏小品，提高到与文人正统文学的诗歌有同等地位，这是他的劳绩，这是词史第二个变局。

不过，话又得说回来。苏轼的劳绩原是应该肯定的，但词在那时社会上实际的用途还是脱不了协乐应歌，所以尽管恭维苏轼的说他是“曲子中缚不住者”，不满他的总还是以其不能协乐为口实。词不能协乐，或主要是不为协乐作的，在那时看来确是一个大缺点。还有，词由于为燕乐的作用而形成婉约的风格，事实上已有数百年的历史，尽管以婉约为正宗的说法是不合理的，但仍旧有部分人喜爱这个已成定型的风格。这里特别要注意的是北宋末年李清照的论词，她提出“词别是一家”的主张，她讥笑晏殊、欧阳修、苏轼所作“皆句读不葺之诗耳”，讥王安石、曾巩“作小歌词则人必绝倒，不可读也”。她虽然没有明白主张词必婉约，但认为诗词必不应混同。我们从她遗留下来的作品看，她确是按照自己的理论来进行创作的。她不满当时偷安江南的政局，所作的古体、近体诗，很多感慨激扬之语，如送韩肖胄、胡松年通问金国，如“南来犹怯吴江冷，北狩应知易水寒”等等句子都是。但当她换一种文学体裁来填词时，却完全是另一种情调和风格，如《声声慢》《永遇乐》《武陵春》等曲，无不和谐婉约，和其诗如出两手。她在词里不正面写国破家亡，只从写自己个人生活中反映出全社会的苦难。她在这里以具体作品表明诗与词应该有不同的风格。她不满柳永，只是说他“词语尘下”，但对苏轼、王安石，则直斥它是“句读不葺之诗”“不可读也”！这可见她对词和诗的基本态度。

在她以前的温庭筠、韦庄以至苏轼，他们的诗和词的风格大都是一致的，而在她手里却并不如此，这大可注意，这就由于她有这“词别是一家”的主张。

从李煜以来，文人们已经逐渐有把词看作为独立艺术的倾向，到李清照才明显地提出这个主张。她恐怕苏轼“以诗为词”的作法会破坏词体的独立，所以主张诗词应该各遵其体。（其实，苏、李两家都要提高词的地位，苏重内容，李重体格。自然，内容应该重于体格，所以苏扩充词的内容，会使词体更大。李遵词体，后来流弊却会使词的内容缩小。）当时作此主张的当不止清照一人，我们看与她同时的周邦彦，他和苏轼本有家世交谊，但作词不受苏轼影响。李清照主张作词要有铺叙，要典重，要有辞采而又叶律，她希望要达到的境地，在周邦彦的具体作品里，好像都照她的希望而达到了。这可见当时文人对作词的看法与苏轼取对立态度的，并不只是少数人。

从此以后，苏派与非苏派相对立，就是豪放派和婉约派相对立，在短时期内，不能一致。

辛弃疾出，乃统一此两派之矛盾，词的发展，更进入一个新的阶段，是宋词成就最高的一个阶段。

辛弃疾站在斗争时代的最前线，他继承了苏轼豪放派的词风，但因为时代和作家个人遭遇不同，文学成就也就不相似。辛词的风格有一种是苏词里所少见的，那就是极豪放的内容而以婉约手法出之。他的婉约词，和温庭筠一派可说是“貌同心异”；他的豪放词，和苏轼一派则是“貌异心同”。他词集里有“效李易安体”，可能在创作方法上会受到李清照的影响。像他的《摸鱼儿》“更能消、几番风雨”那首名作，我们可以用八个字形容它：“肝肠如火，色笑如花。”刘永济先生论文学有“阳柔阴刚”之说，以水火二物作譬：火属阳刚，但蓝柔的火花却是阳柔；水属阴柔，但它变为坚冰千里，却是阴刚。辛词诸名作，正可以拿此作比。

温派的婉约，大都软媚无骨，而辛词“色笑如花”里却有“肝肠如火”。苏派的豪放，其末流，不免粗犷率直，辛词“肝肠如火”而仍是“色笑如花”。豪放、婉约两派的矛盾，得此统一，别成异彩。如他的《青玉案·元夕》词：“众里寻他千百度，蓦然回首，那人却在灯火阑珊处。”只是写看灯女子，而作者可能于其中寓其“投闲置散”的愤慨。鹅湖病起作《鹧鸪天》“不知筋力衰多少，但觉新来懒上楼”，是多么婉约淡远的句子，而失意英雄“老死牖下”之悲也在语下透露出来。

弃疾词所以会有这种风格，绝不仅仅是由于受李清照的影响，它是有其历史背景、政治根源的。

他二十多岁从北方沦陷区里起义南来，始终为南宋偏安小朝廷的统治集团所猜忌怀疑。他起义南来的第二年，正值张浚北伐（符离之役），以他的愿望和抱负，是必定要参加这次战役的，可是事实并没有。南宋统治集团因为他是北方来的归正军民，因为他坚持恢复的主张，因为他有才气魄力，于是说他不易驾驭，说他好杀人，甚至编造他与陈亮的说话，诬他会造反。他在写那首《摸鱼儿》词的同一年（孝宗淳熙六年己亥），作一篇《论盗贼札子》，中间有“臣孤危一身久矣。……年来不为众人所容，顾恐言未脱口而祸即旋踵”之语，这就是他的作品不得不婉约其辞的原因。宋人笔记说孝宗看见《摸鱼儿》的末句“斜阳正在，烟柳断肠处”，很不高兴；这般婉约的句子，尚且有触犯逆鳞的危险，还允许你慷慨陈词吗？！南宋词人如张元幹、陈亮、陈经国诸家也有激昂慷慨的作品，这因为他们是南方人，是没有军政实力的书生，所以可肆言无忌。辛弃疾是归正军人，是大将，便不许如此。他在《九议》里有论归正军人一段，引春秋时代一个故事说：“鲁公父文伯死，有妇人自杀于房者二人，其母闻之不哭，曰：‘孔子贤人也，逐于鲁，而是人不随，今死而妇人为自杀，是必于其长者薄、于其妇人厚！’议者曰：‘从母之言，则是为贤母。从妻之言，则不免为妒妻。’今臣之论归正归明军人，诚恐不悦臣之说者，以臣为妒妻也。”这可见他的处境困难的一斑。他晚年作《丑奴儿·书博山道中壁》词："如今识尽愁滋味，欲说还休；欲说还休，却道天凉好个秋！"这"欲说还休"四个字，若出之他人，只是寻常感伤之语；出之辛弃疾，我们联想他的时代背景，便知道他语下有无限隐衷幽怨。从这四个字就约略可以体会他整个词的风格。

温庭筠、柳永、周邦彦一班人的作品，徒有华丽之文，而软媚无骨，是失其为人。苏轼一派豪放词，在传统文人看来总是"别调""别格"，未免失其为词。辛弃疾这类作品，在低回婉转中涌现他的整个人格，既不失其为人，而又不失其为词。我说它是唐宋词最高的成就，不算是过誉吧！

辛弃疾以后，姜夔用江西派诗的风格作词，清刚骚雅，突起于豪放、婉约之外，与温柳、苏辛鼎足而三，也是宋词一变格。我另有专文说此，这里不再详。

总之，词在发展中形成其各种风格，大约有下列四阶段：

一、词体初起于民间，它的风格，和诗歌完全相同。那是初、盛唐时代。

二、中、晚唐以后，词由民间转入文人手中，由于作者的思想情感，和它在当时社会上实际作用的关系，便形成婉约一派，与诗的风格逐渐离异。

三、北宋时范仲淹、苏轼一班人，拿它作为抒情工具，由于他们的生活内容和当时文学趋势的转变，诗词风格，复归一致。

四、南宋民族矛盾尖锐时，作者拿词写其爱国热情，豪放派声光大振，但以被扼于统治者，不敢畅言无忌，于是摧刚为柔，敛豪放而为婉约。辛弃疾阳柔阴刚诸名作，至此达到唐宋词发展的最高峰。

每一种艺术，应该各有各的特征，只可以互相渗透，而不能互相替代，如音乐不能替代图画，图画不能替代诗歌。（前人说王维“诗中有画，画中有诗”，那只是相渗透，而不是相替代。）更严格说：诗和词也不应该互相替代，才成为其独立艺术。（唐代民间词和诗无别，就由于词在那时未成其为独立的艺术。）词到南宋，各体兼备，辛弃疾好像要倒缫全部词史，他能为苏轼、李清照，能为柳永、周邦彦，也能为温、韦花间体（集中有“拟《花间》”之作），他不仅以诗为词，并且以文为词，以论以赋为词；但最成功的却是豪放其内而婉约其外的像《摸鱼儿》这一类作品，因为这种词能表达他诗歌不能表达的内心情感，这是苏轼词所未曾达到的境地。

词本是协乐的文学，后来虽脱离音乐而独立，但它的文字声调仍含有比五七言诗更浓厚的音乐性。陆游诗：“情知言语难传恨，不似琵琶道得真。”是说明音乐传达情感的力量胜于语言文字。辛弃疾《摸鱼儿》一类词，正是用词的音乐性的特征来表达诗所不能表达的感情。我们看元代曲家所编《阳春白雪》《太平乐府》，列他这首《摸鱼儿》为当时“十大曲”之一，可见后代对这首词音乐性的看重。

前人好拿楚辞来比唐宋词，如宋人诗云：“《离骚》寂寞千年后，《戚氏》（柳永词）凄凉一曲终。”清人诗云：“绝代风流《乾𦠆子》（温庭筠所著书名），前身应是屈灵均。”拿柳、温比屈原，原是拟人不伦。但词体表情，悱恻缠绵，的确得《骚》意为多。南宋爱国词人像辛弃疾诸家，他们的人格和遭遇，都和屈原相近似，用这种文体表达其幽愤沉忧，正是上接《离骚》的传统。我们论一种文学的某些作品，推它可比并《离骚》，那无疑是这种文学的最高成就了。形成这些作品的风格的来源和力量，不仅是语言文字，主要是作家的人格志行。词人辛弃疾之后所以不曾有过第二位辛弃疾，并不由于后代词人不能为辛弃疾之“词”，而是由于后代词人中不曾再有过一位像辛弃疾那样的“人”！

（1957年1月12日讲于广州中山大学，
2月13日写成于杭州浙江师范学院）

论韦庄词

韦庄的老家在京兆杜陵，即今陕西长安附近。杜陵的韦姓，是唐代的世家大族。韦庄的远祖韦待价，是武后时的宰相。后来出过一位名诗人，就是韦庄的四世祖韦应物。韦庄是词家又是诗人。他晚年曾住成都浣花溪上杜甫草堂的旧址，因而他的诗集名《浣花集》。《浣花集》原本廿卷，现在只存十卷，共有诗二百四十六首。合之后人所辑，也不满四百首。据他的《乞采笺》歌"我有诗歌一千首"看来，该有不少诗篇已经散佚了。他的词《全唐诗》共收五十四阕，其中四十八阕载于《花间集》。在《花间集》里各作家中，韦庄词数量之多，仅次于温庭筠。以时代说，他是温庭筠以后的一位重要作家；以作品风格说，他和温庭筠是不尽相同的。

韦庄生于唐文宗开成元年（836），死于蜀高祖武成三年（910），得年七十五岁。（参阅拙著《唐宋词人年谱·韦端己年谱》）他生在唐帝国由衰弱到灭亡、五代十国分裂混乱的时代。他一生饱受离乱漂泊之苦，对于他的文学有很大的影响。

韦庄虽出生于世家大族，但他这一房族到五代时，久已中落了。他五十九岁才中进士。在这以前，生活很穷苦。《太平广记》引《朝野佥载》称他“数米而炊，析薪而爨”，这种穷苦和漂泊的生活，占他全部生命的四分之三强；“晚达”的生涯，却并不长久。他中进士以后，六十六岁始仕西蜀，为蜀主王建所倚重，七十一岁为安抚使，七十二岁助王建称帝，建立割据局面，七十五岁就死了。他在西蜀这个割据小朝廷里，做到吏部侍郎兼平章事，不过一两年罢了。

他四十五岁在长安应举，值黄巢军攻破长安，他陷兵火中大病几死，一度与弟妹相失，后来逃出长安。从此以后六七年间，在各地流浪。他那时五十多岁。他曾经穿过安徽、河南到潼关，又迂道山西，南抵镇江、东阳，西到三衢两湖。为了求食求仕，浪迹万里。五十六岁那年，仍失意地回到东阳。直到五十九岁进士及第，他的流离漂泊的生活才告结束。由于这种流离漂泊的生活，才使他能够较多地接触民间生活和接受民间作品的影响，使他的词在《花间集》里有其特异的风格。

温、韦词的同中之异

温庭筠词和韦庄词并称“温韦”。他们在《花间集》里是两位突出的词家。《花间集》选录晚唐五代十八家词五百首，其内容大都描写上层阶级的冶游享乐生活和离情别绪，其语言多秾艳软媚。温、韦是花间派的代表作家，他俩的同可以说是大同小异：温词较密，韦词较疏；温词较隐，韦词较显。

温词向来以秾丽婉约著称，他作《菩萨蛮》十四首，往往在一首或一片里，叙说好几件事或好几层意思，如：

水精帘里玻璃枕，暖香惹梦鸳鸯锦。江上柳如烟，雁飞残月天。

这四句是一首词的上片，它写出两个人物和两种环境，并映托出他们的两种心情。上两句是指居者，下两句是指行者；上两句描写居者的环境是这样舒适温暖，下两句写行者的环境是那样凄清寂寞。两者相形，自然显出怨别伤离的情绪，不必更着“愁”“恨”等等字面了。从这半阕《菩萨蛮》，可以说明温词的细腻程度。

韦庄也有五首《菩萨蛮》，且举一首为例：

人人尽说江南好，游人只合江南老。春水碧于天，画船听雨眠。　垆边人似月，皓腕凝双雪。未老莫还乡，还乡须断肠。

这首词的内容是说游人到了江南，就被它吸引住，不愿意离开它。开头两句和结尾两句直接说明了这个意思。那么，江南究竟好在哪里呢？作者用上片下两句和下片上两句作了回答。上片下两句赞美江南的水乡，下片上两句赞美江南的美女。总的意思是赞美江南。

其他如“如今却忆江南乐”“劝君今夜须沉醉”诸首，也都如此，比起温词，它显得自有疏朗的风格。韦庄词并且有好几首合说一件事、一个意思的，最明显的例子是《女冠子》：

四月十七，正是去年今日。别君时，忍泪佯低面，含羞半敛眉。　不知魂已断，空有梦相随。除却天边月，没人知。

昨夜夜半，枕上分明梦见。语多时，依旧桃花面，频低柳叶眉。　　半羞还半喜，欲去又依依。觉来知是梦，不胜悲。

第一首的上片写情人相别，下片写别后相思；第二首的上片写由相思而入梦，下片结句写梦醒后的悲苦。两首合起来只写一件事。前人论文有“密不容针”“疏可走马”的说法，这正可用来分别评论温庭筠、韦庄两位词家的某些小令的不同风格。

次说“隐”“显”之别，也可以举《菩萨蛮》为例。温庭筠词如：

小山重叠金明灭，鬓云欲度香腮雪。懒起画蛾眉，弄妆梳洗迟。　　照花前后镜，花面交相映。新帖绣罗襦，双双金鹧鸪。

全首都写女子的妆饰，上片从宿妆写起，到起床后梳洗。下片“照花前后镜”两句写妆成，末了以穿着“新帖绣罗襦”作结，好像没有一字说到这女子的情感；细读才知上片结句“懒”字、“迟”字已暗点情感，到下片结句拈出“双双金鹧鸪”的“双双”两字，乃从反面衬托出这个女子的孤独。这是隐曲婉约的写法。

再看韦庄《菩萨蛮》“人人尽说江南好”，全首一气直下，没有一句隐晦难懂的话。韦庄还有一首极“显”的例子，那是《思帝乡》。

春日游，杏花吹满头。陌上谁家年少足风流。妾拟将身嫁与一生休。纵被无情弃，不能羞！

清代贺裳《皱水轩词筌》里评这首词说：“小词以含蓄为佳，亦有作决绝语而妙者，如韦庄‘陌上谁家年少足风流。妾拟将身嫁与一生休。纵被无情弃，不能羞！’之类是也。”

温庭筠作这类恋情词，最直率的也只能如《南歌子》词中所说："偷眼暗形相，不如从嫁与，作鸳鸯。"而韦庄同于"一生休"之下，却又加上"纵被无情弃，不能羞"两句，简直是说到尽头了。温庭筠一派婉约词，在晚唐五代很流行。后人便以"婉约"作为词的标准。像韦庄这类酣恣淋漓近乎元人北曲的抒情作品，在五代文人词里是很少见的；只有当时的民间词如敦煌曲子等，才有这种风格。这是韦庄词很可注意的一个特点。

把文人词带回到民间作品的抒情道路上来

上文举韦庄词"疏""显"两种风格，是拿温庭筠的词比较来说的。我们若从韦庄词整个风格看，应该说他的作品的最大特征，是把当时文人词带回到民间作品的抒情道路上来，又对民间抒情词给以艺术的加工和提高。这是他在词的发展史上最大的功绩。

词在民间初起时，本来是抒情的文学。敦煌曲子里的作品，大都是反映民间生活的真情实感的。后来这种文学传入宫廷和贵族大家，他们阉割了它的思想内容，拿它的音乐和形式作为酒边花间娱乐调笑之用，"宫中调笑"这个词牌名就是这个过程最明显的说明。晚唐五代文人作词的动机大多数是为了供皇家、贵族和士大夫们的娱乐，而不是为了写自己的真实情感的。花间一派以温庭筠为宗，是晚唐五代文人词的代表作家。温庭筠词十之八九是写妇女的。纵使他的词里有些句子反映了作者自己个人的情感，那也是十分隐晦微弱的。文人词能写自己个人生活情感的，在唐五代虽然不能说韦庄是仅有的例子，但是可以说韦庄是突出的例子。像他的《菩萨蛮》：

洛阳城里春光好，洛阳才子他乡老……

人人尽说江南好，游人只合江南老……

如今却忆江南乐，当时年少春衫薄……

以上各首，都是写他自己的浪游情绪的。《女冠子》二首，明记月日，当也是他自己的情事。又如《谒金门》：

空相忆，无计得传消息。天上姮娥人不识，寄书何处觅？　　新睡觉来无力，不忍把君书迹。满院落花春寂寂，断肠芳草碧。

《荷叶杯》二首：

绝代佳人难得，倾国。花下见无期。一双愁黛远山眉，不忍更思惟。　　闲掩翠屏金凤，残梦。罗幕画堂空。碧天无路信难通，惆怅旧房栊。

记得那年花下，深夜。初识谢娘时。水堂西面画帘垂，携手暗相期。　　惆怅晓莺残月，相别。从此隔音尘。如今俱是异乡人，相见更无因。

《浣溪沙》一首：

夜夜相思更漏残，伤心明月凭阑干，想君思我锦衾寒。咫尺画堂深似海，忆来惟把旧书看，几时携手入长安？

以上诸首，都是忆旧欢和悼念亡姬之作。杨偍《古今词话》说为王建夺去的宠姬而作，不可信，拙著《韦端己年谱》中曾予以辨明。

上引诸词，从量方面说，在韦庄现存的四十八首里就有十首左右，约占五分之一；从质方面说，它在抒情词里虽然还嫌内容不够广泛，描写不够深刻，但是它的发展前景，那就是开李煜和苏轼、辛弃疾词的先河。在晚唐五代文人词浮艳虚华的气氛里，居然出现韦庄这些抒写生活情感的作品，那是不容忽视的。

前人论词，以“婉约”为正宗，以为作词必须含蓄曲折，有不尽之意，才算合格。这种风气开端于温庭筠一派文人词。唐代的民间词，原来并不如此：它们以直率坦白的语言写热烈真挚的情感，往往是以一吐为快的；举敦煌曲子里《菩萨蛮》一首作例：

> 枕前发尽千般愿，要休且待青山烂，水面上秤锤浮，直待黄河彻底枯。　　白日参辰现，北斗回南面。休即未能休，且待三更见日头！

拿它来比韦庄的《思帝乡》“春日游，杏花吹满头”一首，含意未必全同：前者写“之死矢靡它”之坚决，后者写“一见倾心”的向往，而情感的热烈却没有两样。虽然在韦庄词里这类作品并不多，最著名的也只有这一首。但是在文士们以婉约含蓄为正宗的文学气氛里，居然有这么一首。也可说是独放异彩了。

今存的韦庄词十之八九见于《花间集》中。《花间集》所选的大都是“镂玉雕琼”“裁花剪叶”（《花间集序》语）的作品，我想韦庄这类热情奔放的作品也许不止这一首，可能因为不被选入《花间集》，就从此亡佚了。

从三方面说明韦庄词如何走上抒情的道路

韦庄词所以会走上这条抒情的道路，我以为可从三方面来说明：

一、唐宋词人兼擅诗词两种文学的，他的词风往往和他的诗风相近似。温庭筠的诗从梁陈宫体、六朝赋而来，讲究对仗，注重字面的华丽，他的诗风如此，词风也如此。韦庄诗朴素平直，善于抒情，接近白居易。他的长诗《秦妇吟》和白居易的《长恨歌》《琵琶行》风格很接近。他的《浣花集》里并且误入白居易的作品。韦庄的词如《女冠子》“四月十七”、《思帝乡》“春日游”诸首，都浅显如话，也正和他的诗风相一致。

二、温、韦两家诗风词风不同，是由于他们的生活和生活态度不同。温庭筠出身于没落贵族家庭，虽然一生潦倒，但是一向依靠贵人过活。他的诗集里有许多酬赠官僚的作品，他的词也和贵人脱不了关系：据传他的好几首《菩萨蛮》词，就是令狐绹托他代唐宣宗作的。韦庄五十九岁登第以前，流落江湖，除四十八岁逃出长安时一度献诗投靠于镇海军节度使周宝外，很少和贵人来往。他的诗集相与酬答的大都是秀才和尚一流人。由于时代的动乱，生活的贫困，迫使韦庄五十以后还为求食求官奔走四方，这和白居易少年时代的身世很相似。他的诗风近似白居易，因此也就影响到他的词风。

三、韦庄的诗和词都有民间气息。他的词用民间文学体裁，和敦煌曲子相近，例如前面所举的《女冠子》用两首咏一件事，就是民间的联章体。敦煌曲子词里的《凤归云》、和凝的《江城子》等等都是联章体。韦庄的《思帝乡》的情感和语言尤接近民间文学，这自然和他较多地接触民间生活有关系。

韦庄词和音乐的关系

还有一点值得注意的，是韦庄词和音乐的关系。晚唐五代的文人词大都为应歌而作。《旧唐书·温庭筠传》说庭筠混迹妓院，“能逐弦吹之音为侧艳之词”，这和北宋柳永为妓女填新腔，同一情形。他们创作的目的，只是为“绮筵公子、绣幌佳人”作“清绝之词，助娇娆之态”（《花间集序》语），它是不大需要有作者的情感的；这类作品里的作者个人情感太浓厚的话，有时反而会妨碍它的娱宾遣兴的广泛效果。所以这类作品的内容大都是浅薄、单调，有的只是袭用古人的成作，冯延巳的《长命女》词完全袭用白居易诗，就是一个例子。《花间集》里不但有像鲁迅所说写钉梢的词，以至有比钉梢更甚的作品，这类作品所以居然入选，就只是由于它有协乐应歌的作用。宫廷、贵族、士大夫所喜爱的应歌词，它的流弊会使词走向空虚、堕落的道路。到了五代时，词的流弊已经很明显了。

文人拿词作抒情工具，使它逐渐脱离了音乐而自有其文学的独立生命的，在北宋是著名的作家苏轼。苏轼以前要数到李煜和韦庄。我们原不能说韦庄的词完全不是为应歌而作，在那个时代里那是不可能的；但他的词因为有自己的生活内容，因为他是拿词作为抒情工具的，便自然会和那些只为应歌而作的作品分路了。我们读他的《谒金门》《女冠子》这类词，有那样洋溢的生活感情，是不可能想象它是只为应歌而作的。

文学本身既然有其真实的生活情感，它自然不必更倚仗于其他条件——如华丽的字面和动听的音乐等等。后来的李煜、苏轼、辛弃疾的词都是如此。温庭筠就不如此，他的词里虽然也许有些抒情的成分，但他的创作动机主要是为应歌的。这犹之韦庄词虽然也可以应歌，但他的创作动机主要是为抒情的。这是温、韦两家词的根本不同之处。

韦庄抒情词的影响

就词这种文学在文人手中初期发展的形势和它后来的影响论，我们对韦庄的看法是：他在五代文人词的内容走向空虚堕落途径的时候，重新领它回到民间抒情词的道路上来；他使词逐渐脱离了音乐，而有独立的生命。这个倾向影响后来的李煜、苏轼、辛弃疾诸大家。当然，李煜、苏轼、辛弃疾在抒情词方面的成就，又各自不同：李煜是亡国之君，其词多家国之痛，乃用血泪写成者。苏、辛两家在词坛上开创了一个词派——豪放派，他们用词这个文学体裁来抒写自己的性情、学问、胸襟、抱负，他们对词坛的贡献和影响远非韦庄可比拟。但是，我们若认为李煜、苏、辛一派抒情词是唐宋词的主流，那么，在这个主流的源头上，韦庄是应该得到重视的一位作家。

本文开头依据《新唐书·宰相世系表》，论定诗人韦应物是韦庄的四世祖。日本京都大学的清水茂先生不同意这一说法。他说世系表不可尽信；韦庄若是韦应物的后裔，不应诗文中无一语提及。（见日本京都大学《中国文学报》对拙著《唐宋词人年谱》的评文）案《新唐书》世系表原多谬误，宋人洪迈的《容斋随笔》、清人王鸣盛的《十七史商榷》、钱大昕的《廿二史考异》、沈炳震的《唐书宰相世系表》等书都已举出；但是关于韦应物、韦庄祖孙关系这一问题，清水茂先生不曾举出确凿的反证。本文姑依旧说，史学方家，幸辨订之。

李清照词的艺术特色

一

李清照抒情词的内容，大半是她个人的生活情趣和身世感伤。抒情词在一千多年来的词坛上，已经有数不清的篇目，在这数不清的篇目里，只有少数能传诵人口，而李清照的作品就占了它的一部分。

李清照词给人第一个印象是好懂——明白如话。李煜词最能抓住读者的是这一点，李清照词也复如此。明白如话绝不等于内容肤浅，只有用极寻常的语言而写出深刻的感情，才能使人一读即懂而百读不厌。当你读到“守着窗儿，独自怎生得黑！梧桐更兼细雨，到黄昏、点点滴滴。这次第，怎一个愁字了得！”，会不惊异地感到这些寻常语言而何以会成为这样不寻常的艺术吗？我们该怎样分析她这种艺术的成因呢？

李清照后半生遭乱丧夫之后的作品原是哀伤动人的，她在少女、少妇时期也有好些幽怨之作。她生长于有文化教养的家庭，先世父祖都是“位下名高”的人物（见她上韩肖胄诗），又嫁给一位学问趣味相投的丈夫，她在这种生活环境中度过前半生，为什么还有像《临江仙》所说的“庭院深深深几许？云窗雾阁常扃……谁怜憔悴更凋零？”和像《点绛唇》所说的“寂寞深闺，柔肠一寸愁千缕”呢？我以为这并不完全是无病呻吟。我们知道，她不仅是一位有高度文化修养的女作家，而且有其突出的见解、不羁的性格。她的父亲李格非是著《礼记说》数十万言而又推重刘伶《酒德颂》的一位有个性的学者，这对她的思想性格很可能有影响。而北宋以来正是一班道学家变本加厉地提倡封建礼教以束缚女性的时代。在封建社会里，女子本来是被剥夺了受教育权的，李清照这位女作家却闯进了男人的文化禁地，而且在那里走到了一般男人所不曾到过的地方，还以她创作的才能来“压倒须眉”（清代李调元赞她的话）。她敢于说，敢于笑，敢于讥评有地位的男人。我们原不应过分夸奖她是什么觉醒女性，是敢于向封建礼教作反抗的女性，但是她的思想意识无疑和当时一般恪守闺范的家庭妇女不同，也和一般大家世族的才媛不同。她是不平凡的女性，而却要在平凡的环境里平凡地打发日子，这“寂寞深闺”“深深深几许”的“庭院”无疑会使她感到烦闷窒息。这是千百年来无数受束缚的女性的烦闷，也是封建时代要求过着正常人的生活的女性的普遍烦闷；李清照对这种生活有着特别深刻敏锐的感觉，但她还不能对它有所认识与了解，因此她感到的烦闷只能还是一种无名烦闷。她有时要“寻寻觅觅”，好像失掉了什么；有时“说不尽，无佳思”；有时“独抱浓愁无好梦”。这里面除了怀念丈夫的因素以外，整个看来，不正是她不安于窒息的精神状态的反映吗？

有时这种窒息的烦闷使她要求解脱，要求有广阔的精神境界，像她《渔家傲》所说：

天接云涛连晓雾，星河欲转千帆舞。仿佛梦魂归帝所，闻天语，殷勤问我归何处。　　我报路长嗟日暮，学诗谩有惊人句。九万里风鹏正举，风休住，蓬舟吹取三山去！

这是一个处在封建社会里的妇女对自由的渴望，对光明的向往。但这种境界，在她当时也只是可望而不可即的海上三山。这沉重的心情表达在她的词里，我们可以说她是无病呻吟么？从另一面看，这种心情表现于她的创作和行动的，是敢于写少女的爱情，"眼波才动被人猜"；敢于写夫妇的幽情，"今夜纱橱枕簟凉"；敢于讥笑有社会地位的男人，"'桂子飘香'张九成"；敢于尖锐地批判许多文坛老辈……这都是当时一般女性所不敢的。所以尽管她没有要冲决礼教的意识，但在当时男人们看来这些都是目无礼教的"越轨"行为了。和她同时代的王灼作《碧鸡漫志》，斥责她"……闾巷荒淫之语，肆意落笔。自古缙绅之家能文妇女，未见如此无顾藉也"！这些斥责的话却正可见出她这些作品的敢想敢说的精神。

就李清照词的思想内容分析她明白如话风格的成因：一是由于她有深沉的生活感受，所以不需要浮辞艳采；二是由于她有坦率的情操，没有什么不可告人之隐，所以敢于直言不讳。

二

生活感情之外，我们还可就其文学理论探讨其作品风格的成因。

李清照有一篇《词论》保存在《苕溪渔隐丛话》和《诗人玉屑》(宽永本卷二十一)里，叙述她自己对词这种文学表现形式的见解，这本来是研究她的创作思想的重要文献。她这篇《词论》批评北宋词，没有提到靖康之乱后的词坛情况，在批评秦观时，还要求词须有“富贵态”，看来这该是她早期的作品。又，《词论》要求填词必须协五音六律，运用故实，又须文雅、典重，这和她后期的作品风格也不相符合；我认为她后期的流离生活已经使她的创作实践突破了她早期的理论。另外，她的《词论》里有一个主张，说“词别是一家”，就她整部词作来看，好像她对这个主张是始终坚持的；她主张词要跟诗划开疆界，作创作上的分工。这对于她的词的艺术特色关系很大，这里要对它作些分析。

词起源于民间小调，六朝民间小乐府是它的前身。到了晚唐五代，落到封建文人之手。他们用齐梁宫体来填词，于是词便失掉了民间文学的本色。从前人都推尊温庭筠是词家始祖，其实他却是开始使词失掉民间文学本色的人。李清照是走和温庭筠相反的道路的。她虽然不见得能够认识民间词的价值，也不见得是有意学习民间词，但她的明白如话的词风，却自然走上和民间词很接近的道路。

我们知道，词是配合音乐的文学，是乐府、乐章；乐府、乐章的特色是：听得懂。它是用声音来表达情感的。作乐府、乐章而使人听不懂，需要文字来帮助，如今天戏院里演剧要放映字幕，那就失去了乐府、乐章的本色了。

拿诗来作比，我们知道，在从前一些严格遵守旧体诗的作家来说，旧体诗里的绝句，跟古体律体有一点不同的要求：古体诗允许用僻字拗句，律诗允许用典故，但在绝句里都不许用。它只允许用习见的辞和字，用顺溜近于口语的句子。因为绝句在唐代是当作乐章唱的，要使人听得懂。后来的绝句大致还保持这种作风，认为这样才是它的“正格”。词里的小令跟绝句很相近。可是温庭筠的小令过分涂饰，有许多是不容易听懂的，这便不是民间乐府的本色了。由于他出身于没落贵族，依靠贵族过活，为宫廷豪门作酒边花间词，就把这种民间乐府带向“宫体”的邪径上去了。李清照《词论》里虽然没有指斥到温庭筠，但她说“自后郑、卫声炽，流靡烦变，有《菩萨蛮》《更漏子》《浣溪沙》《梦江南》……词，不可遍举”，这里面也许就有温庭筠在内，《菩萨蛮》等原是庭筠惯填的小调。这是一方面。

又，她的《词论》大胆地批判了晏殊、欧阳修、王安石、苏轼诸家，说“至晏丞相、欧阳永叔、苏子瞻，学际天人，作为小歌词，直如酌蠡水于大海；然皆句读不葺之诗耳……王介甫、曾子固文章似西汉，若作一小歌词，则人必绝倒，不可读也！乃知词别是一家，知之者少……”北宋人不满苏轼以诗为词，比为教坊雷大使舞，“虽极天下之工，要非本色”。李清照是赞成这派论调的。我们看苏轼，他不但以诗人句法入词，并且以学问和哲理入词。他的词有好些是运用佛家禅宗思想的，便是一例。他又大大地发展了词里的“檃栝体”，把诗文檃栝入乐曲里唱，有些便是听不懂的，像《戚氏》“玉龟山，东皇灵姥统群仙……”一首，檃栝《山海经》《穆天子传》便是。就发展词的角度看，这些词有其一定的价值；若拿李清照“词别是一家”的标准来衡量，显然应在她所说“人必绝倒，不可读也”之列了。

清代人说诗，有“学人之诗”“诗人之诗”的说法；这里若借用他们的话，可以说李清照是要把“诗人之词”“学人之词”跟“词人之词”区别开来的。她的《词论》的开头，叙述一段唐开元、天宝间李八郎“转喉发声歌一曲，众皆泣下”的故事，这段故事跟下文似乎不大联接；后来我悟得，她是借这故事来说明词跟歌唱的密切关系，是拿它来总摄全文的。

温庭筠、苏轼诸家的词，一方面虽然巩固、发展了词的形式和内容，另一方面却失掉了民间词听得懂的乐章的本色。李清照的《词论》原不曾明白要求词必须做到听得懂；她的词是为抒情作的，原不为合乐应歌而作。她的社会地位和温庭筠、柳永不同，创作动机也不同。她因为有其深刻的生活感受，因为敢于明白说、明白写，便做到了明白如话。虽然后来宋词风格的发展，大大地超过了像李清照所说的，但她这种词风对宋词的发展，无疑是有其良好的影响的。

我们看，和李清照同时及其稍后，词坛上曾经起了一股逆流，那就是北宋末年大晟乐府的一批作家和南宋一批词人效法周邦彦的词风。宋徽宗君臣上下在民不聊生的年月里，还制礼作乐来粉饰“承平”；大晟乐府招集一批文士，“奉旨依月用律，月进一曲”（见《碧鸡漫志》），这些作品的内容自然是空虚的，但是当时传播四方，它的音律和辞藻对一般文人有相当大的影响。南宋方千里、杨泽民、陈允平三家都和过周邦彦的《清真集》，字字依周词填四声，弄得文理欠通，语意费解，像杨泽民的《丁香结》有“堪叹萍泛浪迹，是事无长寸”，方千里的《西河》有

“比屋乐逢尧世，好相将载酒寻歌立对”等等。这些词人的作品照文字尚且读不懂，哪里还能听得懂！李清照在这股逆流开始泛滥时作她明白如话的词，这也显出她坚持发扬词的健康传统的精神。

李清照这种“明白如话”的作品，有时读破万卷“学际天人”的人却不容易做得到。张端义《贵耳集》评她赋元宵的《永遇乐》，说它“皆以寻常语入音律；炼句工巧则易，平淡入调则难”。这是确当的评赞。但是我们读她的《词论》，却说词要典重、有故实。……这可见她早年所做的功夫；后来经过乱离，才使她的作风起了转变。我们可以设想：这位原是“盐絮家风人所许”的大家闺秀，后来成“流离遂与流人伍”的难民，当她喘息稍定的时候来填词抒情，还可能有雕章饰句的心情吗？现实生活决定她的创作实践，这是我们完全可以理解的。

三

明白如话的文学语言之外，还要谈谈她的明白好懂的音律声调。乐章、乐府用声音表达情感，语言之外，还要注重声调。李清照《词论》说：“盖诗分平仄，而歌词分五音，又分六律，又分清浊轻重。”这可见她重视音律、字声，但这是她早期的主张。我们知道，词分五音、六律、清浊、上去之说，大抵起于乐工，而严于文士；柳永、周邦彦诸家的作品和张炎《词源》、杨缵《作词五要》所说可见。在李清照词中却找不出她明显地这样做的例子，尤其是在她的晚期作品里。她不填僻调拗调，对习用的小令应该遵守的平仄，有时也不完全遵守。如《菩萨蛮》的上下片结句应作拗句“仄平平仄平”，而她两首的两结作“梅花鬓上残”，“香消酒未消”，“钗头人胜轻”，“西风留旧寒”，都不如此填。但她却有一个特点，就是多用双声叠韵字；举《声声慢》一首为例，用舌声的共十五字：

淡 敌他 地 堆 独 得 桐 到 点点滴滴 第 得

用齿声的四十二字：

寻寻 清清凄凄惨惨戚戚乍 时 最 将 息 三盏酒怎 正伤心 是 时相识 积 憔悴损 谁 守 窗自怎生 细 这次 怎 愁字

全词九十七字，而这两声却多至五十七字，占半数以上；尤其是末了几句：“梧桐更兼细雨，到黄昏、点点滴滴。这次第，怎一个愁字了得！”二十多字里舌齿两声交加重叠，这应是有意用啮齿叮咛的口吻，写自己忧郁惝恍的心情。不但读来明白如话，听来也有明显的声调美，充分表现了乐章的特色。字声的阴阳清浊，是文人研究出来的东西，民间原不会了解；双声叠韵却是民间语言里所习用的（六朝时民间语言多用双声叠韵的例子，见《世说新语》诸书）。在诗歌里，从《国风》到民间乐府用双声、叠韵的不少。本来作品里用双声、叠韵过多的，若配搭不好，会成为“吃口令”，所以前人以多用双声、叠韵为戒；而我们读李清照这首词不仅全无吃口的感觉，她并且借它来增强作品表达感情的效果，这可见她艺术手法的高强，也可见她创作的大胆。宋人只惊奇它开头敢用十四个重叠字，还不曾注意到它全首声调的美妙。

南北宋之交是社会大变动的时期，也是词风大转变的时期；

在李清照之前，词中已形成了婉约和豪放两派；婉约派从温、韦开始，经李煜、二晏、欧阳修和秦观，确立了一个传统。李清照的词也写了这些前辈词人写过的某些题材，继续发挥了婉约派特有的风格和手法。由于时代的动乱和个人生活大转变，她的词显然在内容上比前辈作家更丰富，情感也更深刻、沉重，她的成就是超过了二晏、欧阳修和秦观的。晏殊、欧阳修诸人假托"闺情"写他们士大夫的生活感情，毕竟不及这位女作家的自写闺情；秦观有些词"词语尘下"，并且颓废哀伤太甚，反不及这位女作家却有须眉气概。这也见出即使是描写离开时代和政治斗争较远的题材的婉约派，社会的变乱仍然对它产生了深刻的影响。李清照词就反映了婉约派在时代激流影响下的变化与发展。在婉约派这一词派中，她的词应该说是成就最高的，她是整个北宋词中婉约词派最恰当的代表人。这是这位女作家在词史上的地位。

李清照词的艺术特色不止"明白如话"这一点，我们原不应夸大这一点说成为她的整个文学风格；但是"明白如话"却是她的词最显著突出的一点。她传诵的名作，不但合了卷子听得懂它的语言美，并且也听得懂它的声调美。她和当时形式主义的作家是取对立的态度的，这对宋词发展无疑有其良好的影响。这是她的作品在词史上的价值。

（1961年5月20日，写于北京民族饭店）

论陆游词

陆游词的成就不能和他的诗并称大家，这和辛弃疾的诗不能和他的词并称一样。前人评论陆游词的，明代杨慎说它“纤丽处似淮海，雄慨处似东坡”。毛晋添一句说：“超爽处似稼轩。”（毛刊《放翁词跋》）都还只是泛泛比较。清代刘熙载说它“乏超然之致，天然之韵，是以人得测其所至”（《艺概》二），似乎过贬。冯煦说：“剑南屏除纤艳，独往独来，其逋峭沉郁之概，求之有宋诸家，无可方比。”（《宋六十家词选·例言》）又近于过誉。《四库提要》说陆游欲驿骑东坡、淮海之间，“故奄有其胜，而皆不能造其极”，则是较中肯之论。本文拟就陆游词各方面试作探讨，谈谈它的独到处。先从“诗余”一词谈起。

词名“诗余”，起于南宋。后来有些词家不满意这个名称，说“古诗之于乐府，近体之于词，分镳并骋，非有先后；谓诗降为词，以词为诗之余，殆非通论矣”（清代汪森作《词综序》）。这话就文学发展史来说，原有其相当正确的理由；但是就某些词家对词这种文学形式的态度来说，这个名称也反映了他们创作的实际情况。南宋初年胡寅题向子諲的《酒边词》说：

> 词曲者，古乐府之末造也……名之曰“曲”，以其曲尽人情耳。方之曲艺，犹不逮焉，其去《曲礼》则益远矣。然文章豪放之士鲜不寄意于此者，随亦自扫其迹，曰谑浪游戏而已……

以“谑浪游戏”“自扫其迹”，确是当时一般词人否定这种文学创作的自歉心理。由于词起源于民间小调，由于它所配的音乐是“花间”“酒边”的“宴乐”，加之柳永、曹组诸人之作，多用娼妓口吻写狎媟情事，在封建文人看来，这是有损于正统文学的尊严的。所以当时文人以这种文学形式写作的大都带些歉疚情绪。就今所知，南宋人词集以“诗余”自名的，有林淳的《定斋诗余》、廖行之的《省斋诗余》等等。（见《直斋书录解题》）这里面有的是自谦，有的是自歉。

但是，以“余”为名，不一定都是贬词。韩愈说：“余事作诗人。”以“余事”为诗，必其人有他的事业学问在诗之外，这只有大作家像屈原、杜甫辈足以当之。陆游《示子遹》诗云：“子果欲学诗，工夫在诗外。”陆游一生，匡复志事，到老不衰，可谓不愧其言。说陆游之诗是他一生匡复志事之余事，那么，他的词又该是他的诗的余事。以“诗余”称他的词，岂不是名副其实？这对作者来说，原是褒词而并不是贬词。

但是就陆游平生议论看来，他原是瞧不起这种文学体裁的。他的文集里有几篇关于词的文字，一篇是自题《长短句序》：

> 雅正之乐微，乃有郑、卫之音；郑、卫虽变，然琴瑟笙磬犹在也；及变而为燕之筑、秦之缶、胡部之琵琶、箜

> 筷，则又郑、卫之变矣。风、雅、颂之后为骚、为赋、为曲、为引、为行、为谣、为歌，千余年后乃有倚声制辞起于唐之季世，则其变愈薄，可胜叹哉！予少时汩于世俗，颇有所为，晚而悔之，然渔歌菱唱，犹不能止。今绝笔已数年，念旧作终不可掩，因书其首，以识吾过。淳熙己酉炊熟日，放翁自序。（《渭南文集》十四）

这里他明显地说出他菲薄这种文学形式的看法，认为它在传统诗歌里是“变而愈薄”的东西。“晚而悔之”“犹不能止”二语，也说出自己创作的矛盾心理。另两篇都是跋《花间集》的：

> 《花间集》皆唐末五代时人作，方斯时天下岌岌，生民救死不暇，士大夫乃流宕如此，可叹也哉！或者亦出于无聊故耶？笠泽翁书。（《渭南文集》三十）

这是对词的全面否定。第二篇说：

> 唐自大中后，诗家日趣浅薄，其间杰出者亦不复有前辈闳妙浑厚之作，久而自厌，然梏于俗尚，不能拔出。会有倚声作词者，本欲酒间易晓，颇摆落故态，适与六朝跌宕意气差近，此集所载是也。故历唐季五代，诗愈卑而倚声者辄简古可爱。盖天宝以后诗人，常恨文不逮，大中以后，诗衰而倚声作，使诸人以其所长格力施于所短，则后世孰得而议？笔墨驰骋则一，能此不能彼，未易以理推也。开禧元年十二月乙卯，务观东篱书。（《渭南文集》三十）

这里一方面惋惜五代词人枉抛心力，一方面又叹佩他们的才力有不可及处。这是有贬有褒之词。另有《跋后山居士长短句》一篇说：

> 唐末诗益卑，而乐府词高古工妙，庶几汉魏。陈无己

诗妙天下，以其余作辞（应是“词”之误），宜其工矣，顾乃不然，殆未易晓也。绍熙二年正月二十四日雪中试朱元亨笔，因书。(《渭南文集》二十八)

开头三句，拿汉魏乐府比唐末词，却是全面肯定语了。还有一篇《跋东坡七夕词后》说：

昔人作七夕诗，率不免有珠栊绮疏惜别之意；惟东坡此篇，居然是星汉上语。歌之曲终，觉天风海雨逼人。学诗者当以是求之。庆元元年元日，笠泽陆某书。(《渭南文集》二十八)

云“歌之曲终”，必是指词而非诗。按苏轼《东坡乐府》之《鹊桥仙·七夕送陈令举》下片：“客槎曾犯，银河波浪，尚带天风海雨。相逢一醉是前缘，风雨散飘然何处！”所谓“居然是星汉上语”，知此跋“天风海雨”云云，确是评此词。说“欲学诗者当以是求之”，这“诗”字若不是“词”字之误，那么，他似乎把词抬高到诗之上了。

综观这五篇题跋，他对词忽褒忽贬，似乎并无定见。五篇里有四篇是明记作年的，《长短句叙》淳熙己酉（1189）最早，《跋后山长短句》绍熙二年（1191）次之，《跋东坡七夕词后》庆元元年（1195）又次之，《跋〈花间集〉》的第一篇开禧元年（1205）最后。可见他对词的看法是逐渐由否定而趋向肯定。《跋〈花间集〉》第二篇，大抵可以作为他最后定论。但是在这一篇文字里，他一面说五代“倚声者辄简古可爱”，一面又怪他们不能“以其所长格力（词）施于所短（诗）”，他意识里似乎仍是重诗轻词的，由他看来，词究竟不可能有和诗并列的地位。

以这种见解来创作，不可避免地会产生许多“轻心掉之”的率作。《放翁词》里就有好些这类作品。有的内容空虚，有的言辞拙僿，有的声情不相称。如《破阵子》看调名该是激扬蹈厉的，而他作“仕至千钟良易”“看破空花尘世”两首，却全是消沉颓废语。

但是，这些在他的全集里究竟是“瑕不掩瑜”的东西。他以一位大诗家而作这种在他看来是“余事”的小品，在这些率作之外，也有绝非一般作家所能及的好作品。苏轼论学所谓“厚积而薄发”，所谓“流于既溢之余，而发于持满之末”(《稼说——送张琥》)，这可以拿来评赞大作家的小品，陆游的词也正如此。

庄子说过几个故事，《达生》篇里的痀偻承蜩：“吾处身也若橛株拘，吾执臂也若槁木之枝。虽天地之大万物之多，而唯蜩翼之知。吾不反不侧，不以万物易蜩之翼，何为而不得？”《养生主》里的庖丁解牛：“臣以神遇而不以目视，官知止而神欲行。”“以无厚入有间，恢恢乎其于游刃必有余地矣！”这原是专精独诣的境界，但是《徐无鬼》篇写郢人断鼻：“匠石运斤成风，听而斫之，尽垩而鼻不伤。”以巨匠良工而作业外余技，又何尝不有其至美至乐之境！读陆游的许多好词，可作此体会。

陆游的诗，由江西派入而不由江西派出，精能圆熟，不为佶屈槎枒之态。他的词也同此风格，如《鹊桥仙·夜闻杜鹃》：

> 茅檐人静，蓬窗灯暗，春晚连江风雨。林莺巢燕总无声，但月夜常啼杜宇。　　催成清泪，惊残孤梦，又拣深枝飞去。故山犹自不堪听，况半世飘然羁旅！

如《蝶恋花》：

水漾萍根风卷絮，倩笑娇颦，忍记逢迎处。只有梦魂能再遇，堪嗟梦不由人做！　梦若由人何处去？短帽轻衫，夜夜眉州路。不怕银缸深绣户，只愁风断青衣渡。

如《鹧鸪天》：

杖屦寻春苦未迟，洛城樱笋正当时。三千界外归初到，五百年前事总知。　吹玉笛，渡清伊。相逢休问姓名谁。小车处士深衣叟，曾是天津共赋诗。

如《鹊桥仙》：

华灯纵博，雕鞍驰射，谁记当年豪举？酒徒一半取封侯，独去作江边渔父。　轻舟八尺，低篷三扇，占断蘋洲烟雨。镜湖元自属闲人，又何必官家赐与！

这些作品有的深饶层次，有的轻倩流利，宛转相生，而都字字句句"到口即消"，毫无艰难拮据之感。

以这种笔调写这些抒情小品，原是声情相称，是陆游词特色之一。但是陆游词中也还有好些表达其爱国思想、抒写一生不忘匡复志事的名篇。这类词出于他手，也仍然是举重若轻，神完气定。如《蝶恋花》：

桐叶晨飘蛩夜语，旅思秋光，黯黯长安路。忽记横戈盘马处，散关清渭应如故。　江海轻舟今已具，一卷兵书，叹息无人付。早信此生终不遇，当年悔草《长杨赋》！

如《谢池春》：

壮岁从戎，曾是气吞残虏。阵云高，狼烟夜举。朱颜青鬓，拥雕戈西戍。笑儒冠自来多误。　功名梦断，却泛扁舟吴楚。漫悲歌，伤怀吊古。烟波无际，望秦关何处？叹流年又成虚度！

《诉衷情》：

当年万里觅封侯，匹马戍梁州。关河梦断何处？尘暗黑貂裘。　　胡未灭，鬓先秋，泪空流。此生谁料，心在天山，身老沧洲！

前调：

青衫初入九重城，结友尽豪英。蜡封夜半传檄，驰骑谕幽并。　　时易失，志难成，鬓丝生。平章风月，弹压江山，别是功名！

这几首都是寄寓乾道八年（1172）在汉中王炎幕府图谋恢复不成的慨叹。汉中军幕的一段生活，影响他一生的思想和创作。直到晚年，他还是不能去怀。他用多种手法在词里表达这种怀念心情，前举四首是正面写。也有以梦境写的，如《夜游宫·记梦寄师伯浑》：

雪晓清笳乱起，梦游处不知何地。铁骑无声望似水。想关河，雁门西，青海际。　　睡觉寒灯里，漏声断月斜窗纸。自许封侯在万里。有谁知，鬓虽残，心未死！

他词集里也有不少“纪梦”的篇章，这些“纪梦”其实就是“述怀”。也有寄托为闺情宫怨之辞，如《清商怨》：

江头日暮痛饮，乍雪晴犹凛。山驿凄凉，灯昏人独寝。　　鸳机新寄断锦，叹往事不堪重省。梦破南楼，绿云堆一枕。

这词题“葭萌驿作”。葭萌驿在四川昭化县之南，是他离开南郑

（汉中）回成都之作。他这次从南郑回成都是带家眷同行的，可知这词下片所谓“鸳机断锦”云云，实是假托闺情写他自己的政治心情的，因为那时王炎南郑幕府解散，政府已经全盘打消恢复大计了。另一首《夜游宫·宫词》可证。《夜游宫》以女性口吻自诉哀怨：

独夜寒侵翠被，奈幽梦不成还起。欲写新愁泪溅纸。忆承恩，叹余生，今至此！　　蔌蔌灯花坠，问此际报人何事？咫尺长门过万里。恨君心，似危栏，难久倚！

结句九字，是暗指宋孝宗抗战主张动摇不定。当乾道五年三月，王炎除四川宣抚使，出发入川时，孝宗面谕布置北伐工作，似乎热情很高。但是到了乾道八年九月，整个国策起了变化，王炎便被调入京为枢密使，次年正月，又罢枢密使提举临安府洞霄宫。陆游这首词自悼壮志不酬，也是慨叹王炎的君臣遇合不终。乾道九年（1173），他在嘉州作《长门怨》诗云：“早知获谴速，悔不承恩迟。”又作《长信宫词》云：“忆年十七兮初入未央，获侍步辇兮恭承宠光。地寒祚薄兮自贻不祥，谗言乘之兮罪衅日彰……”（《剑南诗稿》四）都和这首词同其寓意。

陆游这些词，比之两宋诸大家：姿态横生，层见间出，不及苏轼；磊块幽折，沉郁凄怆，不及贺铸；纵横驰骤，大声镗鞳，也不及辛弃疾；但是他写这种寤寐不忘中原的大感慨，不必号呼叫嚣为剑拔弩张之态，称心而言，自然深至动人，在诸家之外，却自有其特色。

固然，他的词有朴僿质直、声情不称的，也有萧飒衰颓、道人隐士气息很浓重的，这些都是他的缺点。还有，当他在南郑军幕计划北伐的时候和后来回忆这段军幕生活的时候，都写了许多意气昂扬的诗篇，像“会看金鼓从天下，却用关中作本根”（《南山行》），“楚虽三户能亡秦，岂有堂堂中国空无人”（《金错刀行》）等等都是；但是这类句子从来不曾出现于他的词集里。他在词里表达这种爱国思想的，只有“元知造物心肠别，老却英雄似等闲”（《鹧鸪天》），和“此生谁料，心在天山，身老沧洲”（《诉衷情》）一类消沉的喟叹。《秋波媚·七月十六日晚登高兴亭望长安南山》一首，算是他写南郑军中生活心情的仅见词篇：

秋到边城角声哀，烽火照高台。悲歌击筑，凭高酹酒，此兴悠哉！　　多情谁似南山月，特地暮云开。灞桥烟柳，曲江池馆，应待人来！

其中也并无激昂发奋的气概。大抵他认为词更适宜于写低摧幽怨的感情，发扬蹈厉的只能入诗而不宜于入词。这可见他对词和诗这两种文学形式的看法，即使在同写这类国家民族大感慨时，也仍有其轻重轩轾之分。这种看法无疑会局限他的词的思想内容。

但是这种缺点，两宋词家也多不免，最明显的例证是李清照，我们不必以此苛求陆游。我对陆游词总的看法是：他是以作诗的余事来作词的，论创作态度，他原不及他的朋友辛弃疾那样倾以全副精力，但是他以这种“余事”的文学写闲情幽怨之外，有时也拿它来写十分正经、十分沉重的心情。在他几首不朽的忧国词篇里，他并没有矜气作色，而只是用寻常謦欬的声息，道出他“一饭不忘，没齿不二”的匡复心事，益见其真情挚意，沉痛动人。这可以说是陆游词突出的风格。

他所以有这样成就，大抵有两种因素。一由于词体本身的发展。从五代、北宋以来，经过百余年的演进，词坛上出现过范仲淹、苏轼以及张元幹诸作家，在这种文学里，或多或少反映了他们各时代的社会现实、民族矛盾。到了辛弃疾，更达到这类作品的高峰，这许多作家的精神和作品自然会影响陆游的词。另一因素是陆游诗的思想内容和功力。关于他作诗的功力，赵翼《瓯北诗话》卷六有论陆诗重锻炼一段说：

> 或者以其平易近人，疑其少炼。抑知所谓炼者，不在乎奇险诘曲，惊人耳目，而在乎言简意深，一语胜人千百，此真炼也。放翁工夫精到，出语自然老洁，他人数言不能了者，只在一二语了之，此其炼在句前，不在句下，观者并不见其炼之迹，乃真炼之至矣……

词体短小，不得着长言冗语，陆诗这种锻炼功力对他的词所起的作用是很大的。这就炼辞一面说。古代文论家尤重炼气，方东树却就此对陆诗提出指摘："放翁独得坡公豪隽之一体耳，其作意处，尤多客气，如《醉后草书歌》《梦招降诸城》《大雪歌》等，开后来俗士虚浮一派，不可不辨。"（评姚范《援鹑堂笔记》四十）说他"多客气"，虽是过辞，但是"开后来虚浮一派"，也确是陆诗的流弊。虽然这是学者之过，不能归咎于陆游。刘克庄推陆游诗"力量足以驱使，才思足以发越，气魄足以陵暴"（《后村诗话》），因此也时有矜气作色之处。所以姚范也说："放翁兴会飙举，词气踔厉，使人读之，发扬矜奋，起痿兴痹矣，然苍黯蕴蓄之风盖微，所谓无意为文而意已独至者，尚有待欤？"（《援鹑堂笔记》四十）这可说是公允之论。但是当陆游以他作诗的功力来作“诗余”时，便自在游行，有“运斤成风”之乐。这犹之大书家倾其一生精力临摹金石、篆、隶，偶然阑几笔写意花草，却更见精力充沛。艺术的境界，有时原不能专以力取，却于“余事”中偶得之。陆游的词，可说确能到此境地。

刘熙载《艺概》卷二说：

> 东坡、放翁两家诗，皆有豪有旷。但放翁是有意要做诗人；东坡虽为诗，而有夷然不屑之意，所以尤高。

这几句苏、陆优劣论，是否正确，姑且不谈。陆游“有意做诗人”，何可非议？黄景仁《吊杜甫墓》云：“埋才当乱世，并力作诗人。”下句正写出杜甫的伟大。但是，若以“夷然不屑，所以尤高”八个字评陆游的词，我以为却很恰当。“夷然不屑”不是就内容说，而是说他不欲以词人自限，所以能高出于一般词人。陆游的《文章》诗里有两句传诵的名句：

> 文章本天成，妙手偶得之。

这十个字可以评赞一切大作家的小品。必先有功力深湛、规矩从心的“妙”手，才会有不假思索的“偶”得。这是来自学力、才气的交相融会。两宋以来一切大文豪大作家如苏轼、辛弃疾、陈亮诸人的“诗余”“语业”，大都如此，《放翁词》的许多名作，也复如此。

（1963年3月，杭州）

后　记

陆游家世好道家之说，他的词集里有咏游仙多首，虚无主义思想很浓重，是陆游词的糟粕。我近写《诗余论》，已涉论及此，这里不提它了。一九六五年一月记。

辛词论纲

辛弃疾晚年从绍兴召赴行在的时候，陆游作一首诗送他“造朝”，结句道：“深仇积愤在逆胡，不用追思灞陵夜。”这和陆游自己七十二岁作《书怀》诗所说“世间余一念，河洛尚胡尘”，都写出了当时爱国志士们的心情。这也就是辛弃疾六百多首词的主要的思想内容。民族矛盾是他们那个时代的特征。反映这个特征，表达他们匡复大业的精神毅力的，在宋词里不仅辛弃疾一家。而辛弃疾因为投身于这场斗争，那个时代广大人民斗争的精神力量给他的鼓舞教育也就特别大，所以他的词篇在这方面能突出于当时各家之作。

宋词反映民族矛盾的，在文人作品里，最早最著名的一首是范仲淹的《渔家傲》。到了南渡初期，这种文学形式的政治内容有更高的发展，第一个拿起这种文学形式向投降分子作斗争武器的，是福建长乐的张元幹，他的送胡铨、寄李纲的两首《贺新郎》，可说是当时政治斗争的号角。后来张孝祥在建康留守席上作的《六州歌头》和咏采石矶战役的《水调歌头》，激昂的声调，也很振奋人心。在这个大时代里，词风起了急剧的转变。在北中国烽火连天、哀鸿遍野的惨酷的现实面前，五代北宋“花间”“尊前”的靡靡之音自然不能适应了。

辛弃疾就是继承、扩大、提高了词这个文学传统的一位大家。南宋末年刘克庄作《辛稼轩集序》，称他的词：“大声镗鞳，小声铿鍧，横绝六合，扫空万古，自有苍生以来所无。”这是极夸张的赞语。前人以豪放称辛词的，不仅刘克庄一人，他们说“东坡以后便到辛稼轩”（元好问《遗山乐府》自序语），这就文学传统说，是大家所公认的，但是这还是概括抽象的话。我现在试就当时历史背景，结合辛弃疾的政治态度、生活感情，具体地分析他这种豪放风格的成因：

一、南渡以来，黄河流域千百万沦陷区人民辗转挣扎于残暴的统治，和广大武装起义部队此起彼伏的冒死斗争，这是辛弃疾早年时所耳闻目睹的。他出生在民族矛盾很尖锐的山东，从小就在这种斗争中得到锻炼。这火热的斗争生活无疑是他豪放的文学风格的主要成因。这是一面。

二、当他南来之初，正是南方士气很消沉的时候，他极恨秦桧以来统治集团里一批投降分子的诛锄善类、摧折正气。他在上孝宗的《美芹十论》里说孝宗初年张浚符离之师虽败，“然计其所丧，方诸既和之后，投闲蹂躏，犹未若是之酷”。这是很沉痛的话。他又恨那批患恐敌病者倡说“南北有定势，吴楚之脆弱不足以争衡于中原”的失败论。他在《美芹十论》和《九议》里都引项梁用吴楚子弟坑秦军、破函谷的史实，来击破他们以南北定勇怯的谬说。他主张迁都金陵，“必先内有以作三军之气，外有以破敌人之心”，以打开南宋“待敌则恃欢好于金帛之间，立国则借形势于湖山之险”的苟安局面。当时汤思退、史浩一批南方官僚仍奉行秦桧的投降政策，对民族志士压力很大。但是这种压力越大，引起正义人士的愤怒和反抗也越坚强。这是他豪放的文学风格成因的另一面。

三、辛弃疾一生为要解救北方沦陷区同胞而激起他的事业心和正义感，也激起他对南方偏安小朝廷里投降派的不满和鄙夷。但在专制政体之下，他既不能一意孤行，又绝不肯和这批他所鄙夷的人物同流合污。这点兀傲不平的气概和长久被扼抑的幽愤，交融酝酿，就成为他的豪放而兼带沉郁的文学风格。这是第三点。

这三种情感表现在他的作品里，见出他的政治思想和生活态度：

一、对南宋偏安局面的愤慨，像《贺新郎·赠金华杜叔高》的下片：

> ……起望衣冠神州路，白日销残战骨；叹夷甫诸人清绝。夜半狂歌悲风起，听铮铮阵马檐间铁。南共北，正分裂！

《贺新郎·答陈同甫》下片：

> ……事无两样人心别，问渠侬神州毕竟，几番离合？汗血盐车无人顾，千里空收骏骨。正目断关河路绝。我最怜君中宵舞，道男儿到死心如铁。看试手，补天裂！

这和陈亮（同甫）的原作“父老长安今余几？后死无仇可雪”“壮气尽消人脆好，冠盖阴山观雪，亏杀我一星星发！涕出女吴成倒转，问鲁为齐弱何年月？”等句并读，就可以想见他们当时扼腕悲歌的神情了。

二、他对南宋居高位的统治者，屡次表示斥责鄙视的态度。如“若教王谢诸郎在，未抵柴桑陌上尘”（《鹧鸪天》）是借读陶诗来说的；如“笑指儿曹，人间醉梦，莫嗔惊汝。……野马尘埃，扶摇下视，苍然如许！”（《水龙吟》）是借题任子严高风堂说的；如“学人言语，未会十分巧。看他们，得人怜，秦吉了”（《千年调》）是借题蔗庵卮言阁说的；他如《念奴娇·和赵晋臣》：“世上儿曹都蓄缩，冻芋旁堆秋瓞！”《卜算子·漫兴》：“李蔡为人在下中，却是封侯者！”《摸鱼儿·移湖南漕作》：“君莫舞，君不见，玉环飞燕皆尘土！”他把那批人比作浮垢尘埃、禽鸟瓜瓞和求宠邀怜的妾妇，这都是激于大义而投射以鄙视的目光，不是由于个人被压抑的牢骚。

在另一部分作品里，他对志同道合的朋友则是不断地鼓舞他们勇敢斗争，勉励他们早日完成恢复中原的事业，如《水调歌头·寿赵介庵》：“闻道清都帝所，要挽银河仙浪，西北洗胡沙。”同调《送施圣与帅江西》的结句：“贱子祝再拜，西北有神州！”《满江红·送信州郑舜举被召》：“此老自当兵十万，长安正在天西北。”《水调歌头·寿同乡巩采若》：“会看沙堤归去，应使神京再复，款曲问家山。”更著名的一首《水龙吟·寿韩南涧尚书》写道：

> 渡江天马南来，几人真是经纶手？长安父老，新亭风景，可怜依旧！夷甫诸人，神州沉陆，几曾回首。算平戎万里，功名本是，真儒事，君知否？

南涧（韩元吉）也是从北方来到南方的，他是辛弃疾的前辈词友，所以辛弃疾对他的属望特别殷切。这些虽然多半是送别祝寿的作品，但他在这些应酬里也不放过对朋友们鼓舞的机会。我们联想起杜甫当“安史之乱”时作《送樊二十三侍御赴汉中判官》《送从弟亚赴河西判官》诸首诗，可见大作家们对国家民族的关怀和对亲朋的勉励之诚。

三、辛弃疾在作品里表示他平生所仰慕的历史人物，有“隆中卧龙”诸葛亮（《水龙吟·咏瓢泉》《贺新郎·题傅岩叟悠然阁》），有“开边万里”的李广（《八声甘州·夜读李广传》），有“坐断东南战未休”的孙权（《南乡子·登北固亭》），有“金戈铁马，气吞万里如虎”的刘裕（《永遇乐·北固楼怀古》），有老不示弱的廉颇（同上），而对“政尔良难君臣事，晚听秦筝声苦”的谢安，也屡致对其身世遭遇的同情（《贺新郎·题赵兼善东山小鲁亭》），他通过这些历史人物表达自己的政治抱负。当被迫退休的时候，他常以陶潜自比，出仕则以诸葛亮、谢安自任，这见于作品里的不止三两处。史书上记载谢安一件故事：一天，他同王羲之登冶城，“悠然遐想，有高世之志”。王羲之拿“夏禹勤王，手足胼胝”的话勉励他。我们读弃疾晚年起知京口时作《生查子·题京口尘表亭》词：

悠悠万世功，矻矻当年苦。鱼自入深渊，人自居平土。

红日又西沉，白浪长东去。不是望金山，我自思量禹。

他这时正准备北伐，望金山而想起夏禹，也是把拯救北方沦陷区同胞的责任，自比为夏禹的治水。

同时，他作品里还多处提到他在南方被疑忌、被排挤的怨愤，也是用种种历史故事或成语来表达的。如《踏莎行·赋稼轩集经句》：

……去卫灵公，遭桓司马，东西南北之人也。长沮桀溺耦而耕，丘何为是栖栖者！

《水调歌头·淳熙丁酉被召》：

……孙刘辈，能使我，不为公。（用《三国志》辛毗语，指孙资、刘放。）

《满江红》：

不念英雄江左老，用之可以尊中国。叹诗书万卷致君人，空沉陆！

同调《和卢国华》等都是。他二十多岁初到建康时就说：

……落日楼头，断鸿声里，江南游子。把吴钩看了，阑干拍遍，无人会，登临意。　……倩何人唤取，红巾翠袖，揾英雄泪！（《水龙吟·登建康赏心亭》）

四十多岁在湖北时也说：

……长门事，准拟佳期又误。蛾眉曾有人妒。千金纵买相如赋，脉脉此情谁诉……（《摸鱼儿·淳熙己亥，自湖北漕移湖南……》）

直到晚年六十多岁在镇江还是说：

声名少日畏人知，老去行藏与愿违。小草旧曾呼远志，故人今有寄当归。

他在南宋四十年，就一直过着这种抑郁不平的生活。这些作品所表达的心情，我们是容易体会得到的。此外，辛词里有许多写闲适的作品，大半是他四十二岁以后和五十二岁以后被迫退休江西时作的，由于他的政治遭遇，使他这类闲适词也另有其气焰和光芒，如《西江月·遣兴》：

醉里且贪欢笑，要愁那得工夫。近来始觉古人书，信著全无是处。　昨夜松边醉倒，问松我醉何如。只疑松动要来扶，以手推松曰去！

全词写醉酒心情：欢之可贪，因为它暂得之不易；古书之不可信，因为当时南宋的社会现实已经不似古书里所说的。下片写出自己的倔强性格，就是他的《贺新郎》词所谓“北夏门高从拉攞，何事须人料理”（用《世说》和峤说任恺语）的意思。这样写闲适，和朱敦儒一班人的“拖条筇杖家家竹，上个篮与处处山”，显然是另一种心情。

他还另有一种作品，在风格上一般不用强烈激动的字句，语气也比较宽和，但字里行间却深深地渗透着沉哀茹痛、侘傺悲壮的情绪。著名的是《鹧鸪天·鹅湖归病起作》的下片：

……书咄咄，且休休。一丘一壑也风流。不知筋力衰多少，但觉新来懒上楼。

同调又有这样的沉吟：

……溪上枕，竹间棋。怕寻酒伴懒吟诗。十分筋力夸强健，只比年时病起时。

我们若了解他这时被迫退休在江西的心情，便会在这些词句的背后感到他的“髀肉复生”和“老死牖下”的愤慨。这种沉雄抑郁的情绪，隐藏在诗句里，成为一种弦外之音，绝不是山林隐士们悠闲自在的歌声。

总之，辛弃疾慷慨激昂恢复中原的正义呼号，对南宋昏庸统治者的鄙视笑骂，和低回往复诉述自己不平的幽愤，是他作品里时常吐露的几种情绪。这几种情绪交流杂糅，成为他豪迈奔放而又沉郁婉约的文学风格。这种生活情绪和文学风格的社会根源，是当时民族斗争中错综复杂的现实矛盾。他的政治态度和生活实践，使他一生的事业和文学充满了热烈的生命力。同时代的作家作品，可以和它齐光并耀的只有陆游的诗篇。

毋庸讳言，在上举各作品之外，当他晚年政治没有出路的时候，也不免作了一些情感不大健康的作品。不过，这种思想在他全集里不是主流，并且，在唐宋两代的词人里，他是这类作品最少的一家。

次论艺术造就。辛词在这方面有突出的四点：

一、善于创造生动的形象

民族反压迫斗争是辛弃疾全部作品的主要精神。他终生投入这场热烈的斗争，他在作品里创造的这场斗争中的英雄人物都是虎虎有生气的。如上文所引《贺新郎·赠陈同甫（亮）》诸词就是如此。他为自己写照的，如《破阵子·为陈同甫赋壮词以寄》的“醉里挑灯看剑”，《鹧鸪天·有客慨然谈功名……》的“壮岁旌旗拥万夫”，《水调歌头·舟次扬州……》的“落日塞尘起”等，也是如此。他是从反抗斗争里成长的人物，他的思想感情永远是跳跃奔腾的，所以在他的眼里，好像世上一切现象都在跳跃奔腾，连自然界也不例外。举他的写山各词作例：

> 叠嶂西驰，万马回旋，众山欲东。(《沁园春·灵山齐庵赋》)

畴昔此山安在，应为先生见晚，万马一时来。(《水调歌头·题玉峰楼》)

青山欲共高人语，联翩万马来无数。(《菩萨蛮·金陵赏心亭》)

巨海拔犀头角出，柬向北山高阁（柬，一作来、东；北，一作此。——编者注），尚依旧争前又却。(《贺新郎·积翠岩》)

峡束沧江对起，过危楼欲飞还敛。(《水龙吟·南涧双溪楼》)

其他像《贺新郎·题傅岩叟悠然阁》《沁园春·期思卜筑》《水调歌头·再用“游云洞”韵呈南涧》、同调《赋傅岩叟悠然阁》《摸鱼儿·山鬼谣》《归朝欢·题赵晋臣敷文积翠岩》等，也都是如此。他用许多动荡的形象意态来描写静止的自然界景物，把众山描绘成像奔腾驰骤的马群，像海上巨犀突出的头角，使这类风景词也充满豪气洋溢的生命力。前人以“烟水迷离”比喻词的境界，而辛词却是这样千山万壑的气势。（苏轼诗已用马群形容山，在词里却未有像辛弃疾写得这样跌宕的。）

我们再结合他的平生议论来看，他论国家大事和历史人物时常提到“生气”：早年作《美芹十论》上宋孝宗论恢复，开头以“符离之师，粗有生气”说起；后来作《九议》上虞允文，末了引越王勾践式怒蛙的故事，以“盖人而有气，然后可以论天下”作结。他怀仰陶潜说：“须信此翁未死，到如今凛然生气”（《水龙吟》）；称颂刘裕北伐说：“气吞万里如虎。”他自己咏怀，也屡说：“元龙豪气”“刘郎才气”。这所谓“生气”“豪气”“才气”，和当时政治背景及作者的民族自豪感、爱国精神、战斗生活都是有其内在的联系的。

二、善于运用浪漫的手法表达丰富的想象

辛词运用夸张的手法来写他的丰富的想象，如《水调歌头·用东坡韵叙太白东坡事答赵昌父》一首：

我志在寥阔，畴昔梦登天。摩挲素月，人世俯仰已千年。有客骖鸾并凤，云遇青山赤壁，相约上高寒。酌酒援北斗，我亦虱其间。　少歌曰，神甚放，形则眠。鸿鹄一再高举，天地睹方圆。欲重歌兮梦觉，推枕惘然独念，人事底亏全？有美人可语，秋水隔婵娟。

又如他的《太常引·建康中秋》的下片：

乘风好去，长空万里，直下看山河。斫去桂婆娑，人道是清光更多。

这两首一是概括《楚辞》和李白、苏轼诗意，一是用杜甫诗成语，同样写出他对光明境地的憧憬。

写光明的追求的反面是对丑恶现实的憎恨，最突出的有《哨遍·为赵成父题鱼计亭》的下片：

噫！子固非鱼，鱼之为计子焉知？河水深且广，风涛万顷堪依。有网罟如云，鹈鹕成阵，过而留泣计应非。其外海茫茫，下有龙伯，饥时一啖千里。更任公五十犗为饵，使海上人人厌腥味。似鲲鹏变化能几！东游入海此计，直以命为嬉。古来谬算狂图，五鼎烹死，指为平地。嗟鱼欲事远游时，请三思而行可矣！

《水龙吟·用些语再题瓢泉》的上片：

> 听兮清佩琼瑶些！明兮镜秋毫些！君无去此，流昏涨腻，生蓬蒿些！虎豹甘人，渴而饮汝，宁猿猱些！大而流江海，覆舟如芥，君无助，狂涛些……

这两词都作于被迫退休江西时，他假设为鱼作计，为泉择地，用《庄》《列》寓言、《楚辞·招魂》的体裁，写出自己对于所经历的黑暗险恶仕途生活的憎恶，都是激越动人的。

以上这些作品，写美好一面的，不是脱离现实、玩弄光景，而是塑造出光明俊伟的形象来和丑恶的现实作对抗，以加强人们对生活的意志。写不满现实一面的，也都精力弥满，不流于颓唐失志，使人激起对丑恶现实的憎恨。他这种种浪漫的想象和出色的表达，都是生活现实土壤上开出来的花朵。

三、多样化的风格

弃疾词以豪放著名。拿“豪放”一辞评辛词，主要是指他的奔放驰骤，生气蓬勃，上文所引各例已详。但辛词六百多首中，奔放驰骤的是一部分。这一部分虽然是他的主要的作品，却不能包括他的整个风格。他的词也有秾纤似《花间》体的，如《唐河传》（自注“效《花间》体”）：

> 春水，千里，孤舟浪起，梦携西子。觉来村巷夕阳斜，几家，短墙红杏花。　晚云做造些儿雨，折花去，岸上谁家女？太狂颠，那边，柳绵，被风吹上天。

这词以梦中西子，引起梦醒见花似见梦中人；下片又由花而见眼前人，末了以“柳绵，被风吹上天”喻迷离恍惚的梦境，回应开头的梦。全首空灵活泼，和他的《粉蝶儿·赋落花》同是一种旖旋而又豪放的情调：

昨日春如十三女儿学绣，一枝枝不教花瘦。甚无情便下得雨僝风僽，向园林，铺作地衣红绉！　而今春似轻薄荡子难久。记前时送春归后，把春波都酿作一江醇酎；约清愁，杨柳岸边相候。

他也有不少明白如话的作品，如《玉楼春》：

少年才把笙歌盏，夏日非长愁夜短。因他老病不相饶，把好心情都做懒。　故人别后书来劝，乍可停杯强吃饭。云何相见酒边时，却道达人须引满？

这首他自注："效白乐天体。"也有像朱敦儒和李清照的，如：

近来何处有吾愁、何处还知吾乐？一点凄凉千古意，独倚西风寥阔。剪竹寻泉，和云种树，唤做真闲个。此心闲处，未应长藉丘壑。休说往事皆非，而今觉是，且把酒樽酌。醉里不知谁是我，非月非云非鹤。露冷松梢，风高桂子，醉了还醒却。北窗高卧，莫教啼鸟惊著。（《念奴娇·赋雨岩效朱希真体》）

千峰云起，骤雨一霎儿价。更远树斜阳，风景怎生图画。青旗卖酒，山那畔别有人家。只消山水光中，无事过者一夏。　午醉醒时，松窗竹户，万千潇洒。野鸟飞来，又是一般闲暇。却怪白鸥，觑着人欲下未下。旧盟都在，新来莫是，别有说话？（《丑奴儿·博山道中效李易安体》）

此外，也有婉约秾丽像秦观、晏几道的小令的，如《临江仙》：

金谷无烟宫树绿，嫩寒生怕春风。博山微透暖熏笼。小楼春色里，幽梦雨声中。　别浦鲤鱼何日到？锦书封恨重重。海棠花下去年逢，也应随分瘦，忍泪觅残红。

如《祝英台近》：

宝钗分，桃叶渡，烟柳暗南浦。怕上层楼，十日九风雨。断肠点点飞红，都无人管，倩谁劝啼莺声住。　鬓边觑，试把花卜归期，才簪又重数。罗帐灯昏，哽咽梦中语。是他春带愁来，春归何处，却不解带将愁去！

这些都和他豪放驰骤的作品完全两样。这种能刚能柔，能豪能婉，不拘一格，纵横如意，又正是他“豪放”风格的另一表现。这原不是作意求奇，也不是有心求胜古人。这是他广博的生活经历、深湛的艺术修养的自然表现。没有他这种广博生活经历和艺术修养的人是不能勉强这样做的。

我们还要着重提到的是：北宋词从范仲淹、苏轼诸家以来，扩大它的内容，突破了花间派的风格，这本是文人词进一步的发展。但是北宋末年“大晟乐府”里出了一批以周邦彦为首的作家，却又逐渐退堕到花间派的旧路去了。比辛弃疾生年早一些的作家李清照，由于她早年生活环境的局限，她讥笑苏轼诸人的词“似句读不葺之诗”，并且提出“词别是一家”的主张，反对他们把诗跟词混淆起来的作法。后来明清时代李渔一班人论词，所谓“上不可似诗，下不可似曲”的论调，就是沿此而来的。李清照自以为能遵词体，其实却是束缚压缩它，使它走向狭窄没落的道路上去。这是李清照遭乱以前的论调，她晚年的生活却使她的创作实践突破了这些早年理论。我另有专文说此。辛弃疾由于有壮阔的生活内容，由于有比较正确的对生活的态度，决定了他的文学创作道路，他一开始就和周邦彦一班人另走一个方向。他把词看作一种独立的完整的文学形式，认为它可以抒写生活情感、反映社会现实。它原不是诗之“余”，也不是和诗完全隔绝的“别是一家”。他在运用多种多样的表达手法之外，并且更进一步融会多种多样的文学体制来表达、反映这广博复杂的生活内容和社会现实。如前文所举：他用《楚辞》体的有《木兰花慢·送月》等，用《招魂》体的有“再题瓢泉”的《水龙吟》、“为赵成父题鱼计亭”的《哨遍》，等等。这些还可以说近似于苏轼《哨遍》的檃栝《归去来辞》。在苏词里所未曾有的，辛弃疾还经常用汉赋铺张排比的作法，如《贺新郎·别茂嘉十二弟》叠用乌孙公主、卫庄姜、李陵、荆轲四件离别故事，很像江淹的《恨赋》《别赋》;《沁园春·灵山赋齐庵》的“似谢家子弟……”以下一段，也像杜牧的《晚晴赋》;《沁园春·将止酒》一首则用东方朔《答客难》、班固《宾戏》体；至于《哨遍》“题鱼计亭”的上片，论《庄子》“于蚁弃知，于鱼得计，于羊弃意”一段，则完全是议论散文。小令如《玉楼春·辨乐广对卫玠语》等，亦复如此。他这样做不仅打通了词和诗的界限，并且打通了词和辞赋、散文的界限。他所以这样做，也只是为了要更适合于反映他的广博复杂的生活内容，而不是有意在文学形式上求变化、弄技巧。后来的格律派作家讥笑他“以论为词”，是词中“别调”“旁门”，原是拘墟之见。赞成他的，说他“驱使《庄》《骚》经史，无一点斧凿痕”（楼敬思语），说他“《论》《孟》《诗·小序》《左氏春秋》《离骚》《史》《汉》《世说》《选》学、李杜诗拉杂运用，弥见其笔力之健”（吴衡照语），也还是皮相之谈。他们不从作者的壮阔的生活内容和豪迈奔放的性格来体会他的作品，是不能得到正确的解释的。

四、高度运用语言的能力

辛词运用语言，在唐宋词家中可说达到当时最高的成就，分两方面来说：

（一）继承文学语言方面

1. 扩大词的语言的内容，打破词的语言在温庭筠、韦庄以来所造成的狭窄框子。一切曾经为文人用各种体裁来表达思想的文学语言，他都能运用入词。

2. 继承并提炼宋代的新的文学语言以入词，如小说话本、儒家语录以及江西诗派所提倡的语言形式与技巧等等。

3. 譬喻、典故、成语的运用，从唐宋词传统的描写手法（以周邦彦为代表），到刻画、塑造、议论、叙述，扩大了词的语言——文学手腕的运用。以散文的语言为词的语言，是受北宋诗的启发和影响。

（二）在运用口语方面

运用口语本是民间词的本色。“敦煌曲子词”是其代表。温庭筠、韦庄以来的文人词走上士大夫的窄路。柳永、黄庭坚的用俗语，是以士大夫身份而作市人语，是市人文化的反映。他们是为填都市里巷的乐曲而用都市里巷的口语，不是有意识地以口语为词的文学语言的。至李清照乃有意识地提炼、运用口语为词的语言，造成她的作品的语言特色。辛弃疾扩大并提高这方面的绩业，造成有因有创的风格。

辛词用口语，从其丰富词的语言一点观之，可以肯定。从其生活面之广、艺术性之强、采用民间口语表达其特有的感情与内容观之，也可肯定。但他的作品本身仍是属于他自己的阶层的。因此，不能使其作品为广大群众所有、为广大群众所欣赏，这不能不说是他的文学语言的局限。

从苏轼一派作家以诗为词之后，词中便出现了许多书卷典故，这是唐代民间词和五代文人词中所没有的。辛弃疾比苏轼更进一步，在运用大量历史语汇之外，又运用大量民间语汇，并且把二者交融组织起来，自成特色，这是他对苏派词的发展。他的热烈的感情和高度的艺术修养，能指挥这许多典故和语汇，为他抒情服务。如《永遇乐·北固亭怀古》一首，通过孙权、刘裕及宋文帝三人的故事，写出自己对国事的看法和对韩侂胄草率北伐的不满。眼前风光，信手拈来，十分切当，这是他的长处。运用典故以表达其思想内容，不应笼统地指为“掉书袋”。当时岳珂讥笑这首词用事太多，其实是不正确的批评。

不过，辛词也确有些堆砌典故的作品，如《六幺令·用陆氏事送玉山令陆德隆……》一首，全篇用陆机、陆龟蒙、陆绩、陆贾、陆抗、陆贽、陆羽的故事。这是辛词的应酬笔墨，只是王安石、苏轼诸人文字游戏的仿制品罢了。

辛弃疾一生的愿望是恢复中原、拯救沦陷区人民，但是南宋统治集团只利用他的军事才能作为他们平“内乱”的工具。他从三十六岁击溃江西茶商军赖文政以后，做过江西、湖南、福建各省的大员，曾经好几次打击农民起义军。他在湖南时，向政府上过一篇《论盗贼札子》，中间有说：“田野之民，郡以聚敛害之，县以科率害之，吏以取乞害之，豪民大姓以兼并害之，而又盗贼以剽杀攘夺害之，臣以谓‘不去为盗，将安已乎？’正谓是耳。”这可见他对当时“官逼民反”这个严重的政治问题是有其认识的。但他是统治阶级人物，他说这些话的最后目的还是为巩固封建统治着想。在另一事实面前，他的议论就完全两样了。表现在文学上的，如《满江红·贺王帅宣子平湖南寇》:

> ……人道是、匆匆五月，渡泸深入。白羽生风貔虎噪，青溪路断鼪鼯泣。早红尘、一骑落平冈，捷书急……金印明年如斗大，貂蝉却自兜鍪出。待刻公、勋业到云霄，浯溪石。

这是淳熙六年贺王佐击败郴州陈峒之作。王佐在这次军事行动里诛杀很惨，（他后来对陆游说：“里中或谓仆以诛杀众，故多难，不知仆为人除害也。……深山穷谷得以滋息，而仆以一身当祸谴，万万无悔。”见陆游作的王佐墓志。这可见当时人对王佐的看法。）而弃疾却对他的“勋业”这样恭维。南宋末年刘克庄有一首《满江红·送宋惠父入江西幕》，是送宋普“平”南安三峒的，词的下片说：

> 溪洞事，听侬说：龚遂外，无长策；便献俘非勇，纳降非怯。帐下健儿休尽锐，草间赤子俱求活。

这是在统治者钢刀底下代无告穷民乞命的话，拿它来比辛弃疾这首词，辛弃疾是该有惭色的。

辛弃疾六百多首词里，虽然有一部分不健康的感情和统治阶级的观点，但比之其他宋词作家，就显得那是无损于他整个文学绩业之伟大。他的作品的感召力在宋词里是莫与比并的。历代以来凡是正视现实的作家，如和他同时的陈亮、刘过，后来的刘克庄、元好问、刘辰翁，一直到清代的陈维崧、文廷式等等，无不受他的影响或继承他的传统。只有张炎之流，诞妄地说辛弃疾的“豪气词非雅词也，于文章余暇戏弄笔墨为长短句之诗耳”，并且怀疑元好问的极力推尊辛词（都见于他的《词源》卷下《杂论》节）。这是由于他用形式主义的看法来评量这位大家。后世也有不少学辛词的人，由于无真情实感，往往叫嚣狂怪，堕入恶道。有些评论者便因此不满辛词，这是以学者之过归咎于作者，是作者不能忍受的。

总之，辛弃疾在宋代词坛上是飞将，是这种文学形式的最高成就者。我们知道，词这种文学形式，到了南宋那时，由于数百年来许多作家们辛勤绩业的积累，已经发展到将达高峰的地步。辛弃疾以那个历史时代卓越的作家，投身于那时代的战斗，运用、提高这种发展将达到高峰的文学形式作为战斗的武器，无疑地他会获得这种文学前无古人的成就。同时，也由于这个大时代里的广大人民对他的教育和鼓舞，使他的作品的精神力量反过来在当时和后代起了鼓舞人心的作用。

后 记

拙作另有《〈楚辞〉与宋词》，论辛词的继承文学传统；《辛稼轩的农村词》，论他的阶级局限，都见于《光明日报》的《文学遗产》。关于这两点，彼文已详，此不复赘。

（1959年5月，改成于杭州大学）

读辛弃疾的词

南宋杰出的爱国词人辛弃疾，是中国文学史上最光辉的诗人之一。他生于宋高宗绍兴十年（1140），逝世于宁宗开禧三年九月初十日（1207年10月3日），今年是他逝世七百五十周年纪念。

在词坛上，苏（轼）、辛（弃疾）并称为两宋豪放词派的领袖，而两家的成就不同。苏词“一洗绮罗香泽之态，摆脱绸缪宛转之度”（宋人胡寅《酒边词序》语），变花间、欧晏儿女之词为士大夫之词。辛词“大声镗鞳，小声铿訇，横绝六合，扫空万古”（刘克庄《后村大全集》卷九十八），更以慷慨悲愤的感情，振作为英豪雄杰之气，扩大了宋词的境界。这不仅因为他们的学问修养不同，主要还是由于他们两家有着不同的历史环境、性格、生活遭遇和对生活的态度。

辛氏平日议论屡说“生气”，如论陶潜曰“凛然生气”，祭朱熹曰“凛凛犹生”，二十六岁作《美芹十论》，从“符离之师，粗有生气”说起，三十一岁作《九议》，以“盖人而有气，然后可以论天下”作结，可见他思想感情的一斑。这由于他出生在南宋初年，正是我国历史上民族矛盾大爆发的一个时代，他的故乡山东，又是当时斗争最激烈的地方。他诞生后一年，正是汉奸秦桧杀死民族英雄岳飞、订立“绍兴和约”的一年（在他诞生以前十三年，宋朝更遭到可耻的“靖康之难”）；当他二十多岁奉表南归后，又值高宗（赵构）、孝宗（赵昚）和金人罢战求和，订立“隆兴和约”，四十年苟安江南的局面。直到宁宗（赵扩）时，韩侂胄不听辛氏忠谏，盲目伐金失败，宋金订立“开禧和约”（即嘉定和议。——编者注），这时辛氏已忧愤而死一年了。他一生就处在这种内忧外患、民族斗争最严重的年代。他早年反抗金人侵略，志在“雪耻酬百王，除凶报千古”，和当时主战的爱国志士陈亮、陆游、朱熹等相交，砥砺抗敌，抒发爱国思想，期望恢复中原，这就使他的一生事业和文学处处交织着时代精神，充满了热烈的生命力，这是他和苏词不同的主要原因，也是他的艺术成就有其独特风格的来源。

辛词留存下来的有六百多首，是唐宋词人中数量最多、价值最高的。要说辛词的特征，不是这篇短文所能叙述的，现在只举他的几类具体作品，试谈他的艺术表现和手法：

他是从反抗斗争生活中成长的人物，在他的眼里，好像世上一切现象都是动荡奔腾的，连静止的自然界景物也不例外。孔子以“仁者寿”称山，来赞美它的静定，但辛词写山的却是：

> 叠嶂西驰，万马回旋，众山欲东。（《沁园春·灵山齐庵赋》）

> 畴昔此山安在，应为先生见晚，万马一时来。（《水调歌头·题玉峰楼》）

青山欲共高人语，联翩万马来无数。(《菩萨蛮·金陵赏心亭》)

巨海拔犀头角出，东向北山高阁，尚依旧争前又却。(《贺新郎·积翠岩》)

峡束沧江对起，过危楼欲飞还敛。(《水龙吟·南涧双溪楼》)

其他像《贺新郎·题傅岩叟悠然阁》《沁园春·期思卜筑》《水调歌头·再用“游云洞”韵呈南涧》《水调歌头·赋傅岩叟悠然阁》《山鬼谣·雨岩有石，状怪甚，取〈离骚〉〈九歌〉名曰“山鬼”，因赋〈摸鱼儿〉，改今名》《归朝欢·题赵晋臣敷文积翠岩》等描写山的词，他总是用许多跃动的形象、生动的意态来描写这静止的自然景物，拿生命力极活跃的马和犀来作山的比喻，把众山描绘成奔腾西驰的马群，那跃动的情势，恰如万马一时奔来。有的山峰却又像海上巨犀突出的头角，那种峥嵘突兀的形象，跃然而出，真是前人咏山的诗词中所少有的，使这类风景诗充满着豪气洋溢的生命力。前人以“烟水迷离”比喻词的境界，而辛词却是这样万马奔腾的意态！他以动写静，使自然界静定的景物具有动态的美，不仅是他的艺术手法，而且是诗人战斗的生活、刚毅沉雄的性情和英雄的豪迈气概的真实体现。这是其一。

自然景物之外，他评论人物，也看重他们有生气的一面。如陶潜，前人认为“隐逸诗人之宗”，而辛氏的《水龙吟》却说道：

老来曾识渊明，梦中一见参差是。觉来幽恨，停觞不御，欲歌还止。白发西风，折腰五斗，不应堪此。向北窗高卧，东篱自醉，应别有、归来意！　须信此翁未死，到如今、凛然生气。吾侪心事，古今长在，高山流水。富贵他年，直饶未免，也应无味。甚东山何事，当时也道，为苍生起。

《贺新郎·再用前韵赋停云》的下半首说：

元龙百尺高楼里，把新诗、殷勤问我，停云情味。北夏门高从拉攞，何事须人料理。翁曾道繁华朝起。尘土人言宁可用，顾青山、与我何如耳。歌且和，楚狂子。

又把他比作诸葛亮，《贺新郎·寄陈同甫》说：

把酒长亭说，看渊明风流酷似，卧龙诸葛。

《玉蝴蝶·杜仲高书来戒酒，用韵》中说：

往日曾论，渊明胜似卧龙些。

《贺新郎·题傅岩叟悠然阁》中说：

到君家悠然细说，渊明重九。晚岁凄其无诸葛，唯有黄花入手。更风雨、东篱依旧。

宋人论陶潜的，只朱熹和辛氏最有突出的见解，他们都从性气一面看陶潜的人格表现。朱熹说："隐者多是带性负气之人为之，陶欲有为而不能者也。"这和辛氏的见解是一致的。后来清代龚自珍作《读陶诗》三首，其一云："陶潜酷似卧龙豪，万古浔阳松菊高。莫信诗人竟平淡，二分《梁父》一分《骚》。"第一句自注"语意本辛弃疾"，也和辛氏持相同见解。近来鲁迅论陶，也是从积极一面来看陶潜的人格，也可见辛氏的见解是对的。

辛氏在词中评论人物，不但看重他们有生气的一面，他还仰慕古代"悠悠万世功"的大禹、"一棹归来"的范蠡、"短衣匹马"的李广、"坐断东南战未休。天下英雄谁敌手"的孙仲谋，赞美"为苍生起"的谢安、"气吞万里如虎"的刘裕。直到晚年，还以廉颇自喻，表扬那种老当益壮、宁死不屈的英雄气魄。这是其二。

其三，我们还要看他怎样抒写自己的生活。他诗集里有许多写战斗生活和怀念这种生活的作品，像《破阵子》“醉里挑灯看剑”、《水调歌头》“落日寒尘起”等等，都是传诵的名篇，谈过的人很多了。我这里且谈谈另外的一种。他在四十二岁以后和五十二岁以后，因为被朝廷谏官诬蔑，在江西上饶和铅山过了二十多年投闲置散的生活。在这两个时期，他写了许多“闲适”的词（这类作品占了他全部作品的大部分，比写战斗生活的还要多），但是，他和朱敦儒一班人的闲适词不同，由于他的生活内容和对生活的积极态度，使这类作品另有一种气焰和光芒；它不是渊渟沉静的幽潭，而仍然是奔腾跳跃的山瀑和急湍。举《西江月·遣兴》一首为例：

醉里且贪欢笑，要愁那得工夫。近来始觉古人书，信著全无是处。　　昨夜松边醉倒，问松我醉何如。只疑松动要来扶，以手推松曰去！

全词只是写读书饮酒的悠闲生活，而傲兀不平如此。（下片写大醉神情，尤是从未曾有；言外之意，也许不仅仅是写醉酒。）这和朱敦儒的“拖条节杖家家竹，上个篮舆处处山”显然是另一种心情和境界。又如《清平乐·独宿博山王氏庵》：

绕床饥鼠，蝙蝠翻灯舞。屋上松风吹急雨，破纸窗间自语。　　平生塞北江南，归来华发苍颜。布被秋宵梦觉，眼前万里江山。

也是写一个幽静境界，而上片却用了四种动荡的景物，结尾二句，念念不忘中原之情，见于言外。以词的形式来看，短章小令作这种声调，也是《花间》和欧、晏诸家作品意境的扩大。

辛氏在失意潦倒的时候，也偶然流露消极的情感，但是很少作颓唐衰飒语，如《菩萨蛮》的下片：

人言头上发，总向愁中白。拍手笑沙鸥，一身都是愁。[1]

如《乌夜啼》的下片：

千尺蔓，云叶乱，系长松。却笑一身缠绕、似衰翁。

这些本是一般的叹老语，他却檃栝古人诗句，以幽默谐笑的态度出之。可见他的情感永远是趋向积极的，作品的色彩是明朗的。他写这种平静低沉的生活情绪，不是喑呜叱咤，而是爽朗响亮的笑声。这是其三。

这是辛词关于写自然景物、人物和生活情感显而易见的三个方面。这几类作品中，诗人以动写静，以奔放写闲逸，以英豪雄杰的气魄充实于短章小令中，使词的形式与意境为之扩展。这在苏轼和其他豪放派的作品里是不多见的。

其四，还应着重举出另一类作品，这类作品和以上所举的三类不同，在风格上初看也并不显眼，其实是辛词中一个重要的方

[1]《菩萨蛮》咏沙鸥，似用白居易的诗意。《白氏长庆集》卷十五《白鹭》诗："人生四十未全衰，我为愁多白发垂。何故水边双白鹭，无愁头上也垂丝。"与辛氏同时的杨万里也有《叹老》一首云："老来无面见毛锥，犹把闲愁付小诗。若道愁多头易白，鹭惊从少发成丝。"（见杨氏《诚斋诗集》卷七）《乌夜啼》咏松，是用苏轼诗，《苏诗集成》卷四十《和陶岁暮作，和张常侍》有云："有如千丈松，常苦弱蔓缠。养成岁寒枝，会有解脱年。"

面，不能不多论述几笔。这些词在表面上一般不用强烈和激动的字句，语气也比较宽和，外表近似朱敦儒诸家之作，但字里行间却深深地渗透着诗人沉哀茹痛的情绪和侘傺悲壮的心情，构成辛词中一个独特的音调和风格。著名的一首《鹧鸪天·鹅湖归病起作》的下片，就表现得很清楚：

书咄咄，且休休。一丘一壑也风流。不知筋力衰多少，但觉新来懒上楼。

同调又有这样的沉吟：

溪上枕，竹间棋。怕寻酒伴懒吟诗。十分筋力夸强健，只比年时病起时。

我们若了解辛氏一生的遭遇和这时退隐江西乡间的心情，便会在这些词句背后感到这位爱国志士“髀肉复生”和“老死牖下”的愤慨。这种沉雄抑郁的情绪，虽然隐藏在诗句里，成为一种弦外之音，但绝不是山林隐士们悠闲自在的歌声。

这类作品还有更高一层的成就，那就是词人摧刚为柔，合豪放和婉约为一手的艺术表现力，这种风格的成因，和他的历史环境和身世遭遇是有深刻的关系的。

在南宋偷安苟活的小朝廷统治之下，前面提到的那些耻辱的和约与偏安的局势下面，是士气最消沉的年代。辛氏刚强的性格、豪迈的气概和锐意北伐的长图大志，和他那忧国忧民的悲壮激烈的怀抱，在当时是绝不能见容于怯懦偷生的统治者的。他们想利用他时，又怕不易驾驭，要他“养迈往之气，日趋于平”，或者“益平豪爽之气，而见温粹之容”（皆见除官制词）；一脚踢开他时，便诬陷他“肆厥贪求，指公财为囊橐；敢于诛艾，视赤子犹草菅”（见落职罢官词）。本来，宋太祖因部下拥立而得天下，对武臣素有戒心，所以压抑武将，成为宋朝统治一贯的成法。在太平时，以狄青的大功，稍露头角，就横遭摧折；况辛氏在南宋是一位北方归正的武将，处在“南北之士必大相为斗”（见辛氏上虞允文《九议》之九）的偏安局面下，其必受打击排挤是无足怪的。他既不肯同流合污，又不能施展其抱负，并且不得肆所欲言，于是只有收敛锋芒，化百炼刚为绕指柔。淳熙六年，他四十岁，从湖北调官湖南，临别时作了一首《摸鱼儿》，就是抒写这种心情的代表作：

更能消、几番风雨。匆匆春又归去。惜春长怕花开早，何况落红无数。春且住。见说道、天涯芳草无归路。怨春不语。算只有殷勤，画檐蛛网，尽日惹飞絮。　　长门事，准拟佳期又误。蛾眉曾有人妒。千金纵买相如赋，脉脉此情谁诉。君莫舞。君不见、玉环飞燕皆尘土。闲愁最苦。休去倚危栏，斜阳正在，烟柳断肠处。(《淳熙己亥，自湖北漕移湖南，同官王正之置酒小山亭，为赋》)

这首词用美人香草的字面，而内容却是国族之忧，身世之感，可以说是遥接《楚辞》的传统的。他在此前八九年，作上虞允文的《九议》，曾说：

朝廷规恢远略，求西北之士谋西北之事，西北之士固未用事也，东南之士必有悻然不乐者矣。缓急则南北之士必大相为斗，南北之士斗，其势然也。

这词下片所云，也许就是隐指这个民族矛盾之下的宋朝廷统治集团的悲剧——南方偷安怯懦的统治者和从北方沦陷区来的民族志士之间的冲突。这和屈原反对昏庸的贵族统治者的心情是相近似的。“蛾眉曾有人妒”几句，也同《离骚》一样：“众女嫉予之蛾眉兮，谣琢谓予以善淫。”从个人的遭遇说起，而他的背景是全社会的。再看它上片从大局亟亟（以风雨落花作比），说到自己力不从心（像蛛网留春）；下片从自己遭忌（蛾眉被妒）、小人得志（燕、环歌舞），说到国势危蹙；以之比附《离骚》，岂不就是“惟党人之偷乐兮，路幽昧以险隘。岂余身之惮殃兮，恐皇舆之败绩”的心情吗？宋人罗大经《鹤林玉露》卷十中说这首“词意殊怨，‘斜阳烟柳’之句，比之‘未须愁日暮，天际乍轻阴’者异矣”。但这样深微婉约的词，却深刻反映出了南宋王朝的腐朽现实，表现了对昏主和奸臣无比的憎恨，流露出词人热爱祖国的无限忠诚，它是继承《离骚》的爱国传统的。

南北宋间人写国难的词，也有慷慨激昂、大声疾呼的，像张孝祥的《六州歌头》、张元幹的《贺新郎》、陈亮的《水调歌头》等都是。陈亮的“尧之都，舜之壤，禹之封。于中应有一个半个耻臣戎”（《水调歌头·送章德茂大卿使虏》）、“父老长安今余几？后死无仇可雪；犹未燥当时生发”（《寄辛幼安和见怀韵》）诸作，尤其激烈。但张、陈是文士，是南方人，而辛氏则是武将，是北方归正军人。身份不同，处境不同，他的议论便要有分寸了。他写国难、写民族矛盾的，也有“谁道投鞭飞渡，忆昔鸣髇血污，风雨佛狸愁”（《水调歌头》）和“起望衣冠神州路，白日销残战骨，叹夷甫诸人清绝”（《贺新郎》）这一类悲壮慷慨的词句，但是一接触到他和统治者的冲突时，便不能不变成低沉压抑、哀愁宛转的唱叹了。这犹之岳飞的《小重山》：“欲将心事付瑶琴，知音少，弦断有谁听。”前人说它是和他的《收复河南罢兵表》的心事相同的。辛氏《摸鱼儿》一类词，也应作如是观。我以为像《摸鱼儿》一类词，可以用八个字来形容它：“肝肠如火，色笑如花。”热烈的情感和内容，而以缠绵婉约的语调表达出来，这是他不得已之情，却依然能使词的境界达于极峰。梁启超在《艺蘅馆词选》中赞美这首词：“回肠荡气，至于此极，前无古人，后无来者。”近人刘永济论文，有“阳柔阴刚”的说法——火，阳也，而火光蓝柔至美，阳柔也；水，阴也，而坚冰千里，阴刚也（大意如此，未检原文）。这也可以拿来说辛氏这类词。

辛氏这类词，以分量说，不及他的豪放词（这无碍于它是绝作），南宋作家学辛词的，如刘过的《龙洲词》、程珌的《洺水词》、刘克庄的《后村别调》、陈经国的《龟峰词》等等，都是学他的豪放一类。姜夔晚年也受辛氏豪放词的影响（见拙作《论姜夔词》，《文学研究》创刊号）。他摧刚为柔的作品，对当时和后来的影响虽然不大显著，但我们读宋末元初许多爱国遗民的词，便碰见不少和辛氏这类词相像的面影。举元初凤林书院编的《名儒草堂诗余》为例，它所录如刘辰翁《兰陵王·丙子送春》、詹玉的《霓裳中序第一·咏宣和古镜》《三姝媚·古卫舟》、彭元逊的《满江红·牡丹》、赵文的《八声甘州·和孔瞻怀信国公韵，因念亦周弟》等等，都是以美人香草之辞写国族沦亡之痛，正是很近辛氏这类作品的。我们原不能说这些都出于辛词（它的来源是多方面的，近的有秦观、周邦彦一派的婉约词，远的有《九歌》《九章》和《离骚》），但就他们的身世遭遇和作品的内容来看，大部分是和辛词相类似的。辛词在当时声名很大（《摸鱼儿》一首并且被元代曲家编为“十大曲”之一，可见从来传诵之盛），其影响词坛，该是很自然很可能的[1]。我们谈辛词的影响，只知其豪放一面，而忽略了这另一面，是偏而不全的。

我们还不能不提到，宋词从苏轼之后，豪放和婉约两派互相排诋。婉约派奉秦观、周邦彦诸家为宗，诋苏词是“别调”，是“句读不葺之诗”。苏派词人则不满他们“绮罗芗泽之态”“柔靡无骨”。这是两派的矛盾，也是两派的缺点。到了辛氏，由于他的身世遭遇，写出这类摧刚为柔的词，却统一了这两派长久不能调和的矛盾，而又融化为自己的手法，把宋词更提高了一步。我们结合他的思想感情和艺术成就来说：豪放是其人其词的本色，但他也有婉约的词作。合豪放、婉约二者，成为辛词独特的风格。他这类作品在宋文学里是璀璨的珍宝，它的影响使宋词放射其最后的光芒，这在我国文学发展史上是应该特书一笔的。

（1957年8月31日，浙江师范学院）

[1] 辛词在南宋的影响是随时代而异的。从宁宗开禧以后，南北和局破裂了，理宗宝祐以后，蒙古势力南逼，偏安小朝廷的政局日趋解体，抱国族沦丧之忧的知识分子，以这种文学作救亡的呼号。辛词慷慨激昂的感染力，因此扩大。刘克庄、陈经国诸家学辛词豪放的作品，就是这个历史现实的反映。南宋覆亡之后，在元人统治之下，知识分子所受的压迫，甚于辛氏所处的时代，所以刘辰翁、赵文诸家的作品，沉哀茹痛也正如辛词。若说刘、赵诸词和《楚辞》情感有相通之处（卓人月《词统》，以《小雅》、楚《骚》比刘辰翁的《兰陵王·丙子送春》），则辛氏《摸鱼儿》诸词也正如此。辛氏这两种词的影响，前者显而后者隐。从来词论家对后者似乎还注意不够，所以我在这里多说了一些。

论陈亮的《龙川词》

陈亮（1143—1194），字同甫，号龙川，浙江永康人。是南宋的哲学家、政论家、词家。他提倡事功，在当时的“浙东学派”里自成一个体系，称为“永康学派”。他自负其文是：“堂堂之阵，正正之旗，推倒一世之智勇，拓开万古之心胸。”（见寄给朱熹的信）他很少作诗，却有四卷长短句词。今传《龙川词》一卷，仅三十首，加以后人补辑的，一共也只有七十多首。他对于词，有其不同于当时一般词人的看法和作法。这里谈谈他结合政治议论的作品。我认为，他这一部分词应该是宋词里估价很高的作品，在文学史上有其突出的地位。可是历来撰文学史的不曾注意到它，有的在论宋词的章节里并且没有提到《龙川词》。

陈亮有一位很挚密的学侣叶适（1150—1223，永嘉人，南宋“浙东学派”领袖之一），在陈亮死后，为他作了一篇《书龙川集后》，中间有这样几句话：“（亮）有长短句四卷，每一章就，辄自叹曰：‘平生经济之怀，略已陈矣！’余所谓‘微言’多此类也。”这里所说的“微言”，在叶适为陈亮作的文章里屡次提到。

另一次见于他的《龙川文集序》："同甫微言，十不能解一二。"又一次见于他的《祭陈同甫文》："子有微言，余何遽知！"意思都是说陈亮平生的言论在他看来有许多是不大可了解的。对陈亮论词的话，也同样使他有"不能解"的感觉。其实，叶适这样怀疑陈亮论词，是并不足怪的。我们知道，词在南宋时，固然已经不复晚唐五代"花间"派娱宾遣兴之作，但"花间"的影响在那时还不曾淘洗净尽。有些人还认为词只可以抒写个人的闲情幽怨，有些人把它看作不登大雅之堂的余技小道。叶适就是后一种人。而陈亮却说他自己的词里有"平生经济之怀"，这是当时一般词人的作品里所不曾有过的内容，在叶适听来自然是"不能解"的"微言"了。南宋陈振孙作《直斋书录解题·龙川集》下，也说："《外集》皆长短句，极不工，而自负以为经纶之意具在是，尤不可晓。"可是陈亮的词却是因为有了这些内容而突出于当时的词坛，成为它独有的特色。

陈亮词这种作风，不仅叶适不会了解，一般婉约派词家不肯尝试，就是他的前辈张元幹、张孝祥诸词人以及与他志同道合的大词家辛弃疾，也不曾这样做过。我们知道，南北宋之交，张元幹、张孝祥诸人曾经拿词这种文学形式作为向投降派斗争的政治武器，可是他们没有把政治议论写进词里去。辛弃疾早年作《美芹十论》及《九议》，和陈亮的《中兴论》《上孝宗皇帝书》是同类的救亡抗敌的大议论，但在他的《稼轩词》里却看不出《十论》《九议》的议论。就我所知，在宋代词家里，能够自觉地这样做，而且做得这样出色——内容是政治，写出的却不是政治语汇的堆砌，就只有陈亮一人，只有他的《龙川词》里有这一部分作品。

陈亮的词被后人归入“苏、辛词派”。他和辛弃疾都是始终主张收复中原、反对向敌人投降的民族志士，他们的词无疑是互相影响、互相启发的。陈亮写这类结合政治议论的词篇有几首《贺新郎》，就是和辛弃疾互相酬唱的作品。我们论陈亮的词风，就可以从这几首《贺新郎》说起。这里要先叙述一件他二人共同策划恢复大计的政治行动，这就是这几首《贺新郎》的历史背景和创作动机。

陈亮在孝宗淳熙五年（1178）作《上孝宗皇帝第一书》，鼓励孝宗应该掌握“今日大有为之机，不可苟安以玩岁月”。淳熙十四年（1187）十月，那个患恐敌病的八十老人宋高宗赵构死了，陈亮以为这是鼓舞宋孝宗进行北伐的好机会。次年四月他《上孝宗书》说：“高宗皇帝春秋既高，陛下不欲大举以惊动慈颜，抑心俯首，以致色养……今者高宗皇帝既已祔庙，天下之英雄豪杰皆仰首以观瞻陛下之举动。陛下其忍使二十年间所以作天下之气者，一旦而复索然乎？”他在上书孝宗之后，还离家往金陵、京口两处观察军事地形，又往江西上饶访辛弃疾，并写信约朱熹来共商恢复大计。这就是辛、陈两家词里所谓“鹅湖之会”。朱熹当时并没有来赴约，他后来答陈亮的信说：“奉告老兄，且莫相撺掇，留取闲汉在山里咬菜根……古往今来多少圣贤豪杰，韫经纶事业不得作，只恁么死了底何限；顾此腐儒，又何足为轻重？”依这种语气看来，他好像是有意不来参加的。也许因为他比较那些在野的人多知道一些朝廷里的气候，他这时已经预感到恢复之事“次第八九分是且罢休矣”！所以陈亮这次政治策划，虽然得到辛弃疾的热情支持，结果仍是全盘落空，只留得两家几首激昂慷慨的唱和词传诵至今，引起后人无限同情。

“鹅湖之会”的次年，陈亮就以被诬杀人罪又一次下狱。这次狱事，据记载说是由于一个乡人名吕天济的被人打死而引起的。但陈亮在出狱之后写给各交游的谢启，屡次提起“当路见憎”的话，可见这次冤狱的原因相当复杂。《宋史》本传记他在淳熙十五年上书之后，“在廷交怒，以为狂怪”。他的一系列政治主张引起当权派的不满，很可能与这次冤狱有关。

我们谈了他这次政治行动的经过，再来读他在“鹅湖之会”前后所作的几首词篇，看看他是怎样将经济之怀融合入词的。

《念奴娇·登多景楼》：

危楼还（疑是“远”字之错）望，叹此意今古几人曾会？鬼设神施，浑认作天限南疆北界。一水横陈，连冈三面，做出争雄势。六朝何事，只成门户私计！　因笑王谢诸人，登高怀远，也学英雄涕！凭却江山，管不到河洛腥膻无际。正好长驱，不须反顾，寻取中流誓。小儿破敌，势成宁问彊对（“彊对”是强敌的意思，见《三国志·陆抗传》：“外御彊对。”各本误作“疆对”）。

这首词作于淳熙十五年（1188年，在“鹅湖之会”的前数月）往金陵、京口看察军事地形的时候（多景楼在京口）。《宋史》本传：“高宗崩，金遣使来吊，简慢。……亮感孝宗之知，至金陵视形势，复上疏云云。”上疏里说自己看察之后，才知道古今论这两处形势的都未能深识天地设险之意。“京口连冈三面，而大江横陈，其势大略如虎之出穴，而非若穴之藏虎”，就是说其势宜于进取，而不宜于退守，天意绝不是要以这条大江划分南北，使南人自限南方一隅，自外于一统的中国的。又说：从东晋以来，经历六朝到隋代，南北分裂三百多年，但是“南师之谋北不知凡几”，还总是要恢复北方故土，“未闻有如今日之岌岌然以北方为可畏，以南方为可忧，一日不和，则君臣上下朝不能以谋夕也”。这篇议论和这首词正是大意相同。

“鹅湖之会”后，陈亮别辛弃疾归永康。辛弃疾作《贺新郎》词寄陈亮，词中称赞陈亮：看“渊明风流酷似卧龙诸葛”。叙这次聚会的心情：“剩水残山无态度，被疏梅料理成风月。两三雁，也萧瑟。”末了抒写对国事的慨叹：“铸就而今相思错，料当初费尽人间铁。长夜笛，莫吹裂。”他二人对这个《贺新郎》调子共唱和了两三次。

陈亮第一首和词说：

> 老去凭谁说？看几番神奇臭腐，夏裘冬葛。父老长安今余几？后死无仇可雪；犹未燥当时生发。二十五弦多少恨，算世间那有平分月？胡妇弄，汉宫瑟。　　树犹如此堪重别！只使君从来与我，话头多合。行矣置之何足问，谁换妍皮痴骨？但莫使伯牙弦绝。九转丹砂牢拾取，管精金只是寻常铁。龙共虎，应声裂。

这词上片“父老长安今余几……犹未燥当时生发”几句，是用北魏拓跋焘的话。陈亮在《中兴论》里也曾经引用这个故事，并写出和这词同样的感慨：北方沦陷已经五十多年了，中原父老相继老死，后生出世于北方统治之下，也就认人作父，忘了故主。南北朝时，宋文帝北伐，向北魏索取河南故地。魏主拓跋焘说："我从出世胎发未燥时，即知河南是我境土，那得说是南朝故地！"现在的情况也正如此。若再放过了现在这段时期，不急图恢复，时过境迁，北方百姓又知我是谁？这首词就是概括了《中兴论》这段话的内容。第二首和词说：

离乱从头说，爱吾民金缯不爱，蔓藤瓜葛。壮气尽消人脆好，冠盖阴山观雪，亏杀我一星星发！涕出女吴成倒转，问鲁为齐弱何年月？丘也幸，由之瑟。　　斩新换出旗麾别，把当时一桩大义，拆开收合。据地一呼吾往矣，万里摇肢动骨。这话欛只成痴绝！天地洪炉谁扇鞴，算于中安得长坚铁？淝水破，关东裂！

"壮气尽消人脆好"数句，有他的《上孝宗皇帝第一书》中一段话可作印证。上书主张迁都建业，说钱塘一隅之地，秦桧因为要固定他的求和政策，在这里大兴土木，制礼作乐，来粉饰承平，风俗便日趋奢靡。官僚们又在这里造园囿台榭，作偷生享乐的打算。掌握朝廷大权的多是江浙闽蜀一班平凡的人才。"陛下据钱塘已耗之气，用闽浙日衰之士，而欲鼓东南习安脆弱之众北向以争中原，臣是以知其难也！"这些话是对当时南方官僚集团尖锐的指斥。绍兴、乾道年间，有个小官僚曾协著了一部《云庄集》，中有一篇题名《宾对》的文章，大旨是说安享太平为浑穆之王风，恢复中原为战争之霸术。这足以代表当时投降派的谬论，也正是陈亮在政论和词篇中所指斥的对象。

陈亮还有一首《水调歌头·送章德茂大卿使虏》词，后来编为《龙川词》的压卷第一首：

不见南师久，谩说北群空！当场只手，毕竟还我万夫雄。自笑堂堂汉使，得似洋洋河水，依旧只流东？且复穹庐拜，会向藁街逢。

尧之都，舜之壤，禹之封。于中应有一个半个耻臣戎！万里腥膻如许，千古英灵安在，磅礴几时通？胡运何须问，赫日正当中。

这是"鹅湖之会"的前四年（1184）送章森出使金国贺正旦之作。《龙川文集》（十九）有《与章德茂侍郎》几封信说：从绍兴三十一年完颜亮南侵，至今将近三十年，从乾道元年向金称侄求和，至今又二十三年，目前文恬武嬉，都作永久偷安之计，但依时势看来，恐怕必不可能。又说：主上有意北伐，而臣下没有能够担当大任的人，这是士大夫的羞耻，国人能知道这羞耻的人实在太少了！他在《上孝宗皇帝第一书》里也说："南师之不出，于今几年矣，河洛腥膻而天地之正气郁而不得泄，岂以堂堂中国而五十年之间无一豪杰之能自奋哉？其势必有时而发泄矣。苟国家不能起而承之，必将有承之者矣。"《上孝宗皇帝第一书》作于这词之前五六年，而书、词议论相同，可知他在这几个年头里"念兹在兹"的心情。

陈亮表达其爱国思想的词不仅这几首，但这几首词最能见出他热烈激越的感情，也最能说明他的词是怎样结合他的政治议论的。本来，陈亮这些政治议论都是明见于他的著作里的，可是后来不曾有人把它列举出来和他的词篇对读。他的好友叶适也不曾这样做，所以会将陈亮的"自叹"认为是"不能解"的"微言"。陈亮既已以这种种议论写为奏议、为书函、为论著，而又以之入词。有的既已入词，而又以之为奏议、为书函、为论著。这样不厌重言累语，正由于他自负“经济之怀”不能默焉自已。这是他爱国热情的表现，绝不是有意要以文字见异于人，如世所谓“以诗为词”“以论为词”的文人见识。我们知道，宋元人也有以政治语汇入词的，如徐鹿卿的《水调歌头·贺史宰受荐》(见《彊村丛书》本《徐清正公词》)，陆文圭的《金缕曲·代送同僚》(见四印斋刻《宋元三十一家词》本《墙东诗余》)，那些都是庸俗的应酬恶札，读来使人失笑。我们读陈亮的《念奴娇》：“凭却江山，管不到河洛腥膻无际。正好长驱，不须反顾，寻取中流誓。”读他的《贺新郎》：“父老长安今余几？后死无仇可雪；犹未燥当时生发。”尤其是送章德茂使金的《水调歌头》：“尧之都，舜之壤，禹之封。于中应有一个半个耻臣戎！”这般喷吐迸发的热情，激越高昂的声调，在整部唐宋词里，表达爱国赤诚的作品，可以跟它并比的能有几何？我们读陈亮这些词，虽然知道这和他的《上孝宗皇帝书》《中兴论》等议论完全相同，但当我们给这些词的思想感情所吸引时，又何暇问它哪些像政论，哪些像散文，只觉其光耀眼，其热炙手，一团爱国赤诚而已。寻常吟人词客，哪能办此！

我们读了陈亮这些政论词，在研究他的思想感情根源之前，还得先谈谈他的词和政论的风格，试分三点来说：

(一)先拿他的词和辛弃疾的词相比。陈亮和辛弃疾在政治主张上是同道，论政治遭遇，又是被排挤被迫害的同病相怜者，因此他二人作品中的思想感情很相似，尤其是鹅湖之会后几首唱和的《贺新郎》词。但是二人的词风还是同中有异：辛弃疾的词，最激烈高昂的，也只能是：“起望衣冠神州路，白日销残战骨，叹夷甫诸人清绝！”他有许多郁怒不平，只能托之儿女爱情（如《摸鱼儿》“更能消、几番风雨”），托之梦寐（如《兰陵王》“恨之极”），托之山水、怀古（如《贺新郎》“甚矣吾衰矣”、《水龙吟》“老来曾识渊明”）等等。而陈亮的词却都是明指直斥，无所顾忌，这是他和辛词同中之异。其主要原因是由于二人政治地位不相同。赵宋王朝立国之初，就鉴于唐末军人跋扈之弊，对有军事才能的臣下曲加防范。在南宋，对从北方来投的“归正军民”尤其怀疑猜忌。辛弃疾是北方“归正”人物，又有军事才能，因此屡遭南方官僚的弹劾打击。他在这种忧谗畏讥的处境下，只得摧刚为柔，这点心情我们是可以了解的。陈亮则不然，他是一介布衣（五十岁以后才状元及第），因为没有政治地位，就少了种种顾忌，便敢明目张胆，高言大语。他极恨南方民气消沉，士大夫萎靡退缩，不敢挺身负责，所以他无论上疏论事，或与当权官员通函论政，总是侃侃堂堂，不屈不挠。他的词风雄肆激昂，和他的政论的风格是一致的。

（二）他论恢复，也和南宋一般人反投降倡北伐的议论不尽相同。他所指斥的矛头，不限于那批向敌人屈膝求和的庸才，并且不放过那些所谓“才臣”。他说：“今世之才臣，自以为得富国强兵之术者，皆狂惑以肆叫呼之人也。不以暇时讲究立国之本末，而方扬眉伸气以论富强，不知何者谓之富强乎？”（《上孝宗皇帝书》）这里面就包括孝宗初年符离之役中那班偾事之徒。他又指责当时学术界逃避现实的风气：“今世之儒士，自以为得正心诚意之学者，皆风痹不知痛痒之人也。举一世安于君父之仇，而方低眉拱手以谈性命，不知何者谓之性命乎？”他上书斥当时主张讲和的人是“所以成上下之苟安，而为妄庸两售之地”。他指出“妄”“庸”两种人是绝不能成恢复之大业的；担当天下大任的，必须有不拘绳墨文法的“度外之士”，这正是被秦桧以来那批投降主和派所排挤摈斥的人物，陈亮就自负是这类人物。他自赞为“人中之龙，文中之虎”。早年著《三国纪年》，很仰慕陈登之为人。有这种风格的人，发为议论自然是“推倒一世之智勇，拓开万古之心胸”；表现在词里，也自然是一片光明俊伟、磊磊落落的气象。

（三）当他第一次上书，孝宗见了，“赫然震动，欲榜朝堂，以励群臣，用种放故事，召令上殿，将擢用之”。一位官僚曾觌揣摩了皇帝的意旨，就去求见陈亮，“亮耻之，逾垣而逃”。第二次上书，“帝欲官之，亮笑曰：我欲为社稷开数百年之基，宁用以搏一官乎？亟渡江而归。”（都见《宋史》本传）这可见他一片为国赤诚，并不追求功名利禄，所以会理直气壮地发言，理直气壮地写文章填词。

陈亮这种政论风格、创作风格的根源，是他的政治态度和社会生活实践。

他出生于浙东农村中一个没落地主的家庭，先世没有一个显赫的人物。他中年以后虽然交结了许多当代贤达，但因为屡试不第，总得不到政治地位。又因为上书放言高论，招致当权者的恨忌，屡次被诬下狱。他的老年父亲也时常被乡人所凌辱，可见他在当时的统治集团里是被排摒的人物。在他家族历史上，他的曾祖陈知元在金人南侵时从军抗敌，以身殉国，这无疑对他会产生深刻的影响，加上他本人在政治上被排挤受打击的不幸遭遇，都使他加深对政治现实的认识。当他淳熙五年（1178）上书失意归家时，在答吕祖谦的一封信中说："……亮本欲从科举冒一官，既不可得，方欲别开营生，又恐他时收拾不上；方欲出耕于空旷之野，又恐无退后一着；方欲俯着书册以终余年，又自度不能为三日新妇矣；方欲怀酒叫呼以自别于士君子之外，又自觉老丑不应拍。每念及此，或推案大呼，或悲泪填臆，或发上冲冠，或拊掌大笑。今而后知克己之功，喜怒哀乐之中节，要非圣人不能为也。……然一夫之忧愤悲乐，在天地间，去蚊虻之声无几，本无足云者，要不敢不列于知我者之前耳。"他这般详细描画自己愤慨侘傺的情状，并不是完全出于个人得失的计较。他作《上孝宗皇帝第二书》叙述当时科举冗滥的情状："场屋之士以十万数，而文墨稍异，已足称雄于其间矣。"而他自己要借一第以施展其经济抱负，竟数十年不得如其愿。这般不合理的政治现实，哪能不使志士们扼腕拊膺！

符离战败之后，一二十年来，南宋苟安疲沓的朝局，学术界逃避现实的学风，官场上种种卑鄙无耻的丑态，都引起陈亮反抗不满的情绪，如骨鲠在喉，不吐不快。尤其使他痛心疾首的，是当时士大夫间流行一种"偏安定命论"，说"南北有定势，吴楚之脆弱不足以争衡于中原"。陈亮在逝世的前一年，当光宗策问进士时，在对策的开头，他就大声疾呼："天下大势之所趋，天地鬼神不能易，而易之者人也！"这是震撼人心的警语，在后世犹有振聋发聩之效，何况当时。那年他参加琼林宴，和光宗赐诗，也说："复仇自是平生志，勿谓儒臣鬓发苍。"这时他已是五十多岁的人了。

他通过困厄拂逆的政治遭遇和社会实践，提高对时代现实的认识，迸发不可压抑的爱国热情。他的学术思想和文学创作都能密切结合当时的政治。他希望发挥自己的精力才智，对社会国家有所建树。这是他“功利哲学”的思想基础，也是他文学创作的思想基础。

他以词篇抒写自己“平生经济之怀”，使这种几百年来在文人手中长久脱离现实的文学，能在当时政治上发挥一定的作用，在文坛上别开境界，放射它未曾有过的光芒，这绝不是偶然的。

陈亮有《与郑景元提干书》一篇（景元即郑伯英，永嘉学者），提及他自己是怎样作词的：“闲居无用心处，却欲为一世故旧朋友作近拍词三十阕，以创见于后来。本之以方言俚语，杂之以街谈巷歌，抟搦义理，劫剥经传，而卒归之曲子之律，可以奉百世英豪一笑；顾于今未能有为我击节者耳。”这百字左右的自述原是研究陈亮词难得的材料，但嫌偏重于文学形式方面，论价值，却不及叶适所述“平生经济之怀，略已陈矣”十个字，这十个字才是陈亮词精髓所在。若离开这方面来看《龙川词》，它还是有不少缺点和局限性的。如：有许多投赠祝寿之作（《阮郎归·寿外舅》等），有狭邪艳体（《念奴娇·至金陵》一首是赠妓的），又不免花草闲题（如《点绛唇·咏梅月》），等等。这只是就他的《龙川词》三十首而言，若毛晋、王鹏运两家所刊的《补遗》，此等尤多。这都是陈词的糟粕，大概是陈亮自己要删弃的东西。

此外，还有一些婉约绮丽之篇，如见于黄昇《中兴以来绝妙词选》的《水龙吟》“闹花深处层楼”、《洞仙歌》“琐窗秋暮”、

《虞美人》“东风荡漾轻云缕”等，就艺术说，原有其一定价值。但是使龙川在两宋词坛上能占突出的地位的，绝不是由于这些作品。而黄昇诸人却专选这一类，这正如元好问论词绝句所说“少陵自有连城璧，争奈微之识碔砆”了！

宋末词人张炎著《词源》，讥辛弃疾“作豪气词，非雅词也”。张炎是形式主义的作家，他发这种谬论，原无足怪。陈亮词比辛词更豪放横肆，自然更不会为形式主义的文人所欣赏。清人作《四库全书总目提要》，于《龙川词》下引《花庵词选》所选陈亮词，说他多纤丽之作，并引用周密《齐东野语》所记陈亮因恋台州官妓致使唐仲友与朱熹交恶的传说，意在诬蔑其人品。封建文人说理学既偏袒朱熹而贬陈亮，对他的词自然不可能有好评。历来有识见的学者能推重陈亮的原也不少，但似乎未曾有人注意到：拿《龙川文集》里的政治议论来对读他的《龙川词》，因此不易了解他“经济之怀，略已陈矣”的真意，或者也许会相信叶适“微言”之说，而疑陈亮的自述是不可尽信的夸谈。为此，对陈亮词作些疏通证明是有必要的。这样做，不仅仅为了要读懂陈亮一家之词，更重要的是，通过陈亮词的研究才能使我们更全面地了解宋词辛陈一派是怎样反映当时的民族矛盾的，了解这种文字只有结合当时的政治，才能有进一步的提高和发展，奠定他在词史上的地位。

（1960年11月22日—25日，杭州）

姜夔的词风

姜夔号白石道人，鄱阳人。父噩，任湖北汉阳县知县。白石幼年随宦，往来汉阳二十来年。在湖南遇见福建老诗人萧德藻（号千岩），德藻赏识他的诗，把侄女嫁给他，带他寓居浙江湖州。因此，白石三四十岁以后便长住杭州。宋宁宗庆元三年（1197），他作《大乐议》及《琴瑟考古图》上政府；五年，又上《圣宋铙歌》十二章，得到“免解”的待遇，与试进士，但仍不及第。宁宗嘉定年间（1220年左右）卒于杭州，年六十余。在南宋作家里，他比陆游、范成大、杨万里、尤袤少三十来岁，比辛弃疾少十来岁，与叶适、刘过诸人同年辈。

白石一生不曾仕宦，除了卖字之外，大都是依靠他人的周济过活的。他的友人陈造有诗赠他说：“姜郎未仕不求田，依赖生涯九万笺；稇载珠玑肯分我？北关当有合肥船。”又说：“念君聚百指，一饱仰台馈。”他所依靠的人：在湖南、湖州是萧德藻；来往苏州时，是名诗人范成大；相依最久的是寓居杭州时的张鉴（平甫）。张鉴是南宋大将张俊的后裔，有庄园在无锡，曾经要割赠良田供养白石，这是白石四五十岁时候的事情。

南宋中叶是江湖游士很盛的时代。他们拿文字作干谒的工具，如宋谦父一见贾似道，得楮币二十万，造起阔房子（见方回《瀛奎律髓》）。因此有许多落魄文人依靠做游士过活，白石就是其中之一。不过，他并不是像宋谦父那样一流人。

白石一生经历南宋高、孝、光、宁四个朝代，在他二十至五十岁那一阶段，正是宋金讲和的时候，偏安小朝廷在这三十年“承平”日子里，朝野荒嬉，置恢复大业于度外。白石二三十岁时数度客游扬州、合肥等处。江淮之间在那时已是边区，符离战役之后，这一带地方生产凋敝，风物荒凉，曾经引起这位少年诗人“徘徊望神州，沉叹英雄寡”（《昔游诗》）的感慨，《扬州慢》《凄凉犯》一类词也颇有“禾黍之悲”（《扬州慢》词序）。但三四十岁南归之后，他的行迹便不出太湖流域附近了。他所经常往来的苏杭范成大、张鉴两家，都有园林之胜、声妓之娱。绍熙二年（1191），他从合肥归访成大，在他家里赏雪看梅，制成《暗香》《疏影》两首自度曲，成大赠他一名歌伎；绍熙五年（1194），张鉴带一队穿柳黄色的家伎同他观梅于西湖孤山，他作一首《莺声绕红楼》词，和国工吹笛。这种生活环境，使他长久地脱离现实，从而决定了他的作品不可能有丰富的现实意义，只会走上研辞炼句、选声揣色的道路，这便是北宋末年周邦彦的道路。

白石存词共有八十多首，依它的内容来分：感慨时事、抒写身世之感的像《扬州慢》《玲珑四犯》等有十四五首；山水纪游、节序咏怀的像《点绛唇》《鹧鸪天》等；交游酬赠的像《石湖仙》《蓦山溪》等各有十三四首；怀念合肥妓女的却有十八九首（白石二十多岁在合肥恋一琵琶妓，别后二十多年，仍是怀念不忘。详见拙作《白石行实考》）；其余二三十首都是咏物之作（其中咏梅花的有十七首），算是他作品中分量最多的一类。比白石年辈稍后的如高观国、史达祖和后来的周密诸人，各爱好姜词，也各以咏物擅场。又白石咏梅有“昭君不惯胡沙远，但暗忆江南江北”之句，咏蟋蟀有“候馆迎秋，离宫吊月，别有伤心无数”之句，宋末遗民也便多用咏物词寄托故国沧桑之感（不满民族压迫，而又不敢正视现实，这是他们的阶级意识）。白石这派词也就因此而广泛地被传诵仿效起来，它的影响一直下逮六七百年的清代浙派词。朱彝尊说“词至南宋始极其工，姜尧章氏最为杰出”（朱氏《词综发凡》），又说“词莫善于姜夔”（《黑蝶斋诗余序》），于是造成清代初年“家白石而户玉田（张炎）”的风气。我们看清代几百年之中，白石词集的刻本、写本多至三四十种，算是唐宋人词集版本最多的一家，这可见当时学习姜词的盛况。白石词所以会有这么大的影响，它的主要原因，是由于各个时期里和他同类型的封建文人特别多。他们都依据自己的思想感情有选择地来学习、模仿姜词。其次，由于姜词在艺术技巧上，有其独特的成就，可以为后来者借鉴以抒写和他同类型的思想感情。所以我们论词史，不能忽视他对后来的消极影响，在分析他的思想感情之外，还须对他的艺术造就作较全面的研究。

白石作品，在文学史上的评价是词比诗高。我现在论他的词，可先从他的诗说起。我以为若了解他的诗风转变的经过，是会更容易了解他的词的造就的。

白石少年就有诗名，二十多岁时，萧德藻介绍他去见诗坛老宿杨万里。万里期望他作“尤（袤）萧（德藻）范（成大）陆（游）四诗翁”的后起。白石是江西人，对当时盛行的江西派诗，曾下过一番功夫，但后来对江西派的看法有了转变。四十多岁时，过无锡访老诗人尤袤，尤袤问他作诗学哪一家，他答：“三熏三沐师黄太史氏（黄庭坚），居数年，一语噤不敢吐，始悟学即病，顾不若无所学之为得，虽黄诗亦偃然高阁矣。”（《诗集自叙》）晚年写定诗集时，自叙心得说：“作诗求与古人合，不若求与古人异；求与古人异，不若不求与古人合而不能不合，不求与古人异而不能不异。”（同上）也是指学黄诗而言的。

白石早年从黄诗入手，中年要摆脱黄诗，自求独造，提出苏轼所说“不能不为”一句话作为写诗的最高境地。这个转变固然由于他多年创作的体验，也和那时文坛的整个趋势有关。在北宋末叶风靡一时的江西派诗，到了白石那时，已经流弊丛生，招致了很多人的不满。尤袤对白石评论萧、杨、范、陆四家诗说：“是皆自出机轴，亶有可观者，又奚以江西为？”（同上）杨万里也时常有类似的话（见他的《荆溪集自序》等文）。叶适攻击江西更甚于其他诸人（见其所作《徐斯远文集序》）。三家都是白石的长辈交游，自然会影响他对黄诗的看法。

南宋诗人要修改江西派的，大都主张上窥唐诗。杨万里自序《荆溪集》和他所作《双桂老人诗集后序》，都有此主张。白石作《自述》，说“内翰梁公爱其诗似唐人”，今观白石的近体诗，尤其是绝句，很明显是从江西派里出来走向唐人的。白石诗里时常提起晚唐诗人自号天随子的陆龟蒙。诗集下《除夜自石湖归苕溪》："三生定是陆天随，又向吴淞作客归。"又《三高祠》："沉思只羡天随子，蓑笠寒江过一生。"词集三《点绛唇·丁未过吴淞作》："第四桥边，拟共天随住。"

淳熙十四年（1187），白石以萧德藻的介绍，见万里于杭州，那时他约三十三四岁。后来作《自述》，记万里称赞他："文无所不工，甚似陆天随。"大概就在这个时候。

陆龟蒙的诗在从前不大有人表彰过，第一个激赏他的是杨万里。我们看万里读《笠泽丛书》（龟蒙诗文集）三绝句：

笠泽诗名千载香，一回一读断人肠。晚唐异味同谁赏，近日诗人轻晚唐。

松江县尹送图经，中有唐诗喜不胜。看到灯青仍火冷，双眸如割脚如冰。

拈着唐诗废晚餐，旁人笑我病如癫。世间尤物言西子，西子何曾直一钱。

这真可说是"赞不容口"了。这三首诗是万里淳熙年间在杭州写的（编在《朝天续集》第二十九卷），正是他初识白石的时候。我们因此知道：万里所以拿龟蒙比白石，由于他自己那时正激赏龟蒙诗，这和他要以唐诗修正江西派这个主张是有关系的。白石此后有一些作品，好像是有意学龟蒙的。绍熙二年——识万里后的第四年——作《除夜自石湖归苕溪》十首寄万里，万里回信称赞它说："十诗有裁云缝雾之妙思，敲金戛玉之奇声。"那就是很像龟蒙的绝句诗。他如《湖上寓居杂咏》十四首，颇近龟蒙的《自遣》诗三十绝；《昔游》诗里写洞庭湖的五古，也像龟蒙和皮日休的三十首《太湖》诗。

白石四十多岁还考不上进士，一生漂泊江湖。龟蒙也终老布衣，自号“江湖散人”。二人身世遭际颇相似，其脱离现实的生活也很相似。龟蒙所隐居的吴江，又是白石来往苏、杭屡经之地。有此生活因素，加之杨万里对他的嘉奖，和当时由江西派上窥唐诗的文学趋势，于是形成了白石的诗风：饶有缥缈风神而缺少现实内容。

我在这里详述白石的诗风，目的是为便于下文说他的词风。词是他全部创作里主要的部分，我们要更仔细地来分析它。

我们说，白石的诗风是从江西派走向晚唐的，他的词正复相似，也是出入于江西和晚唐的，是要用江西派诗来匡救晚唐温（庭筠）韦（庄）以及北宋柳（永）周（邦彦）的词风的。

白石词和周邦彦并称“周、姜”。邦彦词上承温、韦、柳、秦，这派词到了白石那时，大都软媚无力，恰好和那槎枒干枯的江西末流诗作对照。指出江西派的流弊，拿晚唐诗来修改它的是杨万里，拿江西诗风入词的是姜白石。

当时人不满江西派诗，并不是否定了黄（庭坚）陈（师道、与义）诸作家，只是不满学错了黄、陈诗的人们，不满他们只会模拟黄、陈的外表。当时江西作家吕本中与曾茶山论诗书也说：江西学者“失山谷之旨”。杨万里对学者说学江西之法，以调味为比：“酸咸异和，山海异珍，而调胹之妙出乎一手也；似与不似，求之可也，遗之亦可也。”（《江西宗派诗序》）又以饮茶为比：“至于茶也，人病其苦也，然苦味未既而不胜其甘……三百篇之后，此味绝矣，唯晚唐诸子差近之。”（《刘良佐诗稿序》）他要体味江西和晚唐的嘘息相通的消息，调胹晚唐诸子和黄、陈诸家为一体。杨万里所希望在诗里达到的境地，姜白石却在他的词里达到了。试举一端作例：

晚唐以来温、韦一派词，内容十之八九是宫体和恋情，它的色泽格调是绮丽婉弱的，不如此便被视为“别调”。这风气牢笼几百年，两宋名家，只有少数例外。白石写了不少合肥恋情词，却运用比较清刚的笔调，像：

淮南皓月冷千山，冥冥归去无人管。(《踏莎行》)

金陵路，莺吟燕舞，算潮水知人最苦。满汀芳草不成归，日暮，更移舟向甚处？(《杏花天影》)

阅人多矣，谁得似长亭树；树若有情时，不会得青青如此！(《长亭怨慢》)

旧游在否，想如今翠凋红落。漫写羊裙，等新雁来时系着。怕匆匆不肯寄与，误后约。(《凄凉犯》)

这些词用健笔写柔情，正是合江西派的黄、陈诗和温、韦词为一体。沈义父作《乐府指迷》，评白石“清劲知音，亦未免有生硬处”，以“生硬”不满白石，就由于他以温、韦、柳、周的尺度衡量白石，并且不了解白石词与江西诗的关系。

又，五代北宋人多以中晚唐诗的辞汇入词，贺铸所谓“笔端驱使李贺李商隐”。北宋末年周邦彦多用六朝小赋和盛唐诗，渐有变化，但还是因多创少。只有白石用辞多是自创自铸，如“数峰清苦，商略黄昏雨”“冷香飞上诗句”等，意境格局和北宋词人不同，分明也出于江西诗法。白石一方面用晚唐诗修改江西派，另一方面又用江西诗修改晚唐北宋词。以修辞一端来说，他从用唐诗成语辞汇走向用宋诗的造句铸辞，也是他的词风特征之一。

关于白石的词风，南宋末年张炎著《词源》，拈出“清空”两字作为它的总评，并且为它下一个比喻：“野云孤飞，去留无迹。”这对后来评判白石词影响很大。我在这里提出一些不同的看法。张炎说：

> 词要清空，不要质实。清空则古雅峭拔，质实则凝涩晦昧。姜白石词如野云孤飞，去留无迹。吴梦窗词如七宝楼台，眩人眼目，碎拆下来，不成片段。此清空质实之说。……白石词如《疏影》《暗香》《扬州慢》《一萼红》《琵琶仙》《探春》《八归》《淡黄柳》等曲，不唯清空，又且骚雅，读之使人神观飞越。

张炎拿“质实”和“清空”作对比，并用“古雅峭拔”四个字来解释“清空”，其实这只是张炎自己作词的标准，是他自己“一生受用”的话头，（张炎的学生陆辅之著《词旨》，述张炎的话：“清空”二字，亦一生受用不尽。）是不能概括白石词风的。白石没有留下论词的著作，但是他所著的《诗说》却也可作他的词论读（清代谢章铤《赌棋山庄词话》已有此说法）。《诗说》里主张：诗要“有气象、韵度”，要“沉着痛快”，要“深远清苦”，我们若拿这些标准来读白石词，都有可以相通之处。又我们读他的《庆宫春》“双桨莼波，一蓑松雨”、《满江红》“仙姥来时，正一望千顷翠澜”、《念奴娇》“闹红一舸，记来时尝与鸳鸯为侣”、《琵琶仙》“双桨来时，有人似旧曲桃根桃叶”诸首，知道它既不是温、韦一派，而又与苏、辛不同，也明显地可以看出，它原不像沈义父所说的“生硬”，也绝不是张炎的“清空”说所能包括。

五代北宋的婉约一派词，到了南宋的吴文英，渐由密丽而流为晦涩。张炎由于不满文英而服膺白石，所以拈出“清空”二字作为作词的最高标准，这本来是他补偏救弊的说法。但是如果以为这二字可概括白石词风，那就偏而不全了。

清代从朱彝尊以后，有人甚至推尊白石词是“三百篇之苗裔”（王昶《春融堂集》），“犹诗家之有杜少陵”（宋翔凤《乐府余论》），那是完全不符实际的过誉。我们看北宋末年爆发了尖锐的民族矛盾，词坛上陆续出现了许多进步作家和许多反映这个动乱时代现实的作品。苏、辛一派词，于是声光大耀。作家的生活遭遇各不相同，我们原不应对他们作一致的要求。但文学作品反映现实程度的深浅广狭，是估定这作家成就高下的主要标准。若以这点意义论，白石词无疑是远逊辛弃疾的。这由于他对生活、对政治的态度和辛弃疾一班人有很大的距离，他一生从来没有要求自己施展其才力以改变当时的现实。他的《扬州慢》《凄凉犯》各词，虽然对现实有一定程度的反映，但所反映的不是当时社会现实的主流；它的绝大部分只是用洗练的语言、低沉的声调来写他冷僻幽独的个人心情：

> 高树晚蝉，说西风消息。（《惜红衣》）
>
> 西窗又吹暗雨，为谁频断续，相和砧杵。（《齐天乐》）

这是他被传诵的名句，也就是代表他的作品风格和生活心情的名句。

宋室南渡的时候，北方贵族官僚避乱到江南的，大都没有劳动谋生的能力，在仕途上没出路的，便以“道人”“雅士”的态度寄生游食；他们的遭遇和生活很近似于南北朝时代的南渡士流；颜之推《家训》所斥责的不事生产、不懂吏治的游惰文人，正是南宋江湖游士的前身。白石《自述》：范成大称赞他“翰墨人品皆似晋、宋之雅士”，恰可说明这一点。在他们队伍里虽然也偶有些人敢于揭发现实的丑恶，使权贵们视为“口吻可畏”。但有“道人”“雅士”之称的姜白石却不属于这一流。这种逃避现实的态度表现在文学上，自然只会写“晋宋雅士”那套放怀山水、怡情歌酒的作品。宋词在从苏轼到辛弃疾这一阶段中，出现了许多正视现实的作家，把词从温、韦的末流颓风里，从脂粉气和笙箫细响中，提向有阳光有笳鼓声的境界。但是到了白石，又逐渐走向下坡，变成西风残蝉、暗雨冷蛩的气息。由于这个文学倾向的发展，也由于南宋末年士气的颓落，到了王沂孙、张炎诸人的作品里，便只有像萤火、孤雁那样的光焰和声调，白石这一派词也就自然走向没落之途了。（王有咏萤词，张有孤雁词。）

末了，谈谈白石词的乐律。

白石不但是诗家、词家、书法家，又是南宋著名的音乐家。我们研究他的词，不可不注意它的音乐性。因为在南宋词里，音乐性是他的词的特征之一。

白石集里今存有十七首自注工尺旁谱的词，这是七八百年前流传下来唯一的宋代词乐文献，它在我国音乐史上有重大的价值。我们要研究他的词乐，须先了解他选调制腔的几种方法：

一种是截取唐代法曲、大曲的一部分而成的，像他的《霓裳中序第一》，就是截取法曲商调《霓裳》的中序第一段；

一种是取各宫调之律，合成一支宫调相犯的曲子，叫作“犯调”，像《凄凉犯》；

一种是从当时乐工演奏的曲子里译出谱来，像《醉吟商小品》，是他从金陵琵琶工求得品弦法译成的；

一种是改变旧谱的声韵来制新腔，像平韵《满江红》，是因为旧调押仄韵不协律，故改作平韵。《徵招》是因为北宋大晟府的旧曲音节驳杂，故用正宫《齐天乐》足成新曲；

一种是他人作谱他来填词的，像《玉梅令》本范成大所制。

以上五种方法，都是先有谱而后有词的。其另一种则是白石自己创制新谱，是先成文辞而后制谱的，就是他词集里的“自度曲”“自制曲”。

他在自制曲《长亭怨慢》小序里说：

> 予颇喜自制曲，初率意为长短句，然后协以律，故前后阕多不同。

他的“自制曲”“自度曲”二卷，共有《扬州慢》《长亭怨慢》《淡黄柳》《石湖仙》等十二首，都是他自制的新腔。他说“初率意为长短句”“前后阕多不同”，可见他这些词是以内容情感为主，和其他词人依调死填、因乐造文、因文造情者不同。所以我们读他的词，大都舒卷自如，如所欲言，没有受音乐牵制的痕迹。像前文引过的《长亭怨慢》上片：

> 阅人多矣，谁得似长亭树；树若有情时，不会得青青如此！

同词过变：

> 日暮，望高城不见，只见乱山无数。韦郎去也，怎忘得玉环分付：“第一是早早归来，怕红萼无人为主！”

在这短短的几行里，就用了许多虚字和领头短句，像“矣”“若”“也”和“只见”“谁得似”“不会得”“怎忘得”“第一是”等，这也是他和按谱填词者不同之处，所以能做到婉转相生的地步。

这里牵涉到一个问题：白石这类先“率意为长短句”的词，是否也严辨文字的四声和阴阳上去？换句话说，就是他的词的音乐声调和文字声调的契合程度究竟怎样？我们知道，从温庭筠到柳永、周邦彦诸人填词，已逐渐严分字声。白石是精于乐律的作家，他究竟怎样对待词里字声的问题呢？

我们看他的《满江红》小序：

> 《满江红》旧调用仄韵，多不协律，如末句云“无心扑”三字，歌者将“心”字融入去声，方谐音律。予欲以平韵为之，久不能成……

后来他把它改押平韵。“末句云‘闻佩环’，则协律矣。”为了一个字的平声去声之异，改动全首的韵脚，他无疑是十分重视字声的。但是我们细检他的自度各曲，又不完全如此，举《秋宵吟》《疏影》《翠楼吟》三首为例：

《秋宵吟》是“双拽头”体，全词三段，前面两小段的字句完全相对（现存的白石歌曲各刻本，都误合前面两小段为一段），旁谱工尺也完全相对；但按其四声，除两结“箭壶催晓”“暮帆烟草”二句外，其余不尽相同。

《疏影》和《翠楼吟》，在自度曲中是上下片相对句子最多的两首（《疏影》一首，上片“枝上”以下，和下片“飞近”以下，字句全同；《翠楼吟》一首，上片“汉酺”以下，和下片“与君”以下，也完全相同），而四声相同的只有少数字句。《疏影》上片“无言自倚”是平平仄仄，对下片“早与安排”，是仄仄平平，平仄且不相同。

由此可见白石词的字声，有守有不守，因为他深明乐律，所以能辨识其必须守的和可守可不守的地方（元人说曲里的“务头”，一支曲里须守阴阳四声的，只有少数的字句；宋词音律大抵也是如此）。有人也许认为他是词乐专家，必定很重视格律声调，因之把他和一般盲填死腔的作家等量齐观，而忽略他一部分词以情感为主“先率意为长短句”的作法。所以我在这里特为举例指出。

总之，姜白石是一个没落官僚地主阶级的文人，他大半生生活在南宋小朝廷向敌人委曲求全的时代。他依人过活的身世，使他不敢表示鲜明的爱憎。狭小的生活圈子，又使他不可能深透地认识社会现实，于是“仗酒祓清愁，花销英气”（白石《翠楼吟》句），就成为他排遣精神苦闷的唯一方法。表现在文学上的努力，也只会有艺术技巧的追求。江西派已不能满足于时代要求，但他对它却是积习难忘。陆龟蒙的生活态度又恰和他的心情相契合，于是江西和晚唐的诗风便间杂出现在他的作品里。

由于阶级意识和实际生活的局限，使他的文学在当时不可能属于代表社会反抗势力的一面。南宋末年，民族矛盾更趋激烈，宋词在那时放射了它最后一次的光芒。那时的作家像文天祥、刘辰翁、刘将孙诸人是属于辛弃疾一派的，王沂孙、张炎诸人是属于白石一派的。就它的思想内容论，足以代表那个时期进步倾向的宋词，毋庸置疑是属于辛派而不是姜派的了。

不过，在南宋词坛上，白石词的影响，还是不应忽视的。白石在婉约和豪放两派之外，另树“清刚”一帜，以江西诗瘦硬之笔，救温庭筠、韦庄、周邦彦一派的软媚；又以晚唐诗绵邈风神救苏辛派粗犷的流弊，这样就吸引了一部分作家。我们看宋末柴望自序《凉州鼓吹》(即《秋堂诗余》)有云：

……词起于唐而盛于宋，宋作尤莫盛于宣、靖间，美成、伯可各自堂奥，俱号作者；近世姜白石一洗而更之，《暗香》《疏影》等作，当别家数也。大抵词以隽永委婉为尚，组织涂泽次之，呼嗥叫啸抑末也。唯白石词登高眺远，慨然感今悼往之趣，悠然托物寄兴之思，殆与古《西河》《桂枝香》同风致，视青楼歌《红窗曲》万万矣。故余不敢望靖康家数，白石衣钵或仿佛焉。故以鼓吹名，亦以自况云尔……

柴氏于“组织涂泽”“呼嗥叫啸”之外，特别拈出白石的“隽永委婉”，虽然以“隽永委婉”四字概括白石词风，未尽确切，但可见宋季词坛确有此一派。后来朱彝尊作《黑蝶斋诗余序》说：“词莫善于姜夔，宗之者张辑、卢祖皋、史达祖、吴文英、蒋捷、王沂孙、张炎、周密、陈允平、张翥、杨基，皆具夔之一体……”并可见这派声气不小（吴文英不应属姜派，由朱氏误以吴词中之姜石帚当白石，故有此说）。所以我说白石在苏、辛与周、吴两派之外，是自成一宗的。

宋末词家承周与承姜，各有分属。如吴文英是周的嫡派，张炎属于白石。而周密则在白石、吴文英之间（他选《绝妙好词》，录白石、文英两家作品都多至十余首可见）。我们论周、姜两家的影响利弊，也不能混同。注重研辞炼句，过分讲究技巧，是两家共同的倾向。但因重视音律而牺牲内容，因涂饰辞藻而隐晦了作品的意义，则周派的流弊大于姜派。南宋黄昇作《花庵词选》

说“白石词极精妙，不减清真乐府，其间高处有美成所不能及”。这评论是对的。至于白石在音乐史、书艺史和文学批评史上的地位和贡献，以及他的乐学书艺等与其词风之影响，都还需要有专著研究，本文戋戋，不复旁涉了。

（1956年9月初稿，1960年1月重改于杭州西溪）

《楚辞》与宋词

——为辛弃疾逝世七百五十周年纪念作

屈原作品对后来文学的影响，是中国文学史上的一个大题目，这个题目可以写成一本专书。汉赋当然是它的直系子孙；而乐府、唐诗、元明曲里也或多或少或隐或显地可以接触到与它相像的面影和声音；宋词，也是它声貌神情很相像的远代子孙；这在它的艺术形式、艺术内容上可以明显地看得出来。

屈原是我国文学史上最早的一位作家，他的《离骚》《九章》等作品所以不同于《诗经》，就由于它是个人创作，由于它表现了一位作家的完整人生观，表现了在特定的时代环境里的特定内容与特定的目的。

词受传统文学的影响，是在它由民间而转到文人手中的时候，为了特定的内容与需要才开始的。所以在敦煌曲子里还不能明显地找到《楚辞》的影迹。因为敦煌词大部分还是民间作品。词家真能继承屈原的优良传统的，也并不是唐、五代的温庭筠、韦庄一班人，而应该属于宋代几位有民族节操、有政治事业心的作家。因为他们的现实生活、现实感情与屈原相近似，所以才能接受屈原的文学影响而成为他的继承者。因此，我这篇文章的命题以宋为限，而不上包唐、五代。

温庭筠不是能继承屈原传统的人，可是，讲词体受《楚辞》影响的开头，不能不提到他。他的两部集子，一部叫《金荃》，一部叫《握兰》，以“荃”“兰”命名，分明是用《离骚》的字面。后来的词选，唐代有《兰畹集》，宋代有《兰畹曲会》，也都仿效他以“兰”命名。《花间集》载他的一首《河渎神》，所用词汇，也是模仿《九歌》的。这虽然不过是形式的模仿，但可见词一到文士手中，就开始受《楚辞》的影响了。

《楚辞》出于周代的南方民歌，它结合南方的宗教音乐（巫音），用长短句的形式，表达宛转杳渺的情感，形成为一种新诗体。词出于六朝时代的南方民歌（清商乐），它结合从西北传入的外来音乐，承受了齐梁，尤其是唐代五七言近体诗的成就，产生比前代乐府诗歌更其多种多样的长短句形式。这两种文学产生的情形很相类似，所以就形式方面讲，词体接受《楚辞》的影响，原是有其先天的因素的。

宋词作家用《楚辞》最多的，该数南宋的辛弃疾。在他的《稼轩长短句》里，有用《楚辞》的词汇的，像《水调歌头》的“予既滋兰九畹，又树蕙之百亩，秋菊更餐英”等，有用《楚辞》的体制的，像《木兰花慢·中秋饮酒将旦，客谓前人诗词有赋待月，无送月者，因用〈天问〉体赋》《山鬼谣·雨岩有石，状怪甚，取〈离骚〉〈九歌〉名曰“山鬼”，因赋〈摸鱼儿〉，改今名》，都仿《招魂》，等等。在词里，这都是他的创格。但是宋词所以能继承《楚辞》传统的，不在于它的形式方面。形式的模仿是绝不能产生伟大作品的。辛弃疾这类作品，虽也表现了他的特有的面貌，可并不是他词里最高的成就。在全部宋词里，这类作品究竟也不多见。所以我们说，宋词和《楚辞》的关系，不能限于这些。

《楚辞》作风的特征之一是重暗示、富想象。屈原作品又有一种特殊的表现手法——也许就是他创始的——是好以女性自比，以女性的口吻诉述自己的心情，像“众女嫉予之蛾眉兮，谣诼谓余以善淫”等是。这种手法不断地影响后来的诗歌，极严肃的作家像杜甫、陈师道，也有《佳人》《薄命妾》一类作品。这对宋词婉约杳渺风格的形成尤其有很大的关系。

屈原所以用这种表现手法，也许和当时的戏剧（巫舞）有关，这在现在因为还没有充分的考证资料，不能作出结论。不过以艺术性质论，太质直、太严肃的正论庄语，有时候不适宜于作艺术表现的。以艺术的效果论，借用人类基本情愫的男女之爱，来申述作者个人某种情感，那就是把自己个人的情感变作一般人的情感，会使人更易于了解、感受。据《左传》《论语》这些书里的记载，收在《诗经》里的民间情歌，可以成为论政治、讲外交以及儒家说理的材料，也是这个道理。再就屈原的思想感情来说，女性之被压迫、被损害在老早的时代就开始了，《诗经》里已经深刻地反映过她们的无可奈何、委曲求全以及“之死矢靡它”种种痛苦的心情。从屈原当时的地位遭遇和他的“宁溘死以流亡”“虽体解吾犹未变”的性格来说，若用形象化的艺术语言来表现，那么，假托女性的口吻，便是很切当、很自然的作法了。他不是逊言避祸，更不是像李商隐作

“无题诗”，宛转地诉说自己不可告人的隐衷。他是被压迫被损害的呼号，他有含蓄的托讽，也有露骨的控诉。这两种刚柔感情，往往错综交织在一起，迸发为艺术的火花，在《离骚》里如此，在《九章》等作品里也如此。但是后来婞婴取容的封建文士，不敢学他的露骨控诉，专模仿他柔婉的这一种，于是“婉约”“含蓄”便成为他们的诗歌的“正宗”，屈原的作品的斗争性，却渐渐被人忽视淡忘了。这和后人论词对辛弃疾作品的看法，也正相似。

词起于商业都市，本是妓女歌唱的东西。晚唐、北宋的文人词，大半是为妓女而作，用女性的声口，描画女性的心理，因此，这种文学本身也就变成为女性的了。偶然出了几位不肯作雌声媚态的作家，便被斥为“非本色”、为“别调”。而这批娼妓文学（词）的作者，大都是没落的封建文人，又不甘以娼妓文学家自居，于是以“荃”“兰”名集，来高攀“美人香草”的《离骚》。那些与他们同好尚的文人，也就以屈原比其人，以《离骚》比其作品。清代周之琦咏温庭筠诗：“方山憔悴彼何人，《兰畹》《金荃》托兴新。绝代风流《乾臊子》，前身应是屈灵均。”宋代王灼《碧鸡漫志》载宋人诗：“《离骚》寂寞千年后，《戚氏》凄凉一曲终。”（《乾臊子》是温庭筠所著书名，《戚氏》是柳永所作词。）于是，唐宋文人词的内容，闺情、闺怨、娼情、娼怨便占了大半。这些作品自然是与《楚辞》精神距离极远的。北宋士大夫作家，于闺情、娼怨之中，若有若无地寄托一些身世遭遇的感慨，带一些骚怨的意味，并不是完全没有，但他们的感慨总不外乎封建文士个人得失的牢骚。所以它的情调虽然近似《楚辞》，而内容思想还是不配继承屈原的。

到了北宋末年，民族矛盾尖锐化了，这是汉民族在历史上未曾有过的大灾难。在漫长艰苦的岁月里，许多有作为、有理想、有民族节操的词作家，他们又被扼于昏庸怯懦的统治集团，不得行其抱负，有所作为，反而横被诬蔑和摧折。他们的历史环境和政治遭遇，近似于屈原。于是这种来自民间、流行于妓女口头的词，经过数百年酝酿和提高，至此乃与他们的现实生活情感相结合、相摩荡而大放光焰，乃隔一千四五百年而遥接《楚辞》的传统。

屈原一生的政治奋斗，对外抗强暴，对内反贪污昏庸的统治，他失败的怨愤，不是从个人的得失出发的，所以能得到人民永久的同情，他的作品因此传诵千古。南宋一代有民族感情、政治节操的词家们，面对着这样一个苦难的时代：长江以北有千百万宛转呻吟于异族统治下的同胞要他们来拯救，数千年来先民精力所累积的全部汉族文化要他们来保护，这重大的历史任务，使他们的胸襟感慨扩大了，因此，他们乃能接受屈原伟大精神的感召。

南宋词家真能继承屈原精神的，第一要数到辛弃疾（自然不仅弃疾一人）。上文举过他学《楚辞》各词，像《哨遍·为赵成父题鱼计亭》《水龙吟·题瓢泉》等等，自写被诬罢官以后忧谗畏讥的心理，固然逼近《楚辞》了，但还未脱楚《骚》的形式。其真能对楚《骚》遗貌取神的，当举他的《摸鱼儿·淳熙己亥，自湖北漕移湖南，同官王正之置酒小山亭，为赋》一首：

更能消、几番风雨。匆匆春又归去。惜春长怕花开早，何况落红无数。春且住。见说道、天涯芳草无归路。怨春不语。算只有殷勤，画檐蛛网，尽日惹飞絮。　长门事，准拟佳期又误。蛾眉曾有人妒。千金纵买相如赋，脉脉此情谁诉。君莫舞。君不见、玉环飞燕皆尘土。闲愁最苦。休去倚危栏，斜阳正在，烟柳断肠处。

我们读他上虞允文的《九议》第九节，说当时朝廷议恢复，“南北之七大相为斗”的情况，知道这词下半首所写的，也是隐指这个民族矛盾之下南宋统治集团的悲剧——南方偷安怯懦的统治者与北方沦陷区来的民族志士的冲突。“蛾眉曾有人妒”云云，也同《离骚》一样，从个人的遭遇说起，而它的背景是全社会的。宋人罗大经作《鹤林玉露》，说这首“词旨殊怨”，“斜阳烟柳”之句，……“在汉唐时，宁不贾‘种豆’‘种桃’之祸，闻寿皇（孝宗）见此词，颇不悦。……”这般微辞婉讽的语句，尚且不免有犯逆鳞的危险，当时这内部冲突尖锐的情况可想而知了。岳飞作《小重山》“欲将心事付瑶琴。知音少，弦断有谁听”，前人说和他的《收复河南罢兵表》同用意。陈亮作的《水龙吟》“恨芳菲世界，游人未赏，都付与、莺和燕”，前人也说它有“宗留守大呼渡河之意”。这些词的内容都是寄慨无穷的，他们却不得不写得如此婉约深微。他们在专制统治下面无可奈何的心情，不就是屈原作《离骚》的心情么！

由于宋王朝的统治者不准许其臣下有合于人民愿望的正义号呼，所以当时作家们接触到这内部冲突的作品，多半是含蓄婉约的。后世封建文人限于封建意识，以激昂慷慨的一类词为“别调”，为“非正体”。他们论屈原性格，亦只强调其隐忍优柔的一面，而看不到他的斗争性。他们既不能识楚《骚》之真，也就不能识辛弃疾一派词之真了。

南宋的江南半壁覆亡之后，接下来的是更残酷的异族统治，那是元曲家所谓“似箭穿着雁口，没个人敢咳嗽”的恐怖时代。亡国遗黎沉哀茹痛的心情，连“烟柳斜阳”一类词也不敢多作了。这时继承辛弃疾一派的有江西的刘辰翁、赵文、邓光荐诸家。刘辰翁是文天祥的同乡，他的《须溪词》里有许多送春词，都是吊故国之作（因为南宋都城临安破于德祐二年的三月）。最有名的是《兰陵王·丙子送春》一首：

送春去，春去人间无路。秋千外、芳草连天，谁遣风沙暗南浦？依依甚情绪。漫忆海门飞絮。乱鸦过，斗转城荒，不见来时试灯处。　　春去，最谁苦？但箭雁沉边，梁燕无主，杜鹃声里长门暮。想玉树凋土，泪盘如露。咸阳送客屡回顾，斜日未能度。　　春去，尚来否？正江令恨别，庾信愁赋。苏堤尽日风和雨。叹神游故国，花记前度。人生流落，顾孺子，共夜语。

这首词苍凉激楚，俯仰无端，可说是《楚辞》中《哀郢》《怀沙》的遗响，拿它比辛弃疾的《摸鱼儿》，心情声息，也正相同。

辰翁还有好几首端午节的词，也都是写亡国之痛，那是为江万里、贾纯孝诸人作的。江、贾皆于宋亡时投水死，所以辰翁以屈原相比。宋末殉国烈士，受屈原精神感召的很多，投水不是偶然的事。辰翁这些词也就更接近于《楚辞》的心情。此外如赵文的《八声甘州·和孔瞻怀文信国公》《莺啼序·春晚》和邓光荐的《满江红·和王昭仪题壁》、彭元逊的《六丑·杨花》等等，也都寄慨沧桑，哀怨无穷。他们这类血泪铸成的作品，都为宋词的结局增添无限光彩。

末了，谈一下宋人的咏物词和《楚辞》的关系。

《九章》里的《橘颂》，是先秦文学里一篇咏物名作，屈原借它写自己“受命不迁”“苏世独立”的坚贞志节。后来能继承他的传统的是杜诗。杜甫有许多咏物诗，也都是他自己人格的写照。《稼轩长短句》里共有咏物词六十多首，占他的全部词的十分之一，在宋名家词里可说是咏物词最多的了。它有借花草山水来讽世的，如《鹧鸪天·咏梅》“若将玉骨冰肌比，李蔡为人在下中”（指桃李）、同调咏梅雨“当时一识调羹味，便道为霖消息来”、《玉楼春·咏云山》“人间踏地出租钱，借使移将无着处”等。有借它写时代感慨、写自己人格的，如《声声慢·嘲红木犀。余儿时尝入京师（汴京）禁中凝碧池，因书当时所见》“管弦凝碧池上，记当时、风月愁侬。翠华远，但江南草木，烟锁深宫”、《临江仙·探梅》“更无花态度，浑是雪精神”、《鹧鸪天·徐衡仲惠琴不受》“玉音落落虽难合，横理庚庚定自奇”等是。若《柳梢青·三山归途代白鸥见嘲》《永遇乐·戏赋辛字，送茂嘉十二弟赴调》，用谐语来写身世遭遇，更可见出他的抗脏傲兀的情绪。在宋词里，辛氏这些咏物之作，可比杜诗而无愧。他又有数首咏物词是和《楚辞》有关的，如《山鬼谣·雨岩有石，状怪甚，取〈离骚〉〈九歌〉名曰“山鬼”，因赋〈摸鱼儿〉，改今名》，下片云：

须记取。昨夜龙湫风雨。门前石浪掀舞。四更山鬼吹灯啸，惊倒世间儿女。依约处。还问我、清游杖屦公良苦。

神交心许。待万里携君，鞭笞鸾凤，诵我远游赋。

《喜迁莺·赵晋臣敷文赋芙蓉词见寿，用韵为谢》下片云：

休说，搴木末。当日灵均，恨与君王别。心阻媒劳，交疏怨极，恩不甚兮轻绝。千古《离骚》文字，芳至今犹未歇。都休问，但千杯快饮，露荷翻叶。

这虽只是《楚辞》词汇的运用，而也自有其独特的心情和气概（另有《贺新郎·赋水仙》《千年调·开山径得石壁……》两首，也用《楚辞》）。它和南宋史达祖的《双双燕·咏燕》《绮罗香·咏春雨》、吴文英的《宴清都·连理海棠》等只是一些空洞无内容的作品不同。宋亡以后，浙江的会稽有十四位词人，为了元僧杨琏真伽发掘宋六陵，作了三四十首以《龙涎香》《莼》《蟹》《蝉》《白莲》为题的咏物词，合为一集，名《乐府补题》。虽然它里面所表现的只是当时一班文人对封建王朝留恋的感情，作风深微隐晦，也和辛词大异，但他们写故国之思，沦亡之痛，却与《楚辞》有相通之处。前人赞《乐府补题》是"骚人《橘颂》之遗"，若就咏物这一体的传统说，这不算是过誉的。

总之，我们看《楚辞》怎样影响了宋词，和宋词怎样继承《楚辞》，知道只有具有现实主义、爱国主义的精神，而不是从个人利害出发的崇高感情的作家，才能接受屈原伟大的文学传统。宋词因为能继承《楚辞》而提高它在文学史上的地位，《楚辞》也因为有宋词作它的后继更见出它伟大的感召力，这是作家们人格的相互感应，不仅是形式的模仿和情调的揣摩。只有能接受古典作家人格精神的感召，才能接受作品艺术的影响，才能有新的辉煌的创造。这不仅宋词如此，汉赋、乐府、唐诗、元曲等之能继承古代文学优良传统的也无不如此。

本文多承吴天五先生启示，谨此致谢。

（原载《光明日报·文学遗产》94期，1958年2月2日）

西湖与宋词

一

谈宋代的西湖词，得先以唐代的词作引子。

李白、杜甫都到过浙江，而都没有西湖诗。第一位作家使西湖在文学上得盛名的是白居易。在他许多诗篇之外，还有一首《忆江南》小令，那是唐人第一首咏西湖的词。这首词编在他的《白氏长庆集》卷六十七，是他在唐文宗开成二年（837）退老洛阳时回忆江南旧游之作。词共三首，第一首泛写江南风景；第三首写苏州；第二首忆杭州的是：

> 江南忆，最忆是杭州。山寺月中寻桂子，郡亭枕上看潮头。何日更重游？

桂子山寺，是指西湖的灵隐寺，初唐诗人宋子问《灵隐寺》诗也有“桂子月中落”之句。（下句所谓“郡亭”是指唐代杭州刺史衙门里的虚白学，白氏另有诗提起它。）

白居易效民间歌曲作小词，这个《忆江南》调子，后来又名《望江南》。他这三首词是这个调子最早的作品。（前人说这个调子本是李德裕写忆亡妓谢秋娘而作，原名《谢秋娘》;《海山记》说隋炀帝开西苑凿湖泛舟，作双调《望江南》；这两说都不可信。双调的《望江南》调子，宋代以后才有。）白居易以一代大诗人，用当时最新的文学形式写词曲里没有写过的新内容——西湖山水，它虽然只是短短的五句，但我们谈西湖词，首先得提到它。（关于他的西湖诗，我别有论述。）

二

在宋代，最早最著名写自然界风景的词，是潘阆的十首《酒泉子》，又名《忆余杭》，也是写杭州西湖的（余杭就是杭州）。但是前人还不大注意它在宋词里的地位。

潘阆自号逍遥子，宋初大名府人，太宗时赐进士及第，《宋史》卷四六六《宦者王继恩传》后，附载他的一些事迹（因为这个王太监曾经推荐过他）。我们还知道他住过杭州太庙附近，杭州城里有一条“潘阆巷”（俗呼“潘郎巷”，见叶绍翁《四朝闻见录》）。他有咏浙江潮的诗很出名，当时人把他画作《潘阆咏潮图》。现在所传他的《逍遥词》一卷，其实只有这十首《忆余杭》。这里录它两首：

长忆钱塘，不是人寰是天上。万家掩映翠微间，处处水潺潺。　　异花四季当窗放，出入分明在屏幛。别来隋柳几经秋，何日得重游？

长忆钱塘，临水傍山三百寺。僧房携杖遍曾游，闲话觉忘忧。　　旃檀楼阁云霞畔，钟梵清霄彻天汉。别来遥礼只焚香，便恐是西方。

他很自负这十首词，曾经在写给他的朋友茂秀的信里说："若或水榭高歌，松轩静听，盘泊之意，缥缈之情，亦尽见于兹矣。"后来四川和浙江严州都有它的石刻；传说苏轼也很欣赏它，把它写在翰林院的屏风上；石延年又曾经把它画作图画。我们读这十首词，还嫌它夹杂些朴拙的句子，比不上后来作家的许多西湖词，为什么当时它却得到许多名人的赏识？我想这大概因为晚唐、五代以来文人们以齐、梁宫体作花间曲子词，绮靡软弱的儿女声口，到那时大家读得够腻了，所以初见潘阆这些朴拙峭拔的作品，曾令人耳目一新。并且他所写的内容由闺闱而走出到自然界山水，也是晚唐、五代词所未曾有的。这差同于六朝诗"老庄告退，山水方滋"的情况。又，晚唐、五代词像《花间集》里的《临江仙》《河渎神》《南乡子》等等，虽然也偶有写山水的句子，但它们的主要内容是写神仙、写南国风土，景语不过用来作为陪衬烘托。《竹枝》《渔父》的主要内容是水乡生活和潇洒襟怀，也不专写山水。在词里连篇累牍以山水风光为对象的，潘阆这十首联章体算是最早。他继承白居易三首《望江南》，而把它扩展为十首联章，所描写的又恰是新兴的大都市杭州、西湖的景物；当时人们很向往东南的山水生活，也就自然喜爱这十首词了。（欧阳修作《释秘演诗集序》说："闻东南多山水。"可见北宋人好东南山水，潘阆、石延年、苏轼都是北方、西方人。）

东晋末年，谢灵运在浙江永嘉写了好多山水诗，为诗坛开辟了山水一派。潘阆这十首西湖词，虽然气魄规模比不上谢灵运的诗，但我们对它在宋代词坛上的地位和影响，是该给以应有的重视的。

三

北宋初期的西湖词，潘阆之后，要数到柳永。柳永《乐章集》里大部分作品的对象是由宫廷而转向都市的，那是宋词一大步的发展（晚唐、宋初的花间派词，虽不全是为宫廷而作，但它的风格大半是学齐、梁“宫体”的）。柳永所写的都市，其主要对象，北方是汴京（开封），南方是苏州和杭州。他的名作《望海潮》，就是写杭州的西湖的：

> 东南形胜，三吴都会，钱塘自古繁华。烟柳画桥，风帘翠幕，参差十万人家。云树绕堤沙。怒涛卷霜雪，天堑无涯。市列珠玑，户盈罗绮竞豪奢。　　重湖叠巘清嘉。有三秋桂子，十里荷花。羌管弄晴，菱歌泛夜，嬉嬉钓叟莲娃。千骑拥高牙。乘醉听箫鼓，吟赏烟霞。异日图将好景，归去凤池夸。

关于这首词，后来的市井传说，有两个故事。一个是《青泥莲花记》所载：柳永和知杭州的孙和是布衣之交，孙的门禁很严，柳永欲见不得，因作这首词请托名妓楚楚，以求通于孙和。据这词的结尾所云，这个传说也许和事实距离不大远。（近人唐圭璋先生作《柳永事迹新证》，说这首词作于宋真宗景德元年，那时孙和任两浙转运使，是全省的财政大员。唐文见《文学研究》第三期。）第二个故事出于宋人罗大经的《鹤林玉露》，说柳永这首词曾经传到金国。南宋初年，金国统治者完颜亮大举伐宋，就因为这首词“有三秋桂子，十里荷花”的句子，勾起他对杭州的羡慕。当时谢处厚有诗道：“谁把杭州曲子讴，荷花十里桂三秋。那知卉木无情物，牵动长江万里愁。”这个传说原是不尽符合历史事实的（金人南侵绝不会只是为了这首词），但也可见当时这首词传唱之盛。

这首词写杭州繁盛的人口，豪华的市场，雄壮优美的自然风物，以及人民大众湖山嬉游的情况，比之潘阆的《忆余杭》，内容又丰富多了。

杭州在唐代虽然被称为东南大郡，但实际上只是东南第三等都市（第一等是全国经济中心扬州，第二等是两浙政治重心苏州和越州，越州即今绍兴），到了五代吴越钱氏，它才从第三等超升为第一等都市。北宋初年，全国的名都大郡如长安、洛阳、金陵、扬州等处，都在惨酷的兵火下面残破了，只有杭州太平无事，又因为有种种政治经济及地理的良好条件，继续发展，从“东南第一州”跃升为全国第一等大都市。它的盛况反映在宋代文学里的，散文以欧阳修的《有美堂记》为最著名，在词，就数柳永这首《望海潮》了。

都市繁盛的程度，看商业税额的多少。据《宋会要》的《食货》所列税额数目，北宋的杭州不但多于江宁和苏州，并且超过了首都开封（熙宁十年的杭州税额是十七万三千余贯），占全国第一位。又据《通考》的《征榷考》，熙宁十年以前诸州酒税，杭州是在三十万贯以上，也占全国第一位。苏轼在他的《开西湖状》中也说：“天下酒课之盛，未有如杭者。”[1]

我们了解柳永这首词的历史背景，知道他所写的并非夸

[1] 这段文字记述杭州经济情况，参考陈乐素《南宋定都临安的原因》和谭其骧《杭州都市发展之经过》二文。

张之辞。他许多都市词为北宋词坛另开一个新境界，而这首《望海潮》是他的都市词里最著名的一首，所以它在西湖文学里有突出的地位，可以说是柳词由宫廷转向都市的代表作之一。

比柳永迟一些来到西湖的有苏轼，他是继白居易之后以文学使西湖得盛名的一位大作家。他前后十年之间，两次服官杭州，一共写下三十多首词（第一次十三四首，第二次二十多首），北宋词家写西湖词，算以他为最多了。但是这三十多首大半是官场应酬和赠妓应歌的游戏笔墨，不像他的西湖诗有许多名作。我们可以说，他的熙宁、元祐年间的杭州官场词，实远不及他元丰年间的黄州贬所词，这大抵因为前后处境不同，对政治生活的体验不同，对词的看法和态度也跟着不同，所以作品的成就便有了高低。（他筑成一条苏堤，为西湖添许多吟料，可是他自己词里却没有提到。关于他的西湖诗，我另有论述。）

北宋末年杭州出了一位名词家周邦彦（美成），他是钱塘（杭州）人，死后葬钱塘江边的定山村（六和塔西首），可是他的《清真集》里却不见“西湖”两个字，这是一件令人纳罕的事情。宋人王明清作《玉照新志》，说他的《瑞鹤仙》“悄郊原带郭”一首是在睦州（今严州）梦中作的，后来遇方腊起义，逃归杭州，途中情景，一一和词语相应云云。这些全是附会之谈。其实在他的词里，是并没有杭州行迹的。

我们谈北宋西湖词，对这两位大作家是不免感觉失望的。苏词《八声甘州·寄参寥子》：“有情风、万里卷潮来，无情送潮归”一首，下片云：“记取西湖西畔，正春山好处，空翠烟霏。

算诗人相得，如我与君稀……”这是他元祐六年别杭州时作的。他在这最后一次临别的名作里，留下这几句有关西湖的句子，算是“慰情聊胜无”了。

四

北宋末年，我国历史上一次斗争惨烈的民族矛盾爆发了。从绍兴八年三月，赵构集团决定定都杭州以后，杭州从一个北宋时代全国第一等的经济都市成为南宋半壁江山的政治中心。李纲、张守、张邵诸人定都建康、北向以图中原的建议被否决了，从敌国放回来的大汉奸秦桧“安慰狂虏”的谬论，却和那个患恐敌病的主子赵构心心相印。三四月间西湖的暖风把这批人吹得昏昏沉沉，便忘掉北方沦陷区里百万同胞了！

“若要官，杀人放火受招安。若要富，赶向行都卖酒醋。”这两句民谣，反映南宋初年政治现实和杭州经济状况。（卖酒醋也可以致富，都市繁荣可想而知。）从这批大大小小的统治阶层人物到来之后，造宫殿，辟苑囿，以固定他们偷安东南的政见；官僚们纷纷买田地、置别墅、广罗娇姬美妾，过他们骄奢淫逸的生活。杭州在这种政治环境下，再加之当时种种自然条件和经济条件，在12世纪的世界上最繁荣富盛的大都市里，就首推这南宋半壁江山的首都了。钱镠以来的“东南第一州”，在北宋时跃升为全国第一州，到南宋这时又跃进为世界第一大都市。马哥孛罗在南宋亡后来游杭州，还惊叹为“世界上最美丽华贵的天城”，我们看吴自牧的《梦粱录》、周密的《武林旧事》、耐得翁的《都城纪胜》以及乾道、淳祐、咸淳三部《临安志》，还可以想见当时的盛况。

那时南方的知识分子大抵都到过这个京城来应试服官，我们翻检南宋一代的词人历史，很少人是不曾逗留过西子湖边的。以里籍说，南极闽、粤，西至滇、蜀，也有来自北方沦陷区的。以社会地位说，上从将相公侯，下及僧道妓妾，无所不有。而在这环境中的偌大一群作家里，他们各有不同的对政治、对生活的态度：一部分人是正视现实的，他们主张为民族复仇雪耻，反对偏安偷活，像福建的张元幹，作了几首送李纲的《贺新郎》，激昂慷慨，很振奋人心，后来秦桧借他事把他贬到远地去。他这些词都作于杭州，但跟西湖没有多大关系，现在且不写在这里。（和张元幹同时的张孝祥，以及后来的辛弃疾、陈亮诸人的作品，也都如此。）另一部分人是逃避现实的，他们在这个大时代里偷生苟活，尽情享乐，写了许多为统治阶级粉饰现实的词，这里举开封人曾觌作例，他是孝宗时一个大官僚，著有《海野词》，他和另一官僚作家张抡（有《莲社词》），同以作应制词出名。曾觌有一首《壶中天慢》云：

素飙飏碧，看天衢稳送、一轮明月。翠水瀛壶人不到，比似世间秋别。玉手瑶笙，一时同色，小按霓裳叠。天津桥上，有人偷记新阕。　　当日谁幻银桥，阿瞒儿戏，一笑成痴绝。肯信群仙高宴处，移下水晶宫阙。云海尘清，山河影满，桂冷吹香雪。何劳玉斧，金瓯千古无缺。

这首词是为高宗、孝宗父子德寿宫中秋宴会作的（所以用许多唐明皇故事），周密《武林旧事》记它的本事很详：

淳熙九年八月十五日，驾过德寿宫起居，太上留坐至乐堂，进早膳毕，命小内侍进彩竿垂钓。太上曰："今日中秋，天气甚清，夜间必有好月色，可少留看月了去。"上恭领圣旨。……晚宴香远堂，堂东有万岁桥，长六丈余，并用吴璘进到玉石甃成，四畔雕镂阑槛，莹彻可爱。桥中心作四面亭，用新罗白椤木盖造，极为雅洁。大池十余亩，皆是千叶白莲。凡御榻、御屏、酒器、香奁器用，并用水晶。南岸列女童五十人奏清乐，北岸芙蓉冈一带，并是教坊工，近二百人。待月初上，《箫韶》齐举，缥缈相应，如在霄汉。既入座，乐少止，太上召小刘贵妃独吹白玉笙《霓裳中序》，上自起执玉杯奉两殿酒，并以垒金嵌宝注碗杯盘等赐贵妃。侍宴官开府曾觌恭上《壶中天慢》一首……上皇曰："从来月词不曾用'金瓯'事，可谓新奇！"赐金束带、紫番罗、水晶注碗一副。上亦赐宝盏、古香。至一更五点还内。是夜隔江西兴亦闻天乐之声。

这里所反映的皇家生活，奢豪如此，而作者对他们没有一点规讽的意思。《武林旧事》另有一处记孝宗父子幸聚景园，张抡进《壶中天慢》一首，谀颂情况，与此差同。词在这种政治环境里，便堕入于"怜池苑，狎风月"，退回到《花间》《尊前》浅斟低唱的路径。西湖上烟水迷离、花娇柳亸的光景，也正适合于这种词靡曼旖旎的风格。加之帝王们提倡作这种词，如《武林旧事》所载俞国宝事：

淳熙间，游幸湖山……一日御舟经断桥，旁有小酒肆颇雅洁，中饰素屏，书《风入松》一词于上，光尧（高宗）注目久之，宣问何人所作，乃太学生俞国宝醉笔也。其词云："一春长费买花钱。日日醉湖边。玉骢惯识西泠路，骄嘶过、沽酒楼前。红杏香中歌舞，绿杨影里秋千。　暖风十里丽人天。花压鬓云偏。画船载取春归去，余情付、湖水湖烟。明日重携残酒，来寻陌上花钿。"上笑曰："此词甚好，但末句未免儒酸。"因为改定云"明日重扶残醉"，则迥不同矣。即日命解褐云。（这事当时艳传，后来有人把它编作小说。）

如张端义《贵耳集》所载赵端彦（德庄）事：

德庄宗室之秀，赋西湖《谒金门》云："波底夕阳红湿。"阜陵（孝宗）问谁词，答云端彦所作。上曰："我家里人也会作此等语！"甚喜。

豪门贵族也鼓吹作这种词，如周密、李彭老所述张枢"湖山绘幅堂"的歌酒盛会，周密《蘋洲渔笛谱》有《瑞鹤仙》序云：

寄闲（张枢别号）结吟台出花柳半空间，远迎双塔，下瞰六桥，标之曰"湖山绘幅"。霞翁（杨缵别号"紫霞翁"）领客落成之。初筵，翁俾余赋词，主宾皆赏音，酒方行，寄闲出家姬侑尊，所歌则余所赋也，调谐婉而辞甚习，若素能之者。坐客惊诧敏妙，为之尽醉。越日过之，则已大书刻之危栋间矣。

李彭老（筼房）有《壶中天·登寄闲吟台》云：

素飙荡碧，喜云飞寥廓，清透凉宇。倦鹊惊翻台榭迥，叶叶秋声归树。珠斗斜河，冰轮辗雾，万里青冥路。香深屏翠，桂边满袖风露。　烟外冷逼玻璃，渔郎歌渺，击空明归去。怨鹤知更莲漏悄，竹里筛金帘户。短发吹寒，闲情吟远，弄影花前舞。明年今夜，玉樽知醉何处。

周密的《绝妙好词》里载有张枢《壶中天·月夕登绘幅堂与筼房各赋一解》，知彭老词所谓“寄闲吟台”就是“湖山绘幅”。张枢是张俊的五代孙。张俊是南宋大将里最爱钱的一个，宋人笔记记他托一老兵往海外经商发大财，记他罢兵后每年收米六十万斛，记他被优伶嘲为“在铜钱眼里坐”。周密《齐东野语》又记他的曾孙张镃（功甫）“园池声妓服玩之丽甲天下”。一天晚上开牡丹会，名姬数十人，衣饰随花色而变：“簪白花则衣紫，紫花则衣鹅黄，黄花则衣红。……所讴者则前辈牡丹名词。……客皆恍如游仙也。”这种排场，可见他家蓄积之厚。

当时大大小小豪门贵族不知多少，词人们来往于这些豪门贵家的也不知多少。他们又结为诗社、词社，彼唱此酬，互相切磋琢磨，以美丽旖旎的词笔，写耽柳迷花的生活，为西湖留下许多好句，如：

何处销魂，初三夜月，第四桥春。（罗椅《柳梢青》）

绕湖烟冷罩波明。画船移玉笙。（翁元龙《谒金门》）

花深深处，柳阴阴处，一片笙歌。（周密《少年游》）

看画船尽入西泠，闲却半湖春色。（周密《曲游春》）

欲知湖上春多少，但看楼头柳浅深。（吴文英《思嘉客》）

打开宋人词集，这类句子不胜枚举。近年一位外宾来游西湖，很赞美白堤，说：“从昭庆寺走向孤山，一过断桥，便好像进入神话境界！”南宋赵汝茪（霞山）有一首《梦江南》，其下片说：

萧闲处，磨尽少年豪。昨梦醉来骑白鹿，满湖春水段家桥。濯发听吹箫。

这几十个字就写出这神话境界！南宋末年，张矩、周密、陈允平都作了十首《西湖十景》词，算是宋人写西湖风景的最后最集中的词作，篇幅太繁，不能引入这里了。

五

好景不常，南宋政局到了“端平入洛”之师溃败以后，蒙古的军马长驱南下，偏安半壁的小朝廷便亟亟不可终日了。那些长久生活在“销金窝儿”里的统治阶级，这时只有手忙脚乱。在前一时代里，词人们对南宋朝野人物，已经喟叹过：

> 壮气尽消人脆好。（陈亮《贺新郎·酬辛幼安再用韵见寄》）
>
> 东南妩媚，雌了男儿。（陈人杰《龟峰词·沁园春》词序引无名氏句）

到了13世纪的中期，情势更严重了。陈人杰的《龟峰词》里，有好几首感慨时事的《沁园春》，如《咏西湖酒楼》的开头说：

> 南北战争，惟有西湖，长如太平。

《书丰乐楼壁》下片说：

> 诸君傅粉涂脂，问南北战争都不知。恨孤山霜重，梅凋老叶；平堤雨急，柳泣残丝。玉垒腾烟，珠淮飞浪，万里腥风吹鼓鼙。原夫辈，算事今如此，安用毛锥。

这首词题“嘉熙庚子”（1240），那时元兵已屡犯四川。前此四年是端平三年，阔端破蜀入成都。前此一年嘉熙三年，塔海破成都。后此一年淳祐元年，成都又陷。词中所说“玉垒腾烟”，指此。（玉垒山在成都西北。）

《古杭杂记》记四川绵州文及翁登第后游西湖，有人问："四川有这样风光否？"他作了一首《贺新郎》道：

一勺西湖水。渡江来、百年歌舞，百年酣醉。回首洛阳花石尽，烟渺黍离之地。更不复、新亭堕泪。簇乐红妆摇画舫，问中流、击楫何人是。千古恨，几时洗。　余生自负澄清志。更有谁、磻溪未遇，傅岩未起。国事如今谁倚仗，衣带一江而已。便都道、江神堪恃。借问孤山林处士，但掉头、笑指梅花蕊。天下事，可知矣。

这首词不详作年，据它的下片"余生自负澄清志"句看来，似作于仕宦未达之时，及翁景定年间（1260—1264）以论"公田"有名朝野，这词当作于景定之前，或在理宗宝祐、开庆之间（1253—1259），那时下距宋亡只有二十多年了。

这首词借西湖来写当时的四种人物：一种是纸醉金迷的贵族官僚，红妆画舫之中，连东晋南渡时新亭堕泪的周颢都没有了，更谈不到中流击楫誓清中原的祖逖；一种是有抱负的知识分子（包括作者自己），他们有汉代范滂登车揽辔、澄清天下的志向，有殷周时傅说、姜太公的本领，而扼于当权，苦无进身之路；那些当权者们不肯提拔人才、依靠人才，但倚仗"衣带一江"，希望它能拦阻北来的戎马；另一种是逃避现实的文人，在这种局势之下，还寄情花草，自命清高，置国事民生于不顾，学起北宋太平时代咏梅花的林逋来。这四种人可以包括当时的朝野人物，这个偏安残局，作者决其非亡不可了。这首词概括地揭示这个没落时代的社会心理，哀愁中无限愤慨，它在西湖词里是很难得的一首反映现实的作品。

“渔父生来载歌舞，满头白发见兵来。”这是宋末杭州词人汪元量的纪事诗。当蒙古骑兵的铁蹄踢翻了南宋偏安残局的时候，汪元量亲眼看见这一场浩劫，他作了《湖州歌》《越州歌》等纪事诗一百多首。在他的《水云词》里，如《传言玉女·钱塘元夕》《满江红·吴山》等篇，都是写亡国以后的西湖景况的。他跟着被俘的宫人到了北方，曾经与文天祥同和王昭仪的《满江红》，有“事去空流东汴水，愁来不见西湖月”之句。它写这批“花天月地儿女”的流亡，是以西湖作历史背景的。

当时人以西湖为背景写亡国的，可再举《湖海新闻》所载德祐乙亥（1275）太学生的一首《百字令》作例：

> 半堤花雨。对芳辰消遣，无奈情绪。春色尚堪描画在，万紫千红尘土。鹃促归期，莺收佞舌，燕作留人语。绕栏红药，韶华留此孤主。　　真个恨杀东风，几番过了，不似今番苦。乐事赏心磨灭尽，忽见飞书传羽。湖水湖烟，峰南峰北，总是堪伤处。新塘杨柳，小腰犹自歌舞。

乙亥是帝㬎德祐元年，杭州城破的前一年。“春色”二句大概是说国事尚有可为，不料崩解若此之速。这年正月，吕师夔以江州叛，范文虎以安庆叛；三月，徐旺荣以建康降，钱訔以常州降，潜说友以平江降，吕文虎以江州叛，孟之绍以岳州降，这是所谓“万紫千红尘土”。朝士逃遁的，这年二月有左右丞相王爚、章鉴，三月有曾渊子、潘文卿、季可、何梦桂等数十人，朝中为之萧然。“韶华孤主”当指帝后。《湖海新闻》说这词隐指时事，那是无可疑的。

南宋亡国之后，遗民们所作的西湖词，可分三类：一类是泛写兴衰的，如蒋捷《竹山词》的《齐天乐·元夜阅梦华录》下片：

华胥仙梦未了，被天公澒洞，吹换尘世。淡柳湖山，浓花巷陌，惟说钱塘而已。回头汴水，望当日宸游，万□□□。但有寒芜，夜深青燐（磷）起。

这是对残破的杭州想象当日的汴京。又如詹王《天游词》的《齐天乐·赠童瓮天兵后归杭》：

相逢唤醒京华梦，风尘暗斑吟发。倚担评花，认旗沽酒，历历行歌奇迹。吹香弄碧。有坡柳风情，逋梅月色。画鼓红船，满湖春水断桥客。　当时无限俊侣，甚花天月地，人被云隔。却载苍烟，更招白鹭，一醉修江又别。今回记得。再折柳穿鱼，赏梅催雪。如此湖山，忍教人更说。

这是对劫后湖山回忆“承平”乐事。《词菀》评这词：“绝无黍离之感，桑梓之悲，而止以游乐为言，宋季士习，一至于此！”这虽近于苛论，也是的评。这类词在宋、元之际相当多。

另一种是作者自写个人荣悴之感的，可以举张炎（玉田）为代表。他是大官僚张俊的六代孙，词人张枢的儿子，中年时代碰着破家亡国的厄运，曾经步赵孟頫的后尘，往燕京求官，落魄而归，后来在宁波摆过卜肆。他的词集《山中白云词》里，西湖感事之作很多，如：

烟霞。自延晚照，尽换了西林、窈窕纹纱。蝴蝶飞来，不知是梦，犹疑春在邻家。（《春从天上来·己亥春复回西湖……》）

消魂忍说铜驼事，不是因春瘦。……我何堪，老却江潭

汉柳。(《探芳信·西湖春感……》)

买扁舟、重缉渔蓑。欲趁桃花流水去，又却怕、有风波。(《南楼令·有怀西湖……》)

这些词的感伤浩叹，总是限于作者个人的。他的名篇《高阳台·西湖春感》，也复如此：

接叶巢莺，平波卷絮、断桥斜日归船。能几番游，看花又是明年。东风且伴蔷薇住，到蔷薇、春已堪怜。更凄然。万绿西泠，一抹荒烟。　　当年燕子知何处，但苔深韦曲，草暗斜川。见说新愁，如今也到鸥边。无心再续笙歌梦，掩重门、浅醉闲眠。莫开帘。怕见飞花，怕听啼鹃。

自然，在这个沧桑变故的时代里，也有写个人感慨而关联国事的，如周密的《探芳新·西泠春感》《高阳台·送陈君衡被召》等；王沂孙、仇远诸人集里也有；就是张炎，也有些比较深沉的感喟，如“醉中不信有啼鹃，江南二十年”(《阮郎归·有怀北游》)，但在他全集里毕竟是不多的。

第三类是民族志士的血泪作品，它为宋词放出最后的光辉。举刘辰翁的《须溪词》为代表：刘辰翁（会孟），江西庐陵人。江西宋末多民族志士，文天祥、谢枋得、邓光荐、赵文等都是。辰翁廷试时忤贾似道，以后就以亲老为辞，不肯出仕。宋亡，托方外以归。他作了好几首送春词和端午节词，都是怀念故国而联想到西湖的，举《兰陵王·丙子送春》一首：

送春去，春去人间无路。秋千外、芳草连天，谁遣风沙暗南浦？依依甚情绪。漫忆海门飞絮。乱鸦过，斗转城荒，不见来时试灯处。　　春去，最谁苦？但箭雁沉边，梁燕无主，杜鹃声里长门暮。想玉树凋土，泪盘如露。咸阳送客屡回顾，斜日未能度。　　春去，尚来否？正江令恨别，庾信愁赋。苏堤尽日风和雨。叹神游故国，花记前度。人生流落，顾孺子，共夜语。

杭州破于德祐二年（1276）的春天，“送春”就是暗寓亡国。清代厉鹗作《论词绝句》有云：“送春苦调刘须溪。”卓人月《词统》说这首词“悠扬悱恻，即以为《小雅》、楚《骚》读可也”。

他的端午节各词，举《金缕曲·壬午五日》一首：

叶叶跳珠雨。里湖通、十里红香，画桡齐举。昨梦天风高黄鹄，下俯人间何许。但动地、潮声如鼓。竹阁楼台青青草，问木棉、羁客魂归否。盘泣露，寺钟语。　　梦回酷似灵均苦。叹神游、前度都非，明朝重五。满眼离骚无人赋，忘却君愁吊古。任醉里乌乌缕缕。渺渺茂陵安期叟，共鄗池、夜别还于楚。采涧绿，久延伫。

这词前半首是指西湖葛岭的贾似道故居，贾是断送南宋残局的人。后半首是以宋末殉国宰相江万里比屈原。江万里也是江西人，宋度宗时权参知政事，因被贾似道所忌去位，当南宋最后国防重镇的樊城、襄阳失守之后，他在所居芝山的后面凿个池，名池亭曰“止水”。饶州城破时，投池而死。万里是辰翁的知己，辰翁所作几首端午吊屈原词，都是吊江万里，如《金缕曲·壬午端午》云：“谁似鄱阳鸱夷者，相望怀沙终古。”如《行香子·次草窗忆古心公韵》云：“青山独往，回首伤神。叹魏阙心，蹯石魄，汨罗身。”（“古心”是江万里的别号。）

这类悼念故国而联想西湖的词，还有一篇名作，是周密《志雅堂杂钞》所载北人陈参政送陈石泉北归的《木兰花慢》（从北方归南方，当时人叫作“北归”）：

> 北归人未老，喜依旧，着南冠。正雪暗滹沱，云迷芒砀，梦落邯郸。乡心日行万里，幸此身、生入玉门关。多少秦烟陇雾，西湖净洗征衫。　　燕山望不见吴山。回首一征鞍。慨故宫离黍，故家乔木，那忍重看。钧天紫微何处，问瑶池、八骏几时还。谁在天津桥上，杜鹃声里阑干。

这位作者，当是南人流落北方的，故国故家之思，词中可见。

这些词不作于西湖，也不作于杭州初破之时。刘辰翁《壬午端午》各词，是至元十九年（1282）作，在杭州破后十年，那时作者在江西家乡。南宋遗民词，詹玉有《三姝媚·古卫舟人谓此舟曾载钱塘宫人》云：

> 一篷儿别苦，是谁家花天月地儿女。……如此江山，应悔却西湖歌舞。

彭元逊《六丑·杨花》（指北行宫女）有云：

> 帐庐好黏春睡。共飞归湖上，草青无地。愔愔雨，春心如腻。欲待化丰乐楼前，帐饮青门都废。

又汪梦斗《北游词》有《金缕曲·中秋在燕都作》云：

> 千古词人伤情处，旧说石城形胜，今又说断桥风韵。

《摸鱼儿·过东平有感》云：

> 吟情苦。滴尽英雄老泪，凄酸非是儿女。西湖似我西湖否，只怕不如西子。

这些词也都不作于杭州而都提到西湖。西湖在那时遗民的心目中，已成为故国故都的象征，不复仅是一个山水名胜，宋代的西湖词至此又另有它的特殊意境了。

六

从中唐白居易到南宋末年的刘辰翁、汪梦斗，他们作了许多有关西湖的词，可以辑为一部专集。在这些作品里，反映了美丽的自然风物，也反映了种种社会现实、社会意识：豪华的都市形态，凄凉的亡国心情，以及复杂的知识分子对政治生活的态度。就其中也看出词这种文学在这几百年内发展的过程：由儿女闺闱到大自然，由宫廷豪门到大都市，由《花间》《尊前》的“浅斟低唱”到慷慨沉痛的抗敌救亡的呼吁。词描绘了西湖的自然现象和社会现象，西湖也给词以丰富的内容和种种发展条件，二者相得益彰。我们倘若在西湖文学里抽掉了宋词，或在宋词里抽掉了有关西湖的许多作品，这在地理和人文上，都将是多么大的减色和损失啊！

在南宋一百五十年的历史阶段里，杭州从全国第一等大都市跃升为当时世界第一等大都市，这是西湖最繁盛的一个阶段。在这阶段的晚期，民族矛盾斗争达到激剧的高峰，许多正视现实的和有民族节操的词人，他们以西湖作为文学的历史背景，写出许多可歌可泣的作品，加深、提高了西湖词的思想感情，这是全部词史一个光辉灿烂的结局，也是西湖与宋词关系最深切的一个时期。

在我国文学里，最早出现西湖的，虽然是第7世纪的唐诗，但作品的思想内容最丰富、风格最高的却是13世纪的宋词。我平日读词最看重南宋，现在就用这个看法来讴歌我们的杭州西湖和西湖词。

（1959年8月18日，莫干山）

月轮楼说词

盛唐时代民间流行的曲子词

词最初是从民间来的，它的前身是民间小调。随着唐代商业的发展，都市的兴起，为适应社会文化生活的需要，同时由于音乐、诗歌的发展，词在民间就流行起来了。唐代民间词反映社会现实相当广泛，具有相当强的社会功能。

唐代民间词，虽然作品都已亡失，但是还保存了一篇唐朝开元天宝年间崔令钦所著的《教坊记》的“曲名表”。“曲名表”是民间词调的最早记录，它记录当时教坊妓女所唱的三百多首曲子，虽然只有曲名而没有作品，我们还可以根据这些曲名推测它的内容：如《舍（拾）麦子》《锉碓子》等，可能是写农民劳动生活的；《渔父引》《拨棹子》等，是反映渔民生活的；《破阵子》《怨黄沙》《怨胡天》《送征衣》等，是反映战争，写军队生活、写征妇思念出征的丈夫的。从这些调名看来，它所反映的民间生活确实相当广泛，内容相当丰富。由此可知，民间词在唐代已经相当流行。它比之后来“花间”派的文人词内容深广得多。

我们都知道中唐时代诗人李绅、元稹、白居易提倡作新乐府，他们的作品广泛深刻地反映了当时的社会现实。我们把“曲名表”里的曲名与元、白新乐府对照来看，有些内容性质是很相近似的：如“曲名表”里的《恨无媒》近似新乐府的《井底引银瓶》,《怨陵三台》《守陵宫》近似于《陵园妾》,《宫人怨》近似于《上阳人》等等。

现在让我们来看看这些作品：白居易的《井底引银瓶》，描写了一个爱情的悲剧。它写一个女子与一青年在墙头马上相见，相互产生了爱慕之心，女的私自离开家庭跟到男的家里去，结果男的父亲认为“聘即为妻奔是妾”，赶她出门。“曲名表”的《恨无媒》想来就是“聘即为妻奔是妾”的意思。造成这个悲剧的原因是私奔到夫家没有媒人。因此，我们猜想“曲名表”的《恨无媒》，大概和新乐府的《井底引银瓶》的内容相同。

新乐府的《上阳人》《陵园妾》都是描写宫怨的。荒淫的帝王到民间采选宫女，使多少家庭骨肉生离，使年青女子过着凄凉的独身生活。《上阳人》里反映许多女子被选入宫，从十六岁直到六十岁，连皇帝的面孔也未曾见到，在宫中的生活是：“莺归燕去长悄然，春去秋来不记年。唯向深宫望明月，东西四五百回圆。”一入宫门，便没有出去的日子，就这样断送了一生。有的女子被选入宫，结果却被派去守死去了的皇帝的坟园，新乐府这首《陵园妾》，就是反映这班不幸女子的痛苦。“山宫一闭无开日，未死此身不令出”，她们就这样被关在坟园里，一直到死。

“曲名表”的《宫人怨》《守陵宫》《怨陵三台》(三台是词调名)，曲名与新乐府的题目相近似，看来它们的内容也可能相仿佛。此外，新乐府的《缚戎人》可能近似“曲名表”的《羌心怨》，还有大家所知道的《新丰折臂翁》也可能近似“曲名表”里的《破南蛮》。由此可见，唐民间小调是很能广泛地反映现实生活的，这些作品价值很高。《教坊记》的作者是盛唐开元、天宝时代人，白居易是中唐时代人，“曲名表”里的唐民间词的时代比元、白乐府要早得多。这是我们研究词的起源和元、白新乐府的关系很可注意的材料。

“曲名表”中的作品都已亡失了，但是唐代民间词仍有一部分流传下来，那就是《敦煌曲子词》。

（本文论“曲名表”，参用任半塘《教坊记笺订》。
原载《文汇报》，1961年12月28日）

敦煌曲子词

“敦煌曲子词”，是指清光绪年间在甘肃敦煌县的一个石窟里发现的几百首写本的曲子词。这些词是唐朝的民间词，它反映了唐代的社会现实，其中有描写在异族统治下沦陷区人民怀念祖国的爱国感情的，如《菩萨蛮》的“敦煌古往出神将”等等。敦煌词中也有描写征夫和思妇感情的，如《鹊踏枝》的“叵耐灵鹊多谩语”等等。有反映商人生活的，如《长相思》的“哀客在江西”等等。有表达妓女痛苦的，如《望江南》的“莫攀我”等等。还有歌颂真挚的爱情的，如《菩萨蛮》的“枕前发尽千般愿”等等。从以上所举的一些例子可以见到敦煌词所反映的生活面相当广。它的形式也很多样，有小令，也有长调，风格朴素，语言清新。虽然它的内容也有糟粕，艺术手法也还粗糙，但从上述这些特点看来，在词的初期历史上，还是有它重要的地位的。

下面举几首词作例子来加以说明：它们有写征夫和思妇心情的，有写男女爱情的，有写妓女愤慨的。

先来谈谈《鹊踏枝》，它的原文是这样：

叵耐灵鹊多谩语，送喜何曾有凭据。几度飞来活捉取，锁上金笼休共语。　比拟好心来送喜，谁知锁我在金笼里。欲他征夫早归来，腾身却放我向青云里。

这首词运用了拟人化的手法，通过妇人与灵鹊的对话，表达了妇人复杂的思念丈夫的情感。人们都说灵鹊会报喜，她也希望灵鹊来向她报告丈夫归来的喜讯。但是灵鹊飞来却不见丈夫回来，她就迁怒于灵鹊，抱怨它报喜不灵，害她空欢喜一场，于是她把这只灵鹊捉住锁在金笼子里来惩罚它。下半首写灵鹊的答话："本来好心来给你送喜讯，谁知你却把我锁在金笼里。"这是灵鹊对人的抱怨，但它了解这位妇人的心情，并不十分埋怨她，却希望她的丈夫早日回来，到那个时候，他们夫妻团圆，过着和平幸福的生活，一定会高兴地把我放出金笼，让我高飞，直上青云。

整首词通过人和灵鹊的对话，写出妇人对和平幸福生活的热烈向往。表现手法相当新颖、灵活，语言也活泼生动，是民间词里的一首好作品。

再看另外一首《菩萨蛮》：

枕前发尽千般愿，要休且待青山烂，水面上秤锤浮，直待黄河彻底枯。　白日参辰现，北斗回南面。休即未能休，且待三更见日头！

这首词是表现男女间真挚的爱情的。

全首写青年男女相爱的誓辞，连说六件绝不可能成为现实的事情：青山烂，水面上浮秤锤，黄河干得见底，白天看见星星，北斗回南面。有了这五件还不算数，最后更加强语气说：即使这五件事都实现了，而我们的爱情还是不能中断，除非是半夜三更出现了太阳!

词中用六件绝不可能实现的事情，来表达爱情的坚定。又运用许多重复的字句：“要休”“未能休”，一个“直待”，两个“且待”，都是用急切的口吻，表示热烈的心情。

这首词和汉乐府的一首《上邪》，在表达感情和运用手法上都很相似，这两首都是民歌中的杰作。

末了谈谈《望江南》：

莫攀我，攀我太心偏，我是曲江临池柳，者（这）人折折那人攀，恩爱一时间。

这首词，是用妓女的口吻叙述了她们被侮辱、被损害的生活，表达了她们内心的无限恼恨和悲哀。

妓女把自己比作曲江池畔的杨柳，任人攀折，不能自主。没有人真心爱过她，他们所谓的“恩爱”只不过是一时的玩弄而已。这首词极深刻地反映了封建社会中把妓女不当人看待的残酷的事实，使人同情妓女的不幸遭遇，憎恨那个不合理的社会制度。

这些民间词，是写真实情感的好诗歌，它以清新朴素的风格影响着当代的诗人和词人，比起后来文人清客们的游戏消闲的作品，价值高得多。虽然民间词有些篇章在文字上还存在着许多缺点，但是我们仍然应该重视它，因为它是唐宋词反映现实的萌芽。

（原载《文汇报》，1962年1月7日）

中唐时代的文人词

词的音乐（燕乐）在盛唐时代已经流行，它配合长短句的词句，比较相称。但是一般文人总还是比较保守，不容易接受长短句的形式，所以盛唐时代的初期，有许多配合“大曲”的词，还是用五七言绝句来写的（“大曲”是用许多遍数、好几部音乐合奏的有歌有舞的曲调）。这些作品在宋代郭茂倩编的《乐府诗集》中可以看到。这种以绝句配合“大曲”的作品，音乐性不强，艺术性也不高，所以不大流行。

到了中唐时代，有些比较能接受民间文学的名作家，如张志和、王建、刘禹锡、白居易等，开始用长短句来填词，写出了许多著名的作品。现在举几个例来谈谈。

张志和的《渔歌子》：

> 西塞山前白鹭飞，桃花流水鳜鱼肥。青箬笠，绿蓑衣，斜风细雨不须归。

这首词里所写的感情与劳动人民的感情原有距离，实际上是描写士大夫爱自然、爱闲适、爱自由的心情。它虽然美化了渔夫生活，也是对仕途不满的一种表示。

这首词主要是描写人的心境，头两句用美好的自然景物来烘托。他描绘了一幅青山前面白鹭飞翔、色彩鲜明的画，在桃花流水中，又游着肥肥的鳜鱼，这是多么优美的境界。这样用景物衬托人物心情，比直接点明主题好得多。这可见它的艺术手法。

后来的士大夫称这首《渔歌子》是“风流千古”的名作。苏东坡与黄山谷都曾把这首词里的句子，用到自己的词中。这首词在当时就有许多人唱和，后来编成一本唱和集。这是当时文人中最早的一本词的唱和集。

现在我们再谈谈王建的《宫中调笑》。从这个调名，可以看出词在当时宫廷中原是玩弄、调笑的作品。但是到文人王建作这首《调笑令》时，它的思想内容就有了提高。

王建是以写同情妇女的诗歌著名的，其中像：“闻有美人新进入，六宫未见一时愁。”六宫宫女虽然还没见到新选来的女子，但是因为觉得自己得到皇帝宠幸的机会更少了，所以大家都一齐发愁。这是描写这班不幸宫女的愁苦心情的好作品。他这首《宫中调笑》是这样写的：

> 团扇，团扇，美人病来遮面。玉颜憔悴三年，谁复商量管弦？弦管，弦管，春草昭阳路断。

这首词开头用团扇起兴，我们看到“团扇”两字，就会想到汉朝宫妃班婕妤写的咏团扇诗。她以秋扇被抛弃，比喻宫女失宠的身世。美人用团扇遮面，因为病容憔悴怕见君王。学习管弦，原是为了要得到皇帝的宠爱，而现在管弦对她还有什么用处呢？

所以重复两句“弦管，弦管”，是感叹的话。昭阳是指汉成帝宠妃赵飞燕所住的昭阳殿，由于飞燕得宠，皇帝不再到别的宫女那边去了，所以从昭阳殿到别宫的路上没有人迹，长满了青草。这是这个美人失宠的原因，也是她得病的原因。把这句主要的话放在末了点出，很有深意。

《调笑令》的第四句，必须将第三句最后两个字颠倒过来重复两次，这就是调笑的口吻，但是王建这首词中，却把它变为感叹的口气，它的思想内容就提高了。

《竹枝词》与《柳枝词》都是大家所熟悉的文学体裁，《竹枝》是四川民歌，《柳枝》是唐代洛阳新曲。刘禹锡、白居易作的最多。

刘禹锡的一首《竹枝》是这样写的：

杨柳青青江水平，闻郎江上唱歌声。

东边日出西边雨，道是无晴却有晴。

完全采用民歌形式。用双关语来描写青年男女的爱情，也是民歌常用的手法。

白居易的《竹枝》，都明白如话，也是接近民歌的。像这一首：

瞿塘峡口水烟低，白帝城头月向西。

唱到竹枝声咽处，寒猿暗鸟一时啼。

另外有一首《柳枝》：

红板江桥清酒旗，馆娃宫暖日斜时。

可怜雨歇东风定，万树千条各自垂。

末两句写杨柳的神态极好。白居易还有像《忆江南》这样的作品：

江南忆，最忆是杭州。山寺月中寻桂子，郡亭枕上看潮头。何日更重游?

这是大家所熟悉的，不必多介绍了。

刘禹锡、白居易所作的长短句词，风格仍与绝句、民歌相近，到后来温庭筠的词，才完全是另外一种面貌了。

（原载《文汇报》，1962年2月20日）

不同风格的温（庭筠）、韦（庄）词

温庭筠、韦庄是花间派的著名词家。前人读唐五代词，时常把温庭筠、韦庄两家相提并论，认为两人词风是差不多的。实际上他们是代表着两种不同的词风。就他们两人的诗风论也是如此：温庭筠诗近李商隐，韦庄诗近白居易；他们的词风与诗风正是一致的。作品风格的不同决定于他们两人的不同的生活遭遇。

温庭筠出身于没落贵族家庭，虽然一生潦倒，但是一向依靠贵族过活。他的词主要内容是描写妓女生活和男女间的离愁别恨的。他许多词是为宫廷、豪门娱乐而作，是写给宫廷、豪门里的歌妓唱的。为了适合于这些唱歌者和听歌者的身份，词的风格就倾向于婉转、隐约。他的词中也偶然有反映他个人感情、写自己不得意的哀怨和隐衷的，由于他不敢明白抒写自己的感情，所以要通过这种婉转、隐约的手法来表达。这些作品就很自然地继承六朝宫体的传统。由于继承这个文学传统，由于宫廷、都市的物质环境，形成温庭筠词的特色：一是外表色彩绮靡华丽，二是表情隐约细致。这正是没落贵族落拓文士生活感情的一种表现。

韦庄虽然也出身于没落贵族家庭，但他五十九岁才中进士，在这以前生活很穷苦，漂泊过许多地方，这种漂泊的生活占据了他一生的大部分岁月。他晚年在前蜀任吏部侍郎、平章事（平章事就是宰相），第二年就死了。大半生的漂泊生活，使他能接受民间作品的影响，使他的词在当时词坛上有它独特的风格。

正是这种不同的生活遭遇形成了他们两人不同的文学风格，简单地说：温庭筠“密而隐”，韦庄“疏而显”。现在我们先来看看温庭筠的具体作品《梦江南》：

梳洗罢，独倚望江楼。过尽千帆皆不是，斜晖脉脉水悠悠。肠断白蘋洲。

这首词描写一个女子等待所爱的人而终究失望的心情。她所爱的人是从水路坐船归来的，她从早到晚倚楼望江，希望眼前过去的船只中有一只载他归来，会停在她的楼前。然而“过尽千帆皆不是”，从清晨“梳洗罢”直望到黄昏，仍不见他归来。这“过尽千帆皆不是”一句，一方面写眼前的事实，另一方面也有寓意，含有“天下人何限，慊慊只为汝”的意思，说明她爱情的坚贞专一。清代谭献“红杏枝头侬与汝，千花百草从渠许”词句和这意思也相近。

王国维《人间词话》说：“一切景语皆情语。”这首词“斜晖脉脉”是写黄昏景物，夕阳欲落不落，似乎依依不舍。这里点出时间，联系开头的“梳洗罢”，说明她已望了整整一天了。但这不是单纯的写景，主要还是表情。用“斜晖脉脉”比喻女的对男的脉脉含情，依依不舍。“水悠悠”可能指无情的男子像悠悠江水一去不返。（“悠悠”在这里作无情解，如“悠悠行路心”是说像行路的人对我全不关心。）这样两个对比，才逼出末句“肠断白蘋洲”的“肠断”来。这句若仅作景语看，“肠断”二字便无来源。温庭筠词深密，应如此体会。

小令词短小，造句精炼、概括。这首小令做到字字起作用，即闲语也有用意，前文所举各句之外，如开头的“梳洗罢”是说在爱人未到之前，精心梳洗打扮好等他来，也有“女为悦己者容”的意思。又，古时男女常采蘋花赠人，末句的“白蘋洲”也关合全首相思之情。

这词字字都扣紧作者所要表达的思想感情，如电影中每一场景、每一道具都起特定的作用。《花间集》里的小令，只有温庭筠这种作品能做到如此。

下面再看看他另一首《更漏子》：

柳丝长，春雨细，花外漏声迢递。惊塞雁，起城乌，画屏金鹧鸪。　香雾薄，透帘幕，惆怅谢家池阁。红烛背，绣帘垂，梦长君不知。

《更漏子》就是“夜曲”。从前把一夜分成五更，“更漏”是指古代用铜壶滴漏来计算时刻。“子”就是曲。词调里如《生查子》《采桑子》等，都以“子”为名，“子”就是“曲子”的简称。

这一首是描写相思的词。上片开头三句是说：在深夜里听到遥远的地方传来的漏声，这声音好像柳丝那样长，春雨那样细。由此可知，已经是夜深人静的时候了。同时也点出人的失眠，因为只有深夜失眠的人，才会听见这又远、又细、又长的声响。

下面“惊塞雁”三句是说：这漏声虽细，却能惊起边疆关塞上的雁儿和城墙上的乌鸦，而只有屏风上画的金鹧鸪却不惊不起，无动于衷。事实上细长的漏声是不会惊起“塞雁”与“城乌”的，这是作者极写不眠者的心情不安，感觉特别灵敏。

这首词上下片的两结句，都十分简练，而含意深长。“画屏金鹧鸪”是上片的结句。它前面“惊塞雁”“起城乌”两句，都冠以动词，为什么独“画屏金鹧鸪”句不着一个动词？鹧鸪不惊不起，是何道理？这使我们想起温庭筠《菩萨蛮》词中有“双双金鹧鸪”之句，由此可悟这首词写金鹧鸪不惊不起，是由于它成双成对，无忧无愁。这样写的目的，正是反衬人的孤独。这句如果只看单纯的写景而不联系感情，那就和全首词写相思的主题毫无关系了。

下片结句点明“惆怅”的原因，也很隐微曲折。一首四十多字的小令，而写来这样婉约、含蓄，这正是温庭筠小令的特有风格。

从上面谈到的具体作品，我们可以大致了解温庭筠词的风格。他加强了词的组织性，用暗示、联想的手法，使它能表达五、七言诗不能表达的内容情感；这是当时许多人创作经验的累积，也是温庭筠个人努力的成绩。不过，由于他过分讲究文字声律，因而产生了许多流弊，使词这种新文学趋向格律化，使它成为文人的专用品，逐渐远离人民。同时，由于文人的阶级意识和生活的限制，作品内容日益空虚，远不及敦煌民间词的广博深厚。这是温庭筠词的缺点，也是后来花间派词的共同缺点。

词在民间初起的时候，本来是抒情文学，后来这种文学传入宫廷、豪门与文人之手，他们阉割了它的思想内容，只拿它作为娱乐调笑的工具，《宫中调笑》这个调名就明显地说明了这个转变。晚唐五代文人作词，大部分是为了宫廷、豪门的娱乐。在这班作家里能写他自己个人生活情感的，韦庄是比较突出的一位。

虽然温庭筠的词里也许有他自己的生活情感，但是他的创作动机主要是为应歌。韦庄的词虽然也有为应歌而作的，但是他的创作动机主要是为抒情的。

晚唐五代文人词大都为应歌而作，缺乏真挚的感情。其间也有一部分文人拿词作为抒情工具，使它逐渐脱离音乐而自有其文学的独立生命。韦庄在五代文人词内容日益堕落的时候，重新领它回到民间抒情词的道路上来，他使词逐渐脱离音乐而有它的独立生命。虽然他的词内容还不够广泛，描写不够深刻，但是，这在五代文人词浮艳虚华的气氛里，他这类抒情的作品是不可多得的。这个倾向影响了后来苏轼、辛弃疾等大家，我们如果认为苏、辛一派抒情词是唐宋词的主流，那么，在这个主流的源头上，韦庄是值得我们重视的一位作家。

我们谈过了温庭筠的具体作品，现在拿韦庄的作品和他比较一下，就能看出他们明显的不同的风格。韦庄有两首《女冠子》：

四月十七，正是去年今日。别君时，忍泪佯低面，含羞半敛眉。　　不知魂已断，空有梦相随。除却天边月，没人知。

昨夜夜半，枕上分明梦见。语多时，依旧桃花面，频低柳叶眉。　　半羞还半喜，欲去又依依。觉来知是梦，不胜悲。

第一首的上片写情人相别，下片写别后相思。第二首的上片是因相思而入梦，下片结句写梦醒。两首写一件事，这和敦煌曲子词的两首《凤归云》相似，都是“联章体”。

第一首的开头明记日月毫无修饰，这是民间文学的朴素的风格，在文人词中是很少见的。整首词略有作意的只是末两句：“除却天边月，没人知。”含意也是明白易懂的。

一般文人词都很重视结句，小令的结句尤其如此。温庭筠写梦的小令，如《更漏子》结句："红烛背，绣帘垂，梦长君不知。"《菩萨蛮》结句："花落子规啼，绿窗残梦迷。"都写得婉约含蓄，不肯明显地道出感情，这和韦庄词的手法是完全不同的。再看韦庄另一首《思帝乡》：

春日游，杏花吹满头。陌上谁家年少足风流。妾拟将身嫁与一生休。纵被无情弃，不能羞！

这是文人词中描写爱情极突出的一首，十分像民歌。韦庄这首与我们前面讲过的敦煌曲子词《菩萨蛮》"枕前发尽千般愿"一首，内容虽然不尽相同，但感情的热烈、真挚却没有两样。这样真率抒情，像元人散曲，很明显是受民间作品的影响。温庭筠写爱情的词，最明朗的像"偷眼暗形相，不如从嫁与，作鸳鸯"。他至多只能说到这样，与韦庄的作品比较起来，仍是婉约含蓄的。

温、韦词的风格虽然有较大的差异，但是他们同是晚唐五代著名的词家，在同一时代的文学风气之下，他们的词风自然也异中有同。温庭筠词的特征是深密，但也有较疏的，如《更漏子》："梧桐树、三更雨。"这是近于韦庄的。韦庄词很疏快，但像《木兰花》"独上小楼春欲暮"，《浣溪沙》"清晓妆成寒食天"，这两首却是近于温庭筠的，这是异中之同。在这里所谈的是要辨别两家词的特色。文人气息和民间气息的孰浓孰淡，是他们两家作品风格的不同之处。这不仅是艺术手法的差异，主要是决定于他们两人的不同的生活遭遇。

（原载《文汇报》，1962年3月11日、3月15日）

花间词体

《花间集》是五代时后蜀人赵崇祚编的一本词选，一共选了五百首词。欧阳炯作的《花间集叙》说："则有绮筵公子，绣幌佳人，递叶叶之花笺，文抽丽锦；举纤纤之玉指，拍案香檀。不无清绝之辞，用助娇娆之态。"这是说：豪门贵族的公子、佳人们，将词写在花笺上，举纤纤的玉指，按着拍板来唱。他们所写的都是清丽的文辞，用来配合娇柔的舞姿。可见他选词的目的是偏重于应歌的。他所选的作家，从温庭筠、皇甫松、韦庄到和凝、孙光宪、李珣共十八家。欧阳炯序作于后蜀广政三年（940），那时温庭筠已死了七十年左右了。皇甫松、孙光宪几家都不是西蜀人，之所以把他们选在一处的原因是由于他们的作风与西蜀词人有共同性：华丽的字面，婉约的表达手法，集中来写女性的美貌和服饰以及她们的离愁别恨，这样就构成为一个"花间"词派的整体。在这些作品里，反映出当时城市经济的社会基础和上层社会的享乐生活。西蜀词人大多是宫廷豪门的清客，在政治上没有重要的地位，生活空虚，文化水平也不很高，词的内容便很单调、贫乏了。

然而《花间集》的一部分作品是间接受到民歌的影响的。因为这派作者作词的动机是为了配合歌唱，与南朝长江上游的民歌有间接关系。有极少数的作品风格就很近民歌，如：顾敻的《诉衷情》："换我心，为你心，始知相忆深！"等等。又如牛希济的《生查子》：

新月曲如眉，未有团栾意。红豆不堪看，满眼相思泪。终日劈桃穰，人在心儿里。两朵隔墙花，早晚成连理？

这是一首描写爱情的词。"新月"二句是说与爱人不能团栾，引出下面的相思。从红豆感到相思之苦。"人在心儿里"，字面上是写桃仁在桃核中，意思是说所爱的人在我心里。用双关语作歌是民歌的常用手法。这首词主要是写相思之情，通过新月、红豆、桃穰、隔墙花四种物件来表达要与所爱的人团栾成双的愿望。

另一种风格是欧阳炯、李珣诸人所描写南方风物的《南乡子》，这在《花间集》中也是有突出价值的作品。现在先看看欧阳炯的两首《南乡子》：

路入南中，桄榔叶暗蓼花红。两岸人家微雨后，收红豆，树底纤纤抬素手。

岸远沙平，日斜归路晚霞明。孔雀自怜金翠尾，临水，认得行人惊不起。

第一首词中所描写的"桄榔叶""蓼花""红豆"，第二首描写的"孔雀"，都是南方特有的风物。前首写南方的风景，写出了少女们采撷红豆的情景，是一幅富有生活气息的图画。后一首描写孔雀临水照影，金翠尾与晚霞相照映，也构成了一幅色彩鲜艳的画面。

现在再看看李珣的两首《南乡子》：

乘彩舫，过莲塘，棹歌惊起睡鸳鸯。带香游女偎伴笑，争窈窕，竞折团荷遮晚照。

相见处，晚晴天，刺桐花下越台前。暗里回眸深属意，遗双翠，骑象背人先过水。

这两首词很形象地刻画了人物的情态。第一首写一群小姑娘在莲塘里乘船嬉戏的情景，灵活、逼真地描绘了少女们的害羞、娇憨。下一首描写少女细腻的感情和行动。这是写一个女孩子遇到自己喜爱的情人，怕人看见，只好偷偷地用眼神传达对他的情意，并且假装掉下了双翠羽（是女子的首饰），背着人骑象先过河去等候他。词中所写的“刺桐花”“越台”“骑象”也都是南方特有的风光。

（原载《文汇报》，1962年3月31日）

南唐词

西蜀、南唐，为五代歌词繁殖之地。前文介绍的花间词体和《花间集》，它的作者大都是西蜀的词人。在晚唐五代与西蜀词并峙的，还有长江下游的另一个词派——南唐词。

南唐、西蜀这两个国家的都城，一个在长江下游的南京，一个在长江上游的成都。这是两个很富庶的地方，又都没有遭到五代的兵祸，他们的统治阶级和宫廷贵族过着歌酒升平的生活。南唐词与西蜀词一样，都是在宫廷和豪门享乐的基础上发展起来的。但是南唐的文化比西蜀高，南京自三国以来就是南方政治和文化的中心。西蜀词的作者大都是宫廷豪门的清客，而南唐词的作者大都是统治阶级人物，有很高的政治地位和文化水平。这两个词派的来源也完全不同，西蜀词大部分是从民间来的。由于西蜀词的作者大都是宫廷豪门的清客，他们不继承民歌的朴素清新的优点，却吸收了它的糟粕，并发展了它的不健康的情绪。至于上文谈过的几首《南乡子》，那在《花间集》中是不可多得的。南唐词多半从唐代的抒情七绝来，其中李煜等人的作品则以抒情为主，感情较深挚，风格也较高，就其对后代的影响来说也比西蜀词好。

南唐词的主要作家是冯延巳和南唐二主——李璟、李煜。

南唐中主李璟，他在位的十九年中，都在忧愁悔恨中过日子，由于他即位以后多次向邻国挑衅，引起北方的周世宗的几次亲征南唐。当时南唐外受周的威胁，内部党争又相当激烈。李璟为避北方兵力的压迫，从南京迁都到南昌，后来就死于南昌。李璟是一个有才华的词人，他的词现在流传的只有四首。下面谈一首《摊破浣溪沙》：

菡萏香销翠叶残，西风愁起碧波间。还与韶光共憔悴，不堪看。　　细雨梦回鸡塞远，小楼吹彻玉笙寒。多少泪珠何限恨，倚阑干。

这首词上片写秋景，下片写思念远人。一、二两句写出荷花凋残的时候，人的愁闷因西风而起（菡萏是荷花的别名）。与这韶光一同憔悴的人，不堪看这满眼萧瑟的景象。王国维《人间词话》极称赏“菡萏”两句，认为有“美人迟暮”的感慨。下片写思妇在梦里与边塞的丈夫相会，她醒来正是秋风秋雨的时候。想到鸡鹿塞是在很远、很远的地方（鸡塞就是鸡鹿塞。古地名，在今内蒙古杭锦后旗西。）。她为了排遣孤单的愁绪，独自在小楼上吹玉笙，但是仍然忍不住要流泪。

这虽然是一首描写思妇的词，但实际上作者是通过这个题材来抒写自己的心情。“细雨”两句极为王安石所欣赏，认为是南唐最好的词句。

李璟的词是消极哀怨的，这决定于他的阶级地位和他那种特殊的境遇。但是他能如实写自己的感情，这就不同于内容浮艳空虚的花间体词。他是李煜的前驱。

南唐后主李煜，是五代词的代表作家，也是对后来的宋词有较大影响的作家。他的词，现存三十多首。南唐在五代十国里，是经济、文化基础最好的一个国家，李煜又生长在一个充满文艺气氛的家庭和宫廷里，他的文化修养高过于五代其他君主，这一切都有助于他的词作的成就。

李煜前半生的词作像《玉楼春》中所写的"晚妆初了明肌雪，春殿嫔娥鱼贯列"，《菩萨蛮》中所写的"画堂南畔见，一向偎人颤。奴为出来难，教君恣意怜"等等，这些词的内容还同西蜀差不多，是描写宫廷中豪华的娱乐生活和艳情生活的。到了亡国以后，李煜过了三个年头"此中日夕只以眼泪洗面"的俘虏生活。这短短三年的生活经验远远超过他前半生的二三十年，他的一首《破阵子》"四十年来家国"就明显地写出了这种生活的转变。正由于这种生活的转变，使他后期写出了好几首传诵后世的名作。如《虞美人》"春花秋月何时了"，《乌夜啼》"无言独上西楼"，《浪淘沙》"帘外雨潺潺"等，这些都是大家熟悉的作品。下面具体谈他的一首《浪淘沙》：

> 帘外雨潺潺，春意阑珊。罗衾不耐五更寒。梦里不知身是客，一晌贪欢。　　独自莫凭栏，无限江山，别时容易见时难。流水落花春去也，天上人间。

这是李煜亡国后的作品。上片倒叙，说只有梦里忘记自己是"客"，实际是俘虏；也只有在梦里还能贪恋一下片刻的欢娱。当梦醒后听到雨声，知道春光将暮，五更的寒冷，心头的凄凉，格外使人无法忍受。下片说不要去倚栏眺望，隔着无数的江山不可能再看到自己的故国。回想亡国以前的生活，和现在比起来，真有天上人间的差别！

再谈李煜的一首《清平乐》：

别来春半，触目愁肠断。砌下落梅如雪乱，拂了一身还满。　　雁来音信无凭，路遥归梦难成。离恨恰如春草，更行更远还生。

这是一首写离情的词。“砌下落梅”两句是写景，实际是“触目”的一个镜头。通过这两句，一方面点明“春半”的景色，一方面写出“愁肠断”。这首词不着力写愁，只说落梅“拂了一身还满”，可见他独立在花下很久很久，透露了伤春伤别的情绪。

下片“雁来”两句，一方面说，不但家乡音信全无，而且连梦魂也难得归去。原来离别不能相见，音信是个慰藉，音信全无，那只有把希望寄托于梦中；现在连归梦都不能成，这就引出下面“离恨恰如春草，更行更远还生”二句来。春草遍地都是，用它形容愁恨之多。行人到了哪里，哪里有春草，好像离愁也跟到哪里，是说无法排遣愁恨，触目春光，都是愁绪。

李煜后半生所作的这些词，是以前文人词从来不曾有过的作品，这不仅是李煜个人作品的大转变，也是晚唐五代整个文人词的大转变。

晚唐五代词抒情的倾向越到后来越是显著，这决定于文学演进的趋势，也决定于作者的实际生活。李煜晚年的生活经历是温庭筠、韦庄等人所没有的，所以他的作品能超过他们。民间词自晚唐转入文人手中之后，一二百年以来，逐渐向丽词雕琢方向发展，几乎走向末路。把它救拔出来，以词作为抒情的工具，带它重新走上抒情的道路并提高词的地位的，在韦庄以后，李煜的功绩可算是最大。

在这里我们还要注意一点：李煜词的风格，和唐诗，尤其是和绝句有相当密切的关系。他的词风和唐人绝句风格有很近似的两点：

1. 声调谐婉不作拗体。

2. 词意明畅不作隐晦语。

他后期的词是为抒情而作，都用明畅的语言写自己的真实感受。这些谐婉明畅、近于唐人绝句的小令可以充分表达他那种生活心情，如：“问君能有几多愁？恰似一江春水向东流。”“流水落花春去也，天上人间。”“剪不断，理还乱，是离愁。别是一般滋味在心头。”都是如此。

总之，李煜词改革花间派涂饰、雕琢的流弊，用清丽的语言、白描的手法和高度的艺术概括力，抓住自己生活感受中最深刻的方面，动人地把情感表达出来，给人深刻的艺术感受。他的词摆脱了花间派的窠臼，创造了他自己的独特风格。他不仅为当时的词打开了新的境界，而且对词的发展起了很大的推动作用。

李煜是南唐的国君，他在亡国后写的一些词篇，抒发对故国的怀念和对皇帝生活的追恋。从主观方面看，他的思想感情自然和人民的思想感情有距离。但从客观艺术效果方面看，他把怀念故国之思，通过动人的抒情词句表达出来，能够强烈地感染读者，引起读者的共鸣。

（原载《文汇报》，1962年4月11—12日）

冯延巳和欧阳修

晚唐五代，词在长江流域繁盛起来。冯延巳与韦庄分据吴、蜀词坛，形成两大词系。

冯延巳是南唐中主（李璟）的宰相。陆游《南唐书》载：“元宗（即中主李璟）尝因曲宴内殿，从容谓曰：‘吹皱一池春水，何干卿事？’延巳对曰：‘安得如陛下小楼吹彻玉笙寒之句？’”他们君臣在饮宴之际，各举对方词句为谈笑资料，由此可见南唐词风之盛。

陈世修序冯延巳《阳春集》：“公以金陵盛时，内外无事，朋僚亲旧，或当燕集，多运藻思为乐府新词，俾歌者倚丝竹而歌之，所以娱宾而遣兴也。”以乐府新词为娱宾遣兴之用，此种风气一直影响北宋的词坛。北宋初期作家晏殊父子与欧阳修的词，与冯延巳相近似。刘攽《贡父诗话》称：“元献（晏殊）尤喜冯延巳歌词，其所自作，亦不减延巳乐府。”刘熙载《艺概》称：“冯延巳词，晏同叔（晏殊字）得其俊，欧阳永叔（欧阳修字）得其深。”可见北宋词风，实承南唐遗绪。这里举冯延巳、欧阳修两家的词来谈谈。

冯延巳有一首名作《谒金门》：

杨柳陌，宝马嘶空无迹。新着荷衣人未识，年年江海客。　　梦觉巫山春色，醉眼飞花狼藉。起舞不辞无气力，爱君吹玉笛。

这是一首写爱情的词，但是言外之意，可能别有寄托，不单是写相思之情。

上片四句，描写一个“江海客”的形象，层层深入：首先点出地点是“杨柳陌”，杨柳是青春的象征；次句写那人骑的是一匹用宝物装饰起来的奔驰如飞的马，是一匹听见嘶叫声早已跑得无影无踪的骏马。这些都为了写那个英俊的人物。“荷衣”句写那少年被服香净，但大家对他都很陌生。“年年江海客”是想象、估计之辞：他大概是一位年年客游、倜傥风流的人物。这首词的上片只是短短的四句廿一个字，就勾画出一位美少年的形象，在我们面前闪跃而过，给人留下一个鲜明的印象。

下片是写一个见到这位美少年的女子对他的怀念之情。由于这个人物给那女子留下深刻的印象，使她梦寐不忘。词里写由相见到入梦，两片之间，作者用跳跃之笔，省略了许多话。下片头两句是泛写梦境：由于她沉醉于那个所见的美少年，六神无主，所以感到眼前景物好像“飞花狼藉”。“起舞不辞无气力”两句，极写她对他的爱慕，造句十分雅健。这两句可能是寄托“士为知己者死”的意思，是士大夫阶层的思想感情。词到南唐一班文人手中，就多多少少表现一些士大夫的思想感情，这就超出于花间词的艳科绮语。冯延巳这首词正是一个例子。他的《阳春集》

里，这类句子还不少，如《鹊踏枝》“公子欢筵犹未足，斜阳不用相催促”，《菩萨蛮》“和泪试严妆，落梅飞晓霜”等等。这些词外表虽然都还是写男女情爱，却另有寓意。冯煦谓冯延巳“俯仰身世，所怀万端，缪悠其辞，若显若晦”（《阳春集》序），就是说延巳词颇多“旨隐词微”之作。

以下谈谈欧阳修的一首《蝶恋花》：

庭院深深深几许？杨柳堆烟，帘幕无重数。玉勒雕鞍游冶处，楼高不见章台路。　雨横风斜三月暮，门掩黄昏，无计留春住。泪眼问花花不语，乱红飞过秋千去。

这首词描写一个贵族少妇深闺独守的苦闷心情。

开头三句，写这少妇的生活环境：庭院深深，深到什么程度呢？庭院里外有无重数的帘幕，帘幕外面又有杨柳，早晚时候杨柳上又堆着迷蒙的烟雾。“杨柳”两句就是形容“深深深”三个字。这女子被禁锢在这样一个和外面隔绝的家庭里，虽然是一个华贵的家庭，但是一个寂寞不自由的牢笼。“玉勒”两句写她的丈夫终日在外游荡，出入于歌楼妓馆之中（“玉勒雕鞍”是玉做成的马衔和雕绘的马鞍）。她家里虽然有高楼，可是望不见丈夫游冶的地方。（章台是汉代长安街名，多妓居。后代借它指妓院所在地。）

上片描写这少妇的生活处境，下片叙述她的心情：首三句写暮春景象，黄昏时候风雨交加（“横”是“强横”的“横”，读去声），由于春不能留，引起人的青春迟暮的感慨。末了两句有几层意思：含着眼泪问花知不知道人的心情，这是她无可告诉的怨恨，是第一层；花不能语，是说不但人不能了解她，也得不到花的同情，是第二层；“乱红飞”，花自己也被风雨摧残了，是第三层；花偏偏又被风吹过秋千去了，而秋千却是她和丈夫旧时嬉戏之处，更使她触景伤情，不堪回首，是第四层了。这首词虽然表面是写一个女子的苦闷，但它的寓意不限于此。从屈原《离骚》以来，就以美人香草寄托君臣，后代士大夫以男女寄托君臣的诗歌，指不胜屈。欧阳修这首词也是属于这一类。

这首词见于欧阳修的词集，又见于冯延巳的《阳春集》。冯在南唐的处境和政治心情与欧阳修相似，他们是社会上同一阶层的人物，所以作品的思想内容便难分彼此，而风格亦复近似。他们以士大夫胸襟学问入词，虽写男女爱情，而能以诗人娴雅语言出之，这就和《花间集》有了区别。

（原载《文汇报》，1962年5月19日）

范仲淹多样风格的词

晚唐五代及北宋初年的词，多半还是“花间”“尊前”的风格。笔调是软媚的，内容是写儿女之情的。虽然士大夫也偶有寄托，但总还不能脱离温、韦风格，而当时范仲淹的作品却能突破这个局限。他虽然不是一位词专家，作品也只存五六首，但是它的意境广阔，具有大家气象。他开始以唐人边塞诗入词，使词从温、韦的宫廷豪门，柳永的都会市场，而扩大到边塞的广阔天地。词中反映了人民被奴役的痛苦，具有很强的现实主义精神，他的代表作品就是那首描写边塞军中生活的《渔家傲》：

塞下秋来风景异，衡阳雁去无留意。四面边声连角起。千嶂里，长烟落日孤城闭。

浊酒一杯家万里，燕然未勒归无计。羌管悠悠霜满地。人不寐，将军白发征夫泪。

北宋仁宗宝元、庆历年间（1038—1043），西夏（国名，据有现在的内蒙古和甘肃的一部分地区）国王元昊叛宋，宋朝命范仲淹和韩琦出师抵抗，战事连续了五六年。这首《渔家傲》是范仲淹在西北军中感怀之作。

北宋词坛出现这样感情深厚、气概阔大的小令，这是五代以来婉约柔靡的词风转变的开端。这首是苏轼、辛弃疾豪放词的先驱。在他以前写边塞的词的，《敦煌曲子词》里有《望江南》《龙沙塞》《边塞苦》等，都是唐代民间作品。唐代文人词里也偶有这类作品，如韦应物、戴叔伦的《调笑令》“胡马胡马”“边草边草”等就是。但是民间作品文字粗疏；文人们则又未必身到边地，感情不真；这首词因出于作者真实生活的体验，眼见敌我两方人民大众被驱使、奴役的痛苦和统治者“轻用人命，以快一朝之意”的不人道（这两句是当时丁度奏章中语），文字也就有很强的感染力。可说是唐代以来边塞词中最突出的一首。

这首词上半首写边塞荒凉景况，首句用一“异”字韵领起全首，说边地景况不同于内地，为下半首思归情感作伏笔。次句只说“雁无留意”，实是表现了人无留意。后三句十七字，迭用许多名词（“角”“嶂”“长烟”“落日”“孤城”），而只用“连”“起”“闭”三个动词作开合起伏，造句精劲，声调也很高亮，写出边塞黄昏一片荒凉的景象。

下半首开头，“家万里”见归心之切，“浊酒”既不能解愁，破敌之功未成，要归又不可能。这两句就有三层意思。“羌管悠悠”句，用声色作点染，使上下文写情的句子更加浓挚。“人不寐”句，先用一个“人”字包括人我两方面，就是将军（我）和征夫（人）两方面，到末句七个字才分开来说明，中间着“不寐”两字，使上句的声色和下句的情感紧凑地联系起来：“羌管悠悠”，在不寐中才听得到，清霜满地，在不眠时才见得到；“将军白发”由于用兵劳心；“征夫泪”由于横被驱役的苦痛，都是不寐中的心事。这里运用情景交融的手法，以景托情，写情才更深刻。

宋对西夏这次战争，本是抵抗侵略的战争，但是由于宋朝的武力不振，战事一开始就有许多廷臣主张议和，范仲淹初出任陕西都转运使时，就说：“今边城之备，十有五、七，关中之备，十无二、三。”他很怕元昊“乘关中之虚，东阻潼关，隔两川赋贡”，主张闭关清野，不打大战。反对诸将“五路入讨”的请求。可是韩琦很轻敌，有一回，韩琦叫尹洙往仲淹处议战，仲淹坚持不可战，尹洙说：“您在这点上不及韩公了，韩公说：‘大凡用兵，当置胜败于度外。’”庆历元年，琦巡防到高平地方，命任福将大军，与西夏战于好水川，宋兵大溃，士卒死者一万多人。韩琦还至半路，阵亡兵士的父兄妻子数千人，手拿阵亡者的旧衣和纸钱来招魂，在琦的马前哭喊道：“你跟招讨使（指韩琦）出师，现在招讨使归来，而你却死了，你的魂魄会跟着招讨使归来吗？”哭声震动山野，韩琦掩泣驻马不能进。仲淹听见这情况，叹息说：“当这个时候，恐怕不容易置胜败于度外了吧！”这场战事闹了五六年，结果还是以议和结束。历史的事实证明：范仲淹这首词的主意和他对这次战事的看法是正确的，是符合人民愿望的。

传说当时欧阳修曾经讥笑这篇作品是“穷塞主词”。意思说范仲淹不应作颓唐衰飒语，自杀大将威风。可是欧阳修自己有一次参加枢密使晏殊的酒宴，作了两句诗：“谁怜铁甲冷彻骨，四十余万屯边兵”（见宋人吴曾著的《能改斋漫录》卷十一），也很同情这批西北边防兵士。可见当时这场战事对人民生活威胁、影响之严重。

仲淹平生所作诗文，都直抒胸臆，不沿晚唐纤秾怪诞的习气，也不染当时西昆体虚饰辞藻的作风；这首词能站在人民一边反映这历史现实，在五代以来的文人词里是很难得的一首；它在词史上的价值，不只是豪放的风格为苏辛派作前驱而已。

范仲淹的词，除了这首最突出的风格豪放的作品以外，还有一首《苏幕遮》和一首《御街行》是具有另外一种风格的作品。这两首词都是描写儿女离情的，但是它们表面虽然婉约，而骨子里却仍是豪放的。朱孝臧先生曾经对这首词手批“大笔濡染”四个字，这是恰当的评价。

《苏幕遮》是一首抒写深秋望远怀人的词。

碧云天，黄叶地。秋色连波，波上寒烟翠。山映斜阳天接水。芳草无情，更在斜阳外。

黯乡魂，追旅思。夜夜除非，好梦留人睡。明月楼高休独倚。酒入愁肠，化作相思泪。

开头“碧云天，黄叶地”两句后来为《西厢记》长亭送别的第一支曲子《端正好》所采用。从开头点出秋色的两句起，全片都是写景，从天、地、波、烟，写到烟外的山，山上斜阳，斜阳外的天接水。这层层景色之外，还有那“无情”的芳草。在他人用这一连串的名词，会堆垛成病的，而这首词却因此成为“大笔濡染”的名作。他用种种联想，通过层层推展的手法，好像逐渐打开一幅画卷，直至末了一句才从景点到情，由“芳草”点出离情。古人常用芳草来写离别，这词在“芳草”之上加上“无情”

二字，它的含义是说，那人像“芳草”一样无情，一去不返。“芳草”在重重秋色之外，而那人却走得更远。它和杜甫诗“北书不到雁无情”同义，说“雁无情”，实是说人无情。可知前面的景物描写，不是无意义的辞藻堆砌，而是为表情服务的。

下片全是写情的。首句是说无时不在相思之中。接下着一句景语，“明月楼高休独倚”，这七个字使全片光辉醒目。明月、高楼这美好的境界，因“独倚”二字，更显出离人的孤单、寂寞。由此引起末句：“酒入愁肠，化作相思泪。”酒原可以消愁，而如今酒化作泪了，极写愁苦之深。

他的另一首《御街行》，同样也是秋日怀人之作。

纷纷坠叶飘香砌。夜寂静，寒声碎。真珠帘卷玉楼空，天淡银河垂地。年年今夜，月华如练，长是人千里！

愁肠已断无由醉。酒未到，先成泪。残灯明灭枕头欹，谙尽孤眠滋味。都来此事，眉间心上，无计相回避。

开头三句写静夜。“坠叶”“寒声”点秋夜所闻，“碎”字承上句“坠叶”而来。“真珠帘卷”两句是以美景写离愁。末了“年年今夜”两句，由景转到情，自然大方，不待雕琢。

下片全是写情。开头“愁肠已断”几句是比“酒入愁肠”更深一层的写法。后来《西厢记》有：“‘请’字儿不曾出声，‘去’字儿连忙答应。”是同样的表达手法。末了两句“都来此事，眉间心上，无计相回避”，是说不但心上永远相思，心外又添出个眉来，这离情不但记在内心，并且表现于外貌了（“都来”即“算来”）。“无计相回避”句用辞颇为奇创。“回避”一辞在旧时是政治上、官场上的术语，这里拿它用在儿女情词上，也是前人所未有。后来李易安词有“此情无计可消除，才下眉头，却上心头”就是从此句脱化来的。

这两首词有许多相同之处：内容相同之外，篇章结构也相近似：上片主要是写景，下片主要是写情；而在写景中着情语，写情中着景语，两首都如此，“酒入愁肠”，与“愁肠已断无由醉”，几句构思虽有深浅，表现手法也复相同，但是它们同中又有异处：第一首上片写景用层层伸展手法，想象辽阔。末了两句“芳草无情”只是暗点离别。《御街行》的上片虽也是写景，但在“真珠帘卷”两句中已从“玉楼空”“银河”暗点离别，至末了“年年今夜”两句却明写了。

同时，两首词下片虽然都着一景语，但是“残灯明灭枕头攲”是用凄凉语写愁，而“明月楼高休独倚”则是以美好景物来反衬。后者比前者的艺术感染力更强些。

这两首词风格，虽然与豪放的《渔家傲》不同，但气象在“花间”温、韦之外，两首中写“愁肠”几句，也是“花间”词中所未曾见，有它的独创性。

范仲淹词除了以上三首之外，还有一首《剔银灯》，是用民间词体写的，很像柳永所作，又是另一种风格。他流传的词虽然只五六首，但我们在这里已看到他的三种不同风格，它们对后来的影响是不小的，在苏辛豪放派之外还影响到元曲，在词的发展史上，我们应该重视这位作家，虽然他并不是一位写词的专家，但他的成就已经超出于有些词专家了。

（与怀霜合写。原载《文汇报》，1962年6月7—8日）

漫谈柳永的《雨霖铃》和《八声甘州》

寒蝉凄切，对长亭晚，骤雨初歇。都门帐饮无绪，方留恋处兰舟催发。执手相看泪眼，竟无语凝噎。念去去千里烟波，暮霭沉沉楚天阔。　　多情自古伤离别，更那堪冷落清秋节！今宵酒醒何处？杨柳岸晓风残月。此去经年，应是良辰好景虚设。便纵有千种风情，待与何人说！

——《雨霖铃》

《雨霖铃》这个调，本是唐明皇蜀道闻铃故事；传说明皇以悼念杨妃，采霖雨中铃声为此曲，梨园子弟张野狐以觱篥吹之（见宋人王灼著的《碧鸡漫志》）；北宋柳永时这个曲子，是否就是唐曲的声调，今不可知。但依文字的音调读来，仍是低沉怨抑的。看它用短促的入声韵，又多平仄不调的拗句，如“对长亭晚，骤雨初歇”“执手相看泪眼，竟无语凝噎”等，就是表示这种声情（作词首先要“选调”，是选调子的声情和作品的内容相配合）；柳永这首写离情别绪的词，所以选用这个低沉怨抑的调子。

这首是代妓女作送别之词。柳永流连妓院，为妓女作词，

《乐章集》（柳永词集名）里，这类作品很多。因此，柳词大都浅显易懂，好用里俗方言，且多淫辞媟语；又他的词大半为应歌而作，有时当筵挥洒，平铺直叙，无艺术价值，因此被一部分文人所轻视。但传诵一时的名作也不少，这二首就是。

在这首名作里，有两句传诵最盛的名句——“今宵酒醒何处？杨柳岸晓风残月。”我在这里，先谈谈这两句：

作文字有“达意”和“表情”之别。说理文重达意，抒情文重表情。有时达意的句子，看似全篇的主文，而表情的句子，却好像是无关重要的余文。以这词说，“多情自古伤离别，更那堪冷落清秋节”二句，是这词的主文，它是叙述全篇本意的。而“今宵酒醒……”二句，只是点染本意，好像是余文。但在这首抒情词里，重要的却是这后二句表情的余文，而不是前二句达意的主文。刘熙载《艺概》说：“词有点染，‘念去去……’三句，点出离别冷落，‘今宵……’二句，乃就上三句点染之。点染之间，不得有他语相隔；否则，警句亦成死灰。”这评很对。“点染之间，不得有他语相隔”，也是妙谛。但还有一点要注意：在诗歌里，凡是把表意语之后的，易见精彩；若倒置，便减色。我们若改易这四句的次序，把“多情……”二句放在“今宵……”二句之后，便情韵大减了。这可见文学里的表情语重于达意语。

温庭筠《菩萨蛮》：“水晶帘里颇黎枕，暖香惹梦鸳鸯锦。江上柳如烟，雁飞残月天。”是写妓女留客之词，上二句写留处的环境多么舒适温暖，下二句写别后的路途则是那么凄凉寥落；二者紧凑在一处作比较，依恋不舍的情感便跃然纸面了。柳词“今宵”二句，也是如此；不过温词是小令，柳是长调，在作法上有弛张紧慢不同（柳永这二句未必有意学温词，这里但拿它比较两词的作法）。

次说这词全篇作法，最要注意的是它的情景分合：

开首“寒蝉”三句，是景语，接下“都门……凝噎”四句是情语，“千里烟波”二句又是景语：上片共九句，情景相间。下片“多情……清秋节”二句是情语，接“今宵……残月”二句是景语，“良辰好景”“千种风情”则情景合说：章法也和上片差同。它写情景，并非只是简单的相间排列，其中又有浅深层次。如写情分数种：有情事（“都门帐饮”三句）、有情态（“执手相看”二句）、有情景（“烟波暮霭”“晓风残月”诸句）；其写景也分几层，有目前实见之景（开头“寒蝉”“骤雨”）、有别后想象之景（上片“烟波暮霭”、下片“柳岸风月”）。“柳岸风月”，是以景写情；“此去经年”以下四句，则以情会景。章法句法也都有变换。

前人称柳永长调善于铺叙，这首情景分合，是其铺叙法之一。晚唐小令，限于体制，不可能有此层次，唐代民间慢词，不曾有此细致，这是柳永发展词体的一面。

前人论词重婉约，不许直叙情意，要用景语点染情意。词中情景作法，约有数种：一种是仅写景语，不着情语的；五代人小令，“空楼雁一声，远屏灯半灭，眉山正愁绝”。清人评它说：“眉山”句便是蛇足，因为有上二句景语，“已足凄凉色”，何必明白说出“愁”字！前人说“一切景语，皆是情语”，这话很对。另一种是景语情语，互相穿插，互相照映，柳词这首就是。柳词长调，也有全首不着景语的，那是民间词朴素本色（举他的一首《惜春郎》作例："玉肌琼艳新妆饰，好壮观歌席。潘妃宝钏，阿娇金屋，应也消得。属和新词多峻格，敢共我勍敌。恨少年枉费疏狂，不早与伊相识。"）论艺术价值，这种词是不及《雨霖铃》的，但即此可知柳永词对民间词的继承有两种：一种只是民间词的翻版，一种是对他有加工提高的。据任二北先生《敦煌曲初探》说，《云谣集》（敦煌所出民间词的一部分）长调修辞上的特点是写景极少，叙事特多。集里十二首长调（《凤归云》《洞仙歌》《倾杯乐》《内家娇》《拜新月》），其中述及景物的仅有三条，共六十八字（十二首词共一千零六十二字，写景语只占百分之六）（见上海文艺联合出版社版《敦煌曲初探》三四一页第五章"杂考与臆说"：修辞）。任先生又引云瑶与和柳词分作四组来比较（见原书三四四页），初看真使人会相信柳词只是《云谣集》的翻版（上文所举《惜春郎》一首，也可见一斑）。但柳永是应进士科举的文士，他对传统文学是有修养的。在文士传统文学里，以最物表情，已成为抒情的皆用手法。这传统可以远溯到楚辞。柳永这二首，情景映带，正是用映带，正是用文士的表情手法来提高民间文学。这是他发展宋代慢词的另一方面。

（词人张先和柳永同时，他集里有许多长调，都是用景语抒情的，像柳永那些全首不用景语的却很少。这可见柳永的民间气息多于张先。）

*　　　*　　　*

对潇潇暮雨洒江天，一番洗清秋。渐霜风凄紧，关河冷落，残照当楼。是处红衰翠减，苒苒物华休。惟有长江水，无语东流。　不忍登高临远，望故乡渺邈，归思难收。

叹年来踪迹，何事苦淹留。想佳人妆楼颙望，误几回天际识归舟。争知我，倚阑干处，正恁凝愁！——《八声甘州》

这是柳永写旅情的一首名作。柳词善写行旅，《乐章集》里此类词最多佳作，如《夜半乐》"冻云黯淡天气"一首、《玉蝴蝶》"望处雨收云断"一首、《安公子》"远岸收残雨"、《倾杯》"鹜落霜洲"诸首都是。这首词因为晁补之称它"霜风凄紧"数句为"真不减唐人语"（见《复斋漫录》，亦见《诗人玉屑》），尤其出名。

这词也着许多景语，而与《雨霖铃》作法不同，《雨霖铃》用情景相间法，这词则上片纯景，下片纯情（下片"误几回天际识归舟"，是借用六朝人谢朓"天际识归舟，云中辨烟树"的成语）。下片写情，由自己思念对方而料想对方也在思念自己，两面互相映射，造意最好。梁启超评这首："飞卿词'照花前后镜，花面交相映'，此词境颇似之。"（《艺蘅馆词选》）大概是指这一点而言。

这首词，在写景抒情之外，须注意它的声调美。它全首的声情高亢畅朗，和《雨霖铃》凄咽低抑的调子不同。唐宋词调来自当时西北边地的，像《六州歌头》等，都音节悲壮；这首《甘州》，就是其一（旧说六州是伊州、梁州、甘州、石州、渭州、氐州）。宋人说柳词宜于十七八女郎执红牙绰板唱，苏轼词要关西大汉执铁板铜琵唱。其实这首词却全不是十七八女郎的声口。苏轼也作过《八声甘州》这个调，我们看他的"寄参寥子"一首，开头说：

有情风万里卷潮来，无情送潮归。问钱塘江上，西兴浦口，几度斜晖……

我们拿它和柳词作比较，真是如出一手，苏柳二家词本有相通之处，以声调论，这首是柳近于苏的。

这个调名“八声”，当指全词八均而言。“均”是歌时的节奏，大抵遇一韵一停顿，或数韵一停顿，这词全首八个韵脚（上片“秋”“楼”“休”“流”，下片“收”“留”“舟”“愁”。），所以名“八声”。在全首节奏之外，还要注意其警句的声调。宋人晁补之称赞这词“渐霜风”三句为“真不减唐人语”，当指其意境阔大而言，且也可能兼称它的声调，我们看这三句中，用十个双声字，当不是无意偶合。（所谓“双声”，是指发声同部位的字：这三句里，“凄、紧”同是齿音，“关、河”同是喉音，“冷、落”同是舌音，“残、照”同是齿音，“当、楼”同是舌音。用这许多同部发声的字在一起，会增加音调的美听。）用双声字作词的，后来有李清照、周邦彦、吴梦窗诸人，柳词中还不多见，而此处连续用十个字，在北宋词中，它和李清照《声声慢》的末尾“到黄昏点点滴滴，这次第怎一个愁字了得”诸句，用许多舌音齿音，可说是最突出的例子。[有人疑心晁补之所说，“不减唐人语”的“唐人语”，或是指李白（？）《忆秦娥》的“西风残照，汉家宫阙”二句。今案《忆秦娥》这八个字里，也用六个双声字：“残”“照”齿音，“汉”“家”“宫”“阙”喉音。这说似乎可信。]

这首词内容虽写恋情，但也与《雨霖铃》低沉怨抑的感情不同。它上片一气直下，只用“对”“渐”“是处”“惟有”四个领头短句略作顿挫；下片则用数层意思翻腾作势：从“不忍”到“难收”三句，作一意起，“叹年来”到“淹留”二句承，然后用

“想佳人”到“归舟”二句掉过一层，末了用“争知我”到“正恁凝愁”二句收合。全首气势豪放，正和它高亢的声调相称，这是它写得成功处。

*　　*　　*

最后谈谈柳永创作长调的问题。唐五代文人只作小令，花间集中不载长调，今传唐代文人所为长调（像《尊前集》所载的唐庄宗《歌头》、杜牧《八六子》、尹鹗《金浮图》《秋夜月》、李珣《中兴乐》等）是否可信，尚不能定；因此，从前人说长调是柳永始创的。但有人怀疑，以为隋唐的大曲、法曲已有长调，长调当不始创于柳永。现在敦煌曲子词发现了，柳词长调如《凤归云》《倾杯乐》《内家娇》等，都已见于《云谣集》，则长调不创于柳永，可成定论。但是柳永的长调是否完全袭用唐代民间歌曲呢？从前对这个问题还不能作明确的答案。近年任二北先生作《敦煌曲初探》，否定了这个说法，据任先生统计：“查敦煌曲之调名，……凡八十。其中见于柳永《乐章集》者，十六而已。《内倾杯》大致相同；《凤归云》《内家娇》，仅同四分之一；《洞仙歌》《抛球乐》全异。……此外《送征衣》与柳词名同调异，……《定风波》《婆罗门》《长相思》《望远行》《十二时》，在柳集皆长调慢词；《归去来》虽亦短章，而句法平仄都异；《浪淘沙》《巫山一段云》，在敦煌有名无词，无从比较。只《西江月》《临江仙》二名，柳调未变。是十六调内，只知全同者三调，部分同者两调，充其量相同者亦不过七调而已，为数甚少。”（见《敦煌曲初探》三四〇页）据此，我们若说柳永对长调全无创造，是不合事实的。南宋人胡仔作《苕溪渔隐丛话》，引李清照说：“逮至本朝，礼乐文武大备，又涵养百余年，始有柳屯田永者，变旧声作新声，出《乐章集》，大得声称于世。”此所谓“变旧声作新声”，是说柳永有其声律上的创造。李清照是北宋人，距柳永时代不远，她的话该是可信的。

唐宋词盛行于民间，和都市繁盛、妓女歌唱有关；元代妓女仍是“袖褪乐章集”，可见不但柳永当时如此（元曲中用柳词特多，如关汉卿的《钱大尹智宠谢天香》剧，就是演柳词《定风波》“自春来惨绿愁红”一首而成）。宋人叶梦得作《避暑录话》，记西夏归朝官语，说西夏国“有井水处（有人住的地方），能歌柳词”；高丽史的乐志，也载柳词《雨霖铃》诸首，可见不但本国如此。当时的封建文士本来是看不起柳词的，但据南宋初年人王灼作《碧鸡漫志》，记南北宋间学柳词的有“沈公述、李景元、孔方平、处度叔侄、晁次膺、万俟雅言”，这可见它在文士中的影响。最有意思的是，在柳永同时，王安石作了一首说佛理劝世的词，就用柳词这个《雨霖铃》调（《彊村丛书·临川先生歌曲补遗》引《乐府雅词》），现在附录他的全词于下：

> 孜孜矻矻，向无明里，强作巢窟。浮名浮利何济，堪留恋处，轮回仓卒。幸有空明妙觉，可弹指超出。缘底事抛了全潮，认一浮沤作瀛渤。　　本源自性天真物，只些些妄想中埋没。贪他眼花阳艳，谁信本来无物！一旦茫然，终被阎罗老子相屈。便纵有千种机筹，怎免伊唐突！

上片的“堪留恋处”和下片的“纵有千种机筹”，连柳词这首的原句也套用了。尽管当时文士们看不起柳词，这位大文豪却兀自不然，可看柳词的力量！王安石这首对后来的影响也不小：金元之间，北方出了一派全真教的道士，王喆、丘处机一班人，他们拿词曲作为宣传教义的工具（这些作品都载在“道藏”里）其中有许多用柳词的调子和语句，就是仿效王安石这首的。柳词大半是男女风情之语，后来会变为宣扬宗教之用，初看甚觉奇特；道士们不嫌渎亵，不放过这个民间熟悉的文字工具，柳词在当时家弦户诵的情形，就此可见了。

（原载《语文教学》1957年4月号）

苏轼最早的一首豪放词《江城子·密州出猎》

豪放派词，自北宋的范仲淹开其风，苏轼继之予以发扬光大。晁补之谓苏轼词“横放杰出，自是曲子内缚不住者”。“缚不住”三字，是指苏轼词从“曲子”（词的别称）内解放出来的意思。苏轼以“灵气仙才”（楼敬思语），开径独往，他敢于借用词——这种出自教坊里巷的文学形式，来抒写自己的性情抱负、胸襟学问。在他手中，凡是可以入诗的，都可以入词。所以陈师道说他“以诗为词”。自苏词出，创立了豪放派的词风，扩大了词的题材，对词境起了开疆拓土的作用，从而提高了词这种文学形式为社会服务的功能。

现在谈谈苏轼最早的一首豪放词《江城子·密州出猎》：

老夫聊发少年狂，左牵黄，右擎苍。锦帽貂裘，千骑卷平岗。为报倾城随太守，亲射虎，看孙郎。

酒酣胸胆尚开张，鬓微霜，又何妨！持节云中，何日遣冯唐？会挽雕弓如满月，西北望，射天狼。

这是苏轼四十岁（熙宁八年）在密州作的一首记射猎的词。

苏轼写射猎的诗词不只是这一首，与此同时，他写了《祭常山回小猎》及《和梅户曹会猎铁沟》两首诗。此外，他集里还有《人日猎城南，十人……》《司竹监烧苇园……以其徒会猎园下》《将官雷胜得“过”字，代作》等诗。

这首词风格豪放。上片“老夫聊发少年狂，左牵黄，右擎苍”三句，是说自己有少年人的豪情，左手牵着黄狗，右臂举着苍鹰去打猎（《梁书·张充传》：充少时出猎，左手臂鹰，右手牵狗）。“锦帽”两句，写出打猎的阵容（“锦帽”是锦蒙帽。“貂裘”是貂鼠裘）。“为报倾城随太守，亲射虎，看孙郎。”是以孙权自比，说全城人都跟着去看他射虎。“孙郎”指孙权。孙权曾自射虎，马被虎伤，权用双戟掷过去，虎为倒退。见《三国志》。

下片都写自己的雄心壮志。“酒酣胸胆尚开张，鬓微霜，又何妨！”三句说自己虽然已经有了白发，但是尚有豪放开朗的心胸。“持节云中，何日遣冯唐”，是用《汉书·冯唐传》的故事。汉文帝时，云中太守魏尚获罪被削职，冯唐谏文帝不应该为了小过失罢免魏尚，文帝就派他持节去赦魏尚。苏轼是以魏尚自比，希望朝廷把边事委托他。末了“会挽雕弓如满月，西北望，射天狼”，是说为了抵抗西北的敌人，他要去参加战斗，把弓拉得如圆月一样。

与此词同时，苏轼写过一首《祭常山回小猎》，诗中云：“圣朝若用西凉簿，白羽犹能效一挥。”也说自己犹能挥白羽扇退敌（“西凉簿”，用西凉州主簿谢艾事，艾本书生，善用兵，故以此自比。见查慎行注苏诗引《乌台诗案》）。还有一首《和梅户曹会猎铁沟》诗，开头两句说：“山西从古说三明，谁信儒冠也捍城。”（“三明”用《后汉书·段颎传》：颎字纪明，初与皇甫威明、张然明并知名显达。京师称为“凉州三明”。）都是表示自己虽然是一个书生，也要为国戍边抗敌。

这首词一洗绮罗香泽之态，突破了晚唐以来儿女情词的局限。词中不但描写了打猎时的壮阔场景，同时也表现了他要为国杀敌的雄心壮志。

苏轼有《与鲜于子骏简》云：“近却颇作小词，虽无柳七郎风味，亦自是一家。呵呵！数日前，猎于郊外，所获颇多。作得一阕，令东州壮士抵掌顿足而歌之，吹笛击鼓以为节，颇壮观也。”可见这首《江城子》可能是他第一次作豪放词的尝试。查朱孝臧先生的苏词编年，此词之前果然不曾见豪放之作。他的豪放词代表作如《念奴娇》《水调歌头》诸词，皆作于这首《江城子》之后。于此，我认为这首词可以说是苏轼最早的一首豪放词。从宋词的发展看来，在范仲淹那首《渔家傲》之后，苏轼这词是豪放词派中一首很值得重视的作品。

（原载《文汇报》，1962年7月11日）

苏轼的悼亡词

苏轼的《江城子·乙卯正月二十日夜记梦》是他梦亡妻的词。“乙卯”是宋神宗熙宁八年，苏轼这时四十岁，在山东密州做太守。他的妻子王弗，在宋英宗治平二年死于开封，至此首尾十一年（见《苏东坡集·亡妻墓志铭》）。全词是：

十年生死两茫茫，不思量，自难忘。千里孤坟，无处话凄凉。纵使相逢应不识，尘满面，鬓如霜。

夜来幽梦忽还乡，小轩窗，正梳妆。相顾无言，惟有泪千行。料得年年肠断处，明月夜，短松冈。

第一句“十年生死两茫茫”是合生者、死者两边说的，自从妻子死后，十年来，活着的人和死去的人两无消息。“不思量”以下四句，是生者想念死者。这看去是很平淡的六个字，实是蕴含着深挚的感情，这确实是经久不忘的夫妇感情。如果说天天在思量，反而不真实了。王氏归葬于他们的故乡四川眉山（也见《亡妻墓志铭》），所以下面说“千里孤坟，无处话凄凉”，妻子的坟远在千里之外，连到坟上诉说自己凄凉的心境也不可能。“纵使相逢”以下三句，又合生者、死者两边说：生前相聚，既不可能；那么今后的“相逢”更是空想。“尘满面，鬓如霜”二句，想到自己仕途奔波，风尘仆仆，头发白了，人也老了，纵使夫妻有重逢之日，怕她也不认识自己了。这样左思右想，三四层意思折叠下来，逼出一个梦来。

上片写致梦的原因，下片直接写梦。“夜来幽梦忽还乡”以下四句写梦境很真实，既清楚，又带些朦胧。结尾，“料得年年肠断处”三句，是写梦醒后思索之情，是生者为死者设想之辞，为梦中原来不了解的“相顾无言，惟有泪千行”两句作解释。梦醒后想：她为什么伤心落泪呢？想必是在那故乡的短松冈上，孤坟一座，月明之夜，倍感凄凉吧？那就是她年年肠断的地方，那就是她“相顾无言，惟有泪千行”的原因吧？这里也和“千里孤坟”两句相呼应。整首结构相当严密，上片八句写梦前，下片前五句是梦中，末了三句是梦后。

这首词用白描的手法，语言自然，不加雕琢。“纵使相逢应不识”三句最沉痛，这里既有对死去的妻子的怀念，也有对自己身世遭遇的感慨。苏轼有与其弟子由诗：“犹胜相逢不相识，形容变尽语音存。”就是翻用这个意思。

《江城子》这个调，全首用平声韵；而三、四、五、七言的句子错综地间用、迭用，音韵谐协而又起伏不平；宜于写平和而又复杂的情感。苏轼选用这个调子写悼亡之作，能够表达旧体诗所难以表达的感情。但是也不能一概而论，上面一首苏轼的《密州出猎》词，也用《江城子》这个调，而所表达的情感完全不同。同一调子可以表达不同的声情，问题在于作者如何运用而已。

晚唐、北宋人的词，几乎篇篇写妇女，而且多半以谑浪游戏笔墨出之。真正把妇女作为一个平等的人来看待，尊重她，并且写出她的品格，这样的词并不多见。苏轼的《贺新郎》“乳燕飞华屋”一首，写出女子高品，“颇欲与少陵（杜甫）《佳人》一篇互证”（谭献语）。而这篇《江城子》悼亡词，写夫妇真挚爱情，也可与杜甫的“今夜鄜州月”五律诗比美。

（原载《文汇报》，1962年6月17日）

苏轼的中秋词《水调歌头》

苏轼的《水调歌头》，是中秋词中最著名的一首，向来脍炙人口。胡仔《苕溪渔隐丛话》说："中秋词自东坡《水调歌头》一出，余词尽废。"《水浒传》"血溅鸳鸯楼"一回中，也曾写到八月十五妓女唱这首词，可见当时传唱之盛。历代选苏轼词的也总选到这一首。

这词作于丙辰（宋神宗熙宁九年，即1076年）中秋，苏轼四十一岁，时为密州（现在的山东诸城）太守。题说"兼怀子由"，当时苏轼与其弟子由已经六七年不见了。全词是：

> 明月几时有？把酒问青天。不知天上宫阙，今夕是何年？我欲乘风归去，又恐琼楼玉宇，高处不胜寒。起舞弄清影，何似在人间？　　转朱阁，低绮户，照无眠。不应有恨，何事长向别时圆？人有悲欢离合，月有阴晴圆缺，此事古难全。但愿人长久，千里共婵娟！

这首词所表现的思想感情，本来甚为明显，苏轼因政治处境的失意，以及和其弟苏辙的别离，中秋对月，不无抑郁惆怅之感。但是他没有陷在消极悲观的情绪中，旋即以超然达观的思想排除忧患，终于表现出对人间生活的热爱的矛盾过程。而前人却多妄解，说神宗读到“琼楼玉宇”两句，叹云“苏轼终是爱君”，即量移汝州。此说与事实不符。苏轼移汝州在黄州之后，怎能说因这词而“量移汝州”？

词的上片主要抒发自己对政治的感慨。开头“明月几时有？把酒问青天”两句，是从李白《把酒问月》诗“青天有月来几时？我今停杯一问之”两句脱化而来。同时点明饮酒赏月。接下说“不知天上宫阙，今夕是何年？”表面上好像是赞美月夜，也有当今朝廷上情况不知怎样的含意。《诗经》中“今夕何夕，见此良人！”并非问今天是什么日子，而是赞美的语气：“今天是多么好的日子呵！”下面“我欲乘风归去”三句，表面是说“我本来是神仙境界中来的，现在想随风回到天上神仙住的‘琼楼玉宇’中去，但是又怕经受不住天上的寒冷”。这几句也是指政治遭遇而言，想回到朝廷中去，但是又怕党争激烈，难以容身。末了“起舞弄清影，何似在人间”两句是说，既然天上回不去，还不如在人间好，这里所谓“人间”，即指做地方官而言，只要奋发有为，做地方官同样可以为国家出力。这样想通了，他仰望明月，不禁婆娑起舞，表现出积极的乐观的情绪。

词的上片叙述了他的身世之感和思想矛盾，下片抒发对兄弟的怀念之情。苏轼和苏辙，手足之情甚笃。据苏辙《超然台记叙》说：“子瞻（苏轼字）通守余杭，三年不得代。以辙之在济南也，求为东州守。既得请高密，五月乃有移知密州之命。”苏轼抛掉湖山秀丽的杭州，由南而北，原为兄弟之情。但到密州之后，仍不能与弟辙时常晤对。对弟弟的思念，构成这首词下片的抒情文字。

下片开头“转朱阁，低绮户，照无眠”三句，“转朱阁”，谓月光普照华美的楼阁。“低绮户”，谓月光低低地照进雕刻纹彩的门窗里去。“照无眠”，谓月光照着有离愁别恨的人，使其不得安眠。“朱阁”“绮户”，与上片“琼楼玉宇”对照，既写月光，也写月下的人。这样就自然过渡到个人思弟之情的另一个主题上去。“不应有恨”两句，是用反诘的语气、埋怨的口吻向月亮发问。“不应有恨”而恨在其中，正是“道是无情却有情”的意思。下面“人有悲欢离合，月有阴晴圆缺，此事古难全”三句，转为安慰的语气；既然月有圆缺，人有离合，自古皆然，那是没有什么可悲伤的了。唯愿兄弟俩彼此珍重，在远别情况中共赏中秋美好的月色。“婵娟”，月色美好貌。此句从谢庄《月赋》“隔千里兮共明月”句蜕变而来。理解到远别的人可以“千里共婵娟”，也就能做到“不应有恨”了。以美好境界结束全词，与上片结尾“起舞弄清影，何似在人间”一样，是积极乐观的。一方面是对兄弟不能团聚的安慰，同时也是对自己政治遭遇的安慰。

这首词的上、下片都带有人生哲学的意味，如上片结语“起舞弄清影，何似在人间”，这与陶潜《桃花源诗》所说“凡圣无异居，清浊共此世。心闲偶自见，念起忽已逝”诸句约略同意。就是说无论在什么地方，都有凡境、圣域、清境、浊境。当心里没有欲念的时候，就是在圣域、清境里；欲念一起，清境、圣域便都不见了。同时这也就是儒家“无入不自得”的思想。有了正确对待事物的思想，那么无论在哪里都可以有所作为，心安理得。在这首词里说，在人间也可以得到快乐，何必定要到天上去？在外面做地方官同样可以做一番事业，何必一定要回到朝廷中去呢？下片的“此事古难全”含有这样的意思：世界上不可能有永远圆满的事情，人生有欢聚，也必然有离别，这正是与月亮有圆时也总有缺时一样，原是自然界的规律。

五代北宋士大夫的词集中，也有一些包含人生哲学意味的词，到苏轼才有了进一步的发展。这首词虽然包含人生哲学，然而它是通过一个完美的文学意境来表现的。我们首先感觉到的是那中秋之夜美好的月色，体会到的是作者丰富的感情，而不是枯燥的说教。同时，词里虽有出世与入世的矛盾，情与理的矛盾，但最后还是以理遣情，不脱离现实，没有悲观失望的消极思想，情绪是健康的。同时，这首词具有强烈的艺术感染力，所以它成为千百年来人们所赞美所称赏的名作。

（原载《文汇报》，1962年6月21日）

秦观的《踏莎行》和《鹊桥仙》

秦观是一位婉约派的名作家，是苏门四学士之一（苏门四学士是苏轼门下的黄庭坚、秦观、晁补之、张耒四人）。秦观一生的遭遇是很不得意的，少年时，考不取进士，后来苏轼把他的诗文推荐给王安石，三十七岁才开始进入仕途。到了绍圣初年（1094），朝廷新旧党争激烈，苏轼因为反对新法受新党的排挤，秦观也被牵连，贬官杭州、郴州、横州、雷州等地。所以他的词里的感情多半是低沉哀怨的。这儿先谈谈他的《踏莎行》，这首词是他死前三年（四十九岁）在郴州旅舍作的。全词如下：

雾失楼台，月迷津渡，桃源望断无寻处。可堪孤馆闭春寒，杜鹃声里斜阳暮。

驿寄梅花，鱼传尺素，砌成此恨无重数。郴江幸自绕郴山，为谁流下潇湘去？

上片写客中寂寞的环境。“雾”“月”“斜阳”是所见。“杜鹃声”是所闻。所见、所闻都很使人难堪。“雾失楼台”三句，是写雾淹没了楼台，月色朦胧里看不清渡口，桃源更是望不见了

（“桃源”是湖南一县名，也是用陶渊明《桃花源记》的典故，表达了自己想望摆脱世网的心情）。下面“可堪孤馆”二句，写春寒时节，客居孤馆，已经够寂寞的了，更加上日暮的鹃声，更令人感伤。这是重迭渲染的笔法。上片迭用了“失”“迷”“望断”“无寻处”“闭”“暮”等字，也是关合消沉失意的情绪。

下片是写孤独无告的苦闷。“驿寄梅花”三句是说远方的朋友虽然有来信，但是他们的同情只有增添我内心的愁恨（“驿寄梅花”：《荆州记》：吴陆凯自江南寄梅花与范晔，并赠诗曰：“折梅逢驿使，寄与陇头人。江南无所有，聊赠一枝春。”“鱼传尺素”：古乐府：“客从远方来，遗我双鲤鱼。呼儿烹鲤鱼，中有尺素书。”都是指远方寄书）。末了两句与杜甫《秦州杂诗》“清渭无情极，愁时独向东”、戴叔伦《湘南即事》诗“卢橘花开枫叶衰，出门何处望京师？沅湘日夜东流去，不为愁人住少时”，意思都相近。自己的愁闷无法消除，却去埋怨无关的江水，说郴江原来是绕郴山流的，为什么要流下潇湘去呢？这里可能是表达自己踏上仕途的悔恨，但寓意不尽如此。

宋人洪迈《夷坚志》说最后这两句是秦观为拒绝一个要嫁给他的妓女而作的，后来洪迈作《容斋四笔》，自己又否定了这种说法。其实这首词无疑是写他自己不幸的政治遭遇的。秦观的大部分词都是写这一类感情的，唯一例外只有一首《鹊桥仙》七夕词：

纤云弄巧，飞星传恨，银汉迢迢暗度。金风玉露一相逢，便胜却人间无数。

柔情似水，佳期如梦，忍顾鹊桥归路？两情若是久长时，又岂在朝朝暮暮。

古今许多作家曾用牛郎织女的故事写出无数诗篇、故事和小说。在宋词里面写七夕的，秦观这首《鹊桥仙》是最传诵的名作，这首词无论在它所表达的思想感情上，在艺术手法上，都是突出的。过去写牛郎织女故事的作品一般都是描写他们的离别是痛苦的，而这首却不同于一般，它并不着重于表现牛郎织女的离愁别恨，词中虽然也写他们的离别，却没有凄楚哀怨的情调，读后并不使人伤感、消沉。

这首词用婉曲的手法表达深挚的感情。开头“纤云弄巧”写天上纤细的云彩好像是织女巧手弄成的，这句景语里已点出织女。下句“飞星传恨”，“飞星”就是流星，说流星好像代牛郎织女传达别离之恨。也可能是比喻飞梭。接着写他们七夕相会。这里并没有用很多话来渲染相会的欢欣，只用“金风玉露一相逢”七字来概括。“金风玉露”就是“西风白露”，是用李商隐《辛未七夕》诗：“由来碧落银河畔，可要金风玉露时。”这里，一方面点出相逢的时间，一方面写出相逢的环境。这是在银河上相逢，又是在“金风玉露”里相逢。这是一次多么美好的相逢啊！他用了李商隐的诗句，只加上一句朴素的“便胜却人间无数”，便成为传诵的名句。

下片写离别。开头用“柔情似水，佳期如梦”两句作为由相会到离别的过渡，使读者不感到突兀。“柔情似水”是用悠长的流水比喻相会时两人的柔情。但是“佳期如梦”，相会的好时光却像梦一样短暂。这就深刻地写出难舍难分的感情。引出下句“忍顾鹊桥归路”，“忍顾”是说哪忍回顾，这是点明才相逢又要分别了。

按一般的写法，这首词的结尾该是愁苦的。但是末了用“两情若是久长时，又岂在朝朝暮暮”两句作结尾，却是安慰的语气说：两人的感情若是久长的、坚贞不移的，又岂在乎天天聚首呢！这首离别词，因此并没有低沉、伤感的情调，而是积极乐观的。

秦观的诗篇，大部分是情感低沉消极的；而这首七夕词却能用健康的感情写这个离别的故事，以切情合理的话语，实情实理深深地打动人们的心弦，确实是一首抒情好作品。我们在许许多多写七夕的词里，推这首为最好的一首，大抵不算是溢美之辞吧。

（原载《文汇报》，1962年8月18日）

李清照的《醉花阴》和《声声慢》

李清照的重阳《醉花阴》词相传有一个故事："易安以重阳《醉花阴》词函致明诚。明诚叹赏，自愧弗逮，务欲胜之。一切谢客，忘食忘寝者三日夜，得五十阕，杂易安作以示友人陆德夫。德夫玩之再三，曰：'只三句绝佳。'明诚诘之，答曰：'莫道不消魂，帘卷西风，人比黄花瘦。'正易安作也。"（见元伊世珍《琅嬛记》）这个故事不一定是真实的，但是它说明这首词最好的是最后三句。现在我们要分析这最后三句，先得看看它的全首：

> 薄雾浓云愁永昼，瑞脑消金兽。佳节又重阳，玉枕纱厨，半夜凉初透。　　东篱把酒黄昏后，有暗香盈袖。莫道不消魂，帘卷西风，人比黄花瘦。

词的开头，描写一系列美好的景物，美好的环境。"薄雾浓云"是比喻香炉出来的香烟。可是香雾迷蒙反而使人发愁，觉得白天的时间是那样长。这里已经点出她虽然处在舒适的环境中，但是心中仍有愁闷。"佳节又重阳"三句，点出时间是凉爽的秋夜。“纱厨”是室内的精致装置，在镂空的木隔断上糊以碧纱或彩绘。下片开头两句写重阳对酒赏菊。“东篱”用陶渊明“采菊东篱下”诗意。“人比黄花瘦”的“黄花”指菊花。《礼记·月令》：“鞠（菊）有黄花。”“有暗香盈袖”也是指菊花。从开头到此，都是写好环境、好光景：有金兽焚香，有“玉枕纱厨”，并且对酒赏花，这正是他们青春夫妻在重阳佳节共度的好环境。然而现在夫妻离别，因而这佳节美景反而勾引起人的离愁别恨。全首词只是写美好环境中的愁闷心情，突出这些美好的景物的描写，目的是加强刻画她的离愁。

在末了三句里，“人比黄花瘦”一句是警句。“瘦”字并且是词眼。词眼犹人之眼目，它是全词精神集中表现的地方。清照和赵明诚结婚以后，夫妻感情甚笃。他们一起研究文艺学、金石学，生活美满。婚后不久，明诚离家远游，清照不忍相别。这首词没有明写相思，而以深婉含蓄笔墨出之。词一开头“薄雾浓云愁永昼”的“愁”字，就已点出离愁。由于爱人不在身边，她白天是焚香闷坐，黄昏后把酒对菊，独自一个，更添惆怅，更觉魂销。最后用“人比黄花瘦”结束全篇，“瘦”字和首句的“愁”字相呼应。因为有刻骨的离愁，所以衣带渐宽，腰肢瘦损。“人比黄花瘦”五字，以生动的形象来表达感情，而“为伊消得人憔悴”之含意，自在其中。

在诗词中，作为警句，一般是不轻易拿出来的。这句“人比黄花瘦”之所以能给人深刻的印象，除了它本身运用比喻，描写出鲜明的人物形象之外，句子安排得妥当，也是其原因之一。她在这个结句的前面，先用一句“莫道不消魂”带动宕语气的句子作引，再加一句写动态的“帘卷西风”，这以后，才拿出“人比黄花瘦”警句来。人物到最后才出现。这警句不是独立的，三句联成一气，前面两句环绕后面一句，起到绿叶红花的作用。经过作者的精心安排，好像电影中的一个特写镜头，形象性很强。这首词末了一个“瘦”字，归结全首词的情意，上面种种景物描写，都是为了表达这点精神，因而它确实称得上是“词眼”。以炼字来说，李清照另有《如梦令》“绿肥红瘦”之句，为人所传诵。这里她说的“人比黄花瘦”一句，也是前人未曾说过的，有它突出的创造性。

另一首《声声慢》，是李清照词中特别讲究声调的一首名作。全词是：

寻寻觅觅，冷冷清清，凄凄惨惨戚戚。乍暖还寒时候，最难将息。三杯两盏淡酒，怎敌他晚来风急！雁过也，正伤心，却是旧时相识。　　满地黄花堆积，憔悴损，如今有谁堪摘？守着窗儿，独自怎生得黑！梧桐更兼细雨，到黄昏、点点滴滴。这次第，怎一个愁字了得！

这是李清照晚年的作品。宋室南渡之际，李清照仓皇南逃。在动乱中，她的丈夫赵明诚死了，她一个人在浙东各地，饱经颠沛流离的生活。她的暮年痛苦绝望的心情，在这首词中充分抒发出来。以下我们试就声调方面谈谈这首词的特色。

这首词用了许多双声叠韵字。一开头就用连串的叠字，是为加强刻画她的百无聊赖的心情，从前人认为这是了不起的创造。尤其是末了几句，“梧桐更兼细雨，到黄昏、点点滴滴。这次第，怎一个愁字了得！”二十多个字里，舌音、齿音交相重叠，是有意以这种声调来表达她心中的忧郁和怅惘。这些句子不但读起来明白如话，听起来也有明显的音乐美，充分体现出词这种配乐文学的特色。因为词原来是唱的，要使人容易听得懂。刘体仁说这首词是“本色当行”，就是指它明白易懂而言。这首词借双声叠韵字来增强表达感情的效果，是从前词家不大用过的艺术手法。

李清照是一个有高度文化修养的女作家，有真挚丰富的生活感情，又有她自己独特的见解，因此她确实当得起婉约词派杰出作家的称号。她这首《声声慢》词以细腻而又奇横的笔墨，用双声叠韵啮齿叮咛的音调，来写她心中真挚深刻的感情，这是从欧（阳修）、秦（观）诸大家以来所不曾见过的一首突出的代表作。

（原载《文汇报》，1962年12月5日）

陆游的《夜游宫·记梦寄师伯浑》

陆游是南宋的一位大诗人，他的词数量上虽然比诗少得多，但是有不少感慨国事的作品，风格与辛弃疾相近。他是苏辛词派中一位重要的作家。

陆游集里有许多记梦的诗，这些诗未必真是记梦，大都是咏怀之作。诗里写他有时梦到国防边境："夜阑卧听风吹雨，铁马冰河入梦来"（《十一月四日风雨大作》），有时梦见战场上敌人投降的情形："三更穷虏送降款，天明积甲如丘陵"（《胡无人》），等等。这些诗都充分表现他的爱国主义精神。因为壮志不酬，只得托之梦寐，所以这些作品又具有浓厚的浪漫色彩。在他的词里，也有这类作品，这首《夜游宫》就是其中之一：

雪晓清笳乱起，梦游处不知何地。铁骑无声望似水。想关河，雁门西，青海际。　睡觉寒灯里，漏声断月斜窗纸。自许封侯在万里。有谁知，鬓虽残，心未死！

这首词是他寄给朋友师伯浑的，师伯浑也是一位有雄心壮志的作家，陆游曾写了许多诗寄给他。

这首词开头三句，“雪晓清笳乱起”是所闻，“铁骑无声望似水”是所见。中间插入“梦游处不知何地”一句，点出是梦中。把第一与第三原来应该连在一起的两句拆开安排，这样做并不是因为押韵的缘故，而是使词的声情起顿挫作用。“铁骑无声望似水”七个字，写出了军容的整齐严肃，看去好像一条无声的河流，形象性很强。下面“想关河，雁门西，青海际”，是回答上面的“梦游处不知何地”句，是猜想之辞，也是写梦境。这几句通过景语，点出他自己念念不忘沙场杀敌的雄心壮志。

下片是写梦醒后失望的感情。所写的景象与上片恰成为相反的映衬。“寒灯”“漏声”和“月斜窗纸”，都是衬托失望和怅惘。“自许封侯在万里”一句，语气振起，而接下来是“鬓虽残，心未死”两句，中间插入“有谁知”三个字，也是顿挫作势，使末二语——人虽然老了，而杀敌雄心依然未死——更显郁郁不平。若去掉这三个字，语意虽也连属，而究竟要相形减色。

北宋的周邦彦也有一首《夜游宫》词，它的下片是：“古屋寒窗底，听几片井桐飞坠。不恋单衾再三起。有谁知，为萧娘，书一纸。”末三句也用“有谁知”三个字。陆游这首词可能是受周邦彦的影响，因为周词是当时一首传诵的名作。但周词只是写儿女恋情，而陆游拿它表达爱国思想，字面形式虽同，而内容的思想性大大提高了。并且由于内容不同，在陆游词中的“有谁知”三个字，分量也就不同了。这可以说明文字的形式和内容的关系，也可以说明大作家是怎样善于学习前人的遗作，并从而发展它、提高它。

（原载《文汇报》，1962年10月6日）

辛弃疾的《水龙吟·登建康赏心亭》

《水龙吟·登建康赏心亭》是我国文学史上的著名词篇。作者辛弃疾是我国南宋杰出的爱国词人。辛弃疾，字幼安，号稼轩，绍兴十年（1140）出生于山东济南历城县。他的幼年和青年时代，都是在女真族奴隶主贵族金政权的统治下度过的。残酷的民族压迫，劳动人民的英勇抗战，历代爱国志士的斗争业绩，给了他深刻的教育和影响。1161年，女真族奴隶主贵族大举南犯，二十一岁的辛弃疾率领群众两千人在家乡起义，并参加了以耿京为首的农民抗金起义军，担任了“掌书记”的职务。在起义军队伍几个月里，他表现出非凡的勇敢和坚定，干了两件非常出色的事。一件是，一个叫义端的和尚叛变投敌，辛弃疾亲往追捕，当场斩了这个叛徒；另一件是，亲自率领五十骑兵，直闯驻有五万大军的金营，活捉了杀害耿京、瓦解起义军的叛徒、内奸张安国，渡过淮水，到达建康，把他交给南宋朝廷处决。辛弃疾在抗金斗争中所表现的这些英雄行为，受到当时人民的景仰和称赞。

辛弃疾到了南方，这时耿京的起义军已经失败，他便留在南宋。从此以后，他继续坚持爱国主义立场，用他的饱含激情的词和文章，宣传北伐抗金、收复中原、统一全国的主张。但是以宋高宗赵构为首的南宋政府，从汴京（今河南开封）逃到临安（今浙江杭州）以后，偏安江南。他们对金统治者屈辱求和，置沦陷区广大人民于不顾，自己则在杭州的西湖游宴玩乐。他们对起义军一直是害怕的。辛弃疾渡江南来之后，首先被解除了武装，后来才被派往江阴军做签判，签判是“签书判官厅公事”的简称，是帮助地方官处理政务的小官。

尽管南宋政府对辛弃疾大材小用，不予重视，他还是不顾自己职位的低微，针对南宋政府中主和派所谓“南北有定势，吴楚之脆弱不足以争衡于中原”的谬论，独抒己见，写成《美芹十论》，上奏皇帝。在这篇奏章中，辛弃疾分析了宋金形势、和战前途、民心向背，指出金统治者外强中干的情况，不是无隙可乘。他不仅痛斥了主和派的投降主义谬论，而且还详细论述了南宋应采取的自强之策和收复中原的具体部署。《美芹十论》集中表达了辛弃疾的一片忠贞爱国之心，充分显示了他的深邃智谋和复国韬略。他怀着满腔热切的希望，于乾道元年（1165）上奏朝廷，结果奉行投降主义路线的南宋政府以“讲和方定”（见《宋史》本传）为理由而不予理睬。辛弃疾回顾自己渡江南来以后，曾经尽了最大的努力，把自己心中想说的忠贞爱国的肺腑之言都陈奏给皇帝了。可是南宋统治集团好比是一个患恐敌病的重病人，任凭你怎样想法去鼓舞他们，把他们拔出于消沉畏缩的气氛之中，都是徒劳无功。正如陆游在一首诗中所说：“诸君尚守和戎策，志士虚捐少壮年。”报国无门，壮志难申，辛弃疾这时心中的悲愤是可想而知的。这一切，就是他登建康赏心亭时写下这首传诵千古的《水龙吟》词的背景。

楚天千里清秋，水随天去秋无际。遥岑远目，献愁供恨，玉簪螺髻。落日楼头，断鸿声里，江南游子。把吴钩看了，阑干拍遍，无人会，登临意。　休说鲈鱼堪脍，尽西风，季鹰归未？求田问舍，怕应羞见，刘郎才气。可惜流年，忧愁风雨，树犹如此！倩何人唤取，红巾翠袖，揾英雄泪！

先从题目说起。建康，又名金陵，即今江苏省南京市。建康在历史上是有名的城市，它是东吴、东晋、宋、齐、梁、陈六个朝代的都城。赏心亭是南宋建康城上的亭子。据《景定建康志》记载："赏心亭在（城西）下水门城上，下临秦淮，尽观赏之胜。"

这首《水龙吟》词，上片大段是写景：由水写到山，由无情之景写到有情之景，很有层次。开头两句，"楚天千里清秋，水随天去秋无际"，是作者在赏心亭上所见的江景。写得气象阔大，笔力遒劲。意思说，楚天千里，辽远空阔，秋色无边无际。大江流向天边，也不知何处是它的尽头。"楚天"的"楚"，泛指长江中下游一带，这里战国时曾属楚国。"水随天去"的"水"，指浩浩荡荡奔流不息的长江，也就是苏轼《念奴娇》词中"大江东去"的大江。"千里清秋"和"秋无际"，写出江南秋季的特点。南方常年多雨多雾，只有秋季，天高气爽，才可能极目远望，看见大江向无穷无尽的天边流去。

下面"遥岑远目，献愁供恨，玉簪螺髻"三句，是写山。意思说，放眼望去，那一层层、一叠叠的远山，有的很像美人头上插戴的玉簪，有的很像美人头上螺旋形的发髻，可是这些都只能引起我对丧失国土的忧愁和愤恨。“玉簪螺髻”一句中的“玉簪”，是古代妇女的一种首饰；“螺髻”，指古代妇女一种螺旋形发髻。韩愈有“水作青罗带，山如碧玉篸”的诗句（篸即簪）。“遥岑”，即远山，指长江以北沦陷区的山，所以说它“献愁供恨”。这里，作者一方面极写远山的美丽——远山愈美，它引起作者的愁和恨，也就愈加深重；另一方面又采取了移情及物的手法，写远山“献愁供恨”。实际上是作者自己看见沦陷区的山，想到沦陷的父老姊妹而痛苦发愁。但是作者不肯直写，偏要说山向人献愁供恨。山本来是无情之物，连山也懂得献愁供恨，人的愁恨就可想而知了。这样写，意思就深入一层。

“楚天千里清秋，水随天去秋无际”两句，是纯粹写景，至“献愁供恨”三句，已进了一步，点出“愁、恨”两字，由纯粹写景而开始抒情，由客观而及主观，感情也由平淡而渐趋强烈。作者接着写道：“落日楼头，断鸿声里，江南游子。把吴钩看了，阑干拍遍，无人会，登临意。”意思说，夕阳快要西沉，孤雁的声声哀鸣不时传到赏心亭上，更加引起了作者对沦陷的故乡的思念。他看着腰间佩带的不能用来杀敌卫国的宝刀，悲愤地拍打着亭子上的栏杆。可是又有谁能领会他这时的心情呢？

这里“落日楼头，断鸿声里，江南游子”三句，虽然仍是写景，但同时也是喻情。落日，本是自然景物，辛弃疾用“落日”二字，含有比喻南宋朝廷日薄西山、国势危殆的意思。原来宋孝宗继位后，一度起用主战派的张浚主持军政。张浚在隆兴元年

（1163）对金发动军事攻势，不幸在符离（今属安徽宿县）被金军打败。于是主和派的势力和舆论又在南宋政府中占上风。辛弃疾这时登上建康赏心亭，面对着衔山的落日，想起南宋君臣在符离战败后又陷入一片消沉气氛之中，这同诸葛亮《前出师表》中所描写的“此诚危急存亡之秋也”的情景是一样的。“断鸿”，是失群的孤雁。辛弃疾用这一自然景物来比喻自己飘零的身世和孤寂的心境。“游子”，是辛弃疾直指自己。一般地说，凡是远游的人都可称为游子，辛弃疾是从山东来到江南的，当然是游子了。但是辛弃疾渡江淮归南宋，原是以南宋为自己的故国，以江南为自己的家乡的。可是南宋统治集团不把辛弃疾看作自己人，对他一直采取猜忌排挤的态度，致使辛弃疾觉得他在江南真的成了游子了。

如果说上面“落日楼头，断鸿声里，江南游子”三句是写景寓情的话，那么“把吴钩看了，阑干拍遍，无人会，登临意”三句，就是直抒胸臆了。但这里，作者又不是直接用语言来渲染，而是选用具有典型意义的动作，淋漓尽致地抒发自己报国无路、壮志难酬的悲愤之情。作者写的第一个动作是“把吴钩看了”（“吴钩”是吴王阖闾所造的钩形刀）。杜甫《后出塞》诗中就有“少年别有赠，含笑看吴钩”的句子。“吴钩”，本是战场上杀敌的锐利武器，但现在却闲置身旁，无处用武，这就把作者空有沙场杀敌的雄心壮志，却是英雄无用武之地的苦闷也烘托出来了。以物比人，这怎能不引起辛弃疾的无限感慨呀！“把吴钩看了”，这一个动作却把作者此时此地的思想感情全部表现出来了。然而作者还嫌不足，接着又写了第二个动作“阑干拍遍”。据《渑水燕谈录》记载，一个“与世龃龉”的刘孟节，他常常“凭阑静立，怀想世事，吁唏独语，或以手拍阑干，尝有诗曰‘读书误我四十年，几回醉把阑干拍’”。栏杆拍遍是表示胸中那说不出来的抑郁苦闷之气，借拍打栏杆来发泄的意思，用在这里，就把作者徒有杀敌报国的雄心壮志而又无处施展的急切悲愤的情态宛然显现在读者面前。另外，“把吴钩看了，阑干拍遍”，除了典型的动作描写外，还由于采用了运密入疏的手法，把强烈的思想感情寓于平淡的笔墨之中，因而这两句看似寻常无奇，但内涵却非常丰厚，十分耐人寻味。

辛弃疾一腔热忱，满腹悲愤，但是不被南宋当权者所理解，所以他接着写道：“无人会，登临意”，慨叹自己空有恢复中原的抱负，而南宋统治集团中没有人是他的知音。

到这里，词的上片已经完了。如果说上片主要是写景抒情的话，那么下片就是直接言志了，也就是具体申说无人理会的登临之意了。

下片十二句，分四层意思：

“休说鲈鱼堪脍，尽西风，季鹰归未？”尽是尽管、纵然。意思是说：尽管西风起来了，季鹰归来没有呢？这里引用一个典故：晋朝人张季鹰，在洛阳做官，见秋风起，想到家乡的味美的鲈鱼，便弃官回乡（见《晋书·张翰传》）。这意思是说，现在“尽西风”的深秋时令又到了，连大雁都知道寻踪飞回旧地，何况我这个漂泊江南的游子呢？然而自己的家乡如今还在敌人的铁蹄蹂躏之下，想回去也回去不了呀！“尽西风，季鹰归未？”既写了有家难归的乡思，又抒发了对异族入侵的仇恨和对不思复国的南宋朝廷的激愤，确实收到了一石三鸟的效果。乡思，与前面的“游子”呼应，是“落日”“断鸿”背景里“游子”的真情流露；对敌人的仇恨和对朝廷的激愤，又呼应“遥岑远目，献愁供恨”，并为它作了最好的注脚。

“求田问舍，怕应羞见，刘郎才气”，是第二层意思。求田问舍就是买地置屋。刘郎，指三国时刘备，这里泛指有大志之人。这也是用了一个典故：三国时许汜去看望陈登，陈登对他很冷淡，独自睡在大床上，叫他睡下床。后来许汜把这事告诉刘备，刘备说：“天下大乱，你忘怀国事，求田问舍，陈登当然瞧不起你。如果碰上我，我将睡在百尺高楼，叫你睡地下，岂止相差上下床呢？”（《三国志·陈登传》）紧接前面，这里大意是说，既不学为吃鲈鱼脍而还乡的张季鹰，也不学求田问舍的许汜。许汜因求田问舍，而被刘备和陈登看不起，也被辛弃疾看不起。“怕应羞见”的“怕应”二字，是辛弃疾为许汜设想，表示怀疑，意思是说：像你（指许汜）那样的琐屑小人，自己有何面目去见像刘备那样的英雄人物？

“可惜流年，忧愁风雨，树犹如此”，是第三层意思。流年，即年光如流；风雨，指国家在风雨飘摇之中；“树犹如此”也有一个典故：据《世说新语》记载，桓温北征，经过金城，见自己过去种的柳树已长到几围粗，便感叹地说：“木犹如此，人何以堪！”意思说，树已长得这么高大了，人怎么能不老大呢！辛弃疾这三句包含的意思是：我所忧惧的，只是国事飘摇，时光流逝，北伐无期，恢复中原的夙愿不能实现，辜负了平生的雄心壮志，如此而已。这里，控诉南宋统治集团不能任用人才，使爱国志士无所作为，虚掷年华，已经淋漓尽致，它使我们仿佛又一次看到了作者“阑干拍遍”、悲愤欲绝的情状。“可惜流年，忧愁风雨，树犹如此”三句，是全首《水龙吟》词的核心。上面“鲈鱼堪脍”和“求田问舍”两例，都不是主，而是宾。至“可惜流年”三句，才是全词的最主要的部分。可以说，前面引过的陆游的“志士虚捐少壮年”的诗句，正是体现了辛弃疾这首《水龙吟》词的主题思想。到这里，作者的感情经过层层推进，已经发展到最高点，等于是一出戏中的高潮。

下面就自然地过渡到词的结尾了，也就是作者抒发的“登临意”的第四层意思：“倩何人唤取，红巾翠袖，揾英雄泪！”倩，在这里是“请”、央求的意思。“红巾翠袖”，是少女的装束，这里就是少女的代名词。在宋代，一般游宴娱乐的场合，都有歌妓在旁唱歌侑酒，所以，“红巾翠袖，揾英雄泪”，可以理解为这是当时一般生活现象和辛弃疾个人生活现象在这首词中留下的痕迹。这三句是写辛弃疾自伤抱负不能实现，时无知己，得不到同情与慰藉的悲叹。亦与上片“无人会，登临意”相呼应。

昆曲《夜奔》中有这样的唱句：“丈夫有泪不轻弹，只因未到伤心处。”英雄而至于流泪，这说明辛弃疾当时心中是多么苦闷和伤心！

辛弃疾是南宋词坛上豪放派的代表作家。他的词纵横挥洒，慷慨激昂，有的抒写恢复中原的雄心，有的倾诉壮志未酬的悲愤，有的歌颂祖国河山的壮丽，爱国思想是他一生创作的基调。他与北宋的苏轼并称“苏辛词派”，但他的思想感情远较苏轼丰富。他融会经、史、子、集创作出多种多样风格的词篇，其成就是极其突出的。这首《水龙吟》词，风格属于豪放一类。它不仅对辛弃疾生活着的那个时代的矛盾有所反映，有比较深厚的现实内容，而且运用圆熟精到的艺术手法把内容完美地表达出来，直到今天，仍然具有极其强烈的感染力量，使我们百读不厌。

（与无闻合写。原载《文汇报》，1962年12月23日）

辛弃疾的《菩萨蛮·书江西造口壁》

郁孤台下清江水，中间多少行人泪！西北望长安，可怜无数山。　　青山遮不住，毕竟东流去。江晚正愁余，山深闻鹧鸪。

造口、郁孤台、清江，都在江西赣江流域。辛弃疾淳熙二至三年（1175—1176）任江西提刑（掌管刑法狱讼的官），官署在赣州，这首词当作于这一二年间。

词从赣江想到四十年前金人追隆祐太后（宋高宗的伯母）一路抢掠杀戮的情状，想象江水里还流着那时逃难人民生离死别的眼泪。据《三朝北盟会编》载：隆祐太后离生米市至吉州，有人看见金人已经到了市中，便乘夜开船。第二天天亮时到太和县，又进到万安县，兵士不满百人，将军滕康、刘珏、杨惟忠皆逃窜山谷中；金人追到太和县，太后乃自万安县至皂口舍舟登陆，到了虔州（即赣州）。词中又从郁孤台想到宋朝的故都开封，想到北方无数山河那时都被敌人占领，成为沦陷区了。郁孤台又名望阙，唐代刺史李勉登郁孤台望都城长安，以为郁孤台非美名，改为望阙。古时候几个朝代都在长安建都，所以常用长安代表首都。“西北望长安”实际上是望开封。

下片说江水毕竟要东流去，重叠的山是不能遮断它的去路的。这也许是作者比喻自己百折不回的报国壮志和决心。但是江上暮色苍茫的时候，又听见鹧鸪的啼声，好像说：“行不得也哥哥！”使他想到恢复之业，还是困难重重，引起他无限的忧愁。

这首词情景交融，写出作者一片忧国的心情，不仅仅是一首描写山水的作品。它的下片结句语言沉郁，这由于作者的政治遭遇，也由于当地山险水急，是不舒坦的环境（前人用“郁孤”两字为台名可见），所以作品的感情也带着这种沉郁的色彩。但他用“青山遮不住”二句放在中间起振动的作用，全词便不致消沉无力了。

宋人罗大经的《鹤林玉露》有一段文字论到这首词说：“南渡之初，虏人追隆祐太后御舟至皂口，不及而还，幼安自此起兴。‘闻鹧鸪’之句，谓恢复之事行不得也。”罗大经的末了两句话有语病。辛弃疾一生抱恢复大志，到死不衰，六十多岁还倡议伐金，作这词的时候才三十六七岁，哪会说：“恢复之事行不得也！”应该是说恢复之事由于当权者不敢抗战，所以困难还多。

苏轼有《虔州八景图》诗一首说：“涛头寂寞打城还，章贡台前暮霭寒。倦客登临无限思，孤云落日是长安。”郁孤台就是“虔州八景”之一。辛弃疾这词字面上有许多地方近似苏轼这首诗，可能是受苏诗的影响。杜甫诗：“愁看直北是长安”；这首词“西北望长安”句就是用这个意思。这些虽然只是关于语言形式方面的问题，但也可见作者怎样融化前人作品成为自己的东西，这种借鉴的手法，也是这首词成功的因素之一。

《菩萨蛮》调全以五、七言句组成，近于唐代的近体诗。它的句子匀整，唐五代、北宋人填此调的，多写儿女柔情，声情谐婉。温庭筠填此调十四首，最著名的一首“小山重叠金明灭”，我在前文已介绍过。辛弃疾这首《菩萨蛮》却不同，它不写儿女柔情，而是抒发对国家民族兴亡及个人抱负难以实现的感慨。梁启超评这首词说：“《菩萨蛮》如此大声镗鞳，未曾有也。”（见《艺蘅馆词选》）镗鞳是撞击钟鼓的大声。梁氏这两句话的意思是：用《菩萨蛮》小令写大感慨的词，在辛弃疾以前，未曾有过。

（原载《文汇报》，1962年12月28日）

辛弃疾的《青玉案·元夕》

东风夜放花千树，更吹落、星如雨。宝马雕车香满路。凤箫声动，玉壶光转，一夜鱼龙舞。　　蛾儿雪柳黄金缕，笑语盈盈暗香去。众里寻他千百度；蓦然回首，那人却在、灯火阑珊处。

在辛弃疾的《稼轩长短句》里，有许多慷慨激昂的作品，像《破阵子·为陈同甫赋壮词以寄》以及前面谈过的《水龙吟·登建康赏心亭》等都是。但是他的作品风格是多种多样的，他的豪放激昂的作品固然振奋人心，而婉约含蓄的也同样出色动人。如《摸鱼儿》和《青玉案·元夕》就是。

《青玉案·元夕》写正月十五夜元宵节闹花灯的热闹场面："花千树"，是写灯火之盛，像那千树开花一样。"星如雨"，形容满天的焰火。作者既描写了灯火的繁多，也描写了观灯者裙屐之盛。在观灯的人群中，有些人乘"宝马雕车"，服饰华贵。有些女人头上戴着"蛾儿""雪柳"等装饰品，一边观灯，一边盈盈笑语。但是这些都不是作者所要寻找的人。"众里寻他千百度"

是说在人群中找了"那人"千百次，仍然找不到。联系上片"玉壶光转，一夜鱼龙舞"二句，知道已整整找了一个晚上（"玉壶"指月光）。作者在前面用了许多笔墨渲染环境气氛，而最后只用几笔勾画出他所要找的那个人的形象和性格。尽管灯市这样闹，看灯的人这样多，但是在这热闹人群中没有"那人"；在最后偶然回头的时候，却发现"那人"站在灯火冷落的地方。到此我们才知道，前面所写的种种热闹的气氛，都是反衬之笔，都是为这个主要人物的形象性格而服务的。

这首词全首写灯火，但一直不肯轻易放出"灯火"二字，只用"花千树""星如雨""鱼龙舞"等等譬喻字面来暗点，直到最后一句才点出它，却又是在写那个主要人物时附带点出的。这种不平凡的手法，也能加强对读者的印象。

又，这首词主要是写一个孤高、淡泊、自甘寂寞的女性形象。这个女性形象，在花间派以来的文人词里，是很少见的。所以作者郑重地用了两层比衬手法来描写她。词的开头写灯火场景，对那些"笑语盈盈"的观灯妇女来说是正衬，而对孤高的"那人"来说则是反衬。越写灯火热闹，越见"那人"孤高的性格。那"宝马雕车"中的人儿和戴着"蛾儿""雪柳"的妇女，对"那人"也是反衬。全词十三句，用作反衬的有九句，而写主要人物形象的，却只四句。这不是喧宾夺主，通过对宾的着重描写，正起了加强突出主要人物形象的作用。

杜甫诗"绝代有佳人，幽居在空谷"，是把"佳人"放在冷落的"空谷"的背景上来塑造，辛弃疾这首《青玉案》，则把"那人"放在火树银花的元宵佳节极其热闹的背景上来塑造。背景有冷热的不同，而美人的高标则是一致。这也是这首词可注意的艺术手法。

说这首词主要是写一个孤高、淡泊、自甘寂寞的女性形象，那还是表面的看法。作者在政治上失意的时候，有许多作品，大抵都寄托了他自己的身世之感。这首词里的“那人”形象，何尝不是作者自己人格的写照？这词编在四卷本《稼轩词》的甲集里，甲集编于淳熙十五年（1188），可知这词必作于淳熙十五年之前。淳熙十五年，作者四十九岁，他被迫退休于江西上饶，已经六七年了；这词里所谓“灯火阑珊处”，可能也就是作者那时在政治上被排斥的境地的写照。梁启超说这词“自怜幽独，伤心人别有怀抱”，这是很可信的评语。彭孙遹《金粟词话》以“秦周之佳境”评“蓦然回首”三句，那还只是艺术手法的欣赏，并不曾接触到它的思想感情。

（原载《文汇报》，1963年2月8日）

辛弃疾的《西江月·遣兴》

醉里且贪欢笑，要愁那得工夫。近来始觉古人书，信著全无是处。　　昨夜松边醉倒，问松我醉何如。只疑松动要来扶，以手推松曰去！

这首词题目是“遣兴”。从词的字面看，好像是抒写悠闲的心情，但骨子里却透露出他那不满现实的思想感情和倔强的生活态度。

这首词上片前两句写饮酒，后两句写读书。酒可消愁，他生动地说是“要愁那得工夫”。书可识理，他说对于古人书“信著全无是处”。这是什么意思呢？“尽信书，不如无书。”这句话出自《孟子》。《孟子》这句话的意思，是说《尚书·武成》一篇的纪事不可尽信。辛词中“近来始觉古人书，信著全无是处”两句，含意极其曲折。他不是菲薄古书，而是对当时现实不满的愤激之词。我们知道，辛弃疾二十三岁自山东沦陷区起义南来，一贯坚持恢复中原的正确主张。南宋统治集团不能任用辛弃疾，迫使他长期在上饶乡间过着退隐的生活。壮志难酬，这是他生平最痛心的一件事。这首词就是在这样的环境、这样的心境中写成的，它寄托了作者对国家大事和个人遭遇的感慨。“近来始觉古人书，信著全无是处”，就是曲折地说明了作者的感慨。古人书中有一些至理名言。比如《尚书》说：“任贤勿贰。”对比南宋统治集团的所作所为，那距离是有多远呵！由于辛弃疾洞察当时社会现实的不合理，所以发为“近来始觉古人书，信著全无是处”的浩叹。这两句话的真正意思是：不要相信古书中的一些话，现在是不可能实行的。

这首词下片更具体写醉酒的神态。“松边醉倒”，这不是微醺，而是大醉。他醉眼迷蒙，把松树看成了人，问他：“我醉得怎样？”他恍惚还觉得松树活动起来，要来扶他，他推手拒绝了。这四句不仅写出惟妙惟肖的醉态，也写出了作者倔强的性格。仅仅二十五个字，构成了剧本的片段：这里有对话，有动作，有神情，又有性格的刻画。小令词写出这样丰富的内容，是从来少见的。

“以手推松曰去”，这是散文的句法。《孟子》中有“‘燕可伐欤？’曰：‘可。’”的句子；《汉书·二疏传》有疏广“以手推常曰：‘去！’”的句子。用散文句法入词，用经史典故入词，这都是辛弃疾豪放词风格的特色之一。从前持不同意见的人，认为以散文句法入词是“生硬”，认为用经史典故是“掉书袋”。他们认为：词应该用婉约的笔调、习见的词汇、易懂的语言，而忌粗豪、忌用典故、忌用经史词汇，这是有其理由的。因为词在晚唐、北宋，是为配合歌曲而作的。当时唱歌的多是女性，所以歌词要婉约，配合歌女的声口；唱来使人人容易听懂，所以忌用典故和经史词汇。但是到辛弃疾生活的南宋时代，词已有了明显的发展，它的内容丰富复杂了，它的风格提高了，词不再专为应歌而作了。尤其是像辛弃疾那样的大作家，他的创造精神更不是一切陈规惯例所能束缚的。这由于他的政治抱负、身世遭遇不同于一般词人。若用陈规惯例和一般词人的风格来衡量这位大作家的作品，这是不从发展的观点看问题。

（原载《新民晚报》，1961年7月30日）

鹅湖之会

江西铅山县的鹅湖寺，是宋代哲学史上的一个胜迹，因为朱熹和陆九渊兄弟曾经在这里辩论过理学。在当时词坛上也有过一次“鹅湖之会”，那是孝宗淳熙十五年（1188，在朱、陆鹅湖会后的九年）的冬天，陈亮和辛弃疾在这里讨论抗敌救亡大计，并且写下好几首鼓舞人心的词篇；这是南宋词史上一件大掌故，可是后人知道的却并不多。这件事情的经过是这样的：

陈亮在淳熙五年（1178）连上三书，鼓励孝宗恢复，孝宗一度赫然震动，欲召令上殿，将重用他，但为大臣所阻，不得报而归。这年辛弃疾正从江西安抚使召为大理少卿，二人可能曾经相遇于临安，淳熙十三年（1186）陈亮在长久家居之后，忽然来到京城，作政治形势的观察，要乘机再度鼓舞孝宗北伐；次年（1187）春，在病中写信给当时的左丞相王淮，劝他担负起“应变”的责任，信里的话相当尖锐。恰巧那年十月，宋高宗赵构死了，这个八十多岁的患恐敌病的老人不死，“锐意恢复”的宋孝宗是不可能大举伐金的。陈亮在次年四月《上孝宗书》里曾经提到这点。他当时分三个步骤来进行这次政治活动，一是先往金陵、京口实察军事形势，二是再向孝宗上书，三是写信给朱熹一同往江西上饶访辛弃疾，商量这个计划。陈亮就在淳熙十五年的冬天到了江西和辛弃疾纵谈了十天，因待朱熹不来，只得“飘然东归”。后来辛弃疾作祭陈亮文有“憩鹅湖之清阴……极论世事”的话，无疑是共商恢复大计。朱熹后来有给陈亮的信说：“且莫相撺掇（怂恿），留取闲汉在山里咬菜根……古往今来多少圣贤豪杰，韫经纶事业不得作，只恁么死了底何限……”他大概比在野的人多知道一些朝廷里的气候，知道恢复之事“次第八九分是且罢休矣”！所以有这些消极的话。陈亮这次的政治策划，虽然得到辛弃疾的热情支持，结果还是全盘落空，只留下他两人几首激昂慷慨的词篇传诵至今，引起后人无限同情。

他们别后，互相唱酬，写了五首《贺新郎》。辛的原唱一首有小序说：

> 陈同甫自东阳来过予，留十日，与之同游鹅湖，且会朱晦庵于紫溪，不至，飘然东归。既别之明日，余意中殊恋恋，复欲追路，至鹭鹚林，则雪深泥滑，不得前矣。独饮方村，怅然久之，颇恨挽留之不遂也。夜半投宿吴氏泉湖四望楼，闻邻笛悲甚，为赋《乳燕飞》以见意。又五日，同甫书来索词，心所同然者如此，可发千里一笑。

这段短文便可见他两位热切的友谊。下面先稍稍解释辛氏的原唱：

> 把酒长亭说：看渊明风流酷似，卧龙诸葛。

（弃疾词里屡拿诸葛亮来赞陶潜，这里以二人比陈亮。）

> 何处飞来林间鹊，蹙踏松梢残雪，要破帽多添华发。

（这是点明会合时令，兼点二人各已垂老。这时辛四十九岁，陈四十六岁。）

剩水残山无态度，被疏梅料理成风月。两三雁，也萧瑟。

（这四句是以目前光景比喻当时政治形势。以上上片。）

佳人重约还轻别，怅清江天寒不渡，水深冰合。路断车轮生四角，此地行人销骨，问谁使君来愁绝？

（写别后追路，兼寓这次整治计划落空的感慨。）

铸就而今相思错，料当初费尽人间铁。长夜笛，莫吹裂。

（承上文寄慨国事，斥对敌议和之失策。）

陈亮的和词是：

老去凭谁说？看几番神奇臭腐，夏裘冬葛。

（说国策反复无定。神奇变为臭腐，夏而裘冬而葛，是说举事错误、失常。）

父老长安今余几？后死无仇可雪；犹未燥当时生发。

（不早图恢复，则北方沦陷区人民将忘了祖国，敌人以中原之地实为彼有。“生发未燥”用北魏拓跋焘语。）

二十五弦多少恨，算世间那有平分月？胡妇弄，汉宫瑟。

（斥和议失策。并回忆汴京沦陷的往事。以上上片。）

树犹如此堪重别！只使君从来与我，话头多合。行矣置之何足问，谁换妍皮痴骨？但莫使伯牙弦绝。

（志别，并自许不会变更政治主张，辜负知己。）

九转丹砂牢拾取，管精金只是寻常铁。龙共虎，应声裂。

（用炼丹铁为喻，与辛氏共勉，坚定报国之志，不断锻炼，必有成功之一日。）

其余三首，如辛氏“同甫见和，再用韵答之”的下片云：

> 事无两样人心别，问渠侬神州毕竟，几番离合？汗血盐车无人顾，千里空收骏骨。正目断关河路绝。我最怜君中宵舞，道男儿到死心如铁。看试手，补天裂！

这里在同情陈亮政治上被排挤压迫的遭遇，勉励他振奋不懈，为国效力。陈氏再和二首，抒写对国事的愤慨有云：

> 壮气尽消人脆好，冠盖阴山观雪，亏杀我一星星发！涕出女吴成倒转，问鲁为齐弱何年月？

这是说南宋宅都杭州以来，士气消沉，年年奉使金廷的人，只有观雪阴山而已；用齐景公涕出嫁女于吴国的故事，比喻宋廷向外夷屈服是“倒转”之事，鲁因齐强而变为弱国，这局面不知何年何月得转变。又云：

> 天下适安耕且老，看买犁卖剑平家铁。壮士泪，肺肝裂。

这是斥责国人以向敌求和偷安苟活为长策。他抒写自己的长图大计而不得设施的愤慨说：

> 斩新换出旗麾别，把当时一桩大义，拆开收合。据地一呼吾往矣，万里摇肢动骨。这话欛只成痴绝！

接下自伤老大云：

> 天地洪炉谁扇鞴，算于中安得长坚铁？淝水破，关东裂！

这是说人命如铁在洪炉之中不能久长，但是他又很希望在未死之前得见天下大势的转变，有如东晋的淝水大捷，秦国打破关东六国合纵的局面。

以上五首《贺新郎》，他们抒写自己爱国的热情和对偏安政局的愤慨，也写出他们的乐观和希望以及互相作坚持不懈的策勉，这是在南宋符离之役之后和开禧北伐之前这一段时期中，表达反侵略反投降爱国主义词篇的名作。我们读辛、陈两家词的不应忽略这五首，读宋代词史的也不应忽略这五首。朱熹陆九渊的鹅湖之会，是争辩唯心主义的哲学问题；陈亮辛弃疾的鹅湖之会，策划抗敌复兴，是讨论国族存亡问题。论其政治意义，无疑后者大于前者。但是前人作文学史词史，都没有详述过这件事；近人著《陈亮年谱》的，在淳熙十五年里，对此不提一字，这不能不算是很大的疏忽。

辛弃疾的《永遇乐·京口北固亭怀古》

千古江山，英雄无觅、孙仲谋处。舞榭歌台，风流总被、雨打风吹去。斜阳草树，寻常巷陌，人道寄奴曾住。想当年、金戈铁马，气吞万里如虎。　　元嘉草草，封狼居胥，赢得仓皇北顾。四十三年，望中犹记、烽火扬州路。可堪回首，佛狸祠下，一片神鸦社鼓！凭谁问，廉颇老矣，尚能饭否？

这是《稼轩词》中突出的爱国篇章之一。它的思想内容包括两个方面：一、写作者抗敌救国的雄图大志；二、写作者对恢复大业的深谋远虑和为国效劳的忠心。

宋宁宗嘉泰三年（1203），辛弃疾六十四岁时，被召起知绍兴府兼浙东安抚使。这以前，辛弃疾被迫退居江西乡间已有十多年了。起用他的是执掌大权的韩侂胄。因为那时蒙古已经崛起在金政权的后方，金政权日益衰败，并且起了内乱。韩侂胄要立一场伐金的大功，以巩固自己的地位，于是起用了辛弃疾作为号召北伐的旗帜。第二年（1204），任他作镇江知府——镇江在那时濒临抗战前线。辛弃疾初到镇江，努力作北伐的准备。他明确断言金政权必乱必亡。他又认为：南宋要取得对金作战的胜利，必须做好充分的准备工作。他曾对宋宁宗和韩侂胄提出了这些意见，并建议应把对金用兵这件大事委托给元老重臣。这无疑是包括辛弃疾自己在内的。可是韩侂胄一伙人不但不能采纳，反而有所疑忌不满，他们借口一件小事故，给他一个降官的处分。开禧元年（1205）索性把他调离镇江，不许他参加北伐大计。辛弃疾二十三岁从山东起义南来，怀着一腔报国热情，在南方待了四十三年，开始遭到投降派的排挤，现在又遭到韩侂胄一伙人的打击，他那施展雄才大略来为恢复大业出力的愿望又落空了。这就是辛弃疾写这首词的时代背景。

这首词题为“京口北固亭怀古”，所以一开头就从镇江的历史人物——孙权和刘裕说起。孙权是三国时吴国的皇帝，他在南京建立吴国的首都，并且能够打垮来自北方的侵犯者曹操的军队，保卫了国家。辛弃疾登上京口北固亭怀古，第一个想到的就是三国时期的英雄人物孙仲谋（即孙权），只是现在已无处可寻了。“风流总被、雨打风吹去”，谓孙仲谋英雄事业的流风余韵，现已无存。“寄奴”，是南朝宋武帝刘裕的小字。刘裕在京口起兵讨伐桓玄，平定叛乱。“想当年”三句，颂扬刘裕率领兵强马壮的北伐军，驰骋中原，气吞胡虏。作者借这些京口当地的历史人物的英雄业绩，隐约地表达自己对抗敌救国的心情。

下片“元嘉草草，封狼居胥”几句也是用历史事实。“元嘉”是南朝宋文帝的年号。宋文帝刘义隆是刘裕的儿子。他不能继承父业，好大喜功，听信王玄谟的北伐之策，打无准备之仗，结果一败涂地。封狼居胥是用汉朝霍去病战胜匈奴，在狼居胥山（今属内蒙古自治区）举行祭天大礼的故事。宋文帝听了王玄谟的大话，对臣下说："闻王玄谟陈说，使人有封狼居胥意。"辛弃疾用宋文帝"草草"（草率的意思）北伐终于惨败的历史事实，来作为对当时伐金须做好充分准备、不能草率从事的深切鉴戒。"仓皇北顾"，是看到北方追来的敌人张皇失色的意思，宋文帝战败时有"北顾涕交流"的诗句。韩侂胄于开禧二年（1206）北伐战败，次年被诛，正中了辛弃疾的"赢得仓皇北顾"的预言。

"四十三年"三句，由今忆昔，有屈赋的"美人迟暮"的感慨。辛弃疾于绍兴三十二年（1162）率众南归，至开禧元年在京口任上写这首《永遇乐》词，正好是四十三年。"望中犹记"两句，是说在京口北固亭北望，记得四十三年前自己正在战火弥漫的扬州以北地区参加抗金斗争。（"路"是宋朝的行政区域名，扬州属淮南东路。）后来渡淮南归，原想凭借国力，恢复中原，不期南宋朝廷昏聩无能，使他英雄无用武之地。如今过了四十三年，自己已成了老人，而壮志依然难酬。辛弃疾追思往事，不胜身世之感！

"佛狸祠下"三句，从上文缅怀往事回到眼前现实，使辛弃疾感到惊心：长江北岸瓜步山上有个佛狸祠，是北魏太武帝拓跋焘留下的历史遗迹：拓跋焘小字佛狸，属鲜卑族。他击败王玄谟的军队后，率追兵直达长江北岸的瓜步山，在山上建立行宫，这就是后来的佛狸祠。当地老百姓年年在佛狸祠下迎神赛会，"神鸦"是吃祭品的乌鸦，"社鼓"是祭神的鼓声。辛弃疾写"佛狸祠下"三句，表示自己的隐忧：如今江北各地沦陷已久，不迅速谋求恢复的话，民俗安于异族的统治，忘记了自己是宋室的臣民。这正和陆游的《北望》诗所谓："中原堕胡尘，北望但榛莽。耆年死已尽，童稚日夜长。羊裘左其衽，宁复记畴曩！"彼此意思相同。

辛弃疾这首词最后用廉颇事作结，是作者到老而爱国之心不衰的明证。廉颇虽老，还想为赵王所用。他在赵王使者面前一顿吃了一斗米的饭、十斤肉，又披甲上马，表示自己尚有余勇。辛弃疾在这词末了以廉颇自比，也正表示自己不服老，还希望能为国效力的耿耿忠心。

辛弃疾词的创作方法，有一点和他以前的词人有明显的不同，就是多用典故。如这首词就用了这许多历史故事。有人因此说他的词缺点是好"掉书袋"。岳飞的孙子岳珂著《桯史》，就说"用事多"是这首词的毛病，这是不确当的批评。我们应该作具体的分析：辛弃疾原有许多词是不免过度贪用典故的；但这首词却并不如此，它所用的故事，除末了廉颇一事之外，都是有关镇江的史实，眼前风光，是"京口北固亭怀古"这个题目应有的内容，和一般辞章家用典故不同；况且他用这些故事，都和这词的思想感情紧密相联，就艺术手法论，环绕作品的思想内容而使用许多史事，以加强作品的说服力和感染力，在宋词里是不多见的，这正是这首词的长处。杨慎《词品》谓"辛词当以京口北固亭怀古《永遇乐》为第一"。这是一句有见地的评语。

（原载《文汇报》，1963年2月20日）

陈亮《水调歌头·送章德茂大卿使虏》

词这种文学，自从入晚唐没落文士温庭筠诸人手中之后，大都降落为歌筵乐曲，娼馆艳篇；苏轼之后，下逮北南宋之交，爱国作家、民族志士先后辈出，才逐渐扭转了这风气。他们运用这种文学作为政治斗争的武器，表现其精神力量，对当时和后世都起鼓舞人心的作用。在南宋，陈亮是其中最突出的一家。

陈亮（同甫，1143—1194）不仅是词人，他是南宋思想界上一位魁杰，他平生自负是“人中之龙，文中之虎”（画像自赞）。自负其文是：“堂堂之阵，整整之旗，推倒一世之智勇，拓开万古之心胸”（见他答朱熹的信）。他很少作诗，却有四卷《龙川词》（现在只存六十多首）。他是辛弃疾的好友，在政治上是反对投降主张抗战的同志，也是被排挤被迫害的同病相怜者。所以两人的词风都很慷慨激昂。但由于他们的政治遭遇和政治地位不相同，词风也就同中有异。辛弃疾是从北方沦陷区南来的“归正军民”，又是屡握兵权的大将，南宋统治集团对他很猜忌怀疑；他有一篇上孝宗《论盗贼疏》，说自己“孤危一身久矣，……年来不为众人所容，顾恐言未脱口而祸不旋踵”，所以他感慨国事的词，最激烈高昂的也只敢说：“起望衣冠神州路，白日销残战骨，叹夷甫诸人清绝！”（《贺新郎·赠金华杜叔高》）它的大部分都是低回沉郁，不敢明言直指的（如《摸鱼儿》：“更能消、几番风雨……”等）。陈亮不然，他是一介布衣（五十岁以后才状元及第），因为没有政治地位，却少了种种地位的顾忌；况且在他看来，为国家报仇雪耻，煌煌大义，正当明目张胆、高言大语。他极恨南方民气销沉，士大夫萎靡退缩，不敢挺身负责，所以他无论上书言事或与当权达官通函论政，总是侃侃堂堂，不屈不挠。因此，他的感事之作也比辛弃疾更雄肆激昂，很少隐藏婉约的话。他自称其文为“粗块大向”，这四个字也可比喻他的词。

他有一首《水调歌头·送章德茂大卿使虏》，是他这种风格的代表作，现在分段略注如下：

不见南师久，漫说北群空。[1]

（长久不见南方出师北伐了，但并不是南方没有人才。）

当场只手，毕竟还我万夫雄。

（当场大事，只手可了，我们毕竟还是万夫之雄。）

自笑堂堂汉使，得似洋洋河水，依旧只流东？

（我们哪能年年向敌人投降求和，像河水那样永远走一个方向！“得似”是说“哪得似”。）

[1] 韩愈《送温处士赴河阳军序》：“伯乐（善相马者）一过冀北之野，而马群遂空。”

且复穹庐[1]拜，会向藁街[2]逢！

（姑且向你“敌国头领”再朝拜一次，将来总会把你掳到中国的京城里来。）

（以上上片）

尧之都，舜之壤，禹之封。于中应有一个半个耻臣戎！

（中国数千年文物之邦，而现在士气消沉如此！）

万里腥膻如许，千古英灵安在，磅礴[3]几时通！

（胡人玷污了祖国大地，我们祖先的民族正气何时才能伸张？）

胡运何须问，赫日自当中！

（胡人的运数总归不会久长，我们的国运正像红日中天。）

这是孝宗淳熙十三年（1186）送章森（德茂）出使金国贺正旦之作。陈亮《龙川文集》卷十九，有《与章德茂侍郎书》，说当时朝野文恬武嬉，都作永久偷安之计，这是士大夫的耻辱；但国人能知道这是耻辱的很少很少。又有《上孝宗皇帝第一书》说：

南师之不出，于今几年矣，河洛腥膻，而天地之正气郁而不得泄，岂以堂堂中国而五十年之间无一豪杰之能自奋哉！

正和这词语意相同。陈亮的儿子陈沆编《龙川词》，把这词编作压卷第一首，可能是陈亮自己的意思。在宋词里反映民族矛盾的作品，像这样激励奋发、对当时和后代都有鼓舞人心作用的，确

[1] 穹庐，北方民族所居住的毡帐。

[2] 藁街是汉代长安街名，外族来朝所居住的地方。《文选》丘迟《与陈伯之书》：“方当系颈蛮邸，悬首藁街。”

[3] 磅礴：形容气势广大。

是很少；而在《龙川词》中却不止这一首，如与辛弃疾鹅湖会后所作的几篇和韵《贺新郎》都是如此。但是南宋人所编词选，像黄昇的《绝妙词选》、周密的《绝妙好词》都不选这几首。清代御用文人作《四库全书总目提要》，对《龙川词》也多不满的微词，并且有意诬蔑他的人格。这批御用文人在异族统治之下，论理学既偏袒朱熹而妄诋陈亮，对这种反抗性强烈的词篇，自然不敢作公正的评赞。时代晚一些的，如光绪年间陈廷焯著《白雨斋词话》，在第一卷里有一条说：

同甫《水调歌头》云："尧之都，舜之壤，禹之封。于中应有一个半个耻臣戎！"精警奇肆，几于握拳透爪，可作中兴露布读。就词论则非高调。

前面三句话原是公允的，末了一句却大可怪，像这首词不算是"高调"，那么，我们不知陈廷焯所说的"高调"究竟是哪些作品了，他们这班所谓"婉约"派的词论家，自然是不能赏识这种有强烈鲜明思想性的大作品的！

（原载《文汇报》，1961年3月25日）

高登《好事近》

富贵本无心，何事故乡轻别！空惹猿惊鹤怨，误松萝风月。　　囊锥刚强出头来，不道甚时节。欲命巾车归去——恐豺狼当辙。

这是北南宋间福建漳浦人高登作的《好事近》词，作者是一位有政治节操的硬汉。宣和七年，金兵入寇时，他是太学生，和陈东上书请诛蔡京、童贯、王黼、李彦、梁师成、朱勔六贼，后来钦宗用吴敏、张邦昌做宰相，并要起用李邦彦，登又上书力争。绍兴二年，举于礼部，廷对时反对和议，仅授县主簿，调广西静江府的古县令。秦桧的父亲曾经做过古县令，静江太守胡舜陟为趋奉秦桧，要在古县建立桧父的祠堂，登坚不奉命；舜陟诬以他罪，下狱几殆，舜陟忽死，才得免。仍谪容州（今广西容县），以教读终其生。著有《东溪集》。朱熹很敬仰他，为他上奏请“褒录”，写他的言行入所著《名臣言行录》。

这首词开头，说自己本无心于求富贵，悔轻离开故乡；用六朝人孔德璋《北山移文》：“蕙帐空兮夜鹤怨，山人去兮晓猿惊”，说故乡山间有松萝风月好光景，都因此耽误了。下段说出山既已经自悔了，又遇着这个不应该“强出头来”的时代（“不道甚时节”是说没有估计这是什么时候，就是不识时务的意思）。于是决定还乡；但在临行时，想到后汉张纲“豺狼当道，安问狐狸”两句话，才觉悟到：不应消极退缩，要起来作政治斗争。这首词的主题思想是积极的，但前七句都是低沉消极的话，念念思归思退，到末了一句，才来个大转折，否定了前面七句，点出全词本意。这和辛弃疾赠陈同甫《破阵子》一首，作法颇为相似。

这不是作者有意用什么“画龙点睛”的手法；他的思想过程实是如此。一个封建文人敢于挺身作政治斗争，往往是经过许多次的考虑踌躇然后才决定的；这词前面三层意思——不求富贵、不该轻离故乡、何必“强出头来”，就是他考虑踌躇的真实思想。只有经过踌躇考虑才决定为正义献身的，才不是轻浮卤莽感情用事的人。他在一首小令里写得出这种思想过程，在唐宋词里也是不多见的作品。

《宋史·高登传》说登上五书不得报，因谋南归，忽闻张邦昌贬官远地，一时小人相继罢斥，和他上书所请偶合的十之七八，因再上书弹劾宰相吴敏也应罢斥。作者《东溪集》里上书第四封，开头自述“方图南下”云云，和这词“欲命巾车归去”句合，可能这词和第四书是同时作的（查徐梦莘《三朝北盟会编》：吴敏，以太宰改为少宰在靖康元年三月，罢少宰出知扬州，在八月。高登再上书论吴敏当在此前数月间。这年二月上书弹吴敏的，还有太学生沈长卿，太学正吴若，也见《北盟会编》。）。有人错把二句倒过来说作：因为“恐有豺狼当辙”，所以“欲命巾车归去”，那就大大削弱这首词的思想性了。

这首词在宋代曾经误传为胡铨所作，朱熹的《名臣言行录》载胡铨上书请斩秦桧，贬官新州（即广东新兴县），广帅王铁问知新州张棣曰：“胡铨何故未过海？”铨赋词曰：“欲驾巾车归去，有豺狼当辙。”棣即奏公怨望朝廷，于是送海南编管。当时胡铨请斩秦桧的奏疏很耸动朝野，高登这词也传诵人口，所以有此误传。直到清代王鹏运刊《东溪词》才发觉它是高氏之作。这个错误的传说也可见出这首词的政治性。

（原载《文汇报》，1961年2月5日）

陈维崧《南乡子·江南杂咏》

往年我作《说辛稼轩的农村词》，怪宋词里很少反映阶级矛盾的作品。蒋云从告我：清初陈维崧的《湖海楼词集》中有《南乡子·江南杂咏》六首（卷一页四）。取读一过，果然是难得的好词：

天水沦涟，穿篱一只撅头船。万灶炊烟都不起；芒履，落日捞虾水田里。

夔魍喧豗，枫根渍酒纸成灰。泽国不知山国苦；铜鼓，醉觋夜深作蛮语。（今秋水乡尽没，而山民复十室九病，故词及之。）

户派门摊，官催后堡督前团。毁屋得钱上官府；归去，独宿牛车滴秋雨。（堡，一作保；得钱上官府，一作得缗上州府。——编者注）

鸡狗骚然，朝惊北陌暮南阡。印响西风狸作记；如鬼，老券排家验铃尾。

万艘千船，今年米价减常年。乍可宣房填蚁穴，愁绝，不愿官家言改折。

筛盖从风，旌竿十丈压桯红。卜式相如争匿笑；惊告：“同辈屠沽并佣保！”

第一首写灾民求食。第二首写山村疫病。第三首写天灾中，人民还不得免官府的租税。第四首写狰狞如鬼的吏役拿着猩红的印章挨家验税契（“印响西风”大概是说在风前打印）。第五首说米价之贱。由于官府征税要收现钱，农民不得不出米折作现钱；这样做他们是吃大亏的，所以说：宁可把米当作泥土来填塞决堤的蚁穴！［宣房是汉代宫名，汉武帝时，黄河在瓠子地方（在今河北省濮阳县）决口，武帝与群臣负薪来填塞，筑宫其上，名宣房。见《史记·河渠书》。］第六首写那批催租官吏的威风（桯音厅，车盖的柄），并且揭穿他们本来是从商贾佣保捐纳得官的（卜式以牧羊致富，汉武帝时上书，愿输家财的一半助国家征发匈奴，官做到御史大夫。司马相如曾经和他的妻子卓文君开酒店，穿着犊鼻裈作佣保。），现在他们都惊异地匿笑相告：“我们同官里面都是我们从前一样的屠沽佣保了！”这饶有意味的讽刺，是说当时仕途秽浊的情况，拿钱财捐纳得官者之多。他们都是花了本钱要在人民身上捞一大把的，于是，人民就注定有要吃苦的命运了！

陈维崧在明亡时已经二十岁，这六首词当作于清代初年。农民在天灾中还要受统治阶级的惨重剥削，这原是封建社会普遍的情况。读这些词，看看我们现在农村荒不成灾的现实，是新旧社会强烈鲜明的对比。

《湖海楼词集》卷十四页十又有《金浮图·夜宿翁村，时方刈稻，苦雨不绝，词纪田家语》一首：

为君诉："今年东作，满目西畴，尽成北渚。雨翻盆，势欲浮村去。香稻波飘，都做沉湘角黍。"咽泪频呼儿女："瓮头剩粒，为客殷勤煮！" 话难住。茅檐点滴，短檠青荧，床头无干处。雨声乍续啼声断，又被啼声剪了半村雨。摇手亟谢田翁："一曲淋铃，不抵卿言苦！"

这也是文人词里不多见的民间疾苦现实的写照。又同卷页六《水调歌头》题云：夏五大雨浃月，南亩半成泽国，而梁溪人尚有画舫游湖者，词以寄慨。下片云：

今何日？民已困，况天年！家家秧马闲坐，墟井断炊烟。何处玉箫金管，犹唱"雨丝风片"，烟水泊游船？此曲纵娇好，听者似啼猿。

人民苦难的景况，公子哥儿们却拿它作好风光欣赏；大雨成灾的时候，唱《牡丹亭》"雨丝风片，烟波画船"的曲子来应景！这是旧时代实有的社会现象。作者用浅显的语言，如实写来，便反映出相当深刻的阶级矛盾。

以上几首，都是难得的现实主义的词篇。陈氏《湖海楼词集》共有一千六百多首，数量之富是空前的（比辛弃疾的《稼轩词》还多千把首），在它精华糟粕杂糅之中，我们还要仔细地来辨别它、发掘它。

（原载《文汇报》，1961年2月21日）

陈维崧《贺新郎·纤夫词》

陈维崧《湖海楼词集》卷廿七页三，有《贺新郎·纤夫词》，写统治阶级奴役劳动人民，也是反映社会现实的一首好作品：

战舰排江口，正天边真王拜印，蛟螭蟠纽。征发棹船郎十万，列郡风驰雨骤；叹闾左[1]骚然鸡狗。里正前团催后保，尽累累锁系空仓后。捽头去，敢摇手！　　稻花恰趁霜天秀。有丁男临歧决绝，草间病妇；“此去三江牵百丈，雪浪排樯夜吼。背耐得土牛[2]鞭否！”“好倚后园枫树下，向丛祠亟倩巫浇酒[3]。神佑我，归田亩！”

开头三句说统治阶级这回奴役人民，是为了要发动一场战争，为了一位“天边（遥远的地方）真王拜印”，挂帅出征。“蛟

[1]《史记·陈涉世家》：“发闾左适（谪）戍渔阳九百人”，陈涉因之起义反秦。

[2] 土牛即春牛，旧俗立春日迎春，鞭打春牛。

[3] 请巫婆向丛林中的神庙祭祷。

螭蟠纽”句，描写那颗王印的装饰，好像是闲文，而实有作意；我们可作这样体会：这劳什子在统治阶级看来是多么尊严宝贵，但是对广大人民来说，却是他们的灾星；“一将功成万骨枯”，它曾经给他们带来了多少次惨酷的战争，牺牲了多少人的性命，这回又要有多少人家为了它而妻离子散！“征发棹船郎十万”以下，写乡村里的团保捉壮丁弄到鸡犬不宁的情况；“闾左”句用陈涉起义故事，拿暴虐的嬴秦王朝比当时统治者，那是相当大胆的话，“闾左”一词，好像也是有意点出受迫害奴役的都是穷苦的劳动人民。（“闾左”是居住里闾左面的人；《史记索隐》：“凡居，以富强为右，贫弱为左。”）

下片开头“稻花恰趁霜天秀”一句，手法相当好。在上下文紧张凄惨的气氛里，瞥眼呈露一个农村和平丰盛景象的镜头：降霜天气，满眼稻花。“恰趁”两字反面包藏着愤慨和诅咒，恰恰在将近秋收的时候来了这场灾难，这灾难不仅仅限于战场上的死伤；在七个字闲淡的景语里，带着指出统治阶级破坏生产的罪状。

“有丁男临歧……”以下，从上文十万棹船郎里，具体突出地塑造了一对夫妇的形象。当队伍将要出发时，他们躲在草丛里诀别。女的替丈夫担心：迢迢艰险的路程，残酷的责罚怕他禁不起折磨。男的对妻子的叮嘱，除了求神拜佛以外，便一无办法，他们原是呼吁无门、生路都绝的善良的“穷”民。上文说过：他们被捉的时候，拉着头发拖了去，连摇摇手都不敢，自然想不到要反抗。

这在清词里是应该表彰的一首作品。我们不必过分夸奖他可以上比杜甫的《新婚别》和《垂老别》（它和杜甫这两首诗明显地是有其继承关系的），也不必说它比李白的《丁都护歌》[1]更深刻更形象化，我们只要看宋词里很少有这类反映民间疾苦的现实主义作品；苏（轼）辛（弃疾）词派里许多进步作家，虽然写了许多反映民族矛盾的作品，而也很少有反映阶级矛盾的；陈维崧这首《贺新郎》在这方面却突过了他们。那么，它的思想性和它在词史上的地位也就很够得我们的看重了。

这首词的作年无从考查，不知是写哪次战役。在清初，长江流域人民是处在被征服的地位的，词中记述这个纤夫为地方保甲所捕捉，“捽头去，敢摇手”，这决不是南方义民起兵抗清。关于这次战争性质问题，我认为无疑是劳动人民被奴役的战争。

（原载《文汇报》，1961年3月2日）

[1] 李白《丁都护歌》也是写挽船人的辛苦，和这首词同题材。歌云：“云阳上征去，两岸饶商贾，吴牛喘月时，拖船一何苦！水浊不可饮，壶浆半成土。一唱都护歌，心摧泪如雨。万人凿盘石，无由达江浒。君看石芒砀，掩泪悲千古。”

西溪词话

温庭筠的小令

一

梳洗罢，独倚望江楼。过尽千帆皆不是，斜晖脉脉水悠悠。肠断白蘋洲。

这是温庭筠的《梦江南》词，它描写一个女子等待所爱的人而终究失望的心情。

她所爱的人是从水路坐船归来的，她从早到晚倚楼望江，希望眼前过去的船只中有一只是载他归来，会停在她的楼前。然而“过尽千帆皆不是”，从清晨“梳洗罢”直望到黄昏，仍不见他归来。这“过尽千帆皆不是”一句，一方面写眼前的事实，另一方面也可能有寓意，含有古乐府“天下人何限，慊慊独为汝”的意思，说明她爱情的坚贞专一。清代谭献“红杏枝头侬与汝，千花百草从渠许”的词句和这意也相近。

王国维《人间词话》说：“一切景语皆情语。”

这首词“斜晖脉脉”，是写黄昏景物，夕阳欲落不落，似乎依依不舍。这里点出时间，联系开头的“梳洗罢”，说明她已整整望了一天了。但这不是单纯的写景，主要还是表情。用“斜晖脉脉”比喻女的对男的脉脉含情，依依不舍。“水悠悠”可能指无情的男子像悠悠江水一去不返。(“悠悠”在这里作无情解，如“悠悠行路心”是说像行路的人对我全不关心。)这样两个对比，才逼出末句“肠断白蘋洲”的“肠断”来。这句若仅作景语看，“肠断”二字便无来源。温庭筠词深密，应如此体会。

小令词短小，要精炼、概括。这首小令做到字字起作用，即闲语也有用意，前文所举各句之外如开头的“梳洗罢”是说在爱人未到之前，精心梳妆打扮好等他来，也有“女为悦己者容”的意思。又，古时男女常采蘋花赠人，末句的“白蘋洲”也关合全首相思之情。

这词全首精炼，字字都扣紧作者所要表达的思想感情，如电影中每一场景，每一道具都起特定的作用。《花间集》里的小令，只有温庭筠这种作品能做到如此。

二

小山重叠金明灭，鬓云欲度香腮雪。懒起画蛾眉，弄妆梳洗迟。　　照花前后镜，花面交相映。新帖绣罗襦，双双金鹧鸪。

温庭筠这首《菩萨蛮》是描写一个女子的孤独苦闷的心情。开头两句是写她褪了色走了样的眉晕、额黄和乱发，是隔夜的残妆。“小山”是指眉毛（唐明皇造出十种女子画眉的式样，有远山眉、三蜂眉等等。小山眉是十种眉样之一），“小山”重叠即指眉晕褪色。“金”是指额黄（在额上涂黄色叫“额黄”，这是六朝以来妇女的习尚)。“金明灭”是说褪了色的额黄有明有暗。第二句的“鬓云”指头发,“香腮”是面颊,全句是说乱发垂在面上。三、四两句写刚起床时“弄妆”,用一“懒”字、一“迟”字,是由外表进入到内心的描写。

下片开头两句写妆成之后的明艳,极写其人之美。整首词只是写这女子从起身梳妆到妆成着衣,最后两句写穿衣时忽然看见衣服上有新贴的双双金鹧鸪,全词就说到这儿为止,并没有明显地写出她看到双双金鹧鸪时的心情。但是读者从“双双”两字联系上文是能领会作者的寓意的。这两字是反写这女子的孤独,看见衣服上的金鹧鸪都是双双对对的,就使她触景生情,自怜孤独。全篇点睛的是“双双”两字,它是上片“懒”和“迟”的根源。全词描写女性,这里面也可能暗寓这位没落阶级文人自己身世之感。至若清代常州派词家拿屈原来比他,说“照花前后镜”四句即《离骚》“初服”之意(见张惠言《词选》),那无疑是附会太过了。(《离骚》:“退将复修吾初服。”“初服”是说我原来穿的衣服。)

这首词代表了温庭筠的艺术风格:深而又密。深是几个字概括许多层意思,密是一句话可起几句话的作用。这首词短短的篇章,一共只八句,而深密曲折如此,这是唐人重含蓄的绝句诗更进一步的演化。

(原载《浙江日报》,1961年12月10日、13日)

苏轼的《江城子》

凤凰山下雨初晴，水风清，晚霞明。一朵芙蕖，开过尚盈盈。何处飞来双白鹭，如有意，慕娉婷。

忽闻江上弄哀筝，苦含情，遣谁听！烟敛云收，依约是湘灵。欲待曲终寻问取，人不见，数峰青。

——苏轼《江城子》

此词为苏轼于熙宁五年（1072）至七年（1074）杭州通判任上与当时已八十余岁的著名词人张先（990—1078）同游西湖时所作。作者富有情趣地紧扣“闻弹筝”这一词题，从多方面描写弹筝者的美丽与音乐的动人。词中将弹筝人置于雨后初晴、晚霞明丽的湖光山色中，使人物与景色相映成趣，音乐与山水相得益彰，在人物的描写上，作者运用了比喻和衬托的手法。

开头三句写山色湖光，只是作为人物的背景画面。“一朵芙蕖”两句紧接其后，既实写水面荷花，又是以出水芙蓉比喻弹筝的美人，收到了双关的艺术效果。

从结构上看，这一表面写景实则转入对弹筝人的描写，真可说是天衣无缝。据《墨庄漫录》，弹筝人三十余岁，“风韵娴雅，绰有态度”，此处用“一朵芙蕖，开过尚盈盈”的比喻写她，不仅准确，而且极有情趣。接着便从白鹭似也有意倾慕来烘托弹筝人的美丽。词中之双白鹭实是喻指二客呆视不动的情状。

下片则重点写音乐。从乐曲总的旋律来写，故曰“哀筝”，从乐曲传达的感情来写，故言“苦（甚、极的意思）含情”；谓“遣谁听”，是说乐曲哀伤，谁能忍听，是从听者的角度来写；此下再进一步渲染乐曲的哀伤，谓无知的大自然也为之感动：烟霭为之敛容，云彩为之收色；最后再总括一句，这哀伤的乐曲就好像是湘水女神奏瑟倾诉自己的哀伤。湘灵，用娥皇、女英之典故。词写到这里，把乐曲的哀伤动人一步一步地推向最高峰，似乎这样哀怨动人的乐曲非人间所有，只能是出自像湘水女神那样的神灵之手。

与此同时，“依约是湘灵”这总缩乐曲的一句，又隐喻弹筝人有如湘灵之美好。词的最后，承“依约”一句正待写人，却又采取欲擒故纵的手法，不仅没有正面去描写人物，反而写弹筝人已飘然远逝，只见青翠的山峰仍然静静地立在湖边，仿佛那哀怨的乐曲仍然荡漾山间水际。“人不见，数峰青”句，用唐代诗人钱起《省试湘灵鼓瑟》诗“曲终人不见，江上数峰青”，是那样的自然、贴切而又不露痕迹。它不仅意象动人，而且结构上还暗承“依约是湘灵”一句，把上下用典结合起来。“数峰青”又回应词的开头“凤凰山下雨初晴”描写的雨过山青的景象，真可谓言尽而意永。

（原载《浙江日报》，1957年2月15日）

陆游的《鹊桥仙》

一竿风月，一蓑烟雨，家在钓台西住。卖鱼生怕近城门，况肯到红尘深处？　　潮生理棹，潮平系缆，潮落浩歌归去。时人错把比严光，我自是无名渔父。

陆游这首词虽然是写渔父，其实是作者自己咏怀之作。他写渔父的生活与心情，正是写自己的生活与心情。

首两句，一竿风月，满蓑烟雨，是渔父的生活环境。“家在钓台西住”，是说渔父的心情近似严光。严光不应汉光武的征召，独自披羊裘钓于浙江的富春江上。上片结句说，渔父虽以卖鱼为生，但是他远远地避开争利的市场，生怕走近城门。

下片三句写渔父潮生时出去打鱼，潮平时系缆，潮落时归家。生活规律和自然规律相适应，无分外之求。不像世俗中人那样沽名钓誉，利令智昏。最后两句承上片“钓台”两句来，说严光还不免有求名之心，这从他披羊裘垂钓上表现出来。宋人有一首咏严光的诗说：“一着羊裘便有心，虚名留得到如今。当时若着蓑衣去，烟水茫茫何处寻。”也是说严光虽辞光武征召，但还有名心。陆游因此觉得："无名"的"渔父"比严光还要清高。

这词上下片的章法相同，每片头三句都是写生活，后两句都是写心情，但深浅不同。上片结尾说自己心情近似严光，下片结尾却把严光也否定了。

文人词中写渔父最早、最著名的是张志和的《渔歌子》，后人仿作的很多，李煜诸家都有这类作品。但是文人的渔父词，有些用自己的思想感情代替劳动人民的思想感情，很不真实。陆游这首词论思想内容可以说是在张志和诸首之上。很明显，这词是讽刺当时那些被名牵利绊的俗人的。我们不可错会他的作意，简单地批判它是消极的、逃避现实的作品。

陆游另有一首《鹊桥仙》词：

> 华灯纵博，雕鞍驰射，谁记当年豪举？酒徒一半取封侯，独去作江边渔父。　　轻舟八尺，低篷三扇，占断蘋洲烟雨。镜湖元自属闲人，又何必官家赐与！

也是写渔父的。它上片所写的大概是他四十八岁那一年在汉中的军旅生活。而这首词可能是作者在王炎幕府经略中原事业失望以后，回到山阴故乡时所作。两首词同调、同韵，若是同时之作，那是写他自己晚年英雄失路的感慨，绝不是张志和《渔歌子》那种恬淡、闲适的隐士心情。读这首词时，应该注意他这个创作背景和创作心情。

（原载《浙江日报》，1961年12月24日）

陆游的《卜算子·咏梅》

驿外断桥边，寂寞开无主。已是黄昏独自愁，更著风和雨。　　无意苦争春，一任群芳妒。零落成泥碾作尘，只有香如故。

这是陆游一首咏梅的词，其实也是陆游自己的咏怀之作。上片写梅花的遭遇：它植根的地方，是荒凉的驿亭外面，断桥旁边。驿亭是古代传递公文的人和行旅中途歇息的处所。加上黄昏时候的风风雨雨，这环境被渲染得多么冷落凄凉，写梅花的遭遇，也是作者自写被排挤的政治遭遇。

下片写梅花的品格：一任百花嫉妒，我却无意与它们争春斗艳。即使凋零飘落，成泥成尘，我依旧保持着清香。末两句即是《离骚》“不吾知其亦已兮，苟余情其信芳”“虽体解吾犹未变兮，岂余心之可惩”的精神，比王安石咏杏“纵被东风吹作雪，绝胜南陌碾成尘”之句用意更深沉。

陆游一生的政治生涯：早年参加考试被荐送第一，为秦桧所嫉；孝宗时又为龙大渊、曾觌一群小人所排挤；在四川王炎幕府时要经略中原，又见扼于统治集团，不得遂其志；晚年赞成韩侂胄北伐，韩侂胄失败后又被诬陷。我们读他这首词，联系他的政治遭遇，可以看出它是他的身世的缩影。词中所写的梅花是他高洁的品格的化身。

唐宋文人尊重梅花的品格，与六朝文人不同。但是像林和靖所写的“暗香、疏影”等名句，都只是高人、隐士的情怀；虽然也有一些作家借梅花自写品格的，但也只能说：“原没春风情性，如何共，海棠说。”（南宋萧泰来《霜天晓角·咏梅》）这只是陆游词“无意苦争春，一任群芳妒”的一面。陆游的友人陈亮有四句梅花诗说：“一朵忽先变，百花皆后香。欲传春信息，不怕雪埋藏。”写出他自己对政治有先见，不怕打击，坚持正义的精神，是陈亮自己整个人格的体现。陆游这首词则是写失意的英雄志士的兀傲形象。我认为在宋代，这是写梅花诗词中最突出的两首好作品。

（原载《浙江日报》，1951年12月27日）

辛弃疾的农村词

西江月 夜行黄沙道中

明月别枝惊鹊，清风半夜鸣蝉。稻花香里说丰年，听取蛙声一片。　　七八个星天外，两三点雨山前。旧时茅店社林边，路转溪桥忽见。

辛弃疾写了好几首农村词，这首《西江月》是比较突出的一首。它是通过对自然界风光的描写，来表现农村的生活和心情的。黄沙岭在江西上饶之西。辛弃疾退隐上饶带湖时，经常行经风景优美的黄沙道中。词里只选用夏夜一晴一雨两个镜头：上片写晴，下片写雨。上片通过三种动物鹊、蝉、蛙来写晴，是有详略、深浅、主次之分的。首先以惊鹊写明月，因为明月出来了，枝上的鹊儿见光惊飞，离开枝头。“别枝”在这里作离开枝头解，与苏轼诗“月明惊鹊未安枝”同意，不是“蝉曳残声过别枝”作另外一枝解的“别枝”。次写鸣蝉，半夜还有蝉鸣，可见天气很热，为下片写雨作伏笔，头两种动物都还只是略写、浅写。最后写蛙。“稻花香里说丰年”两句，表现了丰年人们的喜悦心情。看见稻花，闻到稻香，可知年成，但是在稻花香里说好年成的却不是人而是一片蛙声。因为在人们内心异常高兴时，往往会觉得周围的一切事物也都沾染上人们的喜悦心情，涂上愉快的色彩。蛙与丰年原无必然的联系，现在由于人们沉浸在欢乐之中，所以听到蛙声，感到它似乎也为丰年而欢唱。无知之物尚且如此，曾经付出辛勤劳动的人们，在丰收在望时的兴奋心情，更是可想而知了。作者运用侧面烘托的手法，比正面写丰收，要生动、深刻得多了。

下片写雨。雨前天空已经起了云，天上只看见七八个星星，那是在云层里透漏出来的，说它只有少数的七八个，是写云层之密，预示了未雨时已有雨意。卢延让诗："两三条电欲为雨，七八个星犹在天。"也是用"七八个星"来写雨前的天象。第二句写雨来。山前忽然飘下"两三点雨"，这是夏天骤雨来临的前奏，不是写春雨。末两句写行人的先焦急后喜悦的心理：他曾记得在那土地庙树林旁边，有一爿茅店，可以避避雨。他急急忙忙地过了溪桥，拐了一个弯，那爿茅店果然在"社林边"出现了。写出行人的喜悦心情，也就是表现作者自己的喜悦心情。

这首词挑选几件小事物，来描写农村风光。既写了景，也写了人。不但真切地描绘出一幅农村夏夜的画面，而且表现了农村的丰收景象和人们的喜悦心情。作者的表现手法生动、灵活，能给人以相当丰富的美的享受。在宋代描写农村的词篇中，它不愧是一首名作。

清平乐

茅檐低小，溪上青青草。醉里吴音相媚好，白发谁家翁媪！　　大儿锄豆溪东，中儿正织鸡笼。最喜小儿无赖，溪头看剥莲蓬。

这首词也是描写农村生活。作者那时退隐在江西乡间，这词所反映的当是江西上饶一带农村的风光。上片表现乡村生活的和平与安宁，写老人过着美好的晚年生活。下片写村中劳动情况。

首两句：在青草溪边看见一座低小的茅屋。第三句写人：尚未见人，先闻其声。“醉里吴音相媚好”，“醉里”不是说作者自己喝醉了酒，而是听到有人带着醉意用吴音交谈。醉里闲谈，正是写农民们过着安宁的生活。这里“吴音”泛指南方话，江西古时叫“吴头楚尾”，在吴、楚之间，所以江西话也可以叫吴音。他听见这样柔和娴婉娓娓动听的语音，初以为一定是一对青年男女在谈情，但是一看，却感到惊奇：原来是一对白发苍苍的老年夫妇！用“相媚好”一词来形容这一对老年夫妇的软媚的“吴音”，更能表现出他们美好的生活和心情。这不仅是写人物的心境，主要是写整个农村的平静光景。社会情况通过少数人的语音来描写，是很高妙的手法。在句子安排上，用倒装章法，先闻其声，后见其人，出乎意外，才令人惊异；如果顺着次序先写人，后闻声，便不生动了。

上片写老年人，下片则写年轻人。通过这个人家三个儿子的举动，描写出整个农村的劳动生活。大儿、中儿都在劳动，只有最小的一个，什么都不干，在溪头看剥莲蓬。这是说，除了最小的以外，其他一切的人都在劳动，用侧面写法，突出乡村无闲人的光景。“无赖”在这里当“淘气”解，并不是责骂的话。“溪头看剥莲蓬”，把小孩子的年龄特征、贪食好玩的神态都刻画出来。

说“最喜小儿无赖”，是用反衬手法来加重语气，譬如我们说：“除了瞎子以外，谁都看见！”“除了聋子以外，谁都听见！”这比直说“无人不看见”“无人不听见”有力得多。（末了一句，四卷本《稼轩词》及《花庵词选》都作“溪头卧剥莲蓬”。）这也是写小孩子不正经参加劳动。如果理解为下片四句是写全村人包括小孩子在内都参加劳动，那就未免贬低这几句的艺术手法了。

辛稼轩的农村词，大多数作于江西上饶和铅山。当时这一带地区表面上比较安定，辛弃疾在农村词中反映出农村外表上比较安定的一面，没有进一步揭露农村里的阶级矛盾，这是他的作品的缺点。但同时我们也应该看到：他之所以把农村描写得这样美好，正是表现他对当时官场恶劣空气的不满。辛弃疾自号“稼轩”，又把自己的几个儿子都取了“禾”旁的名字。他还有好几首怀念陶渊明的词，在一首《水龙吟》中说：“白发西风，折腰五斗，不应堪此。”他把不肯为五斗米折腰而归田亩的陶渊明引为异代知己，这都说明辛弃疾在被迫罢官以后表示出来的对官场的厌恶。与官场情形相对比，他增长了对农村生活的喜爱。他把这种喜爱农村的思想，通过高度的艺术手法表达在这首《清平乐》中。他的这些反映农村的作品在宋代词坛上是一丛珍贵的花朵。

（原载《光明日报》，1958年5月18日）

文及翁的西湖词

一勺西湖水，渡江来百年歌舞，百年酣醉。回首洛阳花石尽，烟渺黍离之地。更不复新亭堕泪。簇乐红妆摇画舫，问中流击楫何人是？千古恨，几时洗？　余生自负澄清志。更有谁磻溪未遇，傅岩未起？国事如今谁倚仗，衣带一江而已，便都道江神堪恃！借问孤山林处士，但掉头笑指梅花蕊。天下事，可知矣！（见《古杭杂记》）

——《贺新凉·游西湖有感》（与前文略有差异。——编者注）

注释：

① 勺：量器名。《孙子算经》：“十抄为一勺，十勺为一合。”一勺，极言其少。

② 洛阳花石：北宋洛阳多名园，当时李格非有《洛阳名园记》。

③ 黍离：《诗·王风》篇名。东周诗人经过西周京城镐京，目睹故都残破，有感而作。

④ 新亭堕泪：西晋末年，中原人相率过江避难。《世说新语》：

“过江诸人，每至美日，辄相邀新亭，藉卉（坐草地上）饮宴。周侯（周顗）中坐而叹曰：‘风景不殊，正自有山河之异！’皆相视流泪。唯王丞相（王导）愀然变色，曰：‘当共戮力王室，克复神州。何至作楚囚相对？’”

⑤ 中流击楫：《晋书·祖逖传》：逖统兵北伐，渡江中流击楫而誓曰：“不能清中原而复济者，有如大江。”（楫，就是桨；济就是渡。）

⑥ 澄清：范滂登车揽辔，慨然有澄清天下之志。见《后汉书·范滂传》。

⑦ 磻溪：姜太公钓于磻溪（在今陕西宝鸡县），遇周文王。武王尊为师尚父，佐武王灭纣。

⑧ 傅岩：傅说隐于傅岩之野（今山西平陆县有其故迹），遇殷高宗，举以为相。

⑨ 孤山林处士：北宋林逋隐居西湖孤山，作了许多梅花诗。

这是南宋文及翁写国事感慨的词。开头是说：“小小的一勺西湖水，会断送了一个王朝。”“百年歌舞，百年酣醉”是斥责当时士大夫纸醉金迷的生活。“回首洛阳花石尽”两句，以残破的洛阳代北宋的汴京，和杭州这个“销金窝儿”的繁华，作强烈的对比。一般官僚统治者，整天价“簇乐红妆摇画舫”，沉醉于声色，忘记了国仇国耻，哪里还有像“新亭堕泪”（王导、周顗）、“中流击楫”（祖逖）一辈爱国志士呢？

下片“余生自负澄清志”以下三句，写自己有报国大志，目前也应有以澄清天下为己任的志士，但他们像姜尚、傅说一样未遇未起，都是报国无路。那些腐朽无能的执政者，却把国家命运寄托在一条狭狭的江水和现实中根本不存在的“江神”上，幻想依靠它来阻止强敌的兵马。下文，作者又揭露了现实生活中另外一种人，像隐居孤山歌颂梅花的林逋，逃避现实，同样不顾大局安危。

这首词写了当时社会上四种人物：（一）是纸醉金迷的贵族官僚。（二）是有抱负的知识分子报国无路。（三）是南宋小朝廷的统治者，不重视人才，不提拔国士。（四）是一般逃避现实的文人，寄情花草，自命清高，置国事于不顾。这种偏安苟活的残局，可决其非亡不可了。

这首词多处运用了对比手法：以“歌舞”“酣醉”与“烟渺黍离”作对比，以“簇乐红妆摇画舫”与“中流击楫”作对比，以“自负澄清”的志士与倚仗江神的统治者作对比。在这许多对比中，揭露了当时政治上各种矛盾。

文及翁，字时学，号本心，四川绵州人，徙居吴兴。历官参知政事、资政殿学士。入元累征不起。此词传说是来京考试时作。案及翁宋理宗景定年间以言公田事有名于当时。据词过变“余生自负澄清志”句看来，自是仕宦未达时之作，大约在宝祐、开庆之间，下距宋亡不过廿余年，那时的南宋大局已是岌岌不可终日了，故词末有“天下事，可知矣”的慨叹。

（原载《浙江日报》，1962年2月8日）

辛弃疾的《破阵子·为陈同甫赋壮词以寄》

醉里挑灯看剑，梦回吹角连营。八百里分麾下炙，五十弦翻塞外声，沙场秋点兵。　马作的卢飞快，弓如霹雳弦惊。了却君王天下事，赢得生前身后名。可怜白发生！

这是辛弃疾寄给陈亮（字同甫）的一首词。陈亮是一位爱国志士，一生坚持抗金的主张，他是辛弃疾政治上、学术上的好友。他一生不得志，五十多岁才状元及第，第二年就死了，他俩同是被南宋统治集团所排斥、打击的人物。宋淳熙十五年，陈亮与辛弃疾曾经在江西鹅湖商量恢复大计，但是后来他们的计划全都落空了。这首词可能是这次约会前后的作品。

该词全首都写军中生活，也可以说是写想象中的抗金军队中的生活。上片描写在一个秋天的早晨沙场上点兵时的壮盛场面。开头两句写军营里的夜与晓，“醉里挑灯看剑”一句有三层意思：“看剑”表示雄心，“挑灯”点出时间，醉里还挑灯看剑是写念念不忘报国。次句“梦回吹角连营”，写拂晓醒来时听见各个军营接连响起雄壮的号角声。上句是看，此句是闻。接下三句写兵士们的宴饮、娱乐生活和阅兵场面，词的境界逐渐伸展、扩大。“八百里分麾下炙”，八百里炙是指烤牛肉。《晋书》载：王恺有牛名八百里驳，常莹其蹄角，王济与王恺赌射得胜，命左右探牛心作炙。“麾”是军旗。全句的意思是：兵士们在军旗下面分吃烤熟的牛肉。“五十弦翻塞外声”，指各种乐器合奏出雄壮悲凉的军歌。古代的瑟有五十弦。李商隐诗：“锦瑟无端五十弦。”这词里的“五十弦”，当泛指合奏的各种乐器。“翻”，指演奏。“塞外声”，指雄壮悲凉的军歌。

下片写投入战斗的惊险场面。“马作的卢飞快”，“的卢”，骏马名。相传三国刘备在荆州遇厄，的卢马载着他一跃三丈，越过檀溪（见《三国志·先主传》引《世说》）。“作”，作“如”解。“弓如霹雳弦惊”，比喻射箭时弓弦的响声如雷震。“了却君王天下事”两句，描写战斗获胜，大功告成时将军意气昂扬的神情。“天下事”指收复中原。收复中原，不仅是君王的事，也是人民共同关心的大事。末句一结，却转到在南宋统治集团的压抑下，恢复祖国河山的壮志无从实现的悲愤。这一转折，使上面所写的愿望全部成为幻想，全部落空。

这首词题是“壮词”，前面九句的确可称得上是壮词，但是最后一句使全首词的感情起了变化，使全首词成为悲壮的而不是雄壮的。前面九句是兴高采烈、雄姿英发的。最后一句写出了现实与理想的大矛盾，理想在现实生活中的幻灭。这是辛弃疾一生政治身世的悲愤，也同样是陈亮的悲愤。

辛弃疾被称为宋词豪放派的宗师。在这首词中表现的艺术风格有两方面：一是内容感情的雄壮，它的声调、色彩与婉约派的作品完全不同。二是他这首词结构布局的奇变。一般词分片的作法，大抵是上下片分别写景和抒情，这个词调依谱式应在“沙场秋点兵”句分片。而这首词却把两片内容紧密连在一起，过变不变（过变是第二片的开头）。依它的文义看，这首词的前九句为一意，末了“可怜白发生”一句另为一意。全首词到末了才来一个大转折，并且一转折即结束，文笔很是矫健有力。前九句写军容写雄心都是想象之辞。末句却是现实情况，以末了一句否定了前面的九句，以末了五个字否定前面的几十个字。前九句写得酣恣淋漓，正为加重末五字失望之情。这样的结构不但宋词中少有，在古代诗文中也很少见。这种艺术手法也正表现了辛词的豪放风格和他的独创精神。但是辛弃疾运用这样的艺术手法，不是故意卖弄技巧、追求新奇，这种表达手法正密切结合他的生活感情、政治遭遇。由于他的恢复大志难以实现，心头百感喷薄而出，便自然打破了形式上的常规，这绝不是一般只讲究文学形式的作家所能做到的。

（原载《浙江日报》，1962年2月25日）

“欲说还休”

少年不识愁滋味，爱上层楼；爱上层楼，为赋新词强说愁。　而今识尽愁滋味，欲说还休，欲说还休；却道“天凉好个秋”！

——《丑奴儿》

谈辛稼轩这首词之前，得先谈谈这首词的调名。“丑奴儿”这个辞在这里并不是丑人的意思。它犹之《西厢记》里的“可憎才”和“冤家”，是故意反说来表示一种强烈的喜爱的感情。这个词调原名叫《采桑子》（子就是曲）。现在所知第一个填这个调的是李煜。古乐府《日出东南隅》中咏美女罗敷采桑，所以这个调又叫《罗敷媚》。“媚”是美好的意思，反过来叫“丑”。《丑奴儿》这个调实在是咏美人的曲子。这个调在古代当是描写美人形态和感情的，如南唐冯延巳的几首就是。后来由写女子的感情转变为写作者自己的感情，像稼轩这首就是。

由于这个词调的字句音节是：四句七言、四句四言，隔行分列，声调均匀，适宜于表达谐婉的感情，所以稼轩这首词也同样是婉约的。

这首词上片四句是说少年时没有尝到愁的滋味，不知道什么叫作“愁”，为了要作新词，没有愁勉强说愁。这四句是对下片起衬托作用的。下片首句说“而今识尽愁滋味”，按一般写法，接下应该描写现在是怎样的忧愁，但是它下面却重复了两句“欲说还休，欲说还休”，最后只用“却道‘天凉好个秋’”一句淡话来结束全篇。这是吞咽式的表情，表示有许多忧愁不能明说。我们联系作者的身世遭遇来看，是能体会他这一句话的深长含意的。

这词全首写“愁”，也许有人会批判它是消极悲观的作品，但是我们知道：辛稼轩是一位爱国志士，是一位始终主张抗战的民族英雄，但是一生受统治集团投降派的打击、排挤。词中所说“欲说还休”实际是统治者不许他发表救国的言论。由于他是个北方“归正军民”，处处受到猜忌，所以连话也不敢明讲。在作品里只能说这样几句平淡无聊的话（用闲淡之语写悲愤也正是他的一种抒情手法。深沉的感情用平淡的话来抒写，更能深入一层）。了解了他这种处境和遭遇，我们便能体会到这种看去很闲淡的话，内容的感情确实多么浓烈，这是不得志英雄血泪中迸发出来的。所以，稼轩这首词外表虽则婉约，而骨子里却是包含着忧郁、沉闷不满的情绪。

最后谈谈这首词的标点问题。上片两句的“爱上层楼”原是两层意思，下句的“爱上层楼”，该连下文读。一般情况，两个重复的句子连在一起，往往是表示感叹的，而这里并没有感叹的意思。这段是说：“少年不识愁滋味，爱上层楼”，之所以爱上层楼者，是由于“为赋新词强说愁”。所以上句“爱上层楼”应标分号。下片两句的“欲说还休”却是连为一气读的。正同他的另一首《东坡引》的末了三句：“翠帏自掩无人见。罗衣宽一半，罗衣宽一半！”（清代朱孝臧的《东坡引》：“邻儿欲问承平事。新年明日是，新年明日是！”也是一样。）这两句“欲说还休”必应连读，才能表示出作者内心的感愤。他与上片的“爱上层楼”两句感情不同，读法不同，因而标点的使用也不能一样。

（原载《浙江日报》，1962年3月11日）

“千峰云起”

千峰云起，骤雨一霎儿价。更远树斜阳，风景怎生图画！青旗卖酒，山那畔别有人家。只消山水光中，无事过者一夏。　　午醉醒时，松窗竹户，万千潇洒。野鸟飞来，又是一般闲暇！却怪白鸥，觑着人欲下未下。旧盟都在，新来莫是、别有说话？

——《丑奴儿近·博山道中，效李易安体》

（与前文略有差异。——编者注）

这是稼轩一首写山水的词，虽然在文字上是比较容易了解的，可是我们要仔细体会，因为它里面隐约地寄托了他的身世之感。词的上片实写山水景物；下片则全是想象之辞，虽然是虚写，却是这首词最主要的部分。

上片首写起云，次写骤雨，再次写放晴，是写夏天山村的天气变化。（“一霎儿价”就是说一会儿工夫，“价”是语助词。）“风景怎生图画”句，可以理解为赞叹之辞：“这风景是怎样美丽的图画啊！”也可体会为反诘语气：“这风景怎么能画得出来啊？！”上面六句把山乡风光描绘为一幅奇丽的图画。最后两句：“只消山水光中，无事过者一夏。”（“者”就是“这”）是作者写自己的思想愿望，即由此引起下片想象之辞。

下片是作者设想在这里过生活的情景，写“午醉醒时”所见的松窗竹户已经是十分潇洒（“万千”是“十分”的意思），又看见飞来的野鸟，更增加了意境的闲暇。末了“却怪白鸥”几句来一个转折，使文情起了变化，说明他所想象的平静悠闲的生活，在现实里是不可能实现的。“旧盟都在”几句是作者对白鸥说的：“我还记得同你们有过盟约，而你们现在却同我隔膜了。”“别有说话”是说存在着违背旧盟的念头。（古诗有盟鸥之辞，李白“明朝拂衣去，永与白鸥盟。”可能是最早的两句。稼轩于退隐带湖新居之初，也有“盟鸥”的《水调歌头》：“凡我同盟鸥鸟，今日既盟之后，来往莫相猜。”）相传白鸥是最无心机的禽鸟，而稼轩这首词的结尾却说，连曾经跟我有过盟约的、最无心机的白鸥，如今也不相信我了。用反衬的手法，极写自己在官场上受猜忌的遭遇。

稼轩一生政治上的处境是很不得意的，他在《论盗贼劄子》中说：“臣生平刚拙自信，年来不为众人所容，顾恐言未脱口而祸不旋踵……”他处处受到统治集团的排斥、打击，经常有人弹劾他，唯恐话还没出口，灾祸就接二连三地来了。在服官江西以后，他又曾受谏官的打击。这首词作于博山道中（博山在江西广丰县西南三十多里。稼轩另一首《江神子》博山道中，也有“白发苍颜吾老矣，只此地，是生涯”之句），正是他被迫退休江西的时期。从四十三岁起，他在江西上饶一共住了十年。这种政治遭遇使他很希望摆脱官场生活。这首词的前半，就是反映了他的这种愿望；然而他同时也清楚地知道，这种愿望只是一种不可能实现的空想。即使生活在那样宁静的山乡里，也还是不能逃脱别人的猜忌。这首词采用铺叙的手法，把景物一一展现在读者的面前。词的上片以及下片的前半，极力渲染风景的优美、环境的闲适。作者这样写的目的是为了衬托最后四句失意的心情。末了通过白鸥之背盟，写出自己身世之感和生活道路的坎坷不平，不用一句直笔而收到很高的艺术效果。以淡景写浓愁，这也正是稼轩词的一种艺术手法。

（原载《浙江日报》，1962年3月28日）

李清照的豪放词《渔家傲》

《花间集》里两位大作家温庭筠和韦庄，他们的风格是不同的：温密丽而韦疏宕。这两种风格就是后来婉约派与豪放派的苗头。如周邦彦等是婉约派，辛弃疾等是豪放派。

但是这两派作家作品风格往往是不能截然分开的。豪放派作家像辛弃疾有许多婉约的作品，婉约派作家也有豪放的作品。现在举李清照来谈谈。

李清照是一位可以代表婉约派的女作家，她的《声声慢》《醉花阴》等是大家熟悉的名作。这些词多半写闺情幽怨，它的风格是含蓄、委婉的。但是在她的词作中也有一首风格特殊的《渔家傲》。这是一首豪放的词，她用《离骚》《远游》的感情来写小令，不但是五代词中所没有的，就是北宋词中也很少见。一位婉约派的女词人，而能写出这样有气魄的作品，确实值得我们注意。

天接云涛连晓雾，星河欲转千帆舞。仿佛梦魂归帝所，闻天语，殷勤问我归何处。　我报路长嗟日暮，学诗谩有惊人句。九万里风鹏正举，风休住，蓬舟吹取三山去！

整首词都是描写梦境。开头两句写拂晓时候海上的景象。在李清照以前还没有人在词里描写过大海。“天接云涛”两句用“接”“转”“舞”三个动词，来写海天动荡的境界。“星河欲转”，点出时间已近拂晓。“千帆舞”写大风，这不是江河中的景象。可能是因为李清照是山东人，对海的见闻比较多，所以写得出这样的境界。上片第三句“仿佛梦魂归帝所”，意思是说：我原来就是天帝那儿来的人，现在又回到了天帝处所。这和苏轼《水调歌头》中秋词“我欲乘风归去”之“归”字意义相同。“归何处”句，着“殷勤”二字，写出天帝的好意，引起下片换头“我报路长嗟日暮”二句的感慨。《离骚》：“欲少留此灵琐兮，日忽忽其将暮。……路曼曼其修远兮，吾将上下而求索。”这就是李清照“路长日暮”句的出处。这句子的意思是说人世间不自由，尤其是封建时代的妇女，纵使学诗有惊人之句（“谩有”是“空有”的意思），也依然是“路长日暮”，找不到她理想的境界。末了几句说，看大鹏已经高翔于九万里风之上；大风呵，不住地吹吧，把我的帆船吹送到蓬莱三岛去吧（“九万里风”句用《庄子·逍遥游》，说大鹏“抟扶摇而上者九万里”。扶摇，旋风；九是虚数）！

李清照是婉约派的女作家，何以能写出这样豪放的作品来呢？我们知道，在封建社会中，女子生活于种种束缚之下，即使像李清照那样有高度修养和才华的女作家也不能摆脱这种命运，这无疑会使她感到烦闷和窒息。她作了两首《临江仙》词，都用欧阳修的成语“庭院深深深几许”作为起句，这很可能是借它表达她的烦闷的心情。她要求解脱，要求有广阔的精神境界。这首词中就充分表示她对自由的渴望，对光明的追求。但这种愿望在她生活的时代的现实生活中是不可能实现的，因此她只有把它寄托于梦中虚无缥缈的神仙境界，在这境界中寻求出路。然而在那个时代，一个女子而能不安于社会给她安排的命运，大胆地提出冲破束缚、向往自由的要求，确实是很难得的。在历史上，在封建社会的妇女群中是很少见的。

这首风格豪放的词，意境阔大，想象丰富，确实是一首浪漫主义的好作品。出之于一位婉约派作家之手，那就是更其突出了。其所以有此成就，无疑是决定于作者的实际生活遭遇和她那种渴求冲决这种生活的思想感情；这绝不是没有真实生活感情而故作豪语的人所能写得出的。

（原载《浙江日报》，1962年4月11日）

周邦彦的《满庭芳》

北宋末年的周邦彦是婉约派的大家，他的词的内容，与温庭筠、柳永差不多，不过温庭筠作的是小令，周邦彦把它演展开来，多作长调；他的长调虽从柳永来，但与柳永也不同，他的词纯粹是士大夫风格，很讲究辞藻，不像柳永多半用民歌体。他的词好用前代诗家的辞藻，与贺铸诸人相近，但也不尽同。贺铸好用晚唐诗，他自己说："吾笔端驱使李商隐、温庭筠常奔命不暇。"而周邦彦则多用盛唐李杜诸家语及六朝人辞赋。他又是一位懂乐律的作家，后人因为他很讲究词的格律，说他是"词中的杜甫"。因为杜甫曾自称"晚节渐于诗律细"。这个评语确当与否，我们要拿具体作品来分析。

下面谈谈他的《满庭芳·夏日溧水无想山作》一首词：

风老莺雏，雨肥梅子，午阴嘉树清圆。地卑山近，衣润费炉烟。人静乌鸢自乐，小桥外、新绿溅溅。凭阑久，黄芦苦竹，拟泛九江船。　年年，如社燕，飘流瀚海，来寄修椽。且莫思身外，长近尊前。憔悴江南倦客，不堪听、急管繁弦。歌筵畔，先安簟枕，容我醉时眠。

这首词是周邦彦三十九岁［元祐八年（1093）春］知溧水（江苏省溧水县）时作的。开头“风老莺雏”三句点时令。在春风里听到小黄莺的歌声渐渐老了，春雨使梅子结得肥肥的，这是初夏的光景。“午阴嘉树清圆”是写中午的阳光直射在树顶上，所以树阴是圆的，这“圆”很形象，是从刘梦得《昼居池上亭独吟》“日午树阴正”那句诗来的，却比刘的原句好。下面“地卑山近”二句点环境：由于“山近”“地卑”，衣服经常是潮湿的，要熏干它很费炉烟。“费”字暗点出在这样环境中作者的烦闷心情。清代谭献很欣赏这“衣润费炉烟”五字，拿它和周邦彦的“流潦妨车毂”诸句并称，说“可悟词家消息”。谭献的话不大容易理解。我们就本词说：这句以前，只点时令，这句以后，逐渐展开情境，这句是点逗过渡，“费”字是上片的筋节。由于“地卑山近”，衣衫潮湿，不易熏干，乃喻烦闷心情不易排遣；这和李煜《清平乐》写离愁“砌下落梅如雪乱，拂了一身还满”，正是同一手法。

以上写视觉、触觉。接下去“乌鸢自乐”“新绿溅溅”写所闻。写禽鸟之乐，而着一“自”字，是表示“乐者自乐”，用以反衬自己的愁闷。写“新绿溅溅”，春流活泼，也是反衬自己沉滞的心情。以上各句写情，还是烘托映带；至末了“凭阑久，黄芦苦竹，拟泛九江船”三句乃明显点出他这时之所以有烦闷心情，是因为溧水县是小地方，小邑小官使他不能忍耐。白居易《琵琶行》中有“住近湓江地低湿，黄芦苦竹绕宅生”之句。周邦彦这样写，显然以白居易的贬官九江来自比。

下片首四句以“社燕”自比。燕子春社来，秋社去，所以叫“社燕”。写社燕，映带上片的乌鸢。“飘流翰海”两句说燕子飞过大海来寄住在人家屋檐下，是比喻自己的遭遇：周邦彦廿五岁入都为太学生，廿九岁进《汴都赋》，自诸生一命为太学正。卅二岁教授庐州。来溧水之前几年大概都在荆州。所以这词中有宦情如逆旅的感慨。“且莫思身外”至末了几句，都是写自己要如何排遣愁闷。第一、二句是用杜诗：“莫思身外无穷事，且尽生前有限杯。”意思是说：还是抛开一切身外之事，痛快地饮酒吧！但是下面“憔悴江南倦客，不堪听、急管繁弦”两句又否定了这个打算，说：那酒席上的管弦之声只更加令我增添烦闷。末了“歌筵畔”三句说只有当我喝醉了酒，安稳地睡觉的时候，才能暂时忘掉忧愁。这里用三折笔，是极写无法排遣的苦闷心情。

我们通过这首词可以大致了解周邦彦的词风。他的词思想性不高。他生在北宋末年，那时朝政腐败，民不聊生，他的《清真词》中却无一语反映当时的社会现实。他做过“大晟乐府”（国立音乐机构）的提举，订律制曲，创作出许多新词，对词的发展起了推动的作用，这是成绩的一面；但是另一方面，也起了为北宋末年统治者粉饰承平的作用，所以南宋张侃著《拣词》，斥周邦彦词是“亡国哀音”。这首《满庭芳》词所反映的，也只是他个人仕途不得意的感慨，情绪是低沉的。但在艺术性方面，他确有相当高的成就。前人的评论，如陈振孙《直斋书录解题》说：“清真词多用唐人诗语，檃栝入律，浑然天成；长调尤善铺叙，富艳精工。”周济《介存斋论词杂著》说：“美成思力，独绝千古，如颜平原书，虽未臻两晋，而唐初之法，至此大备。”王国维《人间词话》说："美成深远之致，不及欧、秦，惟言情体物，穷极工巧，故不失为第一流之作者。但惟创调之才多，创意之才少耳。"这些评论，虽然还不免有过誉之处，但是周词的艺术手法有值得我们借鉴的地方，那是无可怀疑的。

（原载《浙江日报》，1962年7月4日、25日）

谈有寄托的咏物词

在宋词里，除了多数写闺情的以外，还有不少咏物词。这些咏物词大约可以分为三类：第一类是单纯描写事物形象，没有什么寓意的，如史达祖的《双双燕》、吴文英的《宴清都·连理海棠》等。第二类是搬弄典故，毫无意义的。第三类最可贵，即是有寄托的咏物词。

这第三类作品，在我国文学发展史上有其悠久的传统。早在《离骚》中就有用“美人”“香草”来寄托君臣。《楚辞》的《橘颂》则整篇以“橘”比喻作者的人品，如“受命不迁，生南国兮。深固难徙，更壹志兮”。杜甫也作了许多咏物诗，如咏《房兵曹胡马》的“所向无空阔，真堪托死生！”两句，实是写人的品格。上句写马的骁勇，说它所要去的地方，是无远（空阔）不达的，是比喻人的才力。下句说骑马者可以把生命交托给它，这是用来比喻忠贞。杜甫还有一首咏“萤”诗，起句是：“幸因腐草出，敢近太阳飞。”“太阳”是比皇帝，上句用“幸”“腐”字，无疑是借萤火指斥宦官的（宦官是受过腐刑的人）。

宋代的大词家咏物而有寄托的作品，我们首先想到的是苏轼的一首《卜算子·黄州定慧院寓居作》：

缺月挂疏桐，漏断人初静。谁见幽人独往来？缥缈孤鸿影。　惊起却回头，有恨无人省。拣尽寒枝不肯栖，寂寞沙洲冷。

这首词是元丰三年苏轼初到黄州贬所之作（王文诰《苏诗总案》编入元丰五年，疑误）。首二句写夜深，用“缺”“疏”“断”几个字极写幽独凄清的心境。下面“谁见”两句，说只有幽人独自往来。“幽人”指作者自己，是主。“孤鸿”是对“幽人”的衬托，是宾。下片把两者合在一起，写“孤鸿”也就是写作者自己。下片用“惊”“恨”“寒”“寂寞”“冷”这许多字面，更明显地写出作者在患难之中“忧谗畏讥”的情绪。苏轼元丰二年（四十四岁时）因咏诗讽刺时政，被人弹劾，几乎丧命。次年贬到黄州，他在给友人李廌（按，当为李之仪，字端叔；李廌，字方叔）的信中写道：“得罪以来，深自闭塞。扁舟草履，放浪山水间，与渔樵杂处，往往为醉人所推骂，自喜渐不为人识。”可见当时他畏惧的心情。他的朋友陈慥约他到武昌去住，他也不敢去。他给陈慥信说：“又恐好事君子，便加粉饰，云：‘擅去安置所，而居于别路。’传闻京师，非细事也。虽复往来无常，然多言者何所不至。”读他这些信札，我们可以了解他以“惊起却回头”的孤鸿自比的用意。他在这种战战兢兢的境遇里，即使有高枝好栖，还是拣来拣去“不肯栖”，只好宿在沙洲里，耐寂寞，耐寒冷。

这原是一首很好的有寄托的咏物词，但后来有些人不懂作者的含义，便造出温都监女儿的故事，说这首词是为一个女子作的，孤鸿是指这女子。故事是这样的：惠州温氏女，颇有色，年十六，不肯许配人。见了苏轼，一往情深，时常徘徊窗外，听轼吟咏。后来轼渡海南行，女遂卒，葬于沙滩侧。轼回惠，因作《卜算子》词。南宋时代都市里说“评话”的人，时常把古人诗词敷衍作故事来说唱。这首词被附会为爱情故事，大抵出于这种评话家。就这首词的本身来说，这样附会是有损于它的意义的。

宋代的大词家，除了苏轼以外，陆游、辛弃疾也都作有寄托的咏物词，如前面谈过的陆游的《卜算子·咏梅》，就是以梅花来象征自己高洁的品格的。辛弃疾的咏物词比苏、陆二家更多，一共有六十多首，占他全部词作的十分之一，其中咏花的多至四五十首。这是前人所少有的。它的风格也和前人不同，有用《楚辞》词汇写的，有用史书故事写的。用《楚辞》的如《喜迁莺·赵晋臣敷文赋芙蓉词见寿，用韵为谢》，它的下片：

> 休说，搴木末。当日灵均，恨与君王别。心阻媒劳，交疏怨极，恩不甚兮轻绝。千古《离骚》文字，芳至今犹未歇。都休问，但千杯快饮，露荷翻叶。

这首词是咏荷花的。芙蓉有两种：一是木芙蓉，一是荷花。《尔雅·释草》：“荷，芙蕖。”注：“别名芙蓉。”这词上片用潘妃步步生莲花、六郎貌似莲花的故事，无疑是咏荷花。词的上片写荷花的姿态，这里从略。下片多用《楚辞·九歌》。首句是从《湘君》“采薜荔兮水中，搴芙蓉兮木末”两句来的。《湘君》的原意是说：薜荔缘木而生，芙蓉生长在水里，若采薜荔于水中，搴芙蓉于木末，必然一无所得。“木末”即树梢。词中“休说，搴木末。当日灵均，恨与君王别”，意思是：不要说自己的所求不能实现吧，看当年屈原的遗恨，是和君王分别，不也是如此吗？（分别是说楚王和他不同心，“灵均”是屈原的字。）下面“心阻媒劳”三句也用《湘君》：“心不同兮媒劳，恩不甚兮轻绝。……交不忠兮怨长，期不信兮告余以不闲。”原意是说楚王听了小人谗言，不信任屈原。辛弃疾这里以“信而见疑，忠而被谤”的屈原自比，写出自己不能实现报国壮志的苦闷。末了几句是说《离骚》的时代虽然离现在很久了，但是它的文字却万世流芳（“芳菲菲其难亏兮，芬至今犹未沬。”也是《离骚》句）。这样的君臣遭遇，自古皆然，所以末了说“都休问”，还是痛饮一场吧！“露荷翻叶”是借荷叶比酒杯。这首词通过咏花，写出作者的牢骚不平。辛词用《楚辞》的很多，这是其一。

辛弃疾咏花词中，咏梅的更多，共有十余首，有些也是有寄托的。如《临江仙》：“更无花态度，全是雪精神。”就是以梅花来表现自己的品格。又如《鹧鸪天》的上片：

> 桃李漫山过眼空，也宜恼损杜陵翁。若将玉骨冰肌比，李蔡为人在下中。

这里以桃李与梅花比较，用史传人物来打比喻。《史记·李将军列传》说李广的族弟李蔡为人在下中，名声出李广下甚远，然广不得爵邑，官不过九卿，而蔡封侯，位至三公。这是说：桃李虽然漫山满谷，而过眼即空，好像李蔡一样，只是下中品的人才。

一般咏花草的词，大都是属婉约体的。婉约派大家周邦彦、姜夔、吴文英都有许多咏花的作品。它们多半是单纯咏物的，如吴文英的《宴清都》等。姜夔则以咏花写自己的爱情故事，如《暗香》《疏影》等。

辛弃疾是豪放派大家，我们知道他有许多反映国家大事的豪放词，殊不知他还有这样多的咏物、咏花的作品，这一点是值得注意的。

咏花词一般都是用纤丽的字面、美人的故事，而辛弃疾却运用《楚辞》《史记》这些大作品，这种手法，也是前所少有的。

辛弃疾写了许多有寄托的咏物词，这与他的身世遭遇有关。他之所以在词中以《楚辞》《史记》咏花，是为了寄托自己被猜忌、被排斥的身世之感。以上所举的几首词，都是他被迫退隐时期的作品。正因为他的咏物词有这样深刻的寓意，所以它的思想意义就比单纯描写物象的咏物词高得多了。

（原载《浙江日报》，1962年5月9日）

说词论

词论八评

一、汪森《词综序》

清代“浙派”词创始于朱彝尊，汪森为朱氏选《词综》作这篇序文，可以说是“浙派”的理论依据。全文论点有二：一、抬高词体的地位，说不应称词为“诗余”。二、提倡南宋姜夔词，说他骚雅的作风可挽救晚唐以来的词弊。按“诗余”之名，始于宋代（陈振孙《直斋书录解题》二十一，有廖行之的《省斋诗余》、林淳的《定斋诗余》、苏洞的《泠然斋诗余》，选本有《草堂诗余》《群公诗余前后编》），乃是文士鄙薄词体之辞。汪氏驳“诗降为词”之说，意在推尊词体，他说：“自有诗而长短句即寓焉。《南风之操》《五子之歌》是已。周之颂三十一篇，长短句居十八。……谓非词之源乎。自古诗变为近体，而五七言绝句传于伶官乐部，长短句无所依，则不得不更为词。当开元盛日，王之涣、高适、王昌龄诗句，流播旗亭，而李白《菩萨蛮》等词亦被之歌曲。古诗之于乐府，近体之于词，分镳并骋，非有先后。谓诗降为词，以词为诗之余，殆非通论矣。”他把词和《南风之操》《五子之歌》等相提并论，并说“近体之于词，分镳并骋，非有先后”，理由不大充分：晚唐五代的文人词，一方面承用“胡夷里巷之乐”，一方面也接受唐人律诗的格式。若专就形式说，它完成格律是在“近体诗”成立之后，并不是和“近体诗”“分镳并骋”的。但他重视词体的用意可肯定。又明代一般文人词，大都受《花间集》《草堂诗余》的影响，模仿晚唐人作小令，囿于闺幨儿女、花草闲题，朱彝尊提出“词至南宋始极其工，至宋季而始极其变”之说（《词综》发凡），对清代词的发展是有良好的影响的。但他一意推尊姜夔；汪氏又把西蜀、南唐以及宣和以来词堕而复兴，归功于姜夔的“句琢字练，归于醇雅”，而置苏、辛一派作家作品于不顾，这无疑是一偏之见。浙派词在词史上的价值和流弊，在这篇文字里都已略见端倪了。

二、张惠言《词选序》

张氏《词选》作于嘉庆二年（1797），在他中进士的前二年、逝世的前五年，是在歙县课徒时之作。自从清初以来，朱彝尊提倡作姜夔、张炎一派词，后进承风，名为“浙派”，词的内容逐渐趋向空虚、狭窄。到了嘉庆初年，流弊益著。张氏欲挽此颓风，要求词能“于诗赋之流同类而风诵”，他从作品内容寻绎“缘情造端”“低回要眇之致”，所选辛弃疾、张孝祥、王沂孙诸家之作，多属有现实意义的作品，使读者知道词在文学并非“小道”，这对当时和后来的词风都有相当大的影响。但他为了要提高词的地位，说了许多过分夸张的议论，如引《说文》“意内而言外”一语来解释“曲子词”的“词”；说温庭筠《菩萨蛮》的内容似《感士不遇赋》，其篇法同《长门赋》，说“照花前后镜”四句即《离骚》“初服”之意，此等皆开后来常州派词人附会说词的风气。又他意在立说，而往往疏于考史；把温庭筠上比屈原，已属拟人不伦；说韦庄几首《菩萨蛮》都是晚年留蜀思唐之作，而不知韦词大都作于五十岁及第之前流浪江湖之时；说冯延巳《蝶恋花》是排间异己者之言，欧阳修《蝶恋花》“殆为韩（琦）范（仲淹）而作”，也都是无根臆说。张氏是清代著名的经学家，治汉人虞翻的易说，著有《周易虞氏义》《虞氏消息》。虞翻说《易经》，好以阴阳消息“依物取类，贯穿比附”（见惠言《周易虞氏义自序》），《词选》作于张氏晚年，无疑受他自己学术思想的影响。

张氏选唐宋两代词，只录四十四家、一百十六首，当时人多嫌他太严。潘德舆《与叶生书》及陈廷焯《白雨斋词话》对他皆多不满之论。张氏卒后，他的外孙董毅选《续词选》，续选一百二十二首。其中姜夔七首，张炎多至二十三首。这又近于朱彝尊《词综》的选旨，而违背张惠言为“浙派”救弊的原意了。这由于张氏原选矫朱氏之枉而不免过正，所以董毅矫张氏之枉，结果却又堕入朱氏的旧窠臼里去了。

三、周济《宋四家词选目录序论》

周济的《宋四家词选目录序论》署道光十二年（1832），在他著《词辨》之后二十年，是他晚年之作。自从张惠言选《词选》，以严拣精取，高立崖岸，别异于朱彝尊《词综》。周济这书则更进一步，立派别家数作纲领，以去取两宋的作家作品。议论太高，读者意见便很不一致。他们以周邦彦、辛弃疾、王沂孙、吴文英四家分领一代。而以苏轼附于辛弃疾之下，已嫌时代倒置。并且周、吴本是同派作家，名为四家，实只三派。王沂孙是姜夔的支裔，和周、吴本不相近，和辛更刚柔别异。“问途碧山，历梦窗、稼轩，以还清真之浑化”之说，也颇难索解。

他这篇自序发展张惠言《词选序》的意思，提出“词非寄托不入，专寄托不出”之说，却可说是清人词论里的精辟见解。后来谭献称赞这两句话为“千古辞章之能事尽，岂徒填词为然”。周氏这文用形象的比喻，来说明作家创作的过程和读者的种种感受，深至的意思，运以精丽的辞藻，它本身也是一篇美文。

四、周济《介存斋论词杂著》

周氏二十多岁，从张惠言的外甥董晋卿学词，后来和晋卿“造诣日以异，论说亦互相短长”。嘉庆十七年（1812），作者三十多岁，著《词辨》十卷，《自序》说：“次第古人之作，辨其是非，与二张（张惠言、张琦兄弟）、董氏，各存岸略。”他选词宗旨：以“庄雅”“归诸中正”的为最上，“骏快驰骛，豪宕感激”而能“委曲以致其情”的为其次，“亢厉剽悍”的为最下。原书十卷，“一卷起飞卿，为正；二卷起南唐后主，为变；名篇之稍有疵累者为三、四卷；平妥清通，才及格调者为五、六卷；大体纰缪，精彩间出者为七、八卷；本事词话为九卷；庸选恶札，贻误后生，大声疾呼，以昭炯戒，为十卷”。后来原稿失于黄河，“稍稍追忆，仅存正变两卷，尚有遗落”（见《介存斋论词杂著》跋）。现在我们看他“正、变”两卷所选各词，就有许多不可瞭解之处：如把李煜九首、苏轼一首、辛弃疾十首、姜夔三首、陆游一首都列在“变”体里（苏轼只选《卜算子》“缺月挂疏桐”一首，陆游只选“怕歌愁舞懒逢迎”一首，姜夔三首里不选他的《扬州慢》），而周邦彦九首、史达祖一首、吴文英五首，大都是遣兴、咏物、应歌之作，却录入卷一“正”本中。在周济看来，这些作品是比辛弃疾的《水龙吟》“楚天千里清秋”、《永遇乐》“千古江山”诸篇（都在“变”体中）高一等的。范仲淹《渔家傲》“塞下秋来风景异”一首，则连选入“变’体的资格都没有了。大概他是专问作品的声容是否“庄雅”“中正”，而不问它的思想内容和社会意义的。常州派词论家高语寄托，而选词却不重视内容如此！

他的《论词杂著》原附《词辨》而行，却颇多警策的话，如说“诗有史，词亦有史”，在张惠言《词选》后，提出抬高词体的要求；说“不免有姜、张二字横亘胸中”，指出浙派以来说词的局限；说“初求空，后求实”“初求有寄托，后求无寄托”，正确地教导初学者如何作词。这些精到见解给读者的启发，却胜于他的《词辨》。

五、陈廷焯《白雨斋词话》

廷焯论词，上继张惠言的绪论，说张氏《词选》能“接风骚之真脉”，“有过于竹垞（朱彝尊）十倍”。他反对清词轻佻浮滑的作风，提出“作词首贵沉郁”，说清人词“只是不能深厚，盖知学南宋而不得其本原。本原何在，沉郁之谓也。不本诸风骚，焉得沉郁？”（《词话》卷四评江橙里《练溪渔唱》语）。在张惠言、周济之后，立意挽救浙派“清空”的流弊，这是他这本词话的立论宗旨。

张惠言《词选》很推重温庭筠，陈廷焯也说“飞卿《菩萨蛮》十四章，全是变化楚《骚》，古今之极轨也”。他还进一步以温庭筠为标准来评量古今人的词，说李白《菩萨蛮》《忆秦娥》比之温词“未臻无上妙谛”，说“周、秦、苏、辛、姜、史辈虽姿态百变，亦不能越其范围”，甚至说“宋词可以越五代，而不能越飞卿、端己”，把温词说成为不可超越的高峰。这些都是过分的话。

陈氏论沉郁：“所谓沉郁者，意在笔先，神余言外……终不许一语道破。”他举张孝祥《六州歌头》“忠愤气填膺”一句，“提明忠愤，转浅转显，转无余味”，这原不错；但因此斥赵以夫《龙山会》“西北最关情，漫遥指东徐南楚”几句为鄙词，就未免太过。他并且不许词中作直截痛快语，说陈亮《水调歌头》“尧之都，舜之壤，禹之封”一首“可作中兴露布读”，但是“就词论则非高调”。并说“《龙川词》一卷，合者寥寥”。他以寄托论词，本是重视内容的，而此等议论却又排斥情感热烈的作品。这是他一味过重“深微婉约”的偏向。

陈氏这书八卷，共六七百条，是词话里篇幅最多的一家，卷中不免瑕瑜互见。清初朱彝尊诸人称诵姜、张“清空”之作，其流弊是内容空泛。常州词人尊奉温、韦，提倡比兴，由重形式而走向重内容，本是他们论词可肯定处。但张惠言、陈廷焯诸人都勇于立论而疏于考核，因之多附会失实的话，这也是常州词论家共同的缺点。

六、谭献《复堂词录序》《复堂词话》

谭献继承常州词派的议论，说“倚声之学由二张（惠言、琦）而始尊”；“周氏（济）撰定《词辨》《宋四家词筏》（即《宋四家词选》）推明张氏之旨而广大之，此道遂与于著作之林，与诗赋文笔同其正变”（见谭著《箧中词》）。他所选的《箧中词》，自说是“以衍张茗柯（惠言）、周介存（济）之学”的。又作《复堂词录序》说：早年读词即“喜寻其旨于人事，论作者之世，思作者之人”，提出“作者之用心未必然，而读者之用心何必不然”，这比周济“有寄托入，无寄托出”更进一步了。他不满浙派，说“杭州填词，为姜、张所缚”（《复堂日记》乙丑年），说“南宋词敝，琐屑饾饤。朱、厉二家学之者流为寒乞”，尤不满郭麐（频伽）薄和滑的词风（《箧中词》）。但是他和周济持论也不尽同，他作《词辨跋》说，“予固心知周氏之意，而持论小异；大抵周氏所谓‘变’，亦予所谓‘正’也，而折中柔厚则同”。又说常州派说比兴，“不无皮傅”，“流为学究”（《复堂日记》丙子），这些都是持平之论。他对常州词人，推重周济过于张惠言，同意潘德舆《与叶生书》贬斥张氏《词选》的话，而说周济的《四家词选》胜于惠言《词选》，认为周氏“以有寄托入，以无寄托出”两句话为“千古辞章之能事尽”（《复堂日记》甲戌），这可谓赞不绝口了。

谭献是一位有多方面成就的学者，治学不以辞章自限。对词的创作与议论，都有他自己的境地和见解，对浙、常两派的成就和流弊，也有比较正确的认识。这是他高过张、周处。但由于主张“折中柔厚”之说，对辛弃疾时有微词，因之对历代豪放派的作品也多所不满，这是他笃信张、周遗说的流弊。

附会费解的话，他的书里也不少。如《评词辨》说《乐府补题》唐珏《水龙吟》咏白莲等，“当以江淹《杂诗》法读之”。《复堂词自叙》举周邦彦《大酺》咏春雨的“最先念流潦妨车毂”、《满庭芳》的“衣润费炉烟”诸句，说是填词的“消息”。这是常州学人好以“微言大义”故示玄虚的习气。至于称说晏几道“落花人独立，微雨燕双飞”为“千古不能有二”的“名句”，“所谓柔厚者在此”，而不知这是晏几道用晚唐人翁宏的诗句。此则检阅偶疏，不必对他苛求了。

七、刘熙载《艺概（词曲概）》

《艺概》共六卷，分文、诗、赋、词曲、书、经义。《自叙》作于同治十二年癸酉（1873），是熙载卒前的七年。全书当是他晚年之作。书中颇多引申常州词家的议论，如张惠言以《说文解字》“意内而言外也”解说词曲的“词”，熙载并引徐锴《说文解字通论》的“音内而言外”来说，就是一例。但他不像张惠言、周济那样过分推重温庭筠，而说温词“类不出于绮怨”，说韦庄、冯延巳的词也只是“流连光景，惆怅自怜”。他论词的流变，时有确论，如说苏轼词“始能复古”而非“变调”，说苏、辛都非“别调”，说“雅颂合律，‘桑间濮上’亦未尝不合律”，等等。他论艺术手法，更多深到的话，如说“词眼”不可专求之于字句，说词有“点”有“染”，有极炼如不炼，出色而本色，等等。宋明以来词话说艺术的，低者只是寻章摘句，高者又嫌抽象不可捉摸，刘熙载所说却都餍心切理。他的《文概》《诗概》等也都有同样的优点。

八、王国维《人间词话》

《人间词话》二卷，上卷自题脱稿于宣统二年庚戌（1910），是王氏三十多岁之作。王氏早年嗜读西洋哲学、文学著作，尤其爱好尼采和叔本华的学说。这二卷词话虽篇幅寥寥，而立论精警，在“五四”以前，它是一本极有影响的小书。但它里面也有些不很正确的议论：如举陶潜“采菊东篱下，悠然见南山”为无我之境，又说“无我之境，人惟于静中得之”。其实一切文学本不可能有所谓“无我之境”。他这些话，又与其“一切景语皆情语也”之说自相矛盾。又如举欧阳修《少年游》咏春草，说上片不隔，下片“谢家池上，江淹浦畔……”便隔了。其实这二句滥用典故，其病不仅是“隔”。他说姜夔词“二十四桥仍在，波心荡，冷月无声”“数峰清苦，商略黄昏雨”“高树晚蝉，说西风消息”等句都是“如雾里看花，终隔一层”，却又把谢灵运的诗放入“不隔”之列，也令人不易索解。

清代词人作词话，大都不免有浙派、常州派门户之见。王氏这书，却没有这种褊狭的意识。所倡的“境界”说，也颇富启发性。其他各论点，比之陈廷焯、谭献诸家，自然也有更多的新义精义。

不过，在清季资产阶级旧民主主义革命的时代里，王氏是封建阵营中的人物，又深受西方资产阶级唯心主义哲学思想的影响，因之他论文学便有不少唯心杂质。他的政治态度和对生活的态度，决定他的整个学术思想，不仅文学理论这一部分而已。而在这本词话里，也明显地反映了这一点。

（1961年10月）

评李清照的《词论》

李清照有一篇《词论》，见于宋代胡仔的《苕溪渔隐丛话》和魏庆之的《诗人玉屑》（宽永本卷二十一），节录如下：

五代干戈，四海瓜分豆剖，斯文道熄；独江南李氏君臣尚文雅，故有“小楼吹彻玉笙寒”“吹皱一池春水”之词，语虽奇甚，所谓“亡国之音哀以思”也。逮至本朝，礼乐文武大备，又涵养百余年，始有柳屯田永者，变旧声作新声，出《乐章集》，大得声称于世；虽协音律，而辞（一作词。——编者注）语尘下。又有张子野、宋子京兄弟，沈唐、元绛、晁次膺辈继出，虽时时有妙语，而破碎何足名家！至晏元献（元献一作丞相。——编者注）、欧阳永叔、苏子瞻，学际天人，作为小歌词，直如酌蠡水于大海；然皆句读不葺之诗耳，又往往不协音律者，何邪？盖诗文分平仄，而歌词分五音，又分六律，又分清浊轻重。且如近世所谓《声声慢》《雨中花》《喜迁莺》，既押平声韵，又押入声韵；《玉楼春》本押平声韵，又押上去声，又押入声；本押仄声韵，如押上声则协；如押入声则不可歌矣。王介甫、曾子固文章似西汉，若作一小歌词，则人必绝倒，不可读也！乃知词别是一家，知之者少。后晏叔原、贺方回、秦少游、黄鲁直出，始能知之；又晏苦无铺叙，贺苦少典重，秦即专主情致，而少故实，譬如贫家美女，非不妍丽，而终乏富贵态；黄即尚故实而多疵病，譬如良玉有瑕，价自减半矣！

这是宋代一篇著名的论词的文字，由于它出于一位负盛名的女词家之手，她提出自己鲜明的见解和主张，并且多方面尖锐地批判了许多词坛名宿，所以几百年来很受读者的注目。

综括这篇文字对词的要求，约有下列几点：

一、高雅，不满柳永“辞语尘下”；

二、浑成，不满张先、宋祁诸家“有妙语而破碎”；

三、协乐，要分别五音、六律和清浊轻重，不满晏殊、欧阳修、苏轼的词只是“句读不葺之诗耳”；

四、典重，不满贺铸的“少典重”；

五、铺叙，不满晏几道的“无铺叙”；

六、故实，不满秦观“专主情致而少故实”，黄庭坚“尚故实而多疵病”。

她对晏、欧、苏、黄各家的批评，是否正确，她自己的文学成就比晏、欧各家何如，这里都暂且不论。但我们知道，她和周邦彦是同时代的作家；若拿她这些议论、见解来读周邦彦的《清真词》，却正是“波澜莫二”。他们两人并不曾见过面，而创作道路却如此不谋而合！我们若参阅一些北宋末年的词篇，便可以推想得到：李清照这篇文字虽然只表示她个人的主张，其实是足以代表当时多数人的见解的。因为他们在柳永、苏轼两家词风和传统词风发生矛盾的时候，各有自己的见解和看法，都对柳、苏两家表示不同程度的不满。“辞语尘下”是她对柳词的批判，“词别是一家”则是针对苏轼的“以诗为词”而发的。

她提出“词别是一家”的口号，要求保持它的传统风格——这就是前人所谓“尊体”。一种文学形式原应有它的特殊性能和特殊的传统风格。词虽是抒情诗的一体，但因为它用长短句来配合音乐，更适宜于传达婉转曲折、为五七言诗所不容易传达的感情，许多年来它的确已经和五七言诗作了艺术上的分工。到了李清照时代，它已经发展到相当高的水平，不复是中唐时代诗词不分的阶段。所以她主张对这两种不同形式的文学应作不同的对待。就这一方面来说，原是合理的。但是，我们应该承认词和诗有不完全相同的性能和风格，却不可能认为它两考必须有辽远距离的隔绝。并且词到了北宋末年，已经面临两个新发生的问题：一个是它怎样寻找未来的出路，一个是它能否应付当前时代的要求。这都是相当重大的问题。由于词从晚唐五代以后到北宋末年，二百多年之间，都掌握在封建文士手里，局限于《花间》《尊前》“艳科”的面目，辞藻日益繁复而内容日益贫乏，长此以往，齐、梁宫体没落的景况就是它将要来临的命运。柳永、苏轼两家先后崛起，一面从民间吸取新气息，一面合诗于词，从词的内容和形式上，打破它狭窄的规模，开辟广阔的道路，这都是必要的举措，也是必然的趋势。此其一。汴京覆亡的前后，一切有民族气节的知识分子，都奋起号呼抗敌救亡。在这个异常紧张的时代，要求一切文学形式都分担起这个抗敌救亡的责任。和李清照同时的张元幹、张孝祥诸作家，就都运用这种文学形式来反映当时的现实，并拿它向对敌投降分子进行斗争。他们用“横放杰出”的风格、激切高昂的声调，写出许多鼓舞人心的作品，这是他们不可磨灭的文学业绩，此其二。可是李清照对这两个问题的态度却并不如此：她以“辞语尘下”贬斥柳永，不仅斥他的语言俚俗而兼指内容颓靡，这还是合理的批判。至于要求作词须分五音、六律以合乐，那却像是和大晟乐府里的侍从文人作共鸣论调了。

这里要牵连到李清照这篇《词论》的创作时间问题，它究竟是作于她的早年呢，或是中年遭乱之后？按原文有“逮至本朝，礼乐文武大备，又涵养百余年……”云云，无一语涉及靖康之变，我疑心是她早年之作。我们读她的《漱玉词》，常会怀疑她的创作并不能实践她自己的文学理论；如她的《凤凰台上忆吹箫》《一剪梅》《醉花阴》《壶中天慢》《永遇乐》诸名篇，并不都是很典重、尚故实、擅长于铺叙的作品。除《声声慢》之外，也不见得都很讲究声律。我以为这篇《词论》作于南渡之前。到了南渡时，由于流离民间，生活激变，使她的创作实践能够突破早年保守的理论，这正是她的作品应该肯定的地方。我们不应该责望她后期的创作和前期的理论必须一致。

不过，在她这些可以肯定的词篇里，它所反映的现实，仍有相当大的局限性。我们读她南渡以后几首五七言诗：她怀念沦陷的家乡说：“遗氓岂尚种桑麻，残虏如闻保城郭……欲将血泪寄山河，去洒东山一抔土！”（《上韩肖胄》，据赵彦卫《云麓漫钞》卷十四所引）她讥斥怯懦无能忘了父兄之仇的统治集团说：“南渡衣冠少王导，北来消息欠刘琨。”“南来尚怯吴江冷，北狩应悲易水寒！”（断句）晚年作《打马图经》的“乱辞”说：“佛狸定见卯年死，贵贱纷纷尚流徙，满眼骅骝杂騄駬，时危安得真致此？老矣谁能志千里，但愿相将过淮水。”在游戏小品里也不忘记祖国当前的灾难，这些都是很有价值的现实主义作品。可是在她的《漱玉词》里，却从来不曾见过这类句子。我们知道，这绝不是由于什么文学形式的局限。当时张元幹已经用这种文学形式写出《贺新郎》那样慷慨激昂振奋人心的名作，而李清照却只肯把这些忧伤国难的思想情感写入诗篇而不肯把它写进词里去。大抵她认为词这种文学形式是只适合于写某种缠绵婉约的生活感情的。这样严分诗词畛域的看法，还不依然是“词别是一家”的旧观点吗？作家选择他的文学形式，原允许有他个人的自由。但是在这自由选择上，我们可以见出他对这种文学的态度。

由于遭乱之后的生活激变，她的一部分作品能突破早年保守的理论而前进了一步。但仍旧由于这理论的影响，局限了她的思想意识，使她不能更向前冲决这诗词分畛的一关。

总之，李清照《词论》里的一个主要问题，是北宋末年词和诗分合的问题。这问题起于苏轼，他继承欧阳修、梅尧臣改变文风诗风之后，崛起而改变词风；他打破诗词的界限，一举而为词拓境千里！而当时思想保守的文士，却强调“尊体”之说，拿“教坊雷大使”的教舞作比喻，讥笑他“虽极天下之工，要非本色”（见《后山诗话》）。这种保守的势力在当时柜当大，李清照的《词论》就是这种势力影响之下的产物。

直到明清之间，李渔诸人论词，有“上不似诗，下不似曲”

的要求，还是循沿这条遥远的路线而来的。

我在上文说过，词和诗原应该各有其不完全相同的性能和风格，但是李清照那个时代，是民族矛盾大爆发的时代，词要接受这个时代的要求，必须蜕弃它数百年来“艳科”的旧面目，才能分担起反映当前现实的任务。在这个词史转变发展的关键上，凡能认识这个文学趋势、能接受这个时代要求的，都可运用其才气学力成为随时代前进的作家。成就最大的，就是李清照的乡人辛弃疾，他的《稼轩长短句》，在内容方面，反映了当时的主要矛盾——宋与金的矛盾；在形式方面，不但打破诗词的界限，并且拿辞赋、散文以及书札、语录等体裁来作词，由其取精用宏，乃能腾天跃渊。我们回顾李清照，在那个大时代里却仍摆脱不了“词别是一家”的旧框子，仍不许诗来侵犯词的疆域，要做到“纯词”的境地，那不是很保守的想法吗?

李清照这篇《词论》，虽然有其思想上的局限，但仍是当时词坛上一篇名著。几千年来，由于封建制度的种种束缚，我国女性有卓越文才的本是寥寥可数，其能依据创作经验写为理论文字的，李清照之前，未之或闻。所以，它在宋代，不仅是有组织条理、有自己见解的第一篇词论，并且是我国妇女作的第一篇文学批评专文。我们读这篇《词论》，在批评它的思想局限之外，却不可忽视它另一面的价值和地位。

（1959年5月，杭州大学）

谈范开的《稼轩长短句序》

这篇序文对辛弃疾的词提出两点看法：一、作品成就的大小，决定于作家人格的高低。辛弃疾器大志高，所以声闳意远，“是盖不容有意于作为”。二、辛弃疾继承发展苏轼的豪放派词，并不是有意要学苏轼，是“自其发于所蓄者言之，则不能不若坡也”。但辛是“以气节自负，以功业自许”的，“果何意于歌词哉？直陶写之具耳”。他的风格“固有清而丽，婉而妩媚”，此又苏之所无而辛所独有的。南宋人所著词论、词话，大都只偏重于评论文学形式的一边，张炎《词源》甚至说辛弃疾的词只是“于文章余暇，戏弄笔墨”的东西，不算是“雅词”。这话是不对的。范开久从辛弃疾游，深知他对政治和创作的态度，在宋人论辛词的文字里，这是值得注意的一篇。范开又说辛弃疾作词“苟不得之于嬉笑，则得之于行乐；不得之于行乐，则得之于醉墨淋漓之际”，这可能是实在情况。但岳珂《桯史》记辛弃疾晚年在镇江为岳珂诵他的《贺新郎》《永遇乐》二词，被岳珂指摘疵病，“乃味改其语，日数十易，累月犹未竟，其刻意如此”。可见辛弃疾的创作，也有很仔细严肃的，不尽如范开所说（参《四库全书总目提要·稼轩词》条）。大概范开要以“未尝有作之之意”来推尊辛弃疾，说话就不够全面了。从范开这句话，也可体会到当时人还是不够重视词。胡寅作《酒边词序》，说当时文士爱好作词的，往往“随亦自扫其迹曰：谑浪游戏而已也”。这正同范开的意思。但辛弃疾一生的热情幽愤都发之于词，有许多名作是可以比之屈《骚》、杜诗而无愧，岂尽是嬉笑行乐之作？我们对范开这些话，是要善于体会的。

（原载《文学评论》1962年第1期）

读张炎《词源》

《词源》二卷，南宋张炎著。在宋人词话里，它是极为著名的一部，在当时和后代都有相当大的影响。在最近数十年内，还出了几部专门研究它的著作——晚清郑文焯的《词源斠律》和近人蔡桢的《词源疏证》。

张炎字叔夏，号玉田，又号乐笑翁，是南宋初年大将张俊的六世孙。他的词学有其家世渊源：他的祖辈张镃（功甫）、张鉴（平甫）都是姜夔（白石）的好友。张镃著有《南湖集》和《南湖诗余》。父张枢（斗南）也是一位“晓畅音律”的词家，有词名《寄闲集》，旁缀音谱（这部书今已失传，大概和姜夔的《白石道人歌曲》同是一部填注工尺的词集）。张炎生于宋理宗淳祐八年（1248），宋亡时三十三岁，一度往燕京求官，失意而归，曾经在四明设卜肆谋生。卒于元延祐、至治间（1320年前后），年约七十余。有词集八卷，名《山中白云》，清代江昱为它作《疏证》。

《词源》有元初钱良祐的序，署年丁巳，是元仁宗延祐四年

（1317）。陆文圭为它作跋，有“梨园白发，濞宫蛾眉，余情哀思，听者泪落，君亦因是弃家，客游无方，三十年矣”的话。那时上距宋亡四十多年，张炎已经七十多岁。这部《词源》大概是他最后的著作了（《词源》成于他的词集《山中白云》结集之后，我另有考）。

《词源》上卷专论乐律，不关文学批评，本文所说以它的下卷为限。

《词源》下卷是用宋人诗话的体式写的。宋人最早的诗话如欧阳修的《六一诗话》、司马光的《续诗话》等，本是偶谈、随笔之作。它们的内容大部分是属于文学形式方面的讨论，很少接触到文学根本问题。《词源》在这类书中，算是比较有系统的著作，它有论词的作法和标准，也有对作家的批评，但许多篇幅也还是属于形式修辞方面，不能超出宋人诗话的窠臼。

他提出评论词的标准有三：一、“意趣高远”，二、“雅正”，三、“清空”。下文依次评述。

《词源·意趣》节说：

> 词以意趣为主，要不蹈袭前人语；如东坡中秋《水调》云：“明月几时有……”，夏夜《洞仙歌》云：“冰肌玉骨……”，王荆公金陵怀古《桂枝香》云：“登临送目……”，姜白石《暗香》赋梅云：“旧时月色……”，《疏影》云：“苔枝缀玉……”，此数词皆清空中有意趣，无笔力者不易到。

这段话开头“词以意趣为主”，似乎涉及作品的思想情感了。但他接下去的解释是：“要不蹈袭前人语。”《杂论》节里论周邦彦词说：“……惜乎意趣却不高远，致乏出奇之语，以白石骚雅句法润色之，真天机云锦也。”也要求他“以骚雅句法润色之”，都还是局限于语言、句法一边。又，他说“意趣”与其“雅正”说有相通之处，看他怎样解说“雅正”：

> 词欲雅而正，志之所之，一为情所役，则失其雅正之音。耆卿（柳永）、伯可（康与之）不必论，虽美成（周邦彦）亦有所不免；如“为伊泪落”，如“最苦梦魂，今宵不到伊行”，如“天便教人，霎时相见何妨”，如“又恐伊，寻消问息，瘦损容光”，如“许多烦恼，只为当时，一晌留情”。所谓淳厚日变成浇风也。

这是他因为不满柳、周词的“浇风”，所以提出“雅正”的要求。南宋词家常有“复雅”的论调，当时出了几本词选也有以“雅”命名的，如曾慥的《乐府雅词》、鲖阳居士的《复雅歌词》等。封建文人认为柳永为教坊歌妓所作的“俗”词有损正统文学的尊严，竞起指摘。封建帝王要以礼教维持统治，宋高宗当南渡兵马倥偬之中，还特地派臣下去烧毁曹组的“淫”词板本（见李心传《建炎以来系年要录》），要拿统治的威力干涉文士填词，封建文士自然只有下风向从了。

张炎不满当时浇薄的词风，要求作词应有“乐而不淫”的健康情感。《赋情》节说：

> 簸弄风月，陶写性情，词婉于诗，盖声出莺吭燕舌间（是说妓女歌喉），稍近乎情可也。若邻乎郑、卫，与缠令何异焉。如陆雪溪《瑞鹤仙》云“脸霞红印枕……”，辛稼轩《祝英台》云“宝钗分，桃叶渡……”，皆景中带情而存骚雅，故其燕酣之乐，别离之愁，回文、题叶之思，岘首、西

州之泪，一寓于词。若能屏去浮艳，乐而不淫，是亦汉、魏乐府之遗意。

但使我们感到不满的是，晚唐以来协乐之词，落入宫廷豪门清客之手，步南朝宫体的后尘，成为花间酒边遣兴之具。北宋词人怵于时代现实，才逐渐转变词风，苏、辛以后，更有所提高。张氏这段说“赋情”，是南宋末年人应有的论调。他一面反对柳、周的“软媚”，另一面也反对辛弃疾的“粗豪”（详在下文论“清空”），他自己的创作，也一味追求所谓“高远”“雅正”，很少像辛弃疾一派词作能反映时代现实。当时文人作此主张的不止张炎一人。南宋末年，以“志雅”名堂的周密，选一部《绝妙好词》，在六百首的“稼轩长短句”里只取他三首，这可见这些“雅”派词人的态度。张炎受他们的影响，他也影响了当时人。

“雅正”和“意趣”还不是张炎一家之说。他在《词源》里特立“清空”一目，算是他独创的见解。他立论的宗旨，是为反对吴文英的“晦涩”作风而发的，并且抬出姜夔作为“清空”的典型作家：

词要清空，不要质实。清空则古雅峭拔，质实则凝涩晦昧。姜白石词如野云孤飞，去留无迹。吴梦窗词如七宝楼台，眩人眼目，碎拆下来，不成片段。此清空质实之说。梦窗《声声慢》云：“檀栾金碧，婀娜蓬莱，游云不蘸芳洲。”前八字恐亦太涩。……白石词如《疏影》《暗香》《扬州慢》《一萼红》《琵琶仙》《探春》《八归》《淡黄柳》等曲，不惟清空，又且骚雅，读之使人神观飞越。

姜夔、吴文英的词都受周邦彦的影响，而周、姜的风格不尽同：周词讲究字面色泽，善于融化古诗句；姜词则净洗华彩而能自创新句；周词的疵病是软媚无力，姜词则救之以清刚瘦硬。这是两家别异之处。吴文英的词比周词色泽更浓，也更加软媚，往往弄到“凝滞晦涩”的地步。他有些作品，读了数遍，还体会不出是说些什么。但在当时他的影响却颇不小，他的朋友尹焕说：“求词于吾宋，前有清真，后有梦窗，此非焕之言，天下之公言也。”周密的《绝妙好词》，仅选三首辛弃疾词，而选吴词却有十六首。南宋末年沈义父著《乐府指迷》，自说得作词之法于文英，《指迷》所说“用字不可太露，太露则直突而无深长之味。发意不可太高，太高则狂怪而失柔婉之意”，这就是吴派词人的论调。吴文英一生作幕僚，作贵人家的清客，生活空虚，自然写不出有内容的作品。加之晚宋时代的政治气氛和这班文人逃避现实的心情，也自然会产生了这种形式主义的词风。张炎不满吴词的“凝滞晦涩”，提出补偏救弊的主张，这无疑是应该肯定的。

在反晦涩这一意义上，我们虽然肯定他的主张，但仔细寻究《词源》全书，知道他所说“清空”的要求，也只是：属辞“不要质实”，要能“疏快”（《清空》节），用事要“融化不涩”（《用事》节），要“用虚字呼唤”（《虚字》节），不要用“生硬字面”（《字面》节），等等。他的学生陆辅之著《词旨》，遵循师说，而全书大半篇幅也只是排列许多“警句”“词眼”的例子。离不了文字形式，这是他的“清空”说缺点之一。

其次，他抬出姜夔作为“清空”的典型作家，用“野云孤飞，去留无迹”来形容姜词的风格，其实也不符合实际。姜词的特色本不是“清空”一辞所能包括。白石没有留下论词的著作，但他的文学见解具见于他的《诗说》里。他主张要有气象韵度，要沉着痛快，要深远清苦。我们拿这些标准读他的词，确有相通之处。尤其他晚年同辛弃疾酬唱各篇，和张炎所举“清空”“骚雅”的《疏影》《暗香》《八归》《淡黄柳》诸曲，相去颇远。“清空”本是张炎自己“一生受用”的话头，陆辅之《词旨》里述张炎对他的教诫：有“清空二字，一生受用不尽，指迷之妙，尽在是矣”的话。现在把它加在姜夔身上，实是不很切合的（这段意思详在拙作《姜夔的词风》）。

第三，“清空”之说，又易为空洞无实的作品所借口。前人说词，分“豪放”“婉约”两派。张炎改“婉约”而倡“清空”，使这两派的距离更加遥远。因为苏、辛豪放派诸作家，还作了许多近乎“婉约”的作品，若拿“清空”这标准来要求他们，就更格格不入了。张炎在《杂论》节里说出这样的谬论：

> 辛稼轩（弃疾）、刘改之（过）作豪放词，非雅词也；于文章余暇，戏弄笔墨作长短句诗耳。

他并且不了解金代的元好问的称许辛词，《杂论》节说：

> 元遗山（好问）极称稼轩词。及观遗山词深于用事，精于炼句，有风流蕴藉处不减周（邦彦）、秦（观）……初无稼轩豪迈之气。岂遗山欲表而出之，故云尔。

这可见“清空”和“豪放”的分界，在张炎眼里是多么迢递森严！

张炎前半生是贵介公子，后半生是落魄文士，他的生活内容和对生活的态度，是他这种文学见解的根源。

张炎是精通音律的作家，《词源》大半部是为讨论乐律而作的。他由于继承父张枢“晓畅音律”的家学，因而服膺前辈词乐专家姜夔，又曾经从当时有名的古琴家杨缵（紫霞翁）问学。他在词乐未完全失坠的时候，辛勤地记录下许多材料，使我们现在可以在他的著作里面获得很宝贵丰富的学识，这是他在词学上的大贡献。本文不拟作这方面的探讨，以下只谈一点他对音乐和文学的关系的看法。他在《杂论》节第一条说“词之作必须合律，然律非易学”。中间有两句是：

音律所当参究，词章先宜精思。

这本是寻常的话语，但对当时一部分词家来说，是一下当头棒喝。南宋人讲究词律的多奉周邦彦为师范。邦彦曾经提举北宋末年的大晟府，审定古调，创制新腔，为一代乐学大师。宋词从柳永以来已经分辨上、去，严于入声。至邦彦运用四声，更多变化。南宋方千里、杨泽民、陈允平都有《和清真词》(《清真》是周邦彦词集名)，都是严格地遵守周词的四声，但他们的作品往往有文理不通的，三人中杨泽民尤其多，如：

《一落索》：尽日登山绕树，禄非尸素。

《解连环》：伊心料应未若。

《丁香结》：堪叹萍泛浪迹，是事无长寸。

《花犯》：看媚脸与花争艳，休夸空觅水。

这些作品由于“守律”而成为“不辞”，读之往往令人失笑。我们讨论词律，首先必要求那个作品成其为文学，然后才谈得上合乐合律。姜夔作《自度曲》，自说“初率意为长短句，然后协以律”。他是以内容情感为主，而不是因乐造文的。我曾经校对姜词的《秋宵吟》《疏影》《翠楼吟》的上下阕，字声有守有不守。这由于他深明乐律，所以能辨识其必须守的和可守可不守的地方，不同于方千里、杨泽民诸人的字字盲填。张炎对音乐和辞章关系的看法，是真能领会姜夔的精神的。在南宋重声律的词家里，他这点认识很难能可贵。

以上是我对《词源》几个论点的评介：他的“意趣”“雅正”说，是受南宋一般封建词人“复雅”的论调的影响，他不满柳、周浇风，是由于局限于正统文学观点。“清空”说在反对吴文英晦涩词风这一意义上，应该肯定；但它的含义和要求仍是在语言形式上打圈子。称许姜夔，也偏而不全。反对辛弃疾豪放派词，尤是全书的大疵病。只有论音律与辞章的关系一节，对当时死腔盲填的作家，有“发膏肓、起废疾”的作用，算是他几个论点中最高明的见解。我们估计这部书在词学史上的价值：由于它不能突破宋人诗话的窠臼，原不够我们理想的词学批评著作的标准，但它有自己的见解和比较系统的叙述，赏鉴眼光也远过于《乐府指迷》那些“说桃不可直说破桃，须用‘红雨’‘刘郎’”的论调，在宋元词话里，不失为一部较好的著作。尤其是上卷论音律的十四篇，那是他对词学最有贡献的部分，它的价值高过于王灼的《碧鸡漫志》，当与姜夔的《白石道人歌曲》同为词林瑰宝。将来怎样对这半部分作深入的探研和整理，是所望于精通词乐的专家。